HEYNE
BÜCHER

Das Buch

29 ganz unterschiedliche Geschichten aus der Werkstatt des Fantasy-Meisters Neil Gaiman, anrührend, fantasievoll, gruselig und witzig. Es sind Parabeln, literarische Spiele, dämonische Horrorgeschichten oder wunderbar menschliche und märchenhafte Erzählungen. Einige Geschichten sind politische Endzeitvisionen, andere thematisieren Gewalt oder Kommunikationslosigkeit. Es gibt futuristische Krimis, moderne Märchen und hochliterarische Erotik mit Schockeffekten. Auf ergiebige Weise lässt sich Gaiman von Autoren wie Bradbury, Lovecraft oder Philip K. Dick anregen, und es gelingt ihm zuweilen, seine Vorbilder an Originalität und Prägnanz noch zu übertreffen.

»... wir können uns glücklich schätzen, dass wir ihn haben!«

STEPHEN KING über Neil Gaiman

Der Autor

Der Engländer Neil Gaiman, früher Journalist, schrieb Kinderbücher, die Kult-Comicserie *Der Sandmann* und zusammen mit Terry Pratchett den Roman *Ein gutes Omen*. Sein erster eigenständiger fantastischer Roman *Niemalsland* erschien bei Heyne im Taschenbuch (01/10669), bei Piazza erschien zuletzt *Sternwanderer.*

Neil Gaiman lebt mit seiner Familie in den Vereinigten Staaten.

NEIL GAIMAN

DIE MESSERKÖNIGIN

Aus dem Englischen
von Ingrid Krane-Müschen

WILHELM HEYNE VERLAG
MÜNCHEN

HEYNE ALLGEMEINE REIHE
Nr. 01/13253

Die Originalausgabe
SMOKE AND MIRRORS
erschien 1998 bei Avon Books

Umwelthinweis:
Das Buch wurde auf
chlor- und säurefreiem Papier gedruckt.

Redaktion: Birgit Groll

Deutsche Erstausgabe 09/2001

Dieses Buch wird vertreten durch die Literarische Agentur
Thomas Schlück GmbH, 30827 Garbsen
Printed in Denmark 2001
Umschlagillustration: BROM
Umschlaggestaltung: Nele Schütz Design, München
Satz: Pinkuin Satz und Datentechnik, Berlin
Druck und Bindung: Nørhaven, Viborg

ISBN 3-453-17798-3

http://www.heyne.de

Für Ellen Datlow und Steve Jones

Doch wo es ein Ungeheuer gibt, gibt es auch ein Wunder.

OGDEN NASH, *DRAGONS ARE TOO SELDOM*

Inhalt

Deutung der Eingeweide: Ein Rondeau 9
Eine Einführung 10
Ohne Furcht und Tadel 45
Nikolaus war 61
Der Preis 62
Die Trollbrücke 70
Schachtelmännchen 83
Der Goldfischteich und andere Geschichten 86
Der weiße Weg 125
Die Messerkönigin 137
Wandel 146
Tochter der Eulen 157
Shoggoth's Old Peculiar 160
Virus 173
Charlotte 176
Nur mal wieder das Ende der Welt 190
Baywolf 211
Im Dutzend billiger 218
Ein Leben durchwoben von Moorcocks Frühwerk ... 231
Kalte Farben 248
Der Traumfeger 259
Fremdkörper 261
Sestine eines Vampirs 279
Maus 281
Im tiefen Wasser 292
Als wir einen Ausflug zum Ende der Welt gemacht
haben (von Dawnie Morningdale, 11 ¼ Jahre alt) 296
Wüstenwind 304
Kostproben 306
Babynahrung 315
Mordmysterien 317
Schnee, Glas, Äpfel 353

Deutung der Eingeweide: Ein Rondeau

»Ich meine«, sagte sie, »es bleibt einem doch gar nichts anderes übrig, als zu wachsen.«

»*Einem* vielleicht nicht«, sagte Humpty Dumpty, »aber *zweien* schon. Mit dem rechten Beistand hättest du mit sieben ohne weiteres aufhören können.«

LEWIS CARROLL, *ALICE HINTER DEN SPIEGELN*

Sie nennen's Schicksal, Unbill oder Glück,
Den Lauf der Sterne und der Würfel Fall.
Doch morgen weicht der Nebel im Kristall,
Fällt jede üble Tat auf dich zurück.
Du willst die Zukunft wissen, dein Geschick?
Ich seh die Zeichen deutlich, überall.
Sie nennen's Schicksal, Unbill oder Glück,
Den Lauf der Sterne und der Würfel Fall.

Ich werde kommen in dem Augenblick
Wenn Schlaf dich führt zu Traumes Maskenball.
Schon bin ich da, du merkst es nicht einmal.
Nehm ich dein Herz? Wer weiß. Probier ein Stück?
Sie nennen's Schicksal, Unbill oder Glück.

Eine Einführung

Schreiben ist wie Fliegen im Traum.
Wenn man sich erinnert. Wenn man kann. Wenn es klappt.
So einfach ist das.

NOTIZEN DES AUTORS, FEBRUAR 1992

Sie verwenden Spiegel. Das ist natürlich ein Klischee, aber es ist auch wahr. Zauberer benutzen Spiegel, meist in einem Fünfundvierzig-Grad-Winkel, seit die Viktorianer vor weit über hundert Jahren anfingen, verlässliche, klare Spiegel als Massenware herzustellen. John Nevil Maskelyne tat es 1862 als Erster mit einem Kleiderschrank, der, dank eines geschickt angebrachten Spiegels, mehr verbarg, als er zeigte.

Spiegel sind etwas Wunderbares. Sie scheinen die Wahrheit zu sagen, eine Reflexion des Lebens zu zeigen, doch wenn man einen Spiegel richtig einsetzt, kann er so überzeugend lügen, dass man glaubt, ein Gegenstand habe sich in Luft aufgelöst, dass eine Kiste voller Tauben und Fähnchen und Spinnen leer sei, dass die Leute hinter der Kulisse oder im Parkett schwebende Geister auf der Bühne seien. Bringt man ihn in den richtigen Winkel, wird ein Spiegel zum magischen Fenster und zeigt dir alles, was du dir nur vorstellen kannst. Und vielleicht auch ein paar Dinge, die du dir nicht vorstellen kannst.

(Der Rauch lässt die Umrisse verschwimmen.)

Geschichten sind auf die eine oder andere Weise nichts anderes als Spiegel. Wir verwenden sie, um uns zu erklären, wie die Welt funktioniert oder eben auch nicht funktioniert. Genau wie ein Spiegel bereiten Geschichten uns auf den neuen Tag vor. Lenken uns von den Dingen ab, die im Dunkeln liegen.

Fantasy – und jede Fiktion ist in gewisser Weise Fantasy

– ist ein Spiegel. Ein Zerrspiegel, zugegeben, der Dinge verbirgt, der in einem Fünfundvierziggradwinkel zur Realität steht, aber ein Spiegel nichtsdestotrotz und wenn wir hineinschauen, kann er uns Dinge erzählen, die wir sonst vielleicht nie sehen würden. (Märchen sind mehr als wahr, hat G. K. Chesterton einmal gesagt. Nicht weil sie uns erzählen, dass es Drachen gibt, sondern weil sie uns erzählen, dass man Drachen besiegen kann.)

Heute hat der Winter begonnen. Der Himmel wurde grau, dann fing es an zu schneien und hörte bis lange nach Einbruch der Dunkelheit nicht mehr auf. Ich habe im Dunkeln gesessen und den Schnee fallen sehen. Glitzernd und schimmernd wirbelten die Flocken ins Licht und verschwanden wieder. Und ich habe darüber nachgedacht, woher Geschichten kommen.

Das ist eins von den Dingen, über die man so nachdenkt, wenn man davon lebt, sich irgendwelches Zeug auszudenken. Ich bin immer noch nicht sicher, ob das eine geeignete Beschäftigung für einen erwachsenen Menschen ist, aber jetzt ist es zu spät: Es sieht so aus, als hätte ich einen Beruf gefunden, der mir Spaß macht und für den ich morgens nicht zu früh aufstehen muss. (Als ich ein Kind war, haben die Erwachsenen immer gesagt, ich dürfe mir nicht ständig solche Sachen ausdenken, und sie haben mich davor gewarnt, was mir passieren könnte, wenn ich es doch täte. Soweit ich bislang feststellen kann, sind die Folgen jedoch durchaus erträglich: viele Reisen in fremde Länder und ich muss morgens nicht allzu früh aus den Federn.)

Die meisten Geschichten in diesem Buch wurden geschrieben, um die verschiedenen Lektoren und Herausgeber zu unterhalten, die mich um Beiträge für bestimmte Anthologien gebeten hatten (»Es ist für eine Geschichtensammlung über den Heiligen Gral«, »… über Sex«, »… Märchen, für Erwachsene neu erzählt«, »… Sex und Horror«, »… Rachegeschichten«, »… über Aberglauben«, »… noch mehr Sex«). Ein paar wurden auch geschrieben, um mich selbst zu unterhalten, oder genauer gesagt, um eine Idee oder ein Bild aus meinem Kopf zu kriegen und sicher auf Papier zu fixieren, was meiner Meinung nach keineswegs der schlechteste Grund fürs Schreiben ist: die Dämonen freisetzen, sie davonfliegen lassen. Manche der Geschichten begannen als müßige Gedanken – Fantasien und Kuriositäten, die einfach außer Kontrolle gerieten.

Ich habe mir einmal eine Geschichte als Hochzeitsgeschenk für ein befreundetes Paar ausgedacht. Sie handelte von einem Brautpaar, das eine Geschichte als Hochzeitsgeschenk bekam. Es war eine eher beunruhigende Geschichte. Nachdem ich sie mir ausgedacht hatte, kam ich zu dem Schluss, dass diese Freunde sich über einen Toaster vermutlich mehr freuen würden. Also habe ich ihnen einen Toaster gekauft und die Geschichte bis zum heutigen Tag nicht aufgeschrieben. Bis zum heutigen Tag sitzt sie in meinem Hinterkopf fest und wartet darauf, dass endlich zwei Leute heiraten, die sie zu schätzen wüssten.

Und gerade wird mir klar (während ich diese Einführung mit schwarzblauer Füllertinte in ein Notizbuch mit schwarzen Umschlag schreibe, nur für den Fall, dass dich das interessiert), dass die meisten Geschichten in diesem Buch zwar auf die eine oder andere Weise von Liebe handeln, dass es aber nicht genug schöne Geschichten enthält, Geschichten, in denen die Liebe angemessen belohnt wird, die einen Ausgleich schaffen könnten, ein Gegengewicht zu den anderen Formen der Liebe, die sich in diesem Buch finden. Darüber hinaus wird mir gerade klar, dass es Leute gibt, die überhaupt keine Einführungen lesen. Und außerdem könnte es doch sein, dass der eine oder andere von euch da draußen eines Tages doch heiratet. Also für all jene unter euch, die Einführungen lesen: Hier ist die Geschichte, die ich nie geschrieben habe. (Und sollte sie mir nicht gefallen, wenn ich sie zu Papier gebracht habe, kann ich diesen Absatz immer noch streichen und ihr werdet nie erfahren, dass ich aufgehört habe, diese Einführung zu schreiben, um stattdessen eine Geschichte zu beginnen.)

Das Hochzeitsgeschenk

Nach den Freuden und all den Aufregungen der Hochzeit, nach dem ganzen Irrsinn und dem Zauber (ganz zu schweigen von der Peinlichkeit, als Belindas Vater nach dem Essen seine Rede hielt, komplett mit Familiendias), nachdem die Flitterwochen vorüber waren (selbst wenn sie, metaphorisch gesprochen, noch lange andauerten) und ehe ihre Sonnenbräune im englischen Herbstwetter verblassen konnte, machten Belinda und Gordon sich daran, die Hochzeitsgeschenke auszupacken und Danksagungen zu schreiben – zahllose Danksagungen, um jedes Handtuch und jeden Toaster abzudecken, den Entsafter, den Brotbackautomaten, das Besteck und Geschirr, die Teemaschine und die Vorhänge.

»Na bitte«, sagte Gordon. »Alle größeren Teile abgearbeitet. Was haben wir sonst noch?«

»Die Geschenke in Umschlägen«, erwiderte Belinda. »Schecks, will ich hoffen.«

Die Umschläge enthielten tatsächlich einige Schecks und eine Reihe Geschenkgutscheine, sogar einen Büchergutschein über zehn Pfund von Gordons Tante Marie, die, so erklärte Gordon Belinda, arm wie eine Kirchenmaus sei, aber ein richtiger Schatz. Solange er zurückdenken konnte, hatte sie ihm zu jedem Geburtstag einen Büchergutschein geschickt. Und als sie den Stapel abgearbeitet hatten, fanden sie ganz unten einen braunen Umschlag, der eher geschäftlich aussah.

»Was ist das?«, fragte Belinda.

Gordon riss ihn auf und zog einen Bogen Papier heraus. Er hatte die Farbe von zwei Tage alter Sahne, die Ränder oben und unten waren gezackt, wie abgerissen, und eine Seite war beschrieben. Das Schriftbild war das einer mechanischen Schreibmaschine; so etwas hatte Gordon seit Jahren nicht mehr gesehen. Langsam las er den Text.

»Was ist es?«, wollte Belinda wissen. »Und von wem?«

»Keine Ahnung«, sagte Gordon. »Von irgendwem, der

noch eine Schreibmaschine besitzt. Es ist nicht unterschrieben.«

»Ist es ein Brief?«

»Eigentlich nicht.« Er kratzte sich am Nasenflügel und las es noch einmal.

»Also?«, drängte sie, ihre Stimme klang aufgebracht. (Aber das war sie nicht; sie war glücklich. Wenn sie morgens aufwachte, eruierte sie immer als Erstes, ob sie noch genauso glücklich war wie beim Einschlafen oder als Gordon sich mitten in der Nacht an sie geschmiegt und sie geweckt hatte oder als sie ihn geweckt hatte. Und das war sie.) »Also? Was ist es denn?«

»Es scheint eine Beschreibung unserer Hochzeit zu sein«, antwortete er. »Sehr nett geschrieben. Hier.« Und er reichte ihr das Blatt.

Sie überflog es.

Es war ein kühler Tag Anfang Oktober, als Gordon Robert Johnson und Belinda Karen Abingdon gelobten, einander zu lieben und zu halten und zu ehren, bis dass der Tod sie scheide. Die Braut sah hinreißend aus und strahlte vor Glück, der Bräutigam war nervös, aber unverkennbar stolz und ebenso unverkennbar zufrieden.

So fing es an. Dann folgte eine Beschreibung der Trauung und der anschließenden Feier, in klaren, schlichten Worten und amüsant formuliert.

»Das ist ja goldig«, sagte sie. »Was steht auf dem Umschlag?«

»›Gordons und Belindas Hochzeit‹«, las er vor.

»Kein Name? Kein Hinweis darauf, wer es geschickt hat?«

»Nichts.«

»Na ja, jedenfalls ist es schön und eine wirklich originelle Idee«, sagte sie. »Ganz gleich, von wem es ist.«

Sie spähte in den Umschlag, um festzustellen, ob vielleicht noch irgendetwas darinsteckte, das sie übersehen hatten, ein Zettelchen von demjenigen ihrer Freunde (oder seiner oder ihrer gemeinsamen), der oder die das hier geschrieben hatte, aber sie fand nichts. Eine Danksagung weniger, dachte sie flüchtig und ein bisschen erleichtert, steckte das cremefarbene Blatt zurück in den Umschlag, den sie zusammen mit einer der Menükarten vom Hochzeitsessen, einer Einladungskarte, den Kontaktabzügen der Hochzeitsfotos und einer weißen Rose aus ihrem Brautstrauß in eine Pappschachtel legte.

Gordon war Architekt, Belinda Tierärztin. Für beide war Berufung, was sie taten, nicht einfach nur Broterwerb. Sie waren Anfang zwanzig. Keiner von beiden war zuvor verheiratet gewesen oder hatte auch nur eine feste Beziehung gehabt. Sie hatten sich kennen gelernt, als Gordon seinen dreizehnjährigen, halb gelähmten und ergrauten Golden Retriever Goldie zum Einschläfern in Belindas Praxis gebracht hatte. Er hatte Goldie bekommen, als er noch ein Junge war, und bestand darauf, bis zum Ende bei ihr zu bleiben. Belinda hatte seine Hand gehalten, als er weinte, und dann, ganz plötzlich und unprofessionell, hatte sie ihn in die Arme genommen, ganz fest, als könne sie den Schmerz, den Verlust und die Trauer aus ihm herauspressen. Einer von beiden fragte, ob sie abends zusammen im nahen Pub ein Bier trinken wollten, und nachher wussten sie beide nicht mehr genau, wer es vorgeschlagen hatte.

Das Wichtigste, das es über die ersten beiden Jahre ihrer Ehe zu sagen gibt, ist das: Sie waren relativ glücklich. Hin und wieder gab es Reibereien und gelegentlich hatten sie auch schon mal einen mordsmäßigen Krach über nichts Besonderes, der regelmäßig in tränenreicher Versöhnung endete, und dann liebten sie sich, küssten die Tränen des anderen weg und baten sich flüsternd, in tiefster Aufrichtigkeit um Verzeihung. Gegen Ende des zweiten Jahres, sechs Monate nachdem sie die Pille abgesetzt hatte, wurde Belinda schwanger.

Gordon kaufte ihr eine Kette mit winzigen Rubinen und machte aus dem Gäste- ein Kinderzimmer. Er tapezierte es selbst. Die Tapete war mit Figuren aus Kindergedichten bedruckt, Little Bo Peep und Humpty Dumpty und Little Miss Muffet in endloser Wiederholung.

Als Belinda die kleine Melanie aus dem Krankenhaus nach Hause brachte, kam Belindas Mutter sie für eine Woche besuchen und schlief im Wohnzimmer auf dem Sofa.

Am dritten Tag holte Belinda die Pappschachtel hervor, um ihrer Mutter die Hochzeitsandenken zu zeigen und sich zu erinnern. Es schien alles schon so lange her zu sein. Sie lächelten über das vertrocknete, braune Ding, das einmal eine weiße Rose gewesen war, und lasen noch einmal die Menükarte und die Einladung. Ganz unten lag der große braune Umschlag.

»Gordons und Belindas Ehe«, las Belindas Mutter vor.

»Es ist eine Beschreibung unserer Hochzeit«, erklärte Belinda. »Wirklich schön. Sogar das mit Daddys Dias kommt vor.«

Belinda öffnete den Umschlag und zog das cremefarbene Blatt heraus. Sie las den maschinengeschriebenen Text und verzog dann das Gesicht. Schließlich legte sie es ohne ein weiteres Wort wieder weg.

»Darf ich es nicht lesen, Liebes?«, fragte ihre Mutter.

»Ich glaube, Gordon wollte mir einen Streich spielen«, sagte Belinda. »Keinen besonders geschmackvollen.«

Als Belinda an diesem Abend im Bett saß und Melanie stillte, sagte sie zu Gordon, der seine Frau und Tochter mit einem dümmlichen Lächeln bewunderte: »Warum hast du das geschrieben, Liebling?«

»Was denn?«

»In dem Brief. Dieses Hochzeitsding. Du weißt schon.«

»Nein, keine Ahnung.«

»Das war nicht komisch.«

Er seufzte. »Wovon redest du?«

Belinda wies auf die Schachtel, die sie nach oben gebracht und auf ihre Frisierkommode gelegt hatte. Gordon öffnete den Deckel und nahm den Umschlag heraus. »Hat das hier immer schon auf dem Umschlag gestanden?«, fragte er. »Ich dachte, es war irgendwas von unserer Hochzeit.« Dann nahm er den Bogen mit den ungleichmäßigen Rändern, las und runzelte die Stirn. »Das habe ich nicht geschrieben.« Er drehte das Blatt um und starrte auf die leere Rückseite, als erwarte er, dort noch mehr Text zu finden.

»Du warst es nicht?«, fragte sie. »Ganz ehrlich?« Gordon schüttelte den Kopf. Belinda wischte dem Baby ein kleines Milchrinnsal vom Kinn. »Ich glaube dir«, sagte sie. »Ich dachte, du hättest es geschrieben, aber das stimmt nicht.«

»Nein.«

»Lass es mich noch mal sehen«, bat sie. Er gab ihr das Blatt. »Das ist wirklich merkwürdig. Ich meine, das ist nicht witzig und wahr ist es auch nicht.«

Säuberlich getippt stand auf dem Blatt ein kurzer Abriss der vergangenen zwei Jahre in der Geschichte von Gordon und Belinda. Es waren keine guten Jahre gewesen, wollte man dem Text glauben. Sechs Monate nach der Hochzeit hatte ein Pekinese Belinda in die Wange gebissen. Die Bisswunde war so groß, dass sie genäht werden musste, was eine hässliche Narbe hinterlassen hatten. Damit nicht genug, waren auch Nerven verletzt worden und sie hatte angefangen zu trinken, vielleicht um den Schmerz zu betäuben. Sie hatte den Verdacht, dass ihr entstelltes Gesicht Gordon abstieß, und das Baby, stand dort, war ein verzweifelter Versuch, ihre Ehe zu kitten.

»Warum schreiben die so was?«

»Die?«

»Wer immer dieses scheußliche Ding verfasst hat.« Sie fuhr sich mit dem Finger über die Wange: sie war makellos und unversehrt. Belinda war eine sehr schöne junge Frau, auch wenn sie jetzt erschöpft und zerbrechlich aussah.

»Und woher willst du wissen, dass mehr als eine Person dahinter steckt?«

»Ich weiß nicht«, sagte sie und legte das Baby an die linke Brust. »Es sieht einfach so aus. Das Ding zu schreiben und gegen das alte zu vertauschen und zu warten, bis einer von uns es liest ... Hier, Melanie, ja, so ist es recht, du bist ja so ein gutes Mädchen ...«

»Soll ich es wegwerfen?«

»Ja. Nein. Ich weiß nicht. Ich glaube ...« Sie streichelte

dem Baby die Stirn. »Lass es uns lieber aufbewahren. Vielleicht brauchen wir es als Beweis. Ich frage mich, ob Al das ausgeheckt hat.« Al war Gordons jüngster Bruder.

Gordon steckte das Blatt zurück in den Umschlag, den Umschlag wieder in die Schachtel, die unters Bett geschoben wurde und mehr oder minder in Vergessenheit geriet.

Sie bekamen beide nicht viel Schlaf in den folgenden Monaten. Melanie musste nachts gestillt werden und weinte viel, denn sie litt an Koliken. Die Schachtel blieb unter dem Bett. Dann bot man Gordon einen Job in Preston an, ein paar hundert Meilen weiter nördlich. Da Belinda Erziehungsurlaub hatte und in absehbarer Zeit nicht wieder arbeiten wollte, gefiel ihr die Idee recht gut. Also zogen sie um.

In einer malerischen Kopfsteinpflasterstraße fanden sie ein Haus: hoch und alt und tief. Belinda half gelegentlich in der örtlichen Tierarztpraxis aus, wo sie Klein- und Haustiere behandelte. Als Melanie achtzehn Monate alt war, brachte Belinda einen Sohn zur Welt. Sie nannten ihn Kevin, nach Gordons verstorbenem Großvater.

Gordon wurde Teilhaber des Architektenbüros. Als Kevin in den Kindergarten kam, fing Belinda wieder an zu arbeiten.

Die Schachtel war nie verloren gegangen. Sie lag in einem der unbewohnten Zimmer unter einem windschiefen Stapel von *The Architect's Journal* und *Architectural Review*. Gelegentlich dachte Belinda an die Schachtel und deren Inhalt und eines Abends, als Gordon in Schottland war, um die Inhaber eines alten Familienschlosses über Modernisierungsmaßnahmen zu beraten, ließ sie ihren Gedanken Taten folgen.

Beide Kinder schliefen. Belinda stieg die Treppe hinauf in den unbewohnten, nicht tapezierten Teil des Hauses. Sie räumte die Zeitschriften beiseite und öffnete die Schachtel. Wo der Deckel nicht mit Zeitschriften bedeckt gewesen war, lag eine zwei Jahre alte, unberührte Staubschicht. Auf dem Umschlag stand nach wie vor *Gordons und Belindas Ehe* und Belinda war sich ehrlich nicht mehr sicher, ob da je etwas anderes gestanden hatte.

Sie nahm das Blatt aus dem Umschlag und las. Und dann legte sie es beiseite und saß dort oben im Dachgeschoss ihres Hauses und fühlte sich erschüttert und elend.

Der säuberlich getippte Text besagte, Kevin, ihr zweites Kind, sei nie geboren worden; sie habe im fünften Monat eine Fehlgeburt gehabt. Seither leide Belinda unter häufigen Anfällen düsterer Depressionen. Gordon sei selten zu Hause, stand da, denn er hatte eine ziemlich erbärmliche Affäre mit der Seniorpartnerin seiner Firma, einer gut aussehenden, aber unsicheren Frau, die zehn Jahre älter war als er. Belinda trank immer mehr und sie trug hohe Rollkragen und Schals, um die spinnennetzartige Narbe auf der Wange zu verstecken. Sie und Gordon sprachen nicht viel miteinander, es sei denn, sie trugen die belanglosen, kleinlichen Streitereien aus, hinter denen man sich versteckt, wenn man die ernste Auseinandersetzung fürchtet. Sie wussten, dass die einzigen Dinge, die sie einander noch zu sagen hatten, zu gewaltig waren, um sie auszusprechen, ohne ihrer beider Leben zu zerstören.

Belinda erzählte Gordon nichts über diese neue Version von *Gordons und Belindas Ehe*. Aber er las sie selbst, oder jedenfalls etwas, das große Ähnlichkeit damit hatte, als Belindas Mutter einige Monate später krank wurde und Belinda für eine Woche nach Hause fuhr, um sie zu pflegen.

Auf dem Blatt Papier, das Gordon aus dem Umschlag zog, stand die Beschreibung einer Ehe, vergleichbar mit der, die Belinda gelesen hatte, doch jetzt hatte die Affäre mit seiner Chefin ein böses Ende genommen und es sah so aus, als solle er seinen Job verlieren.

Gordon mochte seine Chefin gern, aber er konnte sich wirklich nicht vorstellen, sich je auf irgendwelche romantischen Verwicklungen mit ihr einzulassen. Sein Job machte ihm Spaß, auch wenn er eigentlich eine größere Herausforderung suchte.

Belindas Mutter erholte sich und Belinda kam noch vor Ende der Woche zurück. Ihr Mann und ihre Kinder waren erleichtert und selig, sie wiederzusehen.

Erst am Heiligen Abend brachte Gordon den Umschlag zur Sprache.

»Du hast es auch angeschaut, stimmt's?« Kurz zuvor waren sie in die Kinderzimmer geschlichen und hatten die Weihnachtsstrümpfe gefüllt, die die Kinder aufgehängt hatten. Gordon hatte ein Gefühl von Euphorie verspürt, als er durch sein Haus ging und an den Betten der Kinder stand, doch die Euphorie vermischte sich mit tiefer Schwermut bei der Erkenntnis, dass solche Momente vollkommener Glückseligkeit nicht von Dauer sein konnten, dass es unmöglich war, die Zeit anzuhalten.

Belinda wusste sofort, wovon er sprach. »Ja«, sagte sie. »Ich habe es gelesen.«

»Was denkst du?«

»Na ja, ich meine, das ist kein Scherz mehr. Nicht einmal ein kranker Scherz.«

»Hm«, machte Gordon. »Aber was ist es dann?«

Sie saßen im Wohnzimmer auf der Vorderseite des Hauses. Die Lampen waren abgedimmt, ein Holzscheit brannte auf einer Lage Kohlen und tauchte den Raum in flackerndes, orangegelbes Licht.

»Ich glaube, es ist wirklich ein Hochzeitsgeschenk«, sagte sie. »Es beschreibt die Ehe, die wir nicht führen. Die schlimmen Dinge passieren dort auf dem Papier, nicht hier in unserem Leben. Statt es zu erleben, lesen wir es und erkennen, dass es so hätte kommen können. Aber ist es eben nicht.«

»Du willst also sagen, es ist so was wie Zauberei?« Er hätte das Wort unter normalen Umständen nicht ausgesprochen, aber heute war Heilig Abend und das Licht war gedämpft.

»Ich glaube nicht an Zauberei«, entgegnete sie kategorisch. »Es ist ein Hochzeitsgeschenk. Und ich meine, wir sollten es an einem sicheren Ort aufbewahren.«

Am zweiten Weihnachtstag nahm sie den Umschlag aus der Schachtel und legte ihn stattdessen in ihre verschließbare Schmuckschublade und dort verschwand er unter ihren Ketten und Ringen, Armbändern und Broschen.

Dem Frühling folgte der Sommer. Dem Winter folgte der Frühling.

Gordon war erschöpft. Tagsüber arbeitete er für seine Kunden, erstellte Entwürfe und führte die Bauaufsicht und abends saß er oft bis tief in die Nacht am Schreibtisch und arbeitete für sich selbst, entwarf Museen und Galerien und öffentliche Gebäude für Wettbewerbe. Hin und wieder fanden seine Konzepte lobende Erwähnung und wurden in Architekturzeitschriften abgebildet.

Belinda behandelte zunehmend Großtiere, was ihr viel Freude machte. Sie fuhr zu den Farmern hinaus, untersuchte und behandelte Pferde, Schafe und Kühe. Manchmal nahm sie die Kinder mit.

Sie stand gerade auf einer Weide, um eine trächtige Ziege zu untersuchen, die, wie sich zeigte, nicht die Absicht hatte, sich einfangen, geschweige denn untersuchen zu lassen, als das Handy klingelte. Belinda trat den Rückzug an und klappte das Telefon auf, während die Ziege sie vom anderen Ende der Wiese böse anstierte. »Ja?«

»Rate.«

»Hallo, Liebling. Ähm … Du hast im Lotto gewonnen?«

»Nein. Aber fast. Mein Entwurf für das British Heritage Museum ist in der engeren Wahl. Ein paar harte Konkurrenten stehen auch noch zur Debatte, aber er ist in der engeren Wahl.«

»Das ist fantastisch!«

»Ich habe Mrs. Fulbright angerufen, sie schickt Sonja heute Abend zum Babysitten herüber. Wir gehen feiern.«

»Wunderbar. Ich liebe dich«, sagte sie. »Aber jetzt muss ich zurück zu meiner Ziege.«

Sie nahmen ein angemessenes Festmahl ein und tranken zu viel Champagner. Als sie später im Schlafzimmer waren und Belinda ihre Ohrringe auszog, fragte sie: »Sollen wir nachschauen, was das Hochzeitsgeschenk sagt?«

Vom Bett aus sah er sie ernst an. Er trug nur noch Socken. »Nein, lieber nicht. Heute ist ein besonderer Abend. Warum ihn verderben?«

Sie legte die Ohrringe in die Schmucklade und verschloss sie. Dann zog sie die Strümpfe aus. »Du hast vermutlich Recht. Ich kann mir sowieso vorstellen, was drinsteht: Ich bin ständig betrunken und depressiv und du ein jämmerlicher Versager. Und derweil sind wir … na ja, ich bin tatsächlich ein bisschen beschwipst, aber das ist es nicht, was ich meine. Es liegt da ganz unten in seiner Schublade versteckt wie das Porträt auf dem Dachboden in *Das Bildnis des Dorian Gray*.«

»›Erst als sie die Ringe untersuchten, erkannten sie, wer es war.‹ Ja. Ich erinnere mich. Wir haben es in der Schule gelesen.«

»Das ist es, was mir Angst macht«, gestand sie und zog ein Baumwollnachthemd über. »Dass die Geschichte auf dem Blatt das wahre Porträt unserer Ehe ist und dass das, was wir erleben, nur ein hübsches Bild ist. Dass *es* wirklich ist und wir nicht. Ich meine …« Sie sprach jetzt eindringlich, mit dem großen Ernst der leicht Angetrunkenen. »Ist dir noch nie der Gedanke gekommen, dass all dies zu schön ist, um wahr zu sein?«

Er nickte. »Manchmal. Heute Abend ganz bestimmt.«

Sie fröstelte. »Vielleicht bin ich ja wirklich trunksüchtig und habe eine Narbe auf der Wange und du fickst alles, was einen Rock anhat, und Kevin ist nie geboren worden … und all die anderen schrecklichen Dinge.«

Er stand auf, kam zu ihr herüber und nahm sie in die Arme. »Aber es ist nicht wahr«, entgegnete er. »Das hier ist real. Du bist real. Ich bin real. Das Hochzeitsding ist nur eine Geschichte. Nur Wörter.« Und er küsste sie und hielt sie fest und in dieser Nacht wurde nicht mehr viel gesprochen.

Sechs Monate später fiel endlich die Entscheidung und es wurde bekannt, dass Gordons Entwurf den Architektenwettbewerb für das British Heritage Museum gewonnen hatte, selbst wenn die *Times* ihn als zu »aggressiv modern« bezeichnete, verschiedene Fachzeitschriften ihn zu altmodisch fanden und einer der Juroren in einem Interview mit dem *Sunday Telegraph* bekannte, er sei »ein Kompromisskandidat gewesen, die zweite Wahl aller Preisrichter«.

Sie zogen nach London und vermieteten ihr Haus in Preston an einen Künstler und seine Familie, denn Belinda wollte nicht, dass Gordon es verkaufte.

Mit Feuereifer stürzte Gordon sich auf das Museumsprojekt und er arbeitete sehr hart. Kevin war sechs, Melanie acht. London jagte Melanie Angst ein, aber Kevin fand es herrlich. Anfangs waren beide Kinder verstört über die Trennung von ihren Freunden und ihrer Schule. Belinda fand einen Teilzeitjob in einer Tierarztklinik in Camden, wo sie drei Nachmittage pro Woche arbeitete. Sie vermisste ihre Kühe.

Aus den Tagen in London wurden Monate, dann Jahre. Trotz gelegentlicher Etatkürzungen wuchs Gordons Enthusiasmus für sein Museumsprojekt und der Tag des ersten Spatenstichs rückte näher.

Eines Nachts wachte Belinda in den frühen Morgenstunden auf und betrachtete ihren schlafenden Mann im natriumgelben Licht der Straßenlaterne vor dem Schlafzimmerfenster. Sein Haaransatz ging zurück, am Hinterkopf war der Schopf merklich dünner geworden. Belinda überlegte, wie es wohl sein würde, eines Tages mit einem Glatzkopf verheiratet zu sein. Vermutlich so, wie es immer gewesen war, entschied sie. Meistens glücklich. Meistens gut.

Sie fragte sich, wie es *ihnen* in dem Briefumschlag erging. Sie konnte seine Präsenz spüren, trocken und brütend, dort in der Ecke des Schlafzimmers, sicher unter Verschluss. Plötzlich empfand sie Mitgefühl mit dieser Belinda und diesem Gordon, die in dem Umschlag eingesperrt waren, auf ein Blatt Papier gebannt, und sich und die ganze Welt hassten.

Gordon fing an zu schnarchen. Sie küsste ihn behutsam auf die Wange und sagte: »Schsch.« Er regte sich und war still, wachte aber nicht auf. Sie kuschelte sich an ihn und schlief bald wieder ein.

Am nächsten Tag hatte Gordon nach dem Mittagessen eine Besprechung mit einem Importeur für toskanischen Marmor. Plötzlich zeigte sein Gesicht einen Ausdruck größter Überraschung und er legte die Hand auf die Brust.

Er sagte: »Ich bitte vielmals um Entschuldigung«, und dann knickten seine Knie ein und er fiel zu Boden. Man rief einen Rettungswagen, doch Gordon war tot, ehe er eintraf. Er war sechsunddreißig Jahre alt.

Bei der Untersuchung gab der Coroner zu Protokoll, die Autopsie habe ergeben, dass Gordon einen angeborenen Herzfehler gehabt hatte. Es hätte schon viel früher passieren können.

Während der ersten drei Tage nach seinem Tod empfand Belinda überhaupt nichts. Ein allumfassendes, grauenvolles Nichts. Sie tröstete die Kinder, sie sprach mit ihren Freunden und mit Gordons Freunden, mit ihrer Familie und mit Gordons Familie, nahm ihre Beileidsbekundungen würdevoll und dankend entgegen, wie man ein unerwartetes Geschenk annimmt. Sie hörte andere Menschen um Gordon weinen, was sie bislang nicht getan hatte, und fühlte absolut gar nichts.

Melanie, inzwischen elf Jahre alt, schien recht gut damit fertig zu werden. Kevin vergaß seine Bücher und Computerspiele, saß in seinem Zimmer, starrte aus dem Fenster und wollte nicht reden.

Am Tag nach der Beerdigung fuhren ihre Eltern zurück aufs Land und nahmen beide Kinder mit. Belinda weigerte sich mitzukommen. Es gebe zu viel zu tun, sagte sie.

Am vierten Tag nach der Beerdigung, als sie das Doppelbett machte, das sie und Gordon geteilt hatten, fing sie an zu weinen. Schluchzen schüttelte sie in gewaltigen, hässlichen Krämpfen der Trauer. Tränen fielen auf die Tagesdecke, klarer Rotz rann ihr aus der Nase und sie setzte sich abrupt auf den Boden, wie eine Marionette, deren Fäden plötzlich durchschnitten werden, und sie weinte beinah eine Stunde lang, weil sie wusste, dass sie ihn nie wiedersehen würde.

Sie wischte sich übers Gesicht. Dann schloss sie ihre Schmuckschublade auf, nahm den Umschlag heraus und öffnete ihn. Sie zog das cremefarbene Blatt heraus und überflog den säuberlich getippten Text. Jene Belinda da auf dem Blatt hatte betrunken einen Autounfall gebaut und sollte ihren Führerschein verlieren. Seit Tagen hatten sie und Gordon kein Wort mehr miteinander gesprochen. Vor achtzehn Monaten hatte er seinen Job verloren und saß jetzt den ganzen Tag in ihrem Haus in Salford herum. Sie lebten von dem bisschen Geld, das Belindas Job einbrachte. Melanie war völlig außer Kontrolle geraten. Beim Aufräumen in ihrem Zimmer hatte Belinda in einem Versteck ein Bündel Fünf- und Zehnpfundnoten gefunden. Melanie hatte keinerlei Erklärung abgegeben, wie ein elfjähriges Mädchen an all das Geld kam, hatte, als ihre Eltern sie zur Rede stellten, den Rückzug in ihr Zimmer angetreten und sie mit verkniffenem Mund böse angestarrt. Weder Gordon noch Belinda waren der Sache weiter auf den Grund gegangen. Sie fürchteten sich zu sehr davor, was sie möglicherweise herausfinden könnten. Das Haus in Salford war heruntergekommen und so feucht, dass der Putz in großen, zerbröselnden Plakaten von der Decke fiel, und sie litten alle drei an chronischer Bronchitis.

Belinda hatte Mitleid mit ihnen.

Sie steckte das Blatt zurück in den Umschlag. Sie fragte sich, wie es wohl wäre, Gordon zu hassen, von ihm gehasst zu werden. Sie fragte sich, wie es wäre, wenn es Kevin nicht in ihrem Leben gäbe, seine Flugzeugbilder nicht mehr zu sehen, seine sagenhaft unmelodischen Darbietungen aktueller Popsongs nicht mehr zu hören. Sie fragte sich, woher Melanie – die andere Melanie, nicht *ihre* Melanie, sondern die, die Melanie unter einem weniger glücklichen Stern hätte werden können –, woher sie das Geld hatte, und sie war erleichtert, dass ihre Melanie wenige Interessen neben klassischem Tanz und Enid-Blyton-Büchern zu haben schien.

Sie vermisste Gordon so furchtbar, dass es sich anfühlte, als werde ein scharfer Gegenstand in ihre Brust getrieben, ein Eiszapfen vielleicht oder ein Dorn, geschmiedet aus Kälte und Einsamkeit und der Gewissheit, dass sie ihn in dieser Welt nie wiedersehen würde.

Dann nahm sie den Umschlag mit hinunter ins Wohnzimmer, wo ein Kohlenfeuer im Kamin brannte, denn Gordon hatte immer eine Schwäche für offenes Feuer gehabt. Er sagte, es gebe einem Raum Leben. Sie mochte Kohlenfeuer nicht sonderlich, doch heute Abend hatte sie es aus Routine und Gewohnheit angezündet und weil es nicht anzuzünden bedeutet hätte, dass sie sich unwiderruflich hätte eingestehen müssen, dass er nie mehr nach Hause kommen würde.

Eine Zeit lang saß Belinda da und starrte ins Feuer, dachte darüber nach, was sie alles in ihrem Leben hatte, was sie aufgegeben hatte und ob es schlimmer war, jemanden zu lieben, den es nicht mehr gab, oder jemanden nicht zu lieben, der da war.

Und schließlich warf sie den Umschlag fast beiläufig auf die Kohlen, sah zu, wie er sich einrollte und schwarz wurde, schließlich Feuer fing und als gelbe Flamme inmitten der blauen verbrannte.

Bald war das Hochzeitsgeschenk nichts als schwarze Ascheflöckchen, die mit der aufsteigenden Luft hochwirbelten und wie der Brief eines Kindes an den Weihnachtsmann durch den Kamin und in die Nacht hinaus verschwanden.

Belinda ließ sich in den Sessel zurücksinken, schloss die Augen und wartete darauf, dass die Narbe auf ihrer Wange erblühte.

Und das war die Geschichte, die ich für die Hochzeit meiner Freunde nicht geschrieben habe. Allerdings ist es genau genommen natürlich nicht die Geschichte, die ich nicht geschrieben habe, nicht einmal die Geschichte, die zu schreiben ich vor ein paar Seiten begonnen habe. Die Geschichte, die ich anzufangen glaubte, war wesentlich kürzer, märchenhafter und sie hatte einen anderen Schluss. (Ich weiß nicht mehr, wie sie enden sollte. Es gab einen Schluss, aber als die Geschichte sich zu entwickeln begann, wurde der wirkliche Schluss unvermeidlich.)

Das haben die meisten Geschichten in diesem Band gemeinsam: Der Ort, an dem sie letztlich auskommen, war nie der, den ich am Beginn der Reise als Ziel ins Auge gefasst hatte. Manchmal merke ich nur daran, dass eine Geschichte zu Ende ist, dass ich keine Worte mehr niederzuschreiben habe.

Deutung der Eingeweide: Ein Rondeau

Lektoren oder Herausgeber, die mich um eine Geschichte bitten – »... egal worüber. Ehrlich. Was immer Sie wollen. Schreiben Sie einfach die Geschichte, die Sie immer schon schreiben wollten ...«, bekommen meistens überhaupt nichts.

In diesem Fall erhielt ich einen Brief von Lawrence Schimel. Er bat um ein Gedicht als Einführung zu seiner Anthologie über Wahrsagerei. Er wollte eine Versform mit repetierenden Zeilen wie eine Villanelle oder ein Pantun, um die Unausweichlichkeit der Zukunft auszudrücken.

Also schrieb ich ihm ein Rondeau über die Freuden und die Gefahren des Wahrsagens und stellte ihm den wohl finstersten Scherz aus *Alice hinter den Spiegeln* voran. Irgendwie schien mir das ein guter Ausgangspunkt für dieses Buch.

Ohne Furcht und Tadel

Es war eine miserable Woche. Das Skript, das ich schreiben sollte, wollte sich einfach nicht einstellen. Seit Tagen hatte ich auf den leeren Bildschirm gestarrt, schrieb hin und wieder ein Wort wie *das*, starrte es eine Stunde lang an und dann löschte ich es langsam wieder, Buchstaben für Buchstaben und schrieb stattdessen *und* oder *aber*. Dann löschte ich das ganze ohne Speicherbefehl. Ed Kramer rief an und erinnerte mich daran, dass ich ihm noch eine Geschichte für eine Anthologie über den Heiligen Gral schulde, die er mit dem allgegenwärtigen Marty Greenberg zusammen herausgab. Und weil sich nichts anderes tat und ich diese Geschichte sowieso im Hinterkopf hatte, sagte ich zu.

Ich schrieb sie an einem Wochenende nieder, ein Geschenk der Götter, es ging vollkommen leicht und glatt. Plötzlich war ich wie verwandelt: Ich konnte der Gefahr ins Gesicht lachen, der Schreibblockade auf die Schuhe spucken. Danach saß ich wieder eine Woche vor dem leeren Bildschirm, denn die Götter haben Humor.

Vor ein paar Jahren gab mir jemand bei einer Signierstunde einen wissenschaftlichen Aufsatz über feministische Sprachkritik, der »Ohne Furcht und Tadel«, Tennysons »Die Lady von Shalott« und einen Madonna-Song verglich. Eines Tages hoffe ich, eine Geschichte mit dem Titel »Mrs. Whitakers Werwolf« zu schreiben, und frage mich, welche wissenschaftlichen Aufsätze sie nach sich ziehen wird.

Bei Lesungen fange ich meistens mit dieser Geschichte an. Es ist eine ausgesprochen freundliche Geschichte und es macht mir Spaß, sie vorzulesen.

Nikolaus war …

Jedes Jahr bekomme ich Weihnachtskarten von Künstlern. Sie malen oder zeichnen sie selbst. Es sind Werke wahrer Schönheit, Monumente inspirierter Kreativität.

Jedes Jahr zu Weihnachten bin ich verlegen, komme mir unbedeutend und untalentiert vor.

Also habe ich diese Geschichte in einem Jahr rechtzeitig vor Weihnachten geschrieben. Dave McKean hat sie in eleganter Kalligrafie niedergeschrieben und ich habe sie an jeden verschickt, der mir nur einfiel. Meine Karte.

Die Geschichte ist exakt 100 Wörter lang (102 mit dem Titel) und wurde zuerst in *Drabble II* veröffentlicht, einer Sammlung von 100-Wörter-Geschichten. Ich nehme mir immer wieder vor, eine neue Weihnachtskartengeschichte zu schreiben, aber es fällt mir immer erst am 15. Dezember ein, also verschiebe ich es aufs nächste Jahr.

Der Preis

Meine Agentin, Ms. Merrilee Heifetz aus New York, ist einer der coolsten Menschen auf der Welt und sie hat mir, soweit ich mich entsinnen kann, nur ein einziges Mal vorgeschlagen, worüber ich ein Buch schreiben soll. »Hör mal«, hat sie gesagt. »Engel sind im Moment in und die Leute lesen immer gern Bücher über Katzen. Also hab ich mir gedacht, wäre es nicht cool, wenn mal jemand ein Buch über eine Katze schreibt, die ein Engel ist, oder über einen Engel, der eine Katze ist oder so was in der Art?«

Und ich stimmte zu, dass das eine kommerzielle Idee mit Hand und Fuß sei, und versprach, darüber nachzudenken. Als dieser Denkprozess endlich abgeschlossen war, waren Bücher über Engel leider schon Schnee von vorgestern. Aber die Idee war geboren und eines Tages schrieb ich diese Geschichte.

(Für die Neugierigen: Eine junge Dame verliebte sich schließlich in den Schwarzen Kater und er zog zu ihr. Als ich ihn das letzte Mal gesehen habe, hatte er die Größe eines sehr kleinen Berglöwen erreicht und soweit ich weiß, wächst er immer noch. Zwei Wochen nachdem der Schwarze Kater fort war, erschien ein braun getigerter Kater und zog auf der Veranda ein. Während ich dies schreibe, schläft er nur ein paar Meter entfernt auf der Rückenlehne des Sofas).

Und bei der Gelegenheit möchte ich meiner Familie danken, dass sie mir erlaubt haben, sie in dieser Geschichte zu porträtieren und, was noch wichtiger ist, mich in Ruhe ließen, um zu schreiben, manchmal aber auch darauf bestanden, dass ich rauskomme und spiele.

Die Trollbrücke

Diese Geschichte wurde 1994 für den World Fantasy Award nominiert, hat ihn aber nicht gewonnen. Sie wurde für Ellen Datlows und Terri Windlings *Snow White, Blood Red* geschrieben, eine Anthologie, in der Märchen für Erwachsene nacherzählt wurden. Ich habe das Märchen »Die drei Ziegen« gewählt. Hätte Gene Wolf, einer meiner Lieblingsschriftsteller (und, geht mir gerade auf, auch jemand, der einmal eine Geschichte in einer Einführung versteckt hat), den Titel nicht schon vor Jahren belegt, hätte ich sie »Trip Trap« genannt.

Schachtelmännchen

Lisa Snellings ist eine bemerkenswerte Bildhauerin. Dies hab ich für die erste Skulptur geschrieben, die ich gesehen und in die ich mich sofort verliebt habe: ein dämonischer Springteufel. Sie hat mir eine Nachbildung geschenkt und mir das Original in ihrem Testament vermacht, sagt sie. Jede ihrer Skulpturen ist wie eine Geschichte, gebannt in Holz oder Gips. (Auf meinem Kaminsims steht eine von einem geflügelten Mädchen in einem Käfig, das Passanten eine Feder aus ihren Flügeln anbietet, während ihr Wärter schläft. Ich habe den Verdacht, in dieser Skulptur steckt ein Roman. Wir werden sehen.)

Der Goldfischteich und andere Geschichten

Die Mechanismen des Schreibens faszinieren mich. Diese Geschichte wurde 1991 begonnen. Nach drei Seiten hatte ich das Gefühl, nicht genügend Distanz zur Materie zu haben, also gab ich das Projekt auf. 1994 entschloss ich mich dann, sie doch noch zu Ende zu schreiben, für eine Anthologie, die Janet Berliner und David Copperfield herausgaben. Ich schrieb sie auf einem verbeulten Atari Portfolio Palmtop in Flugzeugen, Autos und Hotelzimmern, alles durcheinander wie Kraut und Rüben, skizzierte Dialoge und Begegnungen, bis ich einigermaßen sicher war, dass ich alles hatte. Dann brachte ich das Material in die richtige Reihenfolge und war verblüfft und selig, dass es klappte.

Einiges an dieser Geschichte ist wahr.

Triptychon: Gegessen (Szenen eines Kinofilms), Der weiße Weg, Die Messerkönigin

Vor ein paar Jahren schrieb ich über einen Zeitraum von mehreren Monaten drei Erzählgedichte. Jede der Geschichten handelte von Gewalt, von Männern und Frauen, von Liebe. Das erste Gedicht war ein Treatment für einen pornografischen Horrorfilm, in strikten jambischen Pentametern geschrieben, und ich gab ihm den Titel »Gegessen (Szenen eines Kinofilms)«. Es war ziemlich extrem (und wird in diesem Band nicht abgedruckt, fürchte ich). Das zweite war eine Nacherzählung einiger englischer Volksmärchen, das ich »Der weiße Weg« nannte. Es war so extrem wie die Geschichten, auf denen es basierte. Das Letzte war eine Geschichte über meine Großeltern mütterlicherseits und über Zauberkunst. Es war nicht ganz so extrem, aber – so will ich hoffen – ebenso beunruhigend wie die beiden vorangegangenen. Auf alle drei war ich stolz. Doch die eigentümlichen Gesetze der Verlagswelt führten dazu, dass sie in Abständen von mehreren Jahren publiziert wurden, sodass ein jedes Aufnahme in einer »Die Besten des Jahres«-Anthologie fand. (Alle drei erschienen im amerikanischen *Year's Best Fantasy and Horror*, eins im britischen *Year's Best Horror* und eines wurde für eine internationale Sammlung bester Erotika ausgewählt, was mich ein bisschen überrascht hat).

Der weiße Weg

Es gibt zwei Geschichten, die mich über Jahre verfolgt und heimgesucht, mich angezogen und abgestoßen haben, seit ich ihnen als kleiner Junge zum ersten Mal begegnet bin. Die eine ist die Erzählung von Sweeney Todd, dem »Dämonenbarbier von der Fleet Street«. Die zweite ist die Geschichte von Mr. Fox – in etwa eine englische Version von Blaubart.

Meine Nacherzählung der Erzählung wurde von den Varianten inspiriert, die ich im *Penguin Book of English Folktales* gefunden habe, das von Neil Philip herausgegeben wurde: »Die Geschichte von Mr. Fox« und die anschließenden Anmerkungen und die mit »Mr. Foster« überschriebene Fassung, wo ich das Motiv des weißen Weges fand und die Art und Weise, wie der angehende Verlobte des Mädchens die Spur zu seinem gruseligen Haus legt.

In der Geschichte von Mr. Fox wird der Refrain »So war es nicht, so ist es nicht und gebe Gott, dass es niemals so sein wird« wie eine Litanei wiederholt, jedes Mal wenn Mr. Fox' Braut die Schrecken beschreibt, die sie im Traum gesehen haben will. Zuletzt wirft sie einen blutigen Finger oder eine Hand auf den Boden, die sie in seinem Haus gefunden hat, um zu beweisen, dass jedes Wort wahr ist. Und das ist das effektvolle Ende seiner Geschichte.

Auch haben mich diese eigentümlichen chinesischen und japanischen Volksmärchen inspiriert, in denen es letztlich immer um Füchse geht.

Die Messerkönigin

Genau wie mein illustrierter Roman *Mr. Punch* kommt diese Geschichte der Wahrheit so nahe, dass ich dem einen oder anderen meiner Verwandten gelegentlich versichern musste, dass es nicht wirklich passiert ist. Na ja, jedenfalls nicht so.

Wandel

Lisa Tuttle rief mich eines Tages an und bat mich um eine Shortstory für eine Anthologie zum Thema Geschlechter. Ich habe SF als Medium immer geliebt und als Junge war ich überzeugt, dass ich einmal ein Science-Fiction-Autor werden würde. Das bin ich nie wirklich geworden. Als mir vor beinah zehn Jahren die Idee zu dieser Geschichte kam, schwebte mir ein Zyklus zusammenhängender Kurzgeschichten vor, der einen Roman über die Welt der Geschlechterreflexion ergeben hätte. Aber ich habe nie eine dieser Erzählungen geschrieben. Als Lisa anrief, kam mir in den Sinn, dass ich die Welt, die mir vorschwebte, und ihre Geschichte so erzählen könnte wie Eduardo Galeano die Historie Amerikas in seiner Trilogie *Erinnerung an das Feuer*.

Als die Erzählung fertig war, habe ich sie einer Freundin gezeigt, die sagte, sie lese sich wie ein Romanentwurf. Mir blieb nichts übrig, als ihr zu ihrem Scharfblick zu gratulieren. Aber Lisa Tuttle mochte die Geschichte und ich mag sie auch.

Tochter der Eulen

John Aubrey, Sammler und Historiker des siebzehnten Jahrhunderts, ist einer meiner Lieblingsschriftsteller. Seine Werke sind eine gelungene Mischung aus Leichtgläubigkeit und Belesenheit, aus Anekdoten, Erinnerungen und Spekulation. Wenn man Aubrey liest, ist es, als höre man eine reale Person aus der Vergangenheit sprechen, und das in einer Art und Weise, die die Jahrhunderte überbrückt: eine unglaublich sympathische, fesselnde Persönlichkeit. Außerdem mag ich seine Art des Schreibens. Ich habe diese Geschichte auf verschiedene Arten zu schreiben versucht und war nie so ganz glücklich. Dann kam mir die Idee, sie wie Aubrey zu schreiben.

Shoggoth's Old Peculiar

Der Nachtzug von Glasgow nach London erreicht sein Ziel gegen fünf Uhr morgens. Als ich aus diesem Zug stieg, ging ich zum Bahnhofshotel und betrat die Halle. Ich wollte zur Rezeption gehen, mir ein Zimmer nehmen und noch ein paar Stunden schlafen, um dann die nächsten beiden

Tage auf dem Science-Fiction-Kongress zu verbringen, der in diesem Hotel stattfand. Offiziell sollte ich für eine Zeitung darüber berichten.

Als ich die Hotelhalle durchquerte, kam ich an der Bar vorbei. Sie war verlassen bis auf einen versonnenen Barkeeper und einen englischen Fan namens John Jarrold, der als Fan-Ehrengast die Bar auf Kosten des Kongresses frequentieren konnte und dieses Privileg nutzte, während andere schliefen.

Also machte ich Halt, um ein paar Worte mit John zu wechseln, und ich kam nie an der Rezeption an. Die nächsten achtundvierzig Stunden redeten wir, erzählten Witze und Geschichten, und als die Bar sich in den frühen Morgenstunden der folgenden Nacht wieder zu leeren begann, verrissen wir enthusiastisch alles, woran wir uns aus *Guys and Dolls* erinnern konnten. Irgendwann führte ich in dieser Bar eine Unterhaltung mit dem inzwischen verstorbenen Richard Evans, einem englischen SF-Lektor, aus der sich sechs Jahre später *Niemalsland* entwickeln sollte.

Ich weiß nicht mehr genau, warum John und ich mit den Stimmen von Peter Cook und Dudley Moore über Cthulhu zu reden begannen oder was mich veranlasste, John einen Vortrag über H.P. Lovecrafts Prosastil zu halten. Ich schätze, es hatte etwas mit Schlafmangel zu tun.

Heute ist John Jarrold ein respektabler Lektor und ein Stützpfeiler der englischen Verlagswelt. Der Mittelteil dieser Geschichte erblickte das Licht der Welt in dieser Bar, als John und ich Pete und Dud als Figuren von H. P. Lovecraft imitierten. Mike Ashley war der Herausgeber, der mich überredet hat, diese Geschichte daraus zu machen.

Virus

Dies habe ich für David Barretts *Digital Dreams* geschrieben, eine Anthologie mit Computergeschichten. Ich spiele nicht mehr viele Computerspiele. Als ich es noch regelmäßig tat, habe ich festgestellt, dass sie ganze Bereiche meines

Gehirns belegten. Große Quader fielen oder kleine Männchen rannten und hüpften hinter meinen geschlossenen Lidern, ehe ich abends einschlief. Meistens habe ich verloren, selbst wenn ich nur in meinen Gedanken spielte.

So entstand das hier.

Charlotte

Diese Geschichte war eine Auftragsarbeit für *Penthouse* zu ihrer zwanzigjährigen Jubiläumsausgabe im Januar 1985. Die letzten zwei Jahre hatte ich mich als junger Journalist auf den Straßen von London damit durchgeschlagen, Prominente für *Penthouse* und *Knave* zu interviewen, zwei englische »Fleischzeitschriften«, die weitaus zahmer waren als ihre amerikanischen Namensvettern. Alles in allem war es eine lehrreiche Erfahrung.

Einmal habe ich eins der Models gefragt, ob sie das Gefühl habe, sie werde ausgebeutet. »Ich?«, hat sie gefragt. Ihr Name war Marie. »Ich werde gut dafür bezahlt. Und es ist auf jeden Fall besser, als auf der Nachtschicht in einer Keksfabrik in Bradford zu schuften. Ich sag dir, wer ausgebeutet wird: all diese Typen, die es kaufen. Die sich jeden Monat vor meinem Bild einen abwichsen. Die werden ausgebeutet.« Ich glaube, die Geschichte begann mit dieser Unterhaltung.

Ich war zufrieden mit der Shortstory, als ich sie schrieb: Sie war mein erster fiktionaler Text, der sich nach mir anhörte, nicht so, als imitiere ich jemand anderen. Langsam näherte ich mich einem eigenen Stil. Um für die Geschichte zu recherchieren, habe ich in der Londoner *Penthouse*-Redaktion in den Docklands gesessen und die Ausgaben von zwanzig Jahren durchgeblättert. Im ersten *Penthouse* war meine Freundin Dean Smith. Dean machte Make-up für *Knave* und war, so stellte sich heraus, das erste »Penthouse Pet« des Jahres 1965 gewesen. Für die 1965er Charlotte-Texte habe ich schamlos die Dean-Texte geklaut, inklusive der »aufrührerischen Individualistin«. Das Letzte, was ich gehört habe, war, dass *Penthouse* versuchte, Dean für ihre Feier zum fünfundzwanzigjährigen Bestehen ausfindig zu machen. Sie war von der Bildfläche verschwunden. Es stand in sämtlichen Zeitungen.

Während ich zwei Dekaden von *Penthouse*-Ausgaben durchsah, kam mir der Gedanke, dass *Penthouse* und andere Zeitschriften dieser Art absolut nichts mit Frauen zu tun haben, dafür aber eine Menge mit Fotografien von Frauen. Und das war nun der zweite Ausgangspunkt für diese Geschichte.

Nur mal wieder das Ende der Welt

Steve Jones und ich sind seit fünfzehn Jahren befreundet. Wir haben sogar zusammen ein Buch mit gemeinen Kindergedichten herausgegeben. Das bedeutet, dass er mich anruft und Dinge sagt wie: »Ich mache eine Anthologie mit Geschichten, die in H. P. Lovecrafts fiktiver Stadt Innsmouth spielen. Lass mal 'ne Geschichte rüberwachsen.«

Diese Geschichte entstand durch eine Verkettung mehrerer Dinge. (So kommen wir Schriftsteller an unsere Ideen, falls du das immer schon mal wissen wolltest.) Eins war das Buch *A Night in the Lonesome October* des verstorbenen Roger Zelazny, wo die diversen Standardfiguren aus dem Horror- und Fantasygenre auf unglaublich komische Weise Verwendung finden. Roger hatte mir das Buch ein paar Monate bevor ich diese Geschichte schrieb, geschenkt und es hatte mir großen Spaß gemacht. Etwa zur gleichen Zeit las ich einen Bericht über einen Werwolfprozess vor dreihundert Jahren. Als ich eine der Zeugenaussagen las, ging mir auf, dass dieser Prozess Sakis wunderbare Geschichte »Gabriel-Ernest« und ebenso James Branch Cabells Novelle *The White Robe* inspiriert hatte, dass aber sowohl Saki als auch Cabell eine zu gute Kinderstube hatten, um das Motiv der ausgebrochenen Finger zu verwenden, einer der wichtigsten Beweise im Prozess. Und das hieß, dass es jetzt allein mir gehörte.

Larry Talbot war der Name des originalen Wolfsmenschen, der, der Abbott und Costello traf.

Baywolf

Schon wieder Steve Jones. »Ich will, dass du mir eins von deinen Erzählgedichten schreibst. Es muss eine Detektivgeschichte sein und in der nahen Zukunft spielen. Vielleicht kannst du diesen Larry Talbot aus »Nur mal wieder das Ende der Welt« noch mal verwenden.

Ich hatte gerade ein Projekt abgeschlossen: als Co-Autor hatte ich eine Drehbuchfassung von *Beowulf,* diesem altenglischen Heldengedicht, geschrieben und war ein wenig verblüfft, wie viele Leute sich verhörten und offenbar der Meinung waren, ich habe eine Folge für »Baywatch« geschrieben. Also habe ich Beowulf als futuristische »Baywatch«-Episode für eine Krimianthologie neu erzählt. Es schien das einzig Naheliegende.

Hör mal, ich halte dir auch nicht vor, woher *du* deine Ideen kriegst.

Im Dutzend billiger

Wären die Geschichten dieser Sammlung in chronologischer Anordnung und nicht in dieser merkwürdigen und willkürlichen So-scheint's-mir-richtig-Reihenfolge, die ich gewählt habe, wäre diese hier die erste des Buches. 1983 nickte ich eines Abends beim Radiohören ein. Das Letzte, was ich hörte, war ein Bericht über Rabatte im Großhandel, als ich aufwachte, redeten sie über bezahlte Killer. Daher kam diese Geschichte.

Ich hatte eine ganze Reihe von John Colliers Kurzgeschichten gelesen, bevor ich diese hier schrieb. Als ich sie mir vor ein paar Jahren noch mal vornahm, erkannte ich, dass es eine John-Collier-Geschichte war. Nicht so gut und auch nicht so gut geschrieben wie seine, aber trotzdem eine

Collier-Geschichte und das war mir nicht aufgefallen, als ich sie verfasste.

Ein Leben durchwoben von Moorcocks Frühwerk

Als man mich bat, eine Geschichte für eine Anthologie zu Michael Moorcocks Elric-Geschichten zu schreiben, beschloss ich, von einem Jungen zu erzählen, der große Ähnlichkeit mit dem Jungen hatte, der ich einmal war, und über seine Beziehung zur Fiktion. Ich bezweifelte, dass ich irgendetwas über Elric sagen könnte, das keine Nachahmung war, doch als ich zwölf war, waren Moorcocks Figuren für mich so real wie alles andere in meinem Leben und weitaus realer als beispielsweise Erdkundeunterricht.

»Von allen Geschichten der Anthologie haben mir Ihre und Tad Williams' am besten gefallen«, sagte Michael Moorcock, als ich ihm einige Monate nach Abschluss der Geschichte in New Orleans begegnete. »Und die von Tad Williams gefiel mir besser als Ihre, weil Jimi Hendrix darin vorkam.«

Den Titel habe ich von einer Harlan-Ellison-Geschichte gestohlen.

Kalte Farben

Ich habe über die Jahre mit unterschiedlichen Genres gearbeitet. Manchmal werde ich gefragt, woher ich weiß, welche Idee in welches Genre gehört. Meistens kommen die Ideen eben als Comics oder Filme oder Gedichte oder Prosa oder Romane oder Kurzgeschichten oder was auch immer. Man weiß im Voraus, was man schreiben wird.

Aber das hier war einfach nur eine Idee. Ich wollte etwas über diese infernalischen Maschinen, Computer, sagen, über schwarze Magie und über London, wie ich es in den späten Achtzigerjahren erlebt hatte, einer Epoche finanzieller Exzesse und moralischen Bankrotts. Es schien weder eine Kurzgeschichte noch ein Roman zu sein, also versuchte ich es als Gedicht und es klappte.

Für das *Time Out Book of London Short Stories* habe ich es zum Prosatext umformatiert, was viele Leser sehr irritiert hat.

Der Traumfeger

Dies hier begann mit einer Skulptur von Lisa Snellings: ein Mann, der sich auf einen Besenstil stützt. Offenbar eine Art Hausmeister. Welcher Art, habe ich mich gefragt und so kam es zu dieser Geschichte.

Fremdkörper

Noch eine frühe Geschichte. Ich habe sie 1984 geschrieben und überarbeitete sie 1989 zu ihrer endgültigen Fassung (einmal schnell überstreichen und die schlimmsten Risse beispachteln). 1984 konnte ich sie nicht verkaufen. Die SF-Zeitschriften mochten den Sex nicht, die Sex-Blätter mochten die Krankheit nicht. 1987 wurde ich gefragt, ob ich sie in einer Anthologie mit erotischen SF-Geschichten veröffentlichen wolle, aber ich lehnte ab. 1984 hatte ich eine Geschichte über eine Geschlechtskrankheit verfasst. 1987 schien diese Geschichte ganz andere Dinge zu sagen. Die Geschichte selbst hatte sich vielleicht nicht verändert, die Landschaft, die sie umgab, umso mehr: Ich rede von AIDS und das tut die Geschichte ebenfalls, beabsichtigt oder nicht. Wenn ich die Geschichte neu schreiben wollte, hätte ich AIDS berücksichtigen müssen und das konnte ich nicht. Es war zu groß, zu unbekannt, unmöglich in den Griff zu bekommen. Aber 1989 hatte sich die kulturelle Landschaft wiederum verändert, sodass ich mich zwar vielleicht immer noch nicht wohl, aber auch nicht mehr in solchem Maß unwohl dabei fühlte, die Geschichte aus dem Schrank zu holen, abzustauben, aufzubügeln und in die

Welt hinauszuschicken. Als Steve Niles mich also fragte, ob ich nichts Unveröffentlichtes für seine Anthologie *Words Without Pictures* habe, gab ich ihm das hier.

Ich könnte behaupten, es sei keine Geschichte über AIDS, aber es wäre gelogen, jedenfalls teilweise. Und heute scheint AIDS, ob es uns gefällt oder nicht, einfach nur eine weitere Krankheit in Venus' Arsenal geworden zu sein.

Ich glaube, in Wirklichkeit handelt sie vor allem von Einsamkeit und Identität und vielleicht von den Freuden, seinen eigenen Weg in der Welt zu gehen.

Sestine eines Vampirs

Meine einzige erfolgreiche Sestine (eine Versform, bei der das jeweils letzte Wort der ersten sechs Zeilen in ständig veränderter Folge in den folgenden Strophen und der dreizeiligen Endstrophe wiederkehren). Sie wurde zuerst in *Fantasy Tales* veröffentlicht, dann in Steve Jones *Mammoth Book of Vampires* abgedruckt und war jahrelang mein einziges Werk über Vampirismus.

Maus

Diese Geschichte habe ich für das von Pete Crowther herausgegebene *Touch Wood* geschrieben, eine Anthologie über Aberglauben. Ich wollte immer schon mal eine Raymond-Carver-Kurzgeschichte schreiben, er ließ es so einfach wirken. Diese Geschichte zu schreiben überzeugte mich vom Gegenteil.

Ich fürchte, den erwähnten Radiobetrag habe ich tatsächlich gehört.

Im tiefen Wasser

Dies habe ich in der Dachgeschosswohnung eines kleinen Hauses in Earls Court geschrieben. Lisa Snellings' Skulptur inspirierte mich ebenso wie die Erinnerung an den Strand von Portsmouth, als ich ein Junge war: das schleifende Rasseln, das die See von sich gibt, wenn die Wellen sich vom Kiesstrand zurückziehen. Ich schrieb gerade den letzten Teil vom *Sandmann*, der »Der Sturm« hieß, und Anklänge an Shakespeares Drama durchziehen dieses Gedicht so wie damals meine Gedanken.

Als wir einen Ausflug zum Ende der Welt gemacht haben (von Dawnie Morningdale, 11 ¼ Jahre alt)

Alan Moore (einer der großartigsten Schriftsteller und großartigsten Menschen, die ich kenne) und ich setzten uns eines Tages in Northampton zusammen und redeten darüber, einen Ort zu erschaffen, an dem wir eine Geschichte spielen lassen wollten. Diese Geschichte spielt an diesem Ort. Eines Tages werden die guten Bürger von Northampton Alan wegen Zauberei verbrennen und es wird ein großer Verlust für die Welt sein.

Wüstenwind

Eines Tages schickte mir Robin Anders, bekannt als Drummer von *Boiled In Lead*, eine Kassette mit der Aufforderung, etwas über eines der Stücke auf dem Band zu schreiben. Das Stück hieß »Desert Wind«. Dies ist, was ich geschrieben habe.

Kostproben

Für diese Geschichte habe ich vier Jahre gebraucht. Nicht weil ich an jedem Adjektiv herumgefeilt und -poliert hätte, sondern weil sie mir peinlich war. Ich schrieb einen Absatz und dann ließ ich sie liegen, bis die Schamesröte aus meinem Gesicht gewichen war. Vier, fünf Monate später nahm ich sie mir wieder vor und schrieb den nächsten Absatz. Ich hatte die Geschichte für Ellen Datlows *Off limits: Tales of Alien Sex* begonnen, eine erotische SF-Anthologie. Ich verpasste den Abgabetermin und schrieb sie weiter für die Fortsetzung. Schaffte vielleicht eine Seite, ehe auch dieser Abgabetermin verstrichen war. Irgendwann zwischendurch rief ich Ellen Datlow an und erklärte ihr für den Fall meines vorzeitigen Ablebens, dass es auf meiner Festplatte eine halbfertige pornografische Kurzgeschichte unter dem Dateinamen DATLOW gebe und dass es nichts Persönliches sei. Zwei weitere Abgabetermine kamen und gingen und vier Jahre nach dem ersten Absatz schloss ich die Geschichte ab. Ellen Datlow und ihr Komplize Terri Windling nahmen sie für *Sirens*, eine Sammlung erotischer Fantasy-Geschichten.

Der Auslöser dieser Geschichte war die Frage, warum die Leute in Büchern nie reden, während sie sich lieben oder meinetwegen auch während sie nur Sex haben. Ich finde sie nicht erotisch, aber nachdem die Geschichte endlich fertig war, fand ich sie auch nicht mehr peinlich.

Babynahrung

Eine Fabel, die ich für eine Publikation zugunsten der People for the Ethical Treatment of Animals (PETA) geschrieben habe. Ich glaube, ihre Aussage ist klar. Sie ist das Einzige meiner Werke, das mich beunruhigt. Letztes Jahr kam ich einmal die Treppe herunter und fand meinen Sohn Michael, der sich meine Audio-CD *Warning: Contains Language* anhörte. »Babynahrung« fing gerade an, als ich dazukam, und ich war überrascht, diesen Text von einer Stimme vorgelesen zu hören, die ich kaum als meine eigene identifizieren konnte.

Fürs Protokoll: Ich trage eine Lederjacke und esse Fleisch, aber ich gehe ziemlich sorgsam mit Babys um.

Mordmysterien

Als mir die Idee zu dieser Geschichte kam, sollte sie »City of Angels« heißen. Aber als ich anfing, sie zu schreiben, kam ein Broadway-Musical mit diesem Titel heraus, also gab ich der fertigen Geschichte einen neuen Namen.

»Mordmysterien« wurde für Jessie Horsting vom *Midnight Graffiti Magazine* geschrieben, für ihre Taschenbuchanthologie, die zufällig auch *Midnight Graffiti* hieß. Pete Atkins, dem ich einen Entwurf nach dem anderen faxte, war als Resonanzboden von unschätzbarem Wert und ein Muster an Geduld und Nachsicht.

Was den detektivischen Teil der Geschichte angeht, habe ich versucht, fair zu sein. Es wimmelt nur so von Hinweisen. Sogar im Titel steckt einer.

Schnee, Glas, Äpfel

Auch dies ist eine Geschichte, die durch Neil Philips *Penguin Book of English Folktales* inspiriert wurde. Ich las es in der Badewanne und hatte mir eine Geschichte ausgesucht, die ich wohl schon tausendmal zuvor gelesen hatte. (Ich besitze immer noch die illustrierte Version der Geschichte, die ich mit drei Jahren bekam.) Aber dieses Tausendunderstemal wirkte der Zauber und ich begann, von hinten nach vorn und ganz verkehrt herum über die Geschichte nachzudenken. Sie spukte mir ein paar Wochen im Kopf herum und schließlich fing ich während eines langen Fluges an, sie handschriftlich aufzuschreiben. Als der Flieger landete, war die Geschichte zu drei Vierteln fertig, also ging ich in mein Hotel, setze mich in eine Ecke des Zimmers und schrieb weiter, bis sie fertig war.

Sie erschien bei DreamHaven Press in einem Büchlein in limitierter Auflage, dessen Erlös dem Comic Book Legal Defense Fund zugute kam (einer Organisation, die die Persönlichkeitsrechte von Comicautoren, -zeichnern, -verlegern und -händlern schützt). Poppy Z. Brite druckte sie in ihrer Anthologie *Love in Vein II* nach.

Ich betrachte die Geschichte als eine Art Virus. Wenn du sie einmal gelesen hast, bist du danach vielleicht nie wieder in der Lage, die Vorlage so zu lesen wie früher.

Ich möchte Greg Ketter danken, dessen DreamHaven Press einige dieser Geschichten in *Angels and Visitations* veröffentlicht hat, einer Sammlung von Geschichten, Rezensionen, journalistischen Beiträgen und anderem Zeug, das ich geschrieben habe, und andere in zwei Büchlein zugunsten des Comic Book Legal Defense Fund.

Mein Dank gilt auch all den Herausgebern und Lektoren, die die Geschichten in diesem Buch angenommen, nachgedruckt oder in Auftrag gegeben haben, all den Beta-Testern (die Angesprochenen wissen, wen ich meine), die es geduldig ertragen haben, ständig meine Geschichten per Post, per Fax oder per E-Mail zu bekommen, die gelesen haben, was ich ihnen schickte, und mir mit oft sehr deutlichen Worten gesagt haben, woran ich noch arbeiten musste. Ihnen allen mein herzlicher Dank. Jennifer Hershey hat dieses Buch mit Geduld, Charme und editorialer Weisheit von der Idee zur Realisierung begleitet. Ich kann ihr gar nicht genug danken.

Jede dieser Geschichten ist eine Reflexion auf oder von irgendetwas und sie alle sind flüchtig wie ein Rauchkringel. Sie sind Botschaften aus dem Spiegelland, Bilder in den dahintreibenden Wolken: Rauch und Spiegel, nichts weiter. Aber es hat mir Freude gemacht, sie zu schreiben, und sie ihrerseits, denke ich mir, schätzen es, gelesen zu werden.

Willkommen.

Neil Gaiman, Dezember 1997

Ohne Furcht und Tadel

Mrs. Whitaker fand den Heiligen Gral unter einem Pelzmantel.

Jeden Donnerstagnachmittag machte Mrs. Whitaker einen Spaziergang zum Postamt, um ihre Rente abzuholen, auch wenn ihre Beine ihr nicht mehr so gute Dienste leisteten wie früher einmal, und auf dem Rückweg machte sie immer am Oxfam-Laden halt und gönnte sich irgendeine Kleinigkeit.

Im Oxfam-Laden gab es gebrauchte Kleidung, Krimskrams, Kuriositäten, jede Menge Gerümpel und Berge alter Taschenbücher; allesamt Spenden. Treibgut aus zweiter Hand, oft aus Haushaltsauflösungen der Verstorbenen. Und die Erlöse gingen an einen guten Zweck.

Der Laden wurde von ehrenamtlichen Mitarbeitern betrieben. Die Freiwillige, die an diesem Nachmittag Dienst tat, war Marie, siebzehn, ein bisschen übergewichtig und angetan mit einem weiten, mauvefarbenen Pulli, der aussah, als habe sie ihn hier im Laden gefunden.

Marie saß mit einer Ausgabe von *Modern Woman* an der Kasse und füllte den »Erkennen Sie Ihre verborgene Persönlichkeit«-Fragebogen aus. Hin und wieder blätterte sie nach hinten, um die jeweilige Punktzahl für die Antworten A), B) oder C) in Erfahrung zu bringen, ehe sie entschied, wie sie die Frage beantwortete.

Mrs. Whitaker stöberte im Laden herum.

Die ausgestopfte Kobra hatten sie immer noch nicht verkauft, stellte sie fest. Seit sechs Monaten stand sie jetzt hier und ihre boshaften Glasaugen starrten unverwandt auf die Kleiderständer und das Regal voll angeschlagener Porzellanfigürchen und zerkauter Spielzeuge.

Mrs. Whitaker tätschelte ihr im Vorbeigehen den Kopf.

Sie wählte zwei Mills-&-Boon-Romane aus dem Bücherregal – *Ihre donnernde Seele* und *Ihr stürmisches Herz* – und zog eine Mateus-Rosé-Flasche mit einem dekorativen Lampenschirm in die engere Wahl, ehe sie zu dem Schluss kam, dass sie wirklich nirgendwo mehr Platz hatte, um sie aufzustellen.

Sie räumte einen ziemlich fadenscheinigen Mantel beiseite, der ein unangenehmes Mottenkugelaroma verströmte. Darunter waren ein Spazierstock und ein fleckiges Exemplar von A. R. Hope Moncrieffs *Romance and Legend of Chivalry* zum Preis von fünf Pence. Neben dem Buch lag der Heilige Gral auf der Seite. Auf dem Fuß klebte ein kleines, rundes Etikett, auf dem mit Filzschreiber der Preis vermerkt war: 30 Pence.

Mrs. Whitaker nahm den verstaubten Silberpokal in die Hand und begutachtete ihn durch ihre dicken Brillengläser.

»Der ist aber hübsch«, rief sie zu Marie hinüber.

Marie zuckte mit den Schultern.

»Er würde sicher sehr hübsch auf dem Kaminsims aussehen.«

Marie zuckte nochmals mit den Schultern.

Mrs. Whitaker zahlte Marie fünfzig Pence, die ihr zehn Pence Wechselgeld und eine braune Papiertüte gab, um die Bücher und den Heiligen Gral einzupacken. Dann ging Mrs. Whitaker eine Tür weiter zum Metzger und kaufte sich ein schönes Stückchen Leber. Dann ging sie heim.

Die Innenseite des Pokals war mit einer dicken, bräunlich roten Staubschicht verkrustet. Mrs. Whitaker wusch ihn mit größter Sorgfalt aus und ließ ihn dann eine Stunde in warmem Wasser mit einem Spritzer Essig einweichen.

Schließlich behandelte sie ihn mit Metallpolitur, bis er glänzte, und stellte ihn im Wohnzimmer aufs Kaminsims zwischen den Porzellanbasset mit dem seelenvollen Blick und einem Foto ihres seligen Henry, 1953 am Strand in Frinton.

Sie hatte Recht gehabt: Es sah wirklich hübsch aus.

Fürs Abendessen panierte sie die Leber und briet sie mit Zwiebelringen. Es schmeckte wunderbar.

Der nächste Morgen war ein Freitag und an jedem zweiten Freitag besuchten Mrs. Whitaker und Mrs. Greenberg einander. Heute war Mrs. Greenbergs Besuch bei Mrs. Whitaker an der Reihe. Sie setzten sich ins Wohnzimmer, aßen Makronen und tranken Tee. Mrs. Whitaker nahm ein Stück Zucker in den Tee, Mrs. Greenberg bevorzugte Süßstoff, den sie immer in einer kleinen Plastikdose in der Handtasche hatte.

»Wie hübsch«, bemerkte Mrs. Greenberg und zeigte auf den Gral. »Was ist das?«

»Der Heilige Gral«, erklärte Mrs. Whitaker. »Es ist der Becher, aus dem Jesus beim letzten Abendmahl getrunken hat. Und später bei der Kreuzigung wurde sein Blut damit aufgefangen, als der römische Soldat ihm die Lanze in die Seite stieß.«

Mrs. Greenberg rümpfte die Nase. Sie war klein und Jüdin und hielt nichts von solcherlei unhygienischen Dingen. »Nun, damit kenne ich mich nicht aus«, sagte sie. »Aber es sieht sehr hübsch aus. Unser Myron hat einen ganz ähnlichen Pokal bekommen, als er das Schwimmturnier gewann, nur hatte der seinen Namen eingraviert.«

»Hat er immer noch diese reizende Freundin? Die Friseuse?«

»Bernice? O ja. Sie wollen sich bald verloben«, sagte Mrs. Greenberg.

»Das ist ja reizend«, meinte Mrs. Whitaker und nahm noch eine Makrone. Mrs. Greenberg buk ihre Makronen selbst und brachte sie jeden zweiten Freitag mit herüber: kleine, süße, goldbraune Plätzchen mit Mandeln verziert.

Sie sprachen über Myron und Bernice und Mrs. Whitakers Neffen Ronald (sie hatte keine Kinder) und über ihre Freundin Mrs. Perkins, die im Krankenhaus lag mit ihrer Hüfte, die Ärmste.

Gegen Mittag ging Mrs. Greenberg nach Hause. Mrs. Whitaker machte sich Käse auf Toast zum Essen und anschließend nahm Mrs. Whitaker ihre Pillen, die weiße und die rote und die zwei kleinen orangefarbenen.

Es läutete an der Tür.

Mrs. Whitaker öffnete. Draußen stand ein junger Mann mit schulterlangen Haaren, die so hell waren, dass sie beinah weiß wirkten. Er trug eine glänzend silberne Rüstung und einen weißen Mantel darüber.

»Guten Tag«, sagte er.

»Guten Tag«, sagte Mrs. Whitaker.

»Ich bin ausgezogen, um mich auf die Suche zu begeben«, sagte er.

»Wie nett«, erwiderte Mrs. Whitaker vorsichtig.

»Darf ich eintreten?«, fragte er.

Mrs. Whitaker schüttelte den Kopf. »Es tut mir Leid, aber besser nicht.«

»Ich bin auf der Suche nach dem Heiligen Gral«, erklärte der junge Mann. »Ist er hier?«

»Können Sie sich ausweisen?«, fragte Mrs. Whitaker. Sie wusste, es war unklug, Fremde hereinzubitten, ehe man einen Ausweis gesehen hatte, vor allem wenn man älter und allein stehend war. Handtaschen wurden heutzutage von unbekannten Besuchern ausgeräumt und es konnten weitaus schlimmere Dinge passieren.

Der junge Mann ging zurück zum Gartentörchen. Sein Pferd, ein riesiges, graues Schlachtross mit hoch erhobenem Kopf und intelligenten Augen, war an Mrs. Whitakers Gartenzaun angebunden. Der Ritter durchsuchte seine Satteltasche und kam mit einer Pergamentrolle zurück.

Das Schriftstück war unterzeichnet von Artus, König von Britannien, der all seinen Untertanen, ganz gleich welchen Ranges und Standes, kundtat, dass dies hier Galahad sei, Ritter der Tafelrunde, der sich auf eine gerechte und ehrenvolle Suche begeben habe. Unter dem Text folgte ein gezeichnetes Porträt des jungen Mannes. Gar nicht mal schlecht getroffen.

Mrs. Whitaker nickte. Sie hatte eine kleine Karte mit einem Foto darauf erwartet, aber das hier war weitaus eindrucksvoller.

»Ich denke, Sie kommen besser herein«, sagte sie.

Sie gingen in die Küche. Die alte Dame kochte Galahad eine Tasse Tee und führte ihn dann ins Wohnzimmer.

Galahad entdeckte den Gral auf dem Kaminsims und sank auf ein Knie nieder. Vorsichtig stellte er die Teetasse auf dem rostbraunen Teppich ab. Ein Sonnenstrahl fiel durch die Netzgardine, überzog sein verklärtes Gesicht mit einem goldenen Glanz und verwandelte sein Haar in einen silbrigen Glorienschein.

»Er ist es wahrhaftig«, sagte er ganz leise. »Sangrail.« Seine hellblauen Augen zwinkerten dreimal in schneller Folge, als versuche er, Tränen wegzublinzeln.

Dann neigte er den Kopf wie im stillen Gebet.

Schließlich erhob sich Galahad und wandte sich an Mrs. Whitaker. »Huldreiche Dame, Hüterin des heiligsten der Heiligtümer, lasst mich ziehen mit dem gesegneten Kelch, auf dass meine Fahrt ein Ende habe und mein *Geas* erfüllt sei.«

»Wie bitte?«, fragte Mrs. Whitaker.

Galahad trat zu ihr und ergriff ihre alten Hände. »Ich bin am Ende meiner Suche«, erklärte er. »Endlich ist der Sangrail gefunden, ich brauche nur die Hand danach auszustrecken.«

Mrs. Whitaker schürzte die Lippen. »Könnten Sie bitte die Teetasse aufheben?«, bat sie.

Reumütig hob Galahad seine Tasse auf.

»Nein, ich glaube, Sie irren sich«, sagte Mrs. Whitaker. »Mir gefällt er recht gut da oben. Genau richtig zwischen dem Hündchen und meinem Henry.«

»Wollt Ihr Gold? Ist es das? Hohe Frau, ich kann Euch Gold bringen …«

»Nein«, sagte Mrs. Whitaker. »Ich will kein Gold, vielen Dank. Ich habe einfach kein Interesse.«

Sie brachte Galahad zur Tür. »Es war sehr nett, Sie kennen zu lernen«, sagte sie.

Sein Pferd hatte den Kopf über den Zaun gestreckt und knabberte an ihren Gladiolen. Ein paar Nachbarskinder standen auf dem Gehweg und bestaunten es.

Galahad holte ein paar Zuckerstückchen aus der Satteltasche und zeigte den mutigeren Kindern, wie sie sie dem Pferd geben mussten, mit flach ausgestreckter Hand. Die

Kinder kicherten. Eins der größeren Mädchen streichelte dem Pferd die Nüstern.

Galahad schwang sich in einer einzigen, fließenden Bewegung in den Sattel. Dann trabten Pferd und Reiter den Hawthorne Crescent hinab.

Mrs. Whitaker sah ihnen nach, bis sie hinter der nächsten Biegung verschwunden waren, dann seufzte sie und ging zurück ins Haus.

Das Wochenende war ruhig.

Am Samstag fuhr Mrs. Whitaker mit dem Bus nach Maresfield, um ihren Neffen Ronald, seine Frau Euphonia und deren Töchter, Clarissa und Dillian, zu besuchen. Sie brachte ihnen einen selbst gebackenen Rosinenkuchen mit.

Am Sonntagmorgen ging Mrs. Whitaker zur Kirche. Sie gehörte zur Gemeinde von St. James the Less, wo es für ihren Geschmack ein wenig zu modern zuging, nach dem Motto: »Dies ist nicht in erster Linie eine Kirche, sondern vor allem ein Ort, wo Gleichgesinnte zusammenkommen und fröhlich sind.« Aber sie mochte den Pastor, Reverend Bartholomew, jedenfalls wenn er nicht gerade Gitarre spielte.

Nach dem Gottesdienst erwog sie, ihm von dem Heiligen Gral auf ihrem Kaminsims zu erzählen, aber sie entschied sich dagegen.

Am Montagvormittag arbeitete Mrs. Whitaker im Garten hinter dem Haus. Sie hatte ein Kräuterbeet, auf das sie sehr stolz war: Dill, Eisenkraut, Minze, Rosmarin, Thymian und ein regelrechtes Petersilienfeld. Sie kniete auf der Erde, hatte dicke grüne Arbeitshandschuhe übergestreift, jätete Unkraut und las Schnecken auf, die sie in eine Plastiktüte steckte. Mrs. Whitaker konnte einfach keiner Schnecke etwas zu Leide tun. Sie brachte sie immer ans Ende des Gartens und warf sie über den Zaun, wo eine Eisenbahnstrecke verlief.

Sie erntete ein wenig Petersilie für den Salat. Hinter ihr ertönte ein Hüsteln. Galahad stand dort, groß und schön, und seine Rüstung funkelte in der Morgensonne. In den

Armen hielt er ein längliches Paket, das in geöltes Leder gehüllt war.

»Ich bin zurückgekehrt«, sagte er

»Hallo«, sagte Mrs. Whitaker. Ziemlich langsam kam sie auf die Füße und zog die Handschuhe aus. »Nun, da Sie schon einmal hier sind, können Sie sich auch nützlich machen«, sagte sie.

Sie reichte ihm die Tüte mit den Schnecken und wies ihn an, sie über dem Zaun auszuleeren.

Das tat er.

Dann gingen sie in die Küche.

»Tee? Oder Limonade?«, fragte sie.

»Was immer Euch gutdünkt«, antwortete Galahad.

Mrs. Whitaker holte den Krug selbst gemachter Limonade aus dem Kühlschrank und schickte Galahad in den Garten, ein bisschen Minze pflücken. Sie wusch die Minze sorgsam, ehe sie ein paar Blättchen in die beiden Gläser gab und dann Limonade einschenkte.

»Steht Ihr Pferd draußen?«, wollte sie wissen.

»O ja. Sein Name ist Grizzel.«

»Und Sie habe einen sehr weiten Weg hinter sich, nehme ich an.«

»Einen sehr weiten Weg.«

»Verstehe«, sagte Mrs. Whitaker. Sie holte eine blaue Plastikschüssel unter der Spüle hervor und füllte sie zur Hälfte mit Wasser. Galahad brachte sie Grizzel. Er wartete, während das Pferd soff, und brachte Mrs. Whitaker die leere Schüssel zurück.

»Also dann«, begann Mrs. Whitaker. »Ich nehme an, Sie wollen den Gral.«

»Ja. Immer noch strebe ich nach dem Sangrail«, antwortete er. Er hob das in Leder eingeschlagene Paket vom Boden auf, legte es auf die Tischdecke und öffnete es. »Zum Tausch biete ich Euch dies.«

Es war ein Schwert, die Klinge über einen Meter lang und mit hauchfeinen Buchstaben und Symbolen verziert. Das Heft war aus Gold und Silber gearbeitet, den Abschluss des Knaufs bildete ein riesiger Edelstein.

»Es ist sehr hübsch«, sagte Mrs. Whitaker zweifelnd.

»Dies«, sagte Galahad, »ist das Schwert Balmung, das Wieland der Schmied in grauer Vorzeit schuf. Sein Gegenstück heißt Flamberge. Wer es trägt, kann im Krieg nicht besiegt, in der Schlacht nicht geschlagen werden. Wer es trägt, ist jeder Feigheit oder schändlicher Taten unfähig. Der Stein am Heft ist der Sardonyx Bircone, der seinen Besitzer vor vergiftetem Wein und verräterischen Freunden beschützt.«

Mrs. Whitaker betrachtete das Schwert. »Sicher ist es sehr scharf«, bemerkte sie schließlich.

»Es könnte ein herabfallendes Haar zerschneiden. Nein, es könnte gar einen Sonnenstrahl spalten«, sagte Galahad voller Stolz.

»Dann sollten Sie es vielleicht lieber wieder wegpacken«, meinte Mrs. Whitaker.

»Ihr wollt es nicht?« Galahad schien enttäuscht.

»Nein, vielen Dank.« Ihr kam in den Sinn, dass es ihrem seligen Henry bestimmt gefallen hätte. Er hätte es in seinem Arbeitszimmer an die Wand gehängt, gleich neben dem ausgestopften Karpfen, den er in Schottland gefangen hatte, und hätte es jedem Besucher gezeigt.

Galahad wickelte das Schwert Balmung wieder in seine geölte Lederhülle und verschnürte es mit einer weißen Kordel.

Dann saß er da, untröstlich.

Mrs. Whitaker machte ihm für den Heimweg ein paar Sandwiches mit Frischkäse und Gurke und wickelte sie in Wachspapier. Sie gab ihm auch einen Apfel für Grizzel. Er schien hocherfreut über ihre Gaben.

Zum Abschied winkte sie den beiden nach.

Am Nachmittag nahm sie den Bus, um Mrs. Perkins zu besuchen, die Ärmste, die immer noch mit ihrer Hüfte im Krankenhaus lag. Mrs. Whitaker brachte ihr selbst gemachtes Früchtebrot mit, auch wenn sie die Walnüsse weggelassen hatte, denn Mrs. Perkins Zähne waren auch nicht mehr das, was sie einmal gewesen waren.

Abends sah sie ein bisschen fern und ging früh schlafen.

Am Dienstag kam der Postbote. Mrs. Whitaker war auf dem Dachboden, um ein bisschen Ordnung zu schaffen, und da sie die Treppe langsam und vorsichtig, Stufe für Stufe hinabstieg, kam sie nicht rechtzeitig an die Tür. Der Postbote hatte ihr einen Zettel in den Briefkasten geworfen: Er habe versucht, ein Päckchen zuzustellen, aber es sei niemand daheim gewesen.

Mrs. Whitaker seufzte.

Sie steckte den Zettel in die Handtasche und machte sie auf den Weg zum Postamt.

Das Paket war von ihrer Nichte Shirelle, die in Sydney in Australien lebte. Es enthielt ein Foto von ihrem Mann Wallace und den beiden Töchtern, Dixie und Violet, und eine in Holzwolle verpackte Schneckenmuschel.

Mrs. Whitaker hatte eine Sammlung von Ziermuscheln im Schlafzimmer. Am meisten liebte sie die mit dem in Email aufgemalten Bild von den Bahamas. Das war ein Geschenk von ihrer Schwester Ethel gewesen, die 1983 gestorben war.

Sie steckte die Muschel und die Fotos in ihre Einkaufstasche. Und weil sie schon mal in der Nähe war, ging sie auf dem Heimweg beim Oxfam-Laden vorbei.

»Hallo, Mrs. Whitaker«, sagte Marie.

Mrs. Whitaker starrte sie an. Marie trug Lippenstift (vielleicht nicht gerade die glücklichste Farbe für sie, vielleicht nicht sehr fachmännisch aufgetragen, aber, dachte Mrs. Whitaker, das kommt schon mit der Zeit) und einen ziemlich schicken Rock. Eine enorme positive Veränderung.

»Oh, hallo, Marie«, antwortete Mrs. Whitaker.

»Letzte Woche war ein Mann hier und hat nach diesem Ding gefragt, das Sie gekauft haben. Diesem komischen kleinen Blechpokal. Ich hab ihm gesagt, wo Sie wohnen. War Ihnen doch recht, oder?«

»Sicher, Kind«, sagte Mrs. Whitaker. »Er hat mich auch gefunden.«

»Er war traumhaft. Wirklich, einfach traumhaft«, sagte Marie mit einem wehmütigen Seufzen. »Ich hätte auf der Stelle mit ihm gehen können. Und ein großes weißes Pferd hatte er auch«, schloss sie. Sie hielt sich auch gerader, stellte Mrs. Whitaker anerkennend fest.

Im Bücherregal fand Mrs. Whitaker einen neuen Mills-&-Boon-Roman – *Ihre Majestätische Leidenschaft* –, auch wenn sie die beiden von letzter Woche noch gar nicht ausgelesen hatte.

Sie nahm *Romance and Legend of Chivalry* zur Hand und schlug es auf. Es roch modrig. In roter Tinte stand säuberlich auf der ersten Seite: EX. LIBRIS FISHER.

Sie legte es wieder beiseite.

Als sie heimkam, wartete Galahad vor der Tür. Er ließ die Nachbarskinder auf Grizzel reiten, führte ihn am Zügel die Straße auf und ab.

»Ich bin froh, dass Sie da sind«, sagte sie. »Ich habe ein paar Kisten zu tragen.«

Sie führte ihn auf den Dachboden. Er räumte all die alten Koffer beiseite, sodass sie an den Schrank dahinter kam.

Es war furchtbar staubig dort oben.

Sie beschäftigte ihn fast den ganzen Nachmittag. Er rückte die schweren Gegenstände hin und her, während sie Staub wischte.

Galahad hatte eine Schnittwunde auf der Wange und ein Arm schien ein wenig steif zu sein.

Sie unterhielten sich ein bisschen, während sie sauber machte und aufräumte. Mrs. Whitaker erzählte ihm von ihrem seligen Henry und dass die Lebensversicherung gereicht hatte, um die restliche Hypothek zu zahlen, dass sie all diese Dinge besaß, aber so recht niemanden hatte, dem sie sie hinterlassen konnte, niemanden außer Ronald und seine Frau, die eigentlich nur moderne Sachen mochten. Sie erzählte ihm auch davon, wie sie Henry im Krieg kennen gelernt hatte, denn er war beim Zivilschutz und kontrollierte vor den Fliegerangriffen die Straßen und sie hatte das Küchenfenster nicht richtig verdunkelt. Und von den Tanzfesten in der Stadt und wie sie nach London gefahren waren, als der Krieg aus war, und sie zum ersten Mal in ihrem Leben Wein getrunken hatte.

Galahad erzählte Mrs. Whitaker von seiner Mutter Elaine, die flatterhaft und nicht immer tugendhaft und obendrein eine Hexe war, von seinem Großvater König Pelles, der es zwar immer gut meinte, meistens jedoch, gelinde gesagt, ein wenig abwesend wirkte, von seiner Jugend in der Festung Bliant auf der Insel der Seligkeit und von seinem Vater, den er als »Le Chevalier Mal Fet« kannte, der mehr oder weniger vollkommen von Sinnen war und der in Wirklichkeit Lancelot du Lac hieß, einst der größte aller Ritter war und nun, seines Verstandes beraubt, im Verborgenen lebte. Und Galahad erzählte von seinen Tagen als Knappe am Hof in Camelot.

Um fünf begutachtete Mrs. Whitaker die Dachkammer und verkündete, sie sei zufrieden. Dann öffnete sie das Fenster, um den Raum zu lüften, und sie gingen hinunter in die Küche, wo sie den Kessel aufstellte.

Galahad setzte sich an den Küchentisch.

Er öffnete den Lederbeutel, den er am Gürtel trug, und entnahm ihm einen etwa faustgroßen weißen Stein.

»Hohe Frau«, sagte er. »Dies ist für Euch, wenn Ihr mir den Sangrail überlasst.«

Mrs. Whitaker nahm den Stein in die Hand. Er wog schwerer, als er aussah. Sie hielt ihn gegen das Licht. Er war milchig, aber durchsichtig, und tief in seinem Innern flimmerten und glitzerten winzige Silberflöckchen in der Spätnachmittagssonne. Er fühlte sich warm an.

Und dann überkam sie auf einmal ein eigentümliches Gefühl, während sie ihn in der Hand hielt: Ganz tief in ihrem Innern verspürte sie eine wohlige Ruhe, eine Art Frieden. *Heiterkeit*, das war das richtige Wort. Sie fühlte sich heiter.

Zögernd legte sie den Stein wieder auf den Tisch.

»Er ist sehr hübsch«, sagte sie.

»Dies ist der Stein der Weisen, den unser Ahn Noah in der Arche aufhing, auf dass er Licht spende, als es kein anderes Licht gab. Er kann einfache Metalle in Gold verwandeln und vieles andere mehr«, erklärte Galahad stolz. »Und das ist nicht alles. Ich habe noch mehr. Seht.« Er holte ein Ei aus dem Lederbeutel und reichte es ihr.

Es hatte etwas die Größe eine Gänseeis und war glänzend schwarz mit weißen und scharlachroten Sprenkeln. Als Mrs. Whitaker es berührte, sträubten sich die Haare in ihrem Nacken. Ihr erster Eindruck war von unglaublicher Hitze und Freiheit. Sie hörte das Knistern eines fernen Feuers und für einen Sekundenbruchteil glaubte sie, hoch über der Welt einherzuschweben, als gleite sie auf Flammenschwingen dahin.

Sie legte das Ei auf den Tisch neben den Stein der Weisen.

»Dies ist das Ei des Phönix«, sagte Galahad. »Es kommt aus dem fernen Morgenland. Eines Tages wird der Phönix herausschlüpfen und wenn die Zeit kommt, wird der Vogel sein feuriges Nest bauen, sein Ei legen und sterben, um in Flammen wiedergeboren zu werden in einem späteren Zeitalter.«

»Ich hab mir gleich gedacht, dass es das ist«, bemerkte Mrs. Whitaker.

»Und als Letztes habe ich dies für Euch mitgebracht, hohe Frau.«

Er förderte einen dritten Gegenstand zu Tage und reichte ihn ihr. Es war ein Apfel, der offenbar aus einem einzigen Rubin geformt war, an einem Stängel aus Bernstein.

Ein bisschen beunruhigt nahm sie ihn in die Hand. Er fühlte sich weich an, geradezu täuschend echt: der Druck ihrer Finger verletzte die Schale und rubinroter Saft rann über Mrs. Whitakers Hand.

Ein schwacher, kaum wahrnehmbarer Duft nach Sommerfrüchten erfüllte die Küche, nach Himbeeren und Pfirsichen und Erdbeeren und roten Johannisbeeren. Wie aus weiter Ferne hörte sie singende Stimmen und den Klang von Instrumenten.

»Es ist einer der Äpfel der Hesperiden«, sagte Galahad leise. »Ein Bissen heilt jedes Gebrechen, jede Wunde, wie tief sie auch sei, ein zweiter bringt einem Jugend und Schönheit zurück und der dritte Bissen, so heißt es, schenkt ewiges Leben.«

Mrs. Whitaker leckte den klebrigen Saft von ihrer Hand. Er schmeckte wie ein erlesener Wein.

Und plötzlich erinnerte sie sich, wusste wieder ganz genau, wie es sich anfühlte, jung zu sein. Einen festen, schlanken Körper zu haben, der tat, was immer sie wollte, einen Feldweg entlangzurennen nur aus purer undamenhafter Freude am Rennen, und Männer lächelten sie an, einfach nur weil sie sie selbst und glücklich darüber war.

Mrs. Whitaker sah zu Sir Galahad, dem edelsten aller Ritter, der hier schön und strahlend in ihrer Küche saß.

Sie hielt den Atem an.

»Das ist alles, was ich Euch bringe«, sagte Galahad. »Es war nicht einfach, diese Dinge zu beschaffen.«

Mrs. Whitaker legte die Rubinfrucht auf den Küchentisch. Sie betrachtete den Stein der Weisen, das Ei des Phönix und den Apfel des Lebens.

Dann ging sie ins Wohnzimmer hinüber und sah zum Kaminsims: der kleine Porzellanbasset, der Heilige Gral und das Foto von ihrem seligen Henry, lächelnd, mit nacktem Oberkörper aß er ein Eis, ein schwarz-weißer Augenblick, fast vierzig Jahre weit weg.

Sie ging zurück in die Küche. Der Kessel hatte angefangen zu pfeifen. Sie schenkte ein wenig kochendes Wasser in die Teekanne, ließ es umherschwappen und kippte es weg. Dann gab sie zwei Löffel Teeblätter hinein und einen für die Kanne und goss das restliche Wasser darauf. All das tat sie schweigend.

Dann wandte sie sich zu Galahad um und sah ihn an.

»Packen Sie den Apfel weg«, befahl sie. »So etwas sollten Sie einer alten Dame nicht anbieten, das gehört sich nicht.« Sie unterbrach sich kurz und dachte einen Moment nach. »Aber ich nehme die anderen beiden«, fuhr sie dann fort. »Sie sehen sicher hübsch aus auf dem Kaminsims. Und zwei im Tausch gegen eins ist fair, meine ich.«

Galahad strahlte. Er steckte den Rubinapfel in seinen Beutel. Dann sank er auf ein Knie nieder und küsste Mrs. Whitakers Hand.

»Hören Sie auf mit dem Unsinn«, sagte Mrs. Whitaker

und schenkte Tee ein, nachdem sie das allerbeste Porzellan hervorgeholt hatte, das für besondere Gelegenheiten reserviert war.

Schweigend saßen sie zusammen und tranken Tee.

Als sie die Tassen geleert hatten, gingen sie ins Wohnzimmer.

Galahad bekreuzigte sich und nahm den Gral.

Mrs. Whitaker arrangierte Ei und Stein an der Stelle, wo der Gral gestanden hatte. Das Ei fiel immer wieder um, also lehnte sie es gegen das Porzellanhündchen.

»Sie sehen beide wirklich sehr hübsch aus«, sagte Mrs. Whitaker.

»Ja«, stimmte Galahad zu. »Sie sehen hübsch aus.«

»Möchten Sie noch etwas essen, bevor Sie sich auf den Rückweg machen?«, fragte sie.

Er schüttelte den Kopf.

»Ein Stück Früchtebrot«, schlug sie vor. »Im Moment meinen Sie vielleicht, Sie wollen keins, aber in ein paar Stunden werden Sie froh sein, es zu haben. Und vermutlich sollten Sie noch mal eben verschwinden. Geben Sie ihn mir einstweilen und ich packe ihn für Sie ein.«

Sie führte ihn zu der kleinen Toilette am Ende des Flurs und ging in die Küche, den Gral in Händen. In der Vorratskammer hatte sie noch ein Stück Weihnachtspapier. Darin wickelte sie den Gral ein und verschnürte das Päckchen mit Zwirn. Dann schnitt sie ein großes Stück Früchtebrot ab und packte es in eine braune Papiertüte zusammen mit einer Banane und einem Stück Schmelzkäse in Alufolie.

Galahad kam von der Toilette zurück. Sie gab ihm die Papiertüte und den Heiligen Gral. Dann stellte sie sich auf die Zehenspitzen und küsste ihm die Wange.

»Sie sind ein guter Junge«, sagte sie. »Geben Sie gut auf sich Acht.«

Er schloss sie einen Moment in die Arme und dann schob sie ihn aus der Küche und durch die Hintertür, die sie hinter ihm schloss. Sie schenkte sich noch eine Tasse Tee ein und weinte leise in ein Papiertaschentuch, während der Hufschlag auf dem Hawthorne Crescent verhallte.

Mittwoch blieb Mrs. Whitaker den ganzen Tag zu Hause.

Am Donnerstag ging sie zum Postamt, um ihre Rente abzuholen. Auf dem Rückweg stattete sie dem Oxfam-Laden einen Besuch ab.

Die Frau an der Kasse war eine Neue. »Wo ist Marie?«, fragte Mrs. Whitaker.

Die Frau an der Kasse, die blau schimmernde Haare hatte und ein blaues Brillengestell mit Strass verzierten Spitzen trug, schüttelte den Kopf und hob die Schultern. »Sie ist auf und davon mit einem jungen Mann«, sagte sie. »Auf einem Pferd. Tse. Stellen Sie sich das mal vor. Ich sollte heute Nachmittag eigentlich den Laden in Heathfield hüten. Ich musste meinen Johnny bitten, mich herzufahren, während wir jemanden anderen suchen.«

»Oh«, sagte Mrs. Whitaker. »Nun, es ist nett, dass sie einen jungen Mann gefunden hat.«

»Nett für sie vielleicht«, sagte die Dame an der Kasse. »Aber es gibt Leute, die sollten heute Nachmittag in Heathfield sein.«

Auf einem Regal ganz hinten im Laden fand Mrs. Whitaker ein angelaufenes altes Silbergefäß mit einer langen Tülle. Es sollte sechzig Pence kosten, sagte der kleine Aufkleber an der Seite. Es sah in etwa wie eine plattgedrückte, langgezogene Teekanne aus.

Sie fand einen Mills-&-Boon-Roman, den sie noch nicht kannte. Er hieß *Ihre einzige Liebe*. Buch und Silberkanne brachte sie zu der Frau an der Kasse.

»Fünfundsechzig Pence, bitte«, sagte die Frau, nahm das Silbergefäß in die Hand und betrachtete es. »Komisches altes Ding, oder? Kam heute Morgen rein.« Auf dem Bauch der Silberkanne waren eckige, alte chinesische Zeichen eingraviert und sie hatte einen elegant geschwungenen Griff. »Eine Art Ölkännchen, nehme ich an.«

»Nein, es ist kein Ölkännchen«, sagte Mrs. Whitaker, die ganz genau wusste, was es war. »Es ist eine Lampe.«

Ein kleiner unverzierter Fingerring war mit einem braunen Bindfaden an den Griff der Lampe geknotet.

»Ich hab's mir überlegt«, sagte Mrs. Whitaker. »Ich nehme doch nur das Buch.«

Sie bezahlte ihre fünf Pence für das Buch und brachte die Lampe dorthin zurück, wo sie sie gefunden hatte, ganz am Ende des Ladens. Denn es war einfach so, überlegte Mrs. Whitaker auf dem Heimweg, dass sie wirklich nirgendwo mehr Platz hatte, um sie aufzustellen.

Nikolaus war …

älter als die Sünde und sein Bart konnte weißer nicht mehr werden. Er wollte sterben.

Die zwergenhaften Eingeborenen der arktischen Höhlen sprachen seine Sprache nicht, sondern schnatterten in ihrem seltsamen Kauderwelsch und vollführten unbegreifliche Rituale, wenn sie nicht gerade in den Fabriken arbeiteten.

Einmal pro Jahr zwangen sie ihn trotz seiner Tränen und Proteste zur Endlosen Nacht. Auf seiner Reise besuchte er jedes Kind der Welt und ließ eines der unsichtbaren Geschenke der Zwerge an seinem Bett zurück. Die Kinder schliefen, erstarrt mit der Zeit.

Er beneidete Prometheus und Loki, Sisyphos und Judas. Seine Strafe war härter.

Ho.

Ho.

Ho.

Der Preis

Landstreicher und Vagabunden benutzen Geheimzeichen, die sie an Torpfosten und Bäumen und Türen anbringen, um andere ihresgleichen ein wenig über die Bewohner der Farmen und Häuser, die sie auf ihren Wanderungen passieren, wissen zu lassen. Ich glaube, dass Katzen ähnliche Zeichen verwenden. Wie sonst wäre der stetige Strom von Katzen zu erklären, die jahrein, jahraus an unserer Tür erscheinen, ausgehungert, flohverseucht und verstoßen?

Wir nehmen sie auf. Wir befreien sie von ihren Flöhen und Zecken, füttern sie und bringen sie zum Tierarzt. Wir bezahlen die nötigen Impfungen, schrecken auch vor der schlimmsten aller Entwürdigungen nicht zurück und lassen sie sterilisieren oder kastrieren.

Und sie bleiben bei uns: einen Monat, ein Jahr oder auch für immer.

Die meisten kommen im Sommer. Wir leben auf dem Land, gerade weit genug außerhalb der Stadt, dass die Stadtbewohner ihre Katzen vorzugsweise in unsere Nähe aussetzen.

Wir scheinen nie mehr als acht Katzen zu haben, selten weniger als drei. Derzeit stellt sich die Katzenpopulation meines Hauses folgendermaßen dar: Hermione und Pod, die eine getigert, die andere schwarz, auch die verrückten Schwestern genannt. Sie hausen in meinem Arbeitszimmer unter dem Dach und bleiben für sich. Snowflake, die blauäugige Katze mit dem langen, weißen Fell, die jahrelang wild im Wald gelebt hat, ehe sie die freie Wildbahn für weiche Sofas und Betten aufgab, und schließlich die größte von allen, Furball, Snowflakes kissenartige, gescheckte, langhaarige Tochter, fuchsrot und schwarz und weiß. Ich hatte sie eines Tages als winziges Katzenbaby in unserer Garage gefunden, stranguliert und fast schon tot in einem alten

Badmintonnetz. Zu unserer Überraschung starb sie nicht, sondern wuchs zu der gutmütigsten Katze heran, die ich je gekannt habe.

Und dann haben wir noch den schwarzen Kater. Er hat keinen anderen Namen als Schwarzer Kater und er kam vor etwa einem Monat. Zuerst war uns nicht klar, dass er wirklich bei uns einziehen wollte, denn er schien zu wohlgenährt für einen Streuner, zu alt und keck, um ausgesetzt worden zu sein. Er sah aus wie ein kleiner Panther und er bewegte sich wie ein Fleisch gewordenes Stück Nacht.

Eines Tages tauchte er einfach auf und schlich um unsere baufällige Veranda herum. Acht oder neun Jahre alt, schätzte ich, grüngelbe Augen, sehr freundlich und vollkommen unerschrocken. Ich nahm an, dass er auf eine der benachbarten Farmen gehörte.

Ich fuhr für ein paar Wochen weg, um ein Buch fertig zu schreiben, und als ich nach Hause kam, war er immer noch auf der Veranda und bewohnte einen alten Katzenkorb, den eins der Kinder ihm zurechtgemacht hatte. Doch er war kaum wiederzuerkennen. Sein Fell wies kahle Stellen auf und tiefe Kratzer zogen sich über die graue Haut. Eine Ohrspitze war abgekaut. Unterhalb eines Auges klaffte eine tiefe Wunde, aus der Lippe war ein Stück Fleisch gerissen. Er wirkte erschöpft und mager.

Wir brachten den Schwarzen Kater zum Tierarzt, der uns ein Antibiotikum mitgab. Jeden Abend mischten wir ihm das Medikament ins weiche Dosenfutter.

Wir fragten uns, mit wem er wohl gekämpft hatte. Snowflake, unsere schöne, weiße, halbwilde Königin? Waschbären? Oder war er in die scharfen Klauen eines Opossums geraten?

Jeden Morgen waren die Kratzer schlimmer, einmal war seine Seite zerbissen, in der nächsten Nacht erwischte es ihn am Unterbauch, wo scharfe Krallen blutige Striemen hinterlassen hatten.

Ich fand, die Sache war weit genug gegangen, und brachte ihn in den Keller hinunter, damit er sich zwischen Heizkessel und Stapeln alter Kisten erholen konnte. Der

Schwarze Kater war erstaunlich schwer, als ich ihn die Treppe hinuntertrug, und ich brachte ihm seinen Korb, eine Katzentoilette, Futter und Wasser. Als ich ging, schloss ich die Tür hinter mir. Ich musste mir das Blut von den Händen waschen, als ich aus dem Keller kam.

Vier Tage blieb er dort unten. Anfangs schien er zu schwach, um zu fressen. Die Wunde über der Nase hatte ein Auge beinah völlig zuschwellen lassen, sodass er darauf so gut wie blind war, er hinkte, konnte sich kaum auf den Beinen halten und dicker gelber Eiter rann aus der verletzten Lippe.

Jeden Morgen und Abend ging ich in den Keller hinunter, mischte das Antibiotikum ins Futter und fütterte ihn, betupfte seine Wunden und sprach mit ihm. Er litt an Durchfall, und obwohl ich die Katzenstreu täglich wechselte, stank der Keller fürchterlich.

Die vier Tage, die der Schwarze Kater im Keller verbrachte, waren vier schlechte Tage in meinem Haus: unsere Kleinste rutschte in der Badewanne aus, stieß sich den Kopf und wäre beinah ertrunken. Ich erfuhr, dass das Projekt, an dem mir so viel lag – Hope Mirrlees' Roman *Lud in the Mist* für die BBC zu bearbeiten – gestorben war und ich musste einsehen, dass ich einfach nicht die Kraft hatte, noch mal ganz von vorne anzufangen und es anderen Gesellschaften, anderen Medien schmackhaft zu machen. Meine Tochter fuhr ins Sommercamp und begann umgehend, eine Flut herzzerreißender Briefe und Karten heimzuschicken, fünf oder sechs am Tag, mit der flehentlichen Bitte, sie nach Hause zu holen. Mein Sohn verkrachte sich mit seinem besten Freund, sodass sie nicht mehr miteinander redeten, und meine Frau fuhr eines Abends auf dem Heimweg ein Reh an, das ihr vor den Kühler gelaufen war. Das Reh starb, der Wagen war Schrott und meine Frau trug eine Schnittwunde über dem Auge davon.

Am vierten Tag begann der Kater, im Keller umherzustreifen, zaudernd, aber ungeduldig durchstöberte er die Stapel alter Bücher und Comics und all die Kisten voller Briefe, Kassetten, Bilder und Geschenke und sonstigem

Krempel. Er maunzte mich auffordernd an. Er wollte hinaus und nach kurzem Zögern entließ ich ihn.

Er begab sich wieder auf die Veranda und verschlief dort den Rest des Tages.

Am nächsten Morgen waren neue, tiefe Striemen an seinen Flanken und ganze Büschel schwarzer Katzenhaare – seine – lagen auf den Holzdielen der Veranda verstreut.

An diesem Tag besagten die Briefe unserer Tochter, dass das Sommercamp erträglicher wurde und sie wohl noch ein paar Tage überleben könne. Mein Sohn und sein Freund lösten ihr Problem, auch wenn ich nie erfuhr, was der Gegenstand der Auseinandersetzung gewesen war – Sammelkarten, Computerspiele, *Star Wars* oder ein Mädchen. Der BBC-Programmdirektor, der *Lud in the Mist* gekippt hatte, wurde plötzlich beurlaubt, weil er Schmiergelder (na ja, »fragwürdige Kredite«) von einer unabhängigen Produktionsfirma angenommen hatte. Seine Nachfolgerin war, wie sich zu meiner unbändigen Freude herausstellte, die Frau, die mir das Projekt ursprünglich angetragen hatte, ehe sie die BBC verließ.

Ich erwog, den Schwarzen Kater zurück in den Keller zu bringen, entschied mich aber dagegen und beschloss stattdessen herauszufinden, was für ein Tier es war, das jede Nacht zu unserem Haus kam. Danach wollte ich mir überlegen, wie ich weiter vorgehen sollte. Vielleicht konnte ich ihm eine Falle stellen.

Zu Weihnachten und Geburtstagen schenkt meine Familie mir Hightech-Geräte und sonstige Apparillos – teure Spielzeuge, die meine Fantasie anregen, letztlich aber kaum je aus ihrer Verpackung geholt werden. Ich besitze einen Entsafter, ein elektrisches Tranchiermesser, einen Brotbackautomaten und – ein Geschenk vom letzten Jahr – ein Nachtsichtfernglas. An Weihnachten hatte ich die Batterien eingelegt und war wie Agent Starling mit meinem Nachtsichtgerät im Keller umhergestiefelt, zu ungeduldig, um bis Einbruch der Dunkelheit zu warten. (Die Gebrauchsanweisung warnte davor, das Gerät im Hellen einzuschalten, denn das könne sowohl dem Fernglas als auch den Augen schaden.) Anschließend hatte ich dieses Wunderwerk zurück in seine Schachtel gesteckt und seither lag es vergessen in meinem Büro neben einer Kiste mit Computerkabeln und vergessenem Krimskrams.

Vielleicht würde das Tier, Hund oder Katze oder Waschbär oder was immer es war, nicht kommen, wenn es mich auf der Veranda sitzen sah, überlegte ich, also brachte ich einen Stuhl in die kleine Gerümpelkammer, die kaum größer ist als ein Abstellraum, aber ein Fenster zur Veranda hat. Als das ganze Haus schlief, ging ich auf die Veranda hinaus und sagte dem Schwarzen Kater Gute Nacht.

Diese Katze ist ein Mensch, hatte meine Frau gesagt, als er bei uns aufgetaucht war. Und sein ausladendes Löwengesicht mit der schwarzen Nase, den grüngelben Augen und dem fangzahnbewehrten, aber doch so liebenswerten Maul (dessen Lippe immer noch eiterte) schien wirklich menschliche Züge zu haben.

Ich strich ihm über den Kopf, kraulte ihn unterm Kinn und wünschte ihm Glück. Schließlich ging ich hinein und schaltete das Verandalicht aus.

Dann saß ich im dunklen Haus mit meinem Nachtsichtfernglas auf dem Schoß. Ich hatte es eingeschaltet und ein grünlicher Lichtschimmer drang aus dem Okular.

Zeit verrann in der Finsternis.

Ich experimentierte ein wenig mit meinem Fernglas, lernte, es scharf zu stellen, die Welt in Grünschattierungen zu sehen. Ich war einigermaßen erschüttert über die Unzahl von Insekten, die ich durch die Nacht schwirren sah, als sei die Dunkelheit plötzlich eine Art albtraumhafter Suppe geworden, in der es von Lebewesen nur so wimmelte. Dann ließ ich das Fernglas sinken und starrte ins üppige Blau und Schwarz der Nacht hinaus, still und friedvoll und ruhig.

Die Zeit verging. Ich kämpfte gegen den Schlaf und ertappte mich dabei, dass ich Kaffee und Zigaretten schmerzlich vermisste, meine beiden abgelegten Laster. Sowohl das eine als auch das andere hätte mir geholfen, die Augen offen zu halten. Doch gerade als ich drohte in Schlummer und Traumwelt hinabzugleiten, riss ein Jaulen im Garten mich zurück in die Wirklichkeit. Ich hob das Fernglas an die Augen und war enttäuscht, nur Snowflake zu sehen, unsere weiße Katze, die wie ein grünlich weißer Lichtklecks durch den Garten schlich. Sie steuerte auf das Gehölz zu, das an unser Haus grenzte, und war verschwunden.

Ich wollte mich gerade wieder zurücklehnen, als mir die Frage in den Sinn kam, was Snowflake so erschreckt haben mochte, und ich suchte den Garten systematisch mit dem Nachtsichtgerät nach einem großen Waschbär, einem Hund oder einem kampfwütigen Opossum ab. Und tatsächlich kam etwas die Auffahrt zum Haus hinauf. Ich konnte es durch das Fernglas sehen, deutlich wie im klaren Tageslicht.

Es war der Teufel.

Ich hatte den Teufel nie zuvor gesehen und auch wenn ich gelegentlich über ihn geschrieben hatte, hätte ich bei entsprechender Befragung doch gestehen müssen, dass ich nicht an ihn glaubte oder zumindest nur als Ausgeburt der Fantasie, tragisch, ein Milton-Gespinst. Doch die Kreatur, die da die Auffahrt entlangkam, war nicht Miltons Luzifer. Es war der Teufel.

Mein Herz fing an in meiner Brust zu hämmern, so heftig, dass es wehtat. Ich hoffte, dass er mich nicht sehen konnte, dass ich im Haus, hinter Fensterglas, verborgen war.

Die Gestalt flackerte und veränderte sich, während sie die Auffahrt hinaufkam. Gerade war sie noch finster, bullig, minotaurisch, im nächsten Moment schlank und weiblich und gleich darauf war sie selbst eine Katze, eine narbenzerfressene, riesige graugrüne Wildkatze, das Gesicht vor Hass verzerrt.

Eine kleine Treppe führt auf unsere Veranda hinauf, vier weiße Holzstufen, die dringend einen neuen Anstrich brauchen. (Ich wusste, dass sie weiß waren, auch wenn sie jetzt, durch mein Fernglas gesehen, grün wie alles andere schimmerten.) Am Fuß der Treppe hielt der Teufel an und rief etwas, das ich nicht verstand, drei, womöglich vier Worte in einer wimmernden, heulenden Sprache, die schon alt und vergessen gewesen sein muss, als Babylon jung war. Und obgleich ich die Worte nicht verstand, spürte ich bei ihrem Klang, wie die Haare in meinem Nacken sich sträubten.

Und dann vernahm ich gedämpft durch das geschlossene Fenster, aber immer noch hörbar, eine tiefes, drohendes Knurren und langsam, mit unsicheren Schritten bewegte eine dunkle Gestalt sich die Stufen hinab, weg von mir, auf den Teufel zu. Inzwischen bewegte der Schwarze Kater sich nicht mehr wie ein Panther, vielmehr torkelte und schlingerte er wie ein Seemann, der gerade erst an Land gekommen ist.

Jetzt war der Teufel eine Frau. Sie sprach sanft, beruhigend auf den Kater ein in einer Sprache, die wie Französisch klang, und streckte die Hand nach ihm aus. Er schlug die Zähne in ihren Unterarm. Ihre Lippen kräuselten sich und sie spuckte ihn an.

Dann sah die Frau zu mir auf und wenn ich vorher noch Zweifel gehabt hätte, dass sie der Teufel war, dann war ich jetzt davon überzeugt: Die Augen der Frau schleuderten mir rote Blitze entgegen, obwohl man kein Rot durch ein Nachtsichtgerät sehen kann, sondern nur Grüntöne. Und der Teufel sah mich durchs Fenster. Er sah mich. Daran habe ich nicht den geringsten Zweifel.

Der Teufel wand und drehte sich und jetzt war er eine Art Schakal, eine Kreatur mit platter Schnauze, einem gewaltigen Kopf und Stiernacken, halb Hyäne, halb Dingo. Maden wimmelten in seinem zottigen, verfilzten Pelz und dann kam er die Treppe hinauf.

Der Schwarze Kater sprang ihn an und innerhalb von Sekunden verschmolzen sie zu einem rollenden, gekrümmten Etwas, das sich schneller bewegte, als meine Augen zu folgen vermochten.

All das geschah in vollkommener Stille.

Dann ertönte ein dumpfes Dröhnen unten auf dem Wirtschaftsweg am Ende der Auffahrt. Ein Lastwagen auf nächtlicher Fahrt rumpelte aus der Ferne heran, seine Scheinwerfer gleißend hell wie grüne Sonnen in meinem Fernglas. Ich setzte es ab und sah nichts als Finsternis, das sanfte Gelb der Scheinwerfer, dann das Rot der Rücklichter, ehe er wieder im Nirgendwo verschwand.

Als ich das Nachtsichtfernglas wieder vor die Augen hielt, war nichts mehr zu sehen. Nur der Schwarze Kater stand auf der Treppe und starrte aufwärts. Ich richtete das Fernglas nach oben und sah etwas wegfliegen, einen Geier vielleicht oder einen Adler – und dann erreichte es die Bäume und war fort.

Ich ging auf die Veranda, hob den Schwarzen Kater hoch und streichelte ihn, sprach ruhig und sanft auf ihn ein. Er maunzte jämmerlich, als ich mich ihm näherte, aber schließlich schlief er auf meinem Schoß ein. Ich legte ihn in seinen Korb, ging nach oben ins Bett und schlief ebenfalls. Am nächsten Morgen fand ich getrocknetes Blut auf meinem T-Shirt und der Jeans.

Das war vor einer Woche.

Die Kreatur, die mein Haus heimsucht, kommt nicht jede Nacht. Aber sie kommt meistens. Wir sehen es an den neuen Wunden, die der Kater jedes Mal davonträgt, und an dem Schmerz in seinen Löwenaugen. Seine linke Vorderpfote ist völlig lahm, das rechte Auge für immer geschlossen.

Ich frage mich, was wir getan haben, um den Schwarzen Kater zu verdienen. Ich frage mich, wer ihn geschickt hat. Und voller Angst und Selbstsucht frage ich mich, wie lange er noch durchhält.

Die Trollbrücke

Ein Großteil der Schienenstränge wurde Anfang der Sechzigerjahre demontiert, als ich drei oder vier war. Die Bahngesellschaft riss gewaltige Löcher ins Schienennetz, sodass man nirgendwo mehr hinfahren konnte als nur nach London, und die kleine Stadt, wo ich wohnte, war nun das Streckenende.

Meine früheste verlässliche Erinnerung: Ich bin achtzehn Monate alt, meine Mutter ist im Krankenhaus, um meine Schwester zur Welt zu bringen, und meine Großmutter geht mit mir zur Brücke, hebt mich hoch, sodass ich den Zug sehen kann, der dort unten entlangfährt, schnaufend und Rauch speiend wie ein schwarzer Eisendrache.

Im Laufe der nächsten Jahren verschwanden die letzten Dampfloks und mit ihnen das dichte Schienennetz, das Dorf mit Dorf und Stadt mit Stadt verband.

Ich merkte nichts davon, dass die Loks verschwanden. Als ich sieben war, gehörten sie schon der Vergangenheit an.

Wir lebten in einem alten Haus am Rand des Städtchens. Die Felder gegenüber waren leer und brach. Manchmal kletterte ich über den Zaun und legte mich in den Schatten der Binsen und las, manchmal packte mich auch die Abenteuerlust und ich erkundete den Park des verlassenen Gutshauses jenseits der Felder. Dort gab es einen überwucherten Zierteich, den eine niedrige Holzbrücke überspannte. Während meiner Streifzüge dort traf ich niemals irgendwelche Gärtner oder Hausmeister in Garten und Park und ich versuchte nie, in das Herrenhaus einzudringen. Das hätte bedeutet, mein Glück über Gebühr zu strapazieren, und außerdem gab es für mich nicht den geringsten Zweifel, dass es in allen verlassenen, alten Häusern spukte.

Es war nicht so, dass ich leichtgläubig gewesen wäre, ich glaubte lediglich an all die Dinge, die finster und gefährlich waren. Und Teil dieses jugendlichen Credos war auch, dass die Nacht von Geistern und Hexen bevölkert war, hungrig und flatternd und ganz in Finsternis gehüllt.

Der Umkehrschluss hatte dementsprechend etwas Beruhigendes: Im Tageslicht war man sicher. Im Tageslicht war man immer sicher.

Ein Ritual: Am letzten Schultag vor den großen Sommerferien zog ich mir auf dem Heimweg Schuhe und Strümpfe aus, hielt sie in der Hand und lief auf empfindlichen, weichen rosa Füßen den steinigen Schotterweg entlang. Während der Ferien trug ich nur unter Zwang irgendwelches Schuhwerk. Ich schwelgte in barfüßiger Freiheit, bis im September die Schule wieder begann.

Als ich sieben war, entdeckte ich den Pfad durch den Wald. Es war Sommer, heiß und hell, und an diesem Tag entfernte ich mich weit von zu Hause.

Ich unternahm eine Forschungsreise. Ich ging am alten Gutshaus mit seinen verbretterten Fenstern vorbei, durchquerte den Park und kam schließlich durch einen unbekannten Wald. Ich kletterte eine steile Böschung hinab und fand mich auf einem von Bäumen überschatteten Pfad. Das Licht, das durch das Laubdach drang, war grün und golden gefleckt und ich glaubte, ich sei im Feenland.

Ein Bach plätscherte entlang des Weges, er wimmelte nur so von winzigen, durchsichtigen Flusskrebsen. Ich holte sie heraus, beobachtete, wie sie sich auf meinen Fingerspitzen krümmten und wanden, dann warf ich sie wieder ins Wasser.

Ich lief weiter den Pfad entlang. Er war schnurgerade und mit kurzem Gras bewachsen. Hin und wieder fand ich einen dieser wunderbaren Steine: blasige, geschmolzene Dinger, braun und purpurn und schwarz. Wenn man sie gegen das Licht hielt, sah man alle Farben des Regenbogens darin schimmern. Ich war überzeugt, sie müssten ungeheuer wertvoll sein, und stopfte mir die Taschen damit voll.

Weiter und immer weiter ging ich den grüngoldenen Korridor entlang und ich sah niemanden.

Ich spürte weder Hunger noch Durst. Ich fragte mich lediglich, wohin der Pfad wohl führen mochte. Er verlief schnurgerade und war vollkommen eben. Der Pfad selbst veränderte sich nicht, die umliegende Landschaft umso mehr. Zuerst befand ich mich am Grund einer Senke, auf beiden Seiten ragten steile, grasbewachsene Böschungen auf. Dann lag der Pfad über dem Land und ich konnte auf die Baumkronen und die Dächer der vereinzelten Häuser in der Ferne hinabsehen. Mein Weg blieb eben und gerade und ich folgte ihm durch Täler und Ebenen, Täler und Ebenen. Schließlich kam ich in einem der Täler an eine Brücke.

Sie bestand aus akkuraten roten Backsteinen und überspannte den Pfad in einem gewaltigen Bogen. Neben der Brücke war eine steinerne Treppe in die Böschung gelegt worden, deren Abschluss ein hölzernes Törchen bildete.

Ich war verwundert, Anzeichen menschlicher Zivilisation auf diesem Pfad zu finden. Inzwischen war ich überzeugt, er müsse eine natürliche Formation sein, wie ein Vulkan. Und vornehmlich von Neugier getrieben (ich war schließlich hunderte von Meilen gelaufen oder jedenfalls glaubte ich das und war Gott weiß wohin gelangt), stieg ich die Stufen hinauf und ging durch das Tor.

Ich war nirgendwohin gelangt.

Die Oberseite der Brücke war mit Morast bedeckt. Auf beiden Seiten lagen Felder. Weizen wuchs auf dem einen, das andere war eine verwilderte Wiese. Riesige Traktorreifen hatten tiefe Furchen im getrockneten Schlamm hinterlassen. Ich überquerte die Brücke, um ganz sicher zu gehen. Kein Trippel-Trappel; meine bloßen Füße verursachten keinen Laut.

Nichts im Umkreis von vielen Meilen, nur Felder und Weizen und Bäume.

Ich pflückte eine Weizenähre, schälte die süßen Körner und kaute sie versonnen.

Schließlich wurde mir bewusst, dass ich Hunger hatte,

und ich ging wieder zurück, die Treppe hinunter auf die verlassene Bahntrasse. Es wurde Zeit, nach Hause zu gehen. Ich hatte mich nicht verlaufen, alles, was ich tun musste, war, den Weg zurückzugehen, den ich gekommen war.

Unter der Brücke wartete ein Troll auf mich.

»Ich bin ein Troll«, sagte er. Er unterbrach sich kurz und fügte dann hinzu: »Fol rol de ol rol.«

Er war riesengroß: fast stieß er mit dem Kopf an die Wölbung des Brückenbogens. Und er war mehr oder minder durchsichtig. Ich konnte die Backsteine und Bäume hinter ihm erkennen, verschwommen, aber nicht verdeckt. Der Troll war die Fleischwerdung all meiner Albträume: er hatte lange Fangzähne, scharfe Krallen und starke, behaarte Pranken. Seine Haare waren lang, wie die dieser kleinen Plastikpuppen – Gonk genannt –, mit denen meine Schwester so gern spielte. Seine Augen quollen hervor. Er war nackt und sein Penis baumelte aus einem Büschel Gonkhaare zwischen seinen Beinen.

»Ich habe dich gehört, Jack«, flüsterte er, seine Stimme klang wie der Wind. »Ich habe dich über die Brücke trippeln und trappeln gehört. Und jetzt werde ich dein Leben auffressen.«

Ich war erst sieben, aber es war helllichter Tag und ich habe keine Erinnerung an Furcht. Es ist gut, wenn man sich als Kind den Elementen der Märchenwelt gegenüberfindet – Kinder haben das nötige Rüstzeug, um damit fertig zu werden.

»Friss nicht mich«, sagte ich zu dem Troll. Ich trug ein braun gestreiftes T-Shirt und braune Cordhosen. Meine Haare waren ebenfalls braun und mir fehlte ein Schneidezahn. Ich lernte gerade, durch die Zähne zu pfeifen, aber ich hatte es noch nicht ganz geschafft.

»Ich werde dein Leben auffressen, Jack«, sagte der Troll.

Ich sah ihm unverwandt ins Gesicht. »Meine große Schwester kommt gleich diesen Pfad entlang«, log ich. »Sie schmeckt viel besser als ich. Friss sie stattdessen.«

Der Troll schnupperte die Luft und lächelte. »Du bist ganz allein«, sagte er. »Nichts und niemand sonst ist auf dem Pfad. Überhaupt nichts.« Dann beugte er sich vor und strich mit den Fingern über mich. Es fühlte sich an wie Schmetterlingsflügel im Gesicht, wie die Berührung eines Blinden. Dann schnüffelte er an seinen Fingern und schüttelte seinen riesigen Kopf. »Du hast gar keine große Schwester. Nur eine jüngere und sie ist heute bei ihrer Freundin.«

»Das alles kannst du riechen?«, fragte ich erstaunt.

»Trolle können den Regenbogen riechen und die Sterne«, flüsterte er traurig. »Trolle können die Träume riechen, die du geträumt hast, noch ehe du geboren wurdest. Komm näher und ich werde dein Leben auffressen.«

»Ich habe Edelsteine in der Tasche«, sagte ich dem Troll. »Nimm sie, nicht mich. Sieh nur.« Ich zeigte ihm die Lavajuwelen, die ich gefunden hatte.

»Schlacke«, sagte der Troll. »Abfallprodukte von Dampflokomotiven. Sie haben keinen Wert für mich.«

Er öffnete das Maul weit. Scharfe Zähne. Atem, der nach verrottetem Laub und der verborgenen Unterseite der Dinge roch. »Fressen. Jetzt.«

Es schien, als werde er mit jeder Sekunde massiver, realer, während die Welt draußen flacher wurde, ihre Farben dumpfer.

»Warte.« Ich stemmte die Fersen in die feuchte Erde unter der Brücke, wackelte mit den Zehen, hielt mich fest an der realen Welt und starrte unverwandt in seine großen Augen. »Du willst mein Leben gar nicht auffressen. Noch nicht. Ich … ich bin erst sieben. Ich habe noch gar nicht *gelebt*. Es gibt so viele Bücher, die ich noch nicht gelesen habe. Ich bin noch nie im Flugzeug geflogen. Ich kann noch nicht pfeifen, jedenfalls nicht richtig. Warum lässt du mich nicht laufen? Wenn ich älter und größer geworden bin, eine richtige Mahlzeit für dich, dann komme ich wieder.«

Die Augen des Trolls starrten mich an wie riesige Scheinwerfer.

Dann nickte er.

»Also dann wenn du wiederkommst«, sagte er. Und er lächelte.

Ich machte kehrt und ging den stillen geraden Pfad zurück, wo einmal die Schienen verlaufen waren.

Schließlich fing ich an zu rennen.

Im grünen Licht sauste ich den Pfad entlang, schnaufend und keuchend, bis ich Seitenstiche bekam, und mit der Hand um die schmerzende Seite gekrallt stolperte ich heimwärts.

Die Felder verschwanden, als ich älter wurde. Häuser wurden eines nach dem anderen aus dem Boden gestampft, Reihe um Reihe, neue Straßen entstanden und wurden nach Wildblumen oder respektablen Dichtern benannt. Unser Heim, ein alterndes, schäbiges viktorianisches Haus, wurde verkauft, abgerissen und bald erhoben sich neue Häuser in unserem Garten.

Überall wurden Häuser gebaut.

Einmal verlief ich mich in dem Neubaugebiet, das zwei Weiden verdrängt hatte, auf denen ich jeden Halm gekannt hatte. Aber es machte mir nicht viel aus, dass die Felder verschwanden. Das alte Gutshaus wurde von einer multinationalen Investorengruppe gekauft und auf dem Anwesen weitere Häuser gebaut.

Acht Jahre vergingen, ehe ich zu der alten Bahnlinie zurückkehrte, und dieses Mal war ich nicht allein.

Ich war fünfzehn und hatte in der Zwischenzeit zweimal die Schule gewechselt. Ihr Name war Louise und sie war meine erste Liebe.

Ich liebte ihre grauen Augen, ihre feinen, hellbraunen Haare und ihren staksigen Gang (wie ein Kitz, das gerade laufen lernt. Das hört sich völlig behämmert an und dafür entschuldige ich mich). Als ich dreizehn war, hatte ich sie Kaugummi kauen sehen und mich rettungslos in sie verliebt.

Das Schlimmste an der Sache war, dass Louise und ich gute Freunde waren und wir gingen beide mit jemand anderem.

Ich hatte ihr nie gesagt, dass ich sie liebte oder dass ich scharf auf sie war. Wir waren Kumpel.

Ich war an diesem Abend bei ihr gewesen. Wir saßen in ihrem Zimmer und hörten *Rattus Norvegicus*, die erste LP der Stranglers. Es war der Beginn des Punk und alles schien so unglaublich aufregend: die Möglichkeiten – musikalische und andere – waren unbegrenzt. Schließlich wurde es Zeit, dass ich mich auf den Heimweg machte, und sie beschloss, mich zu begleiten. Wir hielten uns an den Händen, unschuldig, einfach nur gute Freunde, machten wir uns schlendernd auf den zehnminütigen Weg zu mir nach Hause.

Der Mond schien hell, machte die Welt sichtbar und farblos und die Nacht war warm.

Wir kamen zu unserem Haus, sahen drinnen Licht, standen in der Auffahrt und sprachen über die Band, die ich gründen wollte. Wir gingen nicht hinein.

Dann beschlossen wir, dass ich *sie* nach Hause bringen würde. Also machten wir uns auf den Rückweg.

Sie erzählte mir von dem Dauerkrieg mit ihrer jüngeren Schwester, die ihr ständig das Make-up und Parfum klaute. Louise hatte den Verdacht, dass ihre Schwester schon mit Jungen schlief. Louise war noch Jungfrau. Das waren wir beide.

Wir standen auf der Straße vor ihrem Haus im natriumgelben Licht einer Laterne und starrten auf die schwarzen Lippen, in das blassgelbe Gesicht des anderen.

Wir grinsten uns an.

Dann gingen wir einfach weiter, suchten stille Straßen und verlassene Pfade. In einem der Neubaugebiete begann ein Weg, der in den Wald führte, und ihm folgten wir.

Der Pfad verlief schnurgerade und lag im Dunkeln, doch die Lichter der fernen Häuser leuchteten wie Sterne am Boden und der Mond gab uns ausreichend Licht. Einmal packte uns die Angst, als vor uns irgendetwas schnüffelte und schnaufte. Wir drängten uns dicht aneinander, erkannten, dass es ein Dachs war, lachten, umarmten uns und gingen weiter.

Mit leisen Stimmen redeten wir dummes Zeug, vertrauten uns an, was wir uns erträumten, was wir wollten und dachten.

Und die ganze Zeit wollte ich sie küssen und ihre Brüste spüren und vielleicht die Hand zwischen ihre Beine schieben.

Schließlich sah ich meine Chance gekommen. Eine alte Backsteinbrücke überspannte den Pfad und in ihrem Schatten hielten wir. Ich drängte mich an sie. Ihre Lippen öffneten sich unter meinen.

Dann wurde sie auf einmal kalt und steif und rührte sich nicht mehr.

»Hallo«, sagte der Troll.

Ich ließ Louise los. Unter der Brücke war es dunkel, aber die Gestalt des Trolls füllte die Dunkelheit.

»Ich habe sie gebannt«, erklärte der Troll, »damit wir reden können. Und jetzt werde ich dein Leben auffressen.«

Mein Herz hämmerte und ich spürte, dass ich zitterte.

»Nein.«

»Du hast gesagt, du würdest zu mir zurückkommen. Und hier bist du. Hast du pfeifen gelernt?«

»Ja.«

»Das ist gut. Ich konnte nie pfeifen.« Er schnupperte und nickte. »Ich bin zufrieden. Du hast gelebt, Erfahrungen gemacht, bist gewachsen. Umso mehr zu fressen. Mehr für mich.«

Ich packte Louise, die ein starrer Zombie geworden war, und schob sie vor. »Nimm nicht mich. Ich will nicht sterben. Nimm *sie*. Ich wette, sie schmeckt viel besser als ich. Und sie ist zwei Monate älter als ich. Warum nimmst du nicht sie?«

Der Troll schwieg.

Er beschnupperte Louise von Fuß bis Kopf, schnüffelte an den Füßen, am Schritt, an Brüsten und Haaren.

Dann sah er mich an.

»Sie ist unschuldig«, sagte er. »Das bist du nicht. Sie will ich nicht. Ich will dich.«

Ich trat an die Öffnung des Brückenbogens und sah zu den Sternen auf.

»Aber es gibt noch so vieles, das ich nie getan habe«, sagte ich teils zu mir selbst. »Ich meine, ich hab noch nie. Na ja, ich hab noch nie Sex gehabt. Ich bin noch nie in Amerika gewesen. Ich hab noch nie ...« Ich unterbrach mich. »Ich hab nichts vollbracht. Noch nicht.«

Der Troll sagte nichts.

»Ich könnte zu dir zurückkommen. Wenn ich älter bin.«

Der Troll sagte immer noch nichts.

»Ich *werde* zurückkommen. Ehrlich, das werd ich wirklich.«

»Zu mir zurückkommen?«, fragte Louise. »Wieso? Wohin gehst du denn?«

Ich drehte mich um. Der Troll war verschwunden und das Mädchen, das ich zu lieben geglaubt hatte, stand im Schatten unter der Brücke.

»Wir gehen nach Hause«, sagte ich ihr. »Komm.«

Auf dem ganzen Rückweg sprachen wir kein einziges Wort.

Sie verliebte sich in den Drummer der Punk-Band, die ich gründete, und viele Jahre später heiratete sie jemand anderen. Wir trafen uns einmal zufällig in einem Zug, lange nachdem sie geheiratet hatte, und sie fragte, ob ich mich an jenen Abend erinnere.

Ich sagte, ja.

»Ich hatte dich wirklich gern an diesem Abend, Jack«, sagte sie. »Ich dachte, du würdest mich küssen. Ich dachte, du würdest mich um eine Verabredung bitten. Ich hätte Ja gesagt. Wenn du gefragt hättest.«

»Aber das habe ich nicht.«

»Nein«, stimmte sie zu. Sie trug die Haare ganz kurz geschnitten. Es stand ihr nicht.

Ich habe sie nie wiedergesehen. Diese adrette Frau mit dem verkniffenen Lächeln war nicht das Mädchen, das ich geliebt hatte, und die Begegnung hatte mir Unbehagen eingeflößt.

Ich zog nach London und ein paar Jahre später zog ich wieder zurück, aber die Stadt, in die ich heimkehrte, war nicht die, die ich in Erinnerung hatte: Es gab keine Felder, keine Farmen und keine schmalen Schotterwege, also zog ich sobald wie möglich wieder fort, in ein winziges Dorf zehn Meilen weiter.

Ich zog mit meiner Familie – inzwischen hatte ich eine Frau und einen kleinen Sohn – in ein altes Haus, das vor vielen Jahren einmal ein Bahnhof gewesen war. Die Schienen waren längst entfernt worden und das alte Ehepaar von gegenüber züchtete auf der einstigen Trasse Gemüse.

Ich wurde älter. Eines Tage entdeckte ich ein graues Haar, ein andermal hörte ich eine Aufnahme meiner Stimme und erkannte, dass ich mich genau wie mein Vater anhörte.

Ich arbeitete in London, wo ich für eine der großen Plattenfirmen Nachwuchstalente auftat und produzierte. Ich fuhr morgens mit dem Zug hin und kam manchmal abends heim.

Ich hatte mir eine kleine Wohnung in London genommen, denn es ist schwierig, ein geregeltes Pendlerdasein zu führen, wenn die Bands, die man unter die Lupe nehmen will, nicht vor Mitternacht auf die Bühne torkeln. Es bedeutete außerdem, dass es relativ einfach war rumzuvögeln, wenn mir der Sinn danach stand, was meistens der Fall war.

Ich glaubte, Eleanora – das war der Name meiner Frau, den ich wohl schon eher hätte erwähnen sollen – wisse nichts von den anderen Frauen, aber als ich an einem Wintertag von einer zweiwöchigen New-York-Tour zurückkam, fand ich mein Haus kalt und leer.

Sie hatte mir einen Brief hinterlassen, nicht nur einen Zettel. Fünfzehn säuberlich getippte Seiten und jedes einzelne Wort war wahr. *Du liebst mich überhaupt nicht. Und das hast du nie getan.*

Ich war erschüttert, fühlte mich wie betäubt. Ich zog einen dicken Mantel über, verließ das Haus und stiefelte los.

Es lag kein Schnee, aber der Boden war hart gefroren und das Laub knisterte unter meinen Schuhen. Die Bäume standen wie schwarze Skelette vor dem strengen grauen Winterhimmel.

Ich lief am Straßenrand entlang. Autos fuhren an mir vorbei auf dem Weg von und nach London. Irgendwann trat ich auf einen Ast, der in einem Laubhaufen versteckt gelegen hatte. Er riss das Hosenbein auf und verletzte die Haut darunter.

Schließlich erreichte ich das nächste Dorf. Ein Bach verlief im rechten Winkel zur Straße, am Ufer führte ein Pfad entlang, den ich nie zuvor gesehen hatte. Ich schlug diesen Weg ein und starrte auf das teilweise zugefrorene Flüsschen hinaus. Es gluckerte und plätscherte und sang.

Der Pfad führte auf die Felder hinaus. Er war grasbewachsen und schnurgerade.

Am Wegesrand fand ich einen halb von Erde bedeckten Stein, hob ihn auf und wischte die Krumen ab. Es war ein Klumpen aus irgendeiner geschmolzenen, purpurnen Substanz und hatte einen eigenartigen Regenbogenschimmer. Ich steckte ihn in die Manteltasche und hielt ihn in der Hand, während ich weiterging. Er fühlte sich warm und beruhigend an.

Der Fluss machte eine Biegung und verschwand zwischen den Feldern. Ich ging weiter durch die Stille.

Ich war vielleicht eine Stunde gelaufen, ehe ich die ersten Häuser sah; neu und klein und kastenartig standen sie oben an der Böschung.

Und dann entdeckte ich die Brücke und wusste, wo ich mich befand: Ich befand mich auf der alten Bahntrasse, war dieses Mal aus der anderen Richtung gekommen.

Graffiti waren auf die Brückenmauer geschmiert: FUCK und BARRY LIEBT SUSAN und das allgegenwärtige NF der Nationalen Front.

Ich stand unterhalb des roten Backsteinbogens der Brücke inmitten all der Eisverpackungen und Chipstüten und dem einsamen, traurigen gebrauchten Kondom und sah zu, wie mein Atem weiße Dampfwolken in der kalten Nachmittagsluft bildete.

Das Blut an meinem Hosenbein war getrocknet.

Über mir brausten Autos über die Brücke, aus einem hörte ich laute Musik dröhnen.

»Hallo?«, sagte ich leise, verlegen, ich kam mir idiotisch vor. »Hallo?«

Ich bekam keine Antwort. Der Wind ließ die Chipstüten und das Laub rascheln.

»Ich bin zurückgekommen. Wie ich gesagt habe. Hallo?«

Stille.

Dann fing ich an zu weinen, wortlos, sinnlos schluchzte ich unter der Brücke.

Eine Hand berührte mein Gesicht und ich sah auf.

»Ich hätte nicht gedacht, dass du zurückkommst«, sagte der Troll.

Er war jetzt nicht mehr größer als ich, aber davon abgesehen unverändert. Das lange Gonkhaar wirkte ungepflegt. Ein paar Blätter hingen darin. Die großen Augen waren voller Einsamkeit.

Ich zuckte mit den Schultern und wischte mir mit dem Ärmel übers Gesicht. »Ich bin zurückgekommen.«

Drei Kinder überquerten die Brücke über uns, schreiend und rennend.

»Ich bin ein Troll«, sagte der Troll mit leiser, furchtsamer Stimme. »Fol rol de ol rol.«

Er zitterte.

Ich streckte die Hand aus, nahm seine riesige, klauenbewehrte Pranke und lächelte ihn an. »Es ist in Ordnung«, sagte ich ihm. »Wirklich. Es ist schon in Ordnung.«

Der Troll nickte.

Er drückte mich zu Boden zwischen die Blätter und Chipstüten und das Kondom und legte sich auf mich. Dann hob er den Kopf, öffnete sein Maul und fraß mit seinen großen starken Zähnen mein Leben auf.

Als er fertig war, stand der Troll auf und klopfte sich die Kleidung ab. Er steckte die Hand in seine Manteltasche und zog einen blasigen, verbrannte Steinklumpen hervor.

Den reichte er mir.

»Das ist deiner«, sagte der Troll.

Ich sah ihn an. Er hatte mein Leben mühelos übergestreift, schien es vertraut und angenehm zu finden, als trage er es seit Jahren. Ich nahm den Schlackeklumpen aus seiner Hand und schnupperte daran. Ich konnte den Zug riechen, von dem er vor so langer Zeit herabgefallen war. Ich hielt in fest in meiner behaarten Pranke.

»Danke«, sagte ich.

»Viel Glück«, erwiderte der Troll.

»Tja. Dir auch. Also dann …«

Der Troll grinste mit meinem Gesicht.

Er drehte mir den Rücken zu und schlug die Richtung ein, aus der ich gekommen war, zurück zum Dorf, zu dem leeren Haus, das ich an diesem Morgen verlassen hatte, und er pfiff vor sich hin, während er ging.

Seitdem bin ich hier. Verstecke mich. Bin ein Teil der Brücke.

Aus dem Schatten beobachte ich die Menschen, die vorbeikommen: ihre Hunde ausführen oder reden oder eben die Dinge machen, die Menschen so tun. Manche bleiben unter meiner Brücke stehen, um zu pinkeln oder sich zu lieben. Und ich beobachte sie, aber ich sage nie ein Wort und sie bemerken mich nicht.

Fol rol de ol rol.

Ich werde ganz einfach hier bleiben in der Dunkelheit unter dem Brückenbogen. Ich kann euch alle da draußen hören, trippel-trappel, trippel-trappel auf meiner Brücke.

O ja, ich höre euch.

Aber ich werde nicht rauskommen.

Schachtelmännchen

Niemand wusste, woher das Spielzeug kam, welchem Urgroßvater oder welcher entfernten Tante es gehört hatte, ehe es ins Spielzimmer gekommen war.

Es war eine golden und rot bemalte Schachtel, wirklich hübsch und ziemlich wertvoll – jedenfalls behaupteten die Erwachsenen das – vielleicht sogar eine Antiquität. Das Schloss war leider zugerostet, der Schlüssel verloren gegangen, sodass man das Schachtelmännchen nicht herauslassen konnte. Nichtsdestotrotz war es eine außergewöhnliche Schachtel, massiv und geschnitzt und vergoldet.

Die Kinder spielten nie damit. Sie lag ganz unten in der alten Spielzeugkiste, die etwa genauso alt und groß war wie eine Piratenschatzkiste, oder jedenfalls glaubten die Kinder das. Das Schachtelmännchen lag unter Puppen und Lokomotiven vergraben, unter Clowns und Papiersternen und alten Zaubertricks, verkrüppelten Marionetten mit unentwirrbar verknoteten Fäden, Verkleidungsmaterial (hier die Überreste eines uralten Hochzeitskleides, da ein schwarzer Seidenhut, von Alter und Zeit verkrustet), unechtem Schmuck, zerbrochenen Reifen und Kreiseln und Steckenpferden. Unter alldem lag das Schachtelmännchen begraben.

Die Kinder spielten nie damit. Manchmal sprachen sie flüsternd davon, wenn sie allein dort oben im Spielzimmer unter dem Dach waren. An grauen Tagen, wenn der Wind ums Haus heulte und Regen auf die Dachpfannen und Simse trommelte, erzählten sie einander Geschichten von dem Schachtelmännchen, obwohl keiner es je gesehen hatte. Die einen sagten, das Männchen sei ein böser Zauberer, der zur Strafe für unbeschreiblich grauenvolle Taten in die Schachtel gesperrt worden sei, ein anderes Kind (ich bin überzeugt, es muss eines der Mädchen gewesen sein) behauptete, die Schachtel sei in Wahrheit die Büchse der Pandora und das Männchen sei dort drin, um zu verhindern, dass all die bösen Dinge wieder herauskommen. Sie berührten das Kistchen nicht einmal, wenn es sich vermeiden ließ, doch von Zeit zu Zeit bemerkte einer der Erwachsenen seine Abwesenheit, befragte die Kinder nach dem Verbleib ›dieses wundervollen alten Schachtelmännchens‹, holten es aus der Kiste hervor und stellten es an den Ehrenplatz auf dem Kaminsims. Dann sammelten die Kinder ihren Mut, wenn sie wieder allein waren, und versteckten es wieder in der Dunkelheit.

Die Kinder spielten niemals mit dem Schachtelmännchen. Und als sie erwachsen geworden waren und das große Haus verließen, wurde das Spielzimmer unterm Dach verschlossen und beinah vergessen.

Beinah, aber nicht vollkommen. Denn jedes der Kinder erinnerte sich, dass er oder sie allein im blauen Mondlicht auf nackten Füßen ins Spielzimmer hinaufgeschlichen war. Es war fast, als schlafwandelten sie, ihre Füße verursachten keinen Laut auf den hölzernen Treppenstufen und dem fadenscheinigen Teppich im Spielzimmer. Und jeder einzelne erinnerte sich, die Schatztruhe geöffnet, zwischen Puppen und Kostümen gegraben und schließlich die Schachtel herausgezogen zu haben.

Und dann hatte das Kind das Schloss berührt und der Deckel öffnete sich, langsam wie ein Sonnenaufgang, und die Musik begann zu spielen und das Männchen kam heraus. Es schoss nicht plötzlich heraus, denn es war kein Springteufel. Langsam, ganz bedächtig stieg er aus der Schachtel auf, winkte das Kind näher – komm näher! – und lächelte.

Und dort im Mondschein hatte er jedem der Kinder Dinge erzählt, an die sie sich nie so recht entsinnen, die sie aber auch nie ganz vergessen konnten.

Der älteste Junge fiel im Großen Krieg. Der Jüngste erbte nach dem Tod der Eltern das Haus, doch man nahm es ihm weg, als man ihn eines Nachts mit Lumpen und Paraffin und Streichhölzern im Keller antraf, offenbar im Begriff, das große Haus niederzubrennen. Sie brachten ihn in die Irrenanstalt und vielleicht ist er immer noch dort.

Die anderen Kinder, die einst Mädchen gewesen und jetzt Frauen waren, weigerten sich ausnahmslos, in das Haus zurückzukehren, das der Schauplatz ihrer Kindheit gewesen war. Die Fenster des Hauses wurden verbrettert, sämtliche Türen mit großen Eisenschlüsseln abgesperrt und die Schwestern besuchten es ebenso oft wie das Grab ihres ältesten Bruders oder das traurige Wesen, das einmal ihr kleiner Bruder gewesen war, nämlich niemals.

Jahre sind vergangen, die Mädchen sind alte Frauen geworden. Eulen und Fledermäuse hausen nun im einstigen Spielzimmer unterm Dach, bauen ihre Nester zwischen vergessenen Spielzeugen. Gleichgültig starren die Tiere auf die verblassten Drucke an den Wänden, verunreinigen die Überreste des Teppichs mit ihrem Kot.

Und tief im Innern der Schachtel in der Kiste wartet der Schachtelmann und lächelt und hütet seine Geheimnisse. Er wartet auf die Kinder und seine Geduld ist grenzenlos.

Der Goldfischteich und andere Geschichten

Es regnete, als ich in L.A. ankam, und mir kam es vor, als sei ich plötzlich von hunderten alter Filme umzingelt.

Ein Chauffeur in einer schwarzen Uniform wartete vor dem Flughafengebäude auf mich. Er hielt ein Stück weiße Pappe in der Hand, auf der mein Name in akkuraten, wenn auch falschen Buchstaben stand.

»Ich bringe Sie in Ihr Hotel, Sir«, sagte der Fahrer. Er schien ein wenig enttäuscht, dass ich kein richtiges Gepäck hatte, das er hätte tragen können, nur eine verbeulte alte Reisetasche, in die ich ein paar T-Shirts, Unterwäsche und Socken gestopft hatte.

»Ist es weit?«

Er schüttelte den Kopf. »Vielleicht fünfundzwanzig, dreißig Minuten. Sind Sie schon mal in L.A. gewesen?«

»Nein.«

»Na ja, ich sag immer, L.A. ist eine Dreißig-Minuten-Stadt. Wo auch immer Sie hinwollen, es sind dreißig Minuten Fahrt bis dorthin. Nie mehr.«

Er verstaute meine Tasche im Kofferraum und hielt mir die Tür zur Rückbank auf. Ich stieg ein.

»Und woher kommen Sie?«, fragte er, verließ das Flughafengelände und fädelte sich in den Verkehr ein. Neonlichter spiegelten sich im nassen, glänzenden Asphalt der Straße.

»Aus England.«

»Aus England?«

»Ja. Waren Sie mal da?«

»Nein, Sir. Hab Filme gesehen. Sind Sie Schauspieler?«

»Schriftsteller.«

Er verlor das Interesse. Hin und wieder fluchte er leise auf die anderen Verkehrsteilnehmer.

Plötzlich riss er das Steuer herum, wechselte die Spur und fuhr an einer Karambolage, in die vier Fahrzeuge verwickelt waren, vorbei.

»Wenn es in dieser Stadt mal ein paar Tropfen regnet, vergessen plötzlich alle, wie man Auto fährt«, erklärte er mir. Ich ließ mich tiefer ins Polster der Rückbank gleiten »In England regnet es viel, hab ich gehört.« Es war eine Feststellung, keine Frage.

»Hin und wieder.«

»Hin und wieder?« Er lachte. »Regnet jeden Tag in England. Und dann der Nebel. Wirklich dichter grauer Nebel.«

»Eigentlich nicht.«

»Was soll das heißen?«, fragte er verwirrt, plötzlich in der Defensive. »Ich hab doch Filme gesehen.«

Danach schwiegen wir, während wir durch den Hollywood-Regen fuhren, aber nach einer Weile sagte er: »Fragen Sie nach dem Zimmer, in dem Belushi gestorben ist.«

»Wie bitte?«

»Belushi. John Belushi. Er ist in Ihrem Hotel gestorben. Drogen. Haben Sie nicht davon gehört?«

»Ach so, doch, doch.«

»Sie haben einen Film über seinen Tod gedreht. Mit irgendeinem fetten Typen, sah ihm kein bisschen ähnlich. Aber keiner erzählt die wahre Geschichte, wie er gestorben ist. Versteh'n Sie, er war nicht allein. Zwei Typen waren bei ihm. Die Studios wollten keinen Skandal. Aber wenn Sie den ganzen Tag Leute durch die Gegend kutschieren, hören Sie allerhand.«

»Wirklich?«

»Robin Williams und Robert de Niro. Sie waren bei ihm. Und alle drei waren sie voll breit auf Angel Dust.«

Das Hotel war ein möchtegern-gotisches Chateau. Ich verabschiedete mich von meinem Chauffeur, checkte ein und fragte nicht nach dem Zimmer, in dem Belushi gestorben war.

Durch den Regen ging ich zu meinem Chalet, meine Reisetasche in einer Hand, in der anderen eine Schlüsselsammlung, die, so hatte der Portier mir versichert, mir Tür und Tor öffnen würde. Die Luft roch nach nassem Staub und seltsamerweise nach Hustensaft. Es dämmerte, war beinah schon dunkel.

Überall plätscherte Wasser. In Rinnsalen und Sturzbächen floss es über den Innenhof. Es lief in einen kleinen Fischteich, der wie ein natürlicher Felsvorsprung aus der Mauer ragte, die den Hof umgab.

Ich stieg die Stufen zu meinem kleinen, feuchten Zimmer hinauf. Kaum vorstellbar, dass ein Star an einem so nichts sagenden Ort gestorben sein sollte.

Das Bett schien ein wenig klamm und der Trommelrhythmus des Regens auf der Klimaanlage konnte einen in den Wahnsinn treiben.

Ich sah ein bisschen fern – die Wiederholungs-Wüste: ›Cheers‹ blendete unmerklich in ›Taxi‹ über, das wiederum zu einer schwarz-weiß flimmernden Episode der ›Lucy Show‹ wurde. Dann schlief ich ein.

Ich träumte von Drummern, die in nur dreißig Minuten Entfernung ein unablässiges Trommelkonzert abhielten.

Das Telefon weckte mich. »Hey-hey-hey-hey! Gut gelandet?«

»Wer ist da?«

»Jacob vom Studio. Wie sieht's aus mit Frühstück, hey-hey?«

»Frühstück …?«

»Kein Problem. Ich hol Sie in dreißig Minuten an Ihrem Hotel ab. Tisch ist reserviert. Alles geritzt. Haben Sie meine Nachrichten bekommen?«

»Ich …«

»Hab sie gestern Abend durchgefaxt. Also, bis gleich.«

Es regnete nicht mehr. Der Sonnenschein war warm und hell: anständiges Hollywood-Licht. Ich ging zum Hauptgebäude hinüber, lief auf einem Teppich zerdrückter Eukalyptusblätter – das Hustensaftaroma von gestern Abend.

Man gab mir einen Umschlag mit einem Fax darin: mein Terminplan für die nächsten Tage, mit Ermunterungen und handschriftlichen Optimismusbotschaften am Rand wie etwa: ›*Das wird ein Blockbuster!*‹ oder ›*Wir machen Filmge-*

schichte oder was denken Sie!‹ Das Fax war von Jacob Klein unterschrieben, offenbar die Stimme am Telefon. Ich hatte nie zuvor mit Jacob Klein zu tun gehabt.

Ein roter Sportwagen hielt vor dem Hotel. Der Fahrer stieg aus und winkte. Ich trat zu ihm. Er hatte einen kurzen Pfeffer-und-Salz-Bart, ein Lächeln, das er bei jeder Bank hätte verpfänden können, und ein Goldkettchen um den Hals. In der Hand hielt er mein Buch: *Menschensöhne.*

Er war Jacob. Wir gaben uns die Hand.

»Ist David auch hier? David Gambol?«

David Gambol war der Mann, mit dem ich telefoniert, die Reise und dieses Treffen hier arrangiert hatte. Er war nicht der Produzent. Ich war nicht ganz sicher, was genau er war. Er selbst hatte sich als »mit dem Projekt betraut« bezeichnet.

»David arbeitet nicht mehr für das Studio. Ich bin jetzt mehr oder weniger zuständig für das Projekt und ich will, dass Sie wissen, dass ich echt total hin und weg bin, hey-hey.«

»Ist das gut?«

Wir stiegen in den Wagen. »Wo ist die Besprechung?«, fragte ich.

Er schüttelte den Kopf. »Es ist keine Besprechung«, sagte er. »Ein Frühstück.« Ich war verwirrt. Er erbarmte sich und erklärte: »Eine Art Vorbesprechung vor der Besprechung.«

Nach etwa einer halben Stunde Fahrt kamen wir zu einem Einkaufszentrum und unterwegs erzählte Jacob mir, wie gut mein Buch ihm gefallen habe und wie glücklich er sei, mit dem Projekt zu tun zu haben. Es sei seine Idee gewesen, mich in dem Hotel unterzubringen. »Da kann man die Art von Hollywood-Erfahrung machen, die man im Four Seasons oder im Ma Maison nie kriegen würde, stimmt's?« Dann wollte er wissen, ob ich das Chalet bewohnte, in dem John Belushi gestorben war. Ich sagte, ich wisse es nicht, habe aber meine Zweifel.

»Sie wissen natürlich, wer bei ihm war, als er starb? Die Studios haben alles vertuscht.«

»Nein. Wer denn?«

»Meryl und Dustin.«

»Sie meinen Meryl Streep und Dustin Hoffman?«

»Klar.«

»Woher wissen Sie das?«

»Die Leute quatschen. Das hier ist Hollywood, versteh'n Sie.«

Ich nickte, aber in Wirklichkeit verstand ich nicht besonders viel.

Manche Leute behaupten, es gäbe Bücher, die sich selbst schreiben, aber das ist eine Lüge. Kein Buch schreibt sich von allein. Es braucht Denkarbeit und Recherche und Kreuzschmerzen und Notizen und mehr Zeit und Arbeit, als ihr euch vorstellen könnt.

Außer *Menschensöhne*, denn das hatte sich mehr oder weniger von selbst geschrieben.

Die nervtötende Frage, die man uns stellt – damit meine ich uns Schriftsteller – ist: »Woher bekommen Sie Ihre Ideen?«

Und die Antwort lautet: Konfluenz. Die Dinge laufen zusammen. Die richtigen Zutaten und plötzlich: *Abrakadabra!*

Es begann mit einem Dokumentarfilm über Charles Manson, den ich eigentlich nur zufällig sah (er war als Drittes auf einer Videokassette, die ich mir von einem Freund geborgt hatte, folgte den beiden Aufnahmen, die ich eigentlich hatte sehen wollen): In epischer Breite wurde die ganze Story aufgerollt. Mansons Verhaftung, die Anfangsphase, als alle dachten, er sei unschuldig, und die Regierung wolle nur einen Schlag gegen die Hippies führen. Und da auf dem Bildschirm war Manson – ein charismatischer, gut aussehender, messianischer Redner. Einer, für den man barfuß in die Hölle gegangen wäre. Einer, für den man töten konnte.

Der Prozess begann und nach ein paar Wochen war der charismatische Redner verschwunden. Statt seiner saß ein stammelndes, affenartiges Wrack auf der Anklagebank, ein

Kreuz in die Stirn geritzt. Was immer ihm Genie eingehaucht hatte, war nicht mehr vorhanden. Verschwunden. Aber es war da gewesen.

Der Dokumentarfilm ging weiter: Ein Exsträfling mit stechendem Blick, der mit Manson zusammen gesessen hatte, erklärte: »Charlie Manson? Hör mal, Charlie war ein Witz. Ein Nichts. Wir habe uns über ihn lustig gemacht. Verstehst du? Er war eine absolute Null!«

Und ich nickte. Es hatte also eine Zeit gegeben, bevor Manson der charismatische König wurde. Ich dachte an eine Art Segnung, eine Gabe, die wieder weggenommen wird.

Wie besessen verschlang ich den Rest der Dokumentation. Dann, während ein Schwarzweißfoto eingeblendet war, sagte der Sprecher etwas. Ich spulte zurück und er sagte es noch mal.

Ich hatte eine Idee. Ich hatte ein Buch, das sich von selbst schrieb.

Was der Sprecher gesagt hatte, war dies: Die Kinder, die Manson mit den Frauen der »Family« gezeugt hatte, waren auf Kinderheime im ganzen Land verteilt und zur Adoption freigegeben worden. Das Vormundschaftsgericht hatte ihnen neue Nachnamen gegeben.

Und ich dachte über ein Dutzend fünfundzwanzigjähriger Mansons nach. Stellte mir vor, diese Charismagabe werde ihnen allen zur gleichen Zeit verliehen. Zwölf glorreich strahlende, junge Mansons, die unaufhaltsam nach L.A. gezogen werden, von überall auf der Welt. Und eine Manson-Tochter, die verzweifelt versucht, ihr Zusammentreffen zu verhindern, die – wie es im Klappentext so schön heißt – »ihre entsetzliche Bestimmung erkannt hat«.

Ich schrieb *Menschensöhne* wie unter Strom. Nach einem Monat war es fertig und ich schickte es meiner Agentin. Das Buch überraschte sie (»Nun, es ist so ganz anders als deine anderen«, führte sie mir vor Augen) und sie verkaufte es auf einer Versteigerung – meiner ersten – für mehr Geld, als ich für möglich gehalten hätte. (Meine anderen Bücher, drei Bände eleganter, vielschichtiger Gruselgeschichten voll angedeuteter Bezüge, hatten kaum den Computer bezahlt, auf dem sie geschrieben worden waren.)

Und dann waren die Filmrechte noch vor der Veröffentlichung nach Hollywood verkauft worden – wieder per Versteigerung. Drei oder vier Filmgesellschaften hatten Interesse, aber nur eine wollte, dass ich das Drehbuch schreibe. Ich konnte mir nicht vorstellen, dass das wirklich klappen würde, aber dann fing mein Faxgerät an, Freudenbotschaften auszuspucken, immer spät nachts, die meisten unterschrieben von einem gewissen Dave Gambol. Eines Tages unterschrieb ich einen Vertrag in fünffacher Ausfertigung, jede so dick wie ein Ziegelstein. Ein paar Wochen später teilte meine Agentin mir mit, dass der erste Scheck eingelöst sei, und ich fand Flugtickets nach Hollywood zu »ersten Gesprächen« in meinem Briefkasten. Es war wie ein Traum.

Die Tickets waren für die Business Class. In dem Moment, als ich das sah, wusste ich, der Traum war Wirklichkeit.

Ich flog in der Kuppel im Obergeschoss eines Jumbo Jets nach Hollywood und knabberte Räucherlachs, die ersten Exemplare von *Menschensöhne* druckfrisch auf dem Schoß.

Also. Frühstück.

Sie sagten mir, wie gut das Buch ihnen gefalle. Irgendwie bekam ich nicht so richtig mit, wie all die Leute hießen. Die Männer trugen Bärte oder Baseballkappen oder beides, die Frauen waren verblüffend attraktiv, auf eine sterile Art.

Jacob orderte und bezahlte unser Frühstück. Er erklärte mir, die bevorstehende Besprechung sei eine reine Formalität.

»Es ist Ihr Buch, das wir lieben«, sagte er. »Warum hätten wir es kaufen sollen, wenn wir es nicht machen wollten? Warum hätten wir *Sie* fürs Drehbuch engagieren sollen, wenn wir nicht Ihre besondere Art für das Projekt wollten? Ihren individuellen Touch.«

Ich nickte, sehr ernst, als sei mein individueller literarischer Touch etwas, womit ich mich schon häufig und eingehend beschäftigt habe.

»Eine solche Idee. Ein solches Buch. Sie sind ziemlich einzigartig.«

»Einer der Einzigartigsten«, sagte eine Frau, die Dina oder Tina oder vielleicht auch Deanna hieß.

Ich zog eine Braue in die Höhe. »Also was wird von mir erwartet bei dieser Besprechung?«

»Seien Sie offen«, sagte Jacob. »Seien Sie positiv.«

Die Fahrt zum Studio dauerte ungefähr eine halbe Stunde in Jacobs kleinem roten Flitzer. Wir fuhren bis an ein Sicherheitstor, wo Jacob mit einem der Wachmänner eine Auseinandersetzung hatte. Offenbar arbeitete er erst seit kurzem für das Studio und hatte noch keinen unbefristeten Studiopass.

Und noch keinen für ihn reservierten Parkplatz, fand ich heraus, als wir endlich passieren konnten. Diesen Mechanismus habe ich nie so ganz durchschaut: Nach dem, was er mir sagte, hatten Parkplätze im gleichen Maß mit persönlichem Status im Studio zu tun, wie Geschenke des Kaisers im alten China die Rangordnung bei Hofe bestimmten.

Wir fuhren durch die Straßen eines eigentümlich zweidimensionalen New York und parkten vor einer großen Bank.

Nach zehn Minuten Fußmarsch erreichten wir einen Konferenzraum. Zusammen mit Jacob und all den anderen Leuten vom Frühstück wartete ich dort auf irgendjemanden. In der allgemeinen Hektik hatte ich nicht genau mitbekommen, wer dieser Jemand war und was er oder sie tat. Ich holte mein Buch hervor und legte es vor mir auf den Tisch, eine Art Talisman.

Jemand trat ein. Er war groß, hatte eine spitze Nase und ein spitzes Kinn und zu lange Haare – er sah aus, als habe er einen viel jüngeren Mann gekidnapped und dessen Schopf gestohlen. Er war Australier und das überraschte mich.

Er nahm Platz.

Er sah mich an.

»Schießen Sie los«, sagte er.

Ich sah zu den Leuten vom Frühstück, aber keiner erwiderte meinen Blick, niemand sah so ganz in meine Richtung. Also fing ich an zu reden: über das Buch, über den Plot, über das Ende, den Showdown in einem Nachtclub in L.A., wo die gute Manson-Tochter die anderen in die Luft jagt. Oder jedenfalls glaubt sie das. Über meine Idee, einen Schauspieler für die Rollen aller Manson-Söhne zu nehmen.

»Glauben Sie diese Dinge?« Es war die erste Frage von diesem Jemand.

Das war einfach. Diese Frage hatte ich schon mindestens zwei Dutzend englischen Journalisten beantwortet.

»Ob ich glaube, dass Charles Manson eine Zeit lang von einer übernatürlichen Kraft gelenkt wurde, die heute in seinen vielen Kindern wirkt? Nein. Ob ich glaube, dass irgendetwas Seltsames vorging? Ich denke, ja. Vielleicht war es einfach so, dass sein Wahnsinn sich für eine kurze Zeit mit dem Wahnsinn der restlichen Welt deckte. Ich weiß es nicht.«

»Hm. Diese Manson-Söhne. Könnten wir Keanu Reeves nehmen?«

Um Himmels willen, nein, dachte ich. Jacob sah mich an und nickte verzweifelt. »Ich wüsste nicht, was dagegen spricht«, sagte ich. Es war sowieso alles nur Fantasie. Nichts davon war real.

»Wir machen gerade einen Deal mit seinen Leuten«, sagte der Jemand und nickte versonnen.

Sie schickten mich weg und sagten, ich solle ein Treatment schreiben und ihnen zur Genehmigung vorlegen. Das hieß wohl, dem australischen Jemand, nahm ich an, auch wenn ich nicht ganz sicher war.

Ehe ich ging, gab mir jemand siebenhundert Dollar und ließ mich eine Quittung unterschreiben: zwei Wochen *per diem*.

Zwei Tage schrieb ich an diesem Treatment. Ich gab mir alle Mühe, den Roman zu vergessen, die Geschichte als Film zu strukturieren. Es ging mir gut von der Hand. Ich saß in dem kleinen Hotelzimmer und tippte auf dem Notebook-Computer, den das Studio mir geschickt hatte, und druckte auf dem Bubble-Jet-Drucker aus, den sie ebenfalls geschickt hatten. Ich aß in meinem Zimmer.

Jeden Nachmittag machte ich einen kleinen Spaziergang über den Sunset Boulevard. Ich ging immer bis zum »fast rund um die Uhr«-Buchladen, wo ich eine Zeitung erstand. Dann setzte ich mich eine halbe Stunde in den kleinen Innenhof des Hotels und las meine Zeitung. Nach dieser Tagesdosis Licht und Sonne verkroch ich mich wieder in meinem abgedunkelten Zimmer und verwandelte meinen Roman in etwas anderes.

Ein sehr alter schwarzer Mann, ein Hotelangestellter, erschien jeden Tag, schlurfte mit beinah schmerzlicher Langsamkeit durch den Innenhof, tränkte die Pflanzen und sah nach den Fischen. Er grinste mir im Vorbeigehen zu und ich nickte.

Am dritten Tag stand ich auf und ging zu ihm hinüber, als er am Fischteich stand und mit den Fingern Unrat herausholte: ein paar Münzen und eine Zigarettenschachtel.

»Hallo«, sagte ich.

»Sir«, grüßte der alte Mann.

Ich erwog, ihn zu bitten, mich nicht »Sir« zu nennen, aber mir fiel nicht ein, wie ich es formulieren könnte, ohne ihn zu kränken. »Hübsche Fische.«

Er nickte grinsend. »Zierkarpfen. Kommen aus China.«

Wir sahen ihnen eine Weile zu, während sie ihre Runden schwammen.

»Ich frag mich, ob ihnen nie langweilig wird.«

Er schüttelte den Kopf. »Mein Enkel, er ist Ichthyologe, wissen Sie, was das ist?«

»Fischkunde.«

»Hm. Er sagt, ihr Gedächtnis reicht nur dreißig Sekunden. Sie schwimmen also im Teich rum und werden ständig überrascht. Denken immerzu: ›Hier war ich noch nie.‹

Sie treffen einen anderen Fisch, den sie seit hundert Jahren kennen, und fragen: ›Wer bist du denn, Fremder?‹.«

»Würden Sie Ihren Enkel etwas fragen?« Er nickte. »Ich hab gelesen, dass Karpfen keine natürliche Lebensspanne haben. Sie altern nicht so wie wir. Sie sterben durch Krankheiten oder werden von Mensch oder Raubtier erbeutet, aber sie werden nicht einfach alt und sterben. Theoretisch könnten sie ewig leben.«

Er nickte. »Ich frag ihn. Das klingt wirklich nicht übel. Diese drei hier … Also, dieser hier, ich nenne ihn Ghost, der ist erst vier, fünf Jahre alt. Aber die anderen beiden wurden aus China hergebracht, als ich gerade hier angefangen hatte.«

»Und wann war das?«

»Das muss im Jahre des Herrn neunzehnhundertvierundzwanzig gewesen sein. Was schätzen Sie, wie alt ich bin?«

Das war unmöglich zu sagen. Er hätte aus altem Holz geschnitzt sein können. Über fünfzig und jünger als Methusalem. Das sagte ich ihm.

»Ich bin Jahrgang 1906. Das ist die Wahrheit.«

»Wo sind sie geboren? Hier in L.A.?«

Er schüttelte den Kopf. »Als ich zur Welt kam, war Los Angeles nicht viel mehr als ein Orangenhain. Kein Vergleich mit New York.« Er streute Fischfutter auf die Wasseroberfläche. Die drei Fische tauchten auf, blasse, silberweiße Geisterkarpfen, starrten uns an oder so schien es jedenfalls, das O ihrer Mäuler öffnete und schloss sich ständig, als sprächen sie in ihrer eigenen, geheimen, lautlosen Sprache zu uns.

Ich wies auf den, den er mir vorhin gezeigt hatte. »Also das ist Ghost, ja?«

»Das ist Ghost, ganz genau. Der da unter der Lilie, sehen Sie seinen Schwanz, da vorn? Er heißt Buster. Benannt nach Buster Keaton. Keaton wohnte gerade hier, als wir die älteren beiden bekamen. Und das hier ist unsere Princess.«

Princess war leicht von den anderen Karpfen zu unterscheiden. Sie hatte eine blasse, cremeweiße Farbe und einen leuchtend roten Fleck auf dem Rücken.

»Sie ist wunderschön.«

»Das ist sie. Ja, das ist sie wirklich.«

Er atmete tief durch und fing an zu husten, ein röchelnder Husten, der seine ganze magere Gestalt schüttelte. Jetzt sah er auf einmal tatsächlich wie ein Neunzigjähriger aus.

»Alles in Ordnung?«

Er nickte. »Sicher, sicher, sicher. Alte Knochen«, sagte er. »Alte Knochen.«

Wir gaben uns die Hand und ich kehrte ins Halbdunkel zu meinem Treatment zurück.

Ich druckte das fertige Treatment aus und faxte es Jacob ins Studio.

Am nächsten Tag suchte er mich in meinem Chalet auf. Er wirkte bekümmert.

»Alles okay? Gibt es ein Problem mit dem Treatment?«

»Nur Scheiße, die nach unten läuft. Wir haben diesen Film gedreht mit …« und er nannte eine berühmte Schauspielerin, die ein paar Jahre zuvor in ein paar erfolgreichen Filmen gespielt hatte. »Die Frau ist ein Publikumsmagnet, richtig? Nur ist sie leider nicht mehr so jung, wie sie mal war, und sie besteht darauf, ihre Nacktszenen selbst zu machen, dabei ist das wirklich kein Körper, den irgendwer noch sehen will, das können Sie mir glauben.

Der Plot ist folgender: Da ist dieser Fotograf, der Frauen überredet, die Hüllen für ihn fallen zu lassen. Dann vergewaltigt er sie. Nur glaubt niemand, dass er das tut. Darum muss die Polizeichefin – gespielt von unserer Ms. Lasstmich-der-Welt-meinen-nackten-Hintern-zeigen – einsehen, dass der einzige Weg, ihn zu verhaften, ist, sich als eine der Frauen auszugeben. Also geht sie mit ihm ins Bett. Aber dann läuft die Sache schief …«

»Sie verliebt sich in ihn?«

»Oh. Genau. Dann erkennt sie, dass Frauen immer Gefangene der männlichen Vorstellungen von Frauen sein werden, und um ihre Liebe zu ihm zu beweisen, steckt sie all die Fotos in Brand, als die Polizei kommt, um sie beide zu verhaften. Sie kommt in den Flammen um, nachdem ihr die Kleider vom Leib gebrannt sind. Wie klingt das für Ihren Geschmack?«

»Bescheuert.«

»Das fanden wir auch, als wir's gesehen haben. Also haben wir den Regisseur gefeuert, das ganze Ding neu gecuttet und einen weiteren Drehtag angesetzt. Jetzt trägt sie eine Wanze, als sie mit ihm ins Bett geht. Und als sie anfängt, sich in ihn zu verlieben, findet sie raus, dass er ihren Bruder umgebracht hat. Sie sieht im Traum, wie ihr die Klamotten vom Leib brennen, sie rückt mit dem Sondereinsatzkommando aus, um ihn festzunehmen. Aber er wird von ihrer kleinen Schwester erschossen, die er auch gevögelt hat.«

»Und das ist besser?«

Er schüttelte den Kopf. »Es ist Müll. Wenn sie zustimmen würde, ein Double für die Nacktszenen zu nehmen, stünden wir vielleicht besser da.«

»Wie fanden Sie das Treatment?«

»Was?«

»Mein Treatment. Das ich Ihnen geschickt habe.«

»Ach so. *Das* Treatment. Toll. Wir fanden es alle toll. Es war großartig. Wirklich super. Wir sind alle ganz aus dem Häuschen.«

»Also was passiert als Nächstes?«

»Na ja, sobald alle Gelegenheit hatten, einen Blick draufzuwerfen, setzen wir uns zusammen und reden darüber.«

Er klopfte mir auf die Schulter und ging und ich war ohne Beschäftigung allein in Hollywood.

Ich beschloss, eine Shortstory zu schreiben. Schon bevor ich England verlassen hatte, war mir diese Idee gekommen. Etwas mit einem kleinen Theater am Ende eines Piers. Eine Zaubervorführung, während es draußen schüttet. Ein Publikum, das nicht zwischen Magie und Illusion unterscheiden kann, dem es völlig gleich wäre, wenn jede Illusion real wäre.

Beim Spaziergang an diesem Nachmittag kaufte ich im »fast rund um die Uhr«-Buchladen ein paar Bücher über Zauberkunst und viktorianische Zauberkünstler. Eine Geschichte oder jedenfalls das Samenkorn einer Geschichte war in meinem Kopf und ich wollte die Materie erforschen. Ich setzte mich auf die Bank im Innenhof und blätterte die Bücher durch. Es war eine ganz bestimmte Atmosphäre, die ich einfangen wollte, ging mir auf.

Ich las gerade über die Pockets Men, die alle nur denkbaren kleinen Gegenstände in ihren Taschen hatten und hervorzauberten, was immer man nannte. Keine Illusion, nur eine Meisterleistung in Organisation und Merkfähigkeit. Ein Schatten fiel auf die Seite. Ich sah auf.

»Hallo«, sagte ich zu dem alten schwarzen Mann.

»Sir.«

»Bitte nennen Sie mich nicht so. Es gibt mir das Gefühl, als müsste ich einen Anzug tragen oder so was.« Ich sagte ihm meinen Namen.

Er nannte mir seinen: »Pious Dundas.«

»Pious?« Ich war nicht sicher, ob ich mich nicht verhört hatte. »Der Fromme?«

Er nickte stolz. »Manchmal bin ich das, manchmal nicht. Meine Mama hat mich so genannt und es ist ein guter Name.«

»Ja.«

»Und? Was tun Sie hier, Sir?«

»Ich bin nicht ganz sicher. Ich soll ein Drehbuch schreiben, glaub ich. Oder zumindest warte ich darauf, dass sie mir sagen, ich soll anfangen, das Drehbuch zu schreiben.«

Er kratzte sich an der Nase. »All die Filmleute haben hier gewohnt. Wenn ich anfangen wollte, Ihnen von allen zu erzählen, könnte ich bis nächsten Mittwoch reden und wäre noch nicht mal zur Hälfte fertig.«

»Wen mochten Sie am liebsten?«

»Harry Langdon. Er war ein Gentleman. George Sanders. Er war Engländer, wie Sie. Er sagte immer; ›Ach, Pious, Sie müssen für meine Seele beten.‹ Und ich sagte darauf: ›Ihre Seele ist Ihre Angelegenheit, Mister Sanders.‹

Aber ich hab trotzdem für ihn gebetet. Und June Lincoln.«

»June Lincoln?«

Seine Augen funkelten und er lächelte. »Sie war die Königin der Silberleinwand. Sie war feiner als all die anderen: Mary Pickford oder Lilian Gish oder Theda Bara oder Louise Brooks ... Sie war die Beste. Sie hatte ›es‹. Wissen Sie, was ›es‹ ist?«

»Sexappeal.«

»Mehr als das. Sie war alles, wovon Sie je geträumt haben. Wenn man einen June-Lincoln-Film sah, wollte man ...« Er brach ab und zog kleine Kreise mit der Hand, als versuche er, die fehlenden Worte einzufangen. »Ich weiß nicht. Auf die Knie fallen vielleicht, wie ein Ritter vor seiner Königin. June Lincoln war die Beste von allen. Ich hab meinem Enkel von ihr erzählt und versucht, einen ihrer Filme auf Video zu kriegen, aber nichts zu machen. Gibt es nicht mehr. Sie lebt nur noch in den Köpfen alter Männer.« Er tippte sich an die Stirn.

»Sie muss sehr außergewöhnlich gewesen sein.«

Er nickte.

»Was wurde aus ihr?«

»Sie hat sich erhängt. Manche Leute sagten, sie hätte es getan, weil sie im Tonfilm keine Chance gehabt hätte, aber das stimmt nicht. Sie hatte eine Stimme, die man niemals vergaß, wenn man sie mal gehört hatte. Cremig und dunkel war diese Stimme, wie Irishcoffee. Manche haben behauptet, ein Mann hätte ihr das Herz gebrochen oder eine Frau. Oder dass sie gespielt oder gesoffen oder sich mit Gangstern eingelassen habe. Wer weiß? Es waren wilde Zeiten.«

»Sie haben sie also sprechen gehört?«

Er grinste. »Sie hat gesagt: ›Kannst du rausfinden, was aus meiner Stola geworden ist, Junge?‹ Und als ich sie ihr gebracht hab, da hat sie gesagt: ›Du bist ein hübscher Knabe.‹ Und der Mann, der bei ihr war, hat gesagt: ›June, lass den Gärtner zufrieden.‹ Und sie hat mich angelächelt und mir fünf Dollar gegeben und gesagt: ›Aber er nimmt's mir doch nicht übel, oder, Junge?‹ Und ich hab nur den Kopf geschüttelt. Dann machte sie diese Sache mit den Lippen, wissen Sie.«

»Einen Schmollmund?«

»Irgendwas in der Art. Ich hab es hier gespürt.« Er tippte sich an die Brust. »Diese Lippen. Sie konnten einen Mann in Stücke reißen.«

Er biss sich einen Moment auf die Unterlippe, den Blick in die Ewigkeit gerichtet. Ich hätte gerne gewusst, wo er war. Und in welcher Zeit er war. Dann schaute er mich wieder an.

»Wollen Sie ihre Lippen sehen?«

»Wie meinen Sie das?«

»Kommen Sie mal mit. Folgen Sie mir.«

»Aber was …?« Vor meinem geistigen Auge sah ich einen Lippenabdruck in Zement wie die Handabdrücke vor Grauman's Chinese Theatre.

Er schüttelte den Kopf und legte einen Finger an die Lippen. *Still.*

Ich klappte die Bücher zu. Wir überquerten den Innenhof. Als wir an den kleinen Fischteich kamen, blieb er stehen.

»Sehen Sie sich Princess an«, befahl er.

»Der mit dem roten Fleck, richtig?«

Er nickte. Der Fisch erinnerte mich an einen chinesischen Drachen: weise und bleich. Ein Geisterfisch, weiß wie altes Gebein bis auf den scharlachroten Fleck am Rücken – knapp drei Zentimeter lang, wie ein Doppelbogen geformt. Princess lag reglos im Wasser, ließ sich treiben, dachte.

»Da sind sie«, sagte er. »Auf ihrem Rücken. Sehen Sie?«

»Da komm ich nicht ganz mit.«

Er antwortete nicht gleich, stierte auf den Fisch hinab.

»Möchten Sie sich vielleicht setzen?« Mr. Dundas Alter war mir auf einmal nur zu bewusst.

»Ich werde nicht fürs Rumsitzen bezahlt«, erwiderte er sehr ernst. Dann sagte er in einem Tonfall, als wolle er einem kleinen Kind etwas erklären: »Sie waren wie Götter damals. Heute ist alles Fernsehen: kleine Helden. Kleine Leute in Flimmerkisten. Manchmal sehe ich welche von ihnen hier. Wirklich kleine Leute.

Die Stars von früher, sie waren Riesen, angestrahlt in Silberlicht, groß wie Häuser ... und wenn man sie traf, waren sie *immer* noch riesig. Die Menschen glaubten an sie.

Sie feierten ihre Partys hier. Und wenn man hier arbeitete, sah man, was sie so trieben. Es gab Schnaps und Gras und es passierten Sachen, die Sie gar nicht glauben würden. Bei einer dieser Partys ... Der Film hieß *Hearts of the Desert*. Je davon gehört?«

Ich schüttelte den Kopf.

»Einer der größten Filme von 1926. Vom gleichen Kaliber wie *What Price Glory* mit Victor McLaglen und Dolores Del Rio und *Ella Cinders* mit Colleen Moore. Haben Sie von denen gehört?«

Ich schüttelte wieder den Kopf.

»Dann vielleicht von Warner Baxter? Belle Bennett?«

»Wer waren sie?«

»Große, große Stars damals, 1926.« Er schwieg einen Moment. »*Hearts of the Desert*. Sie feierten die Party hier im Hotel, als er fertig war. Es gab Wein und Bier und Whiskey und Gin – das war die Zeit der Prohibition, aber die Studios hatten die Polizei praktisch gekauft, darum drückten sie immer beide Augen zu. Es gab bergeweise Essen und jede Menge Dummheiten. Ronald Colman war da und Douglas Fairbanks – der Vater, nicht der Sohn – und das ganze Filmteam und eine Jazzband spielte da drüben, wo jetzt die Chalets stehen.

Und June Lincoln war der größte Star in Hollywood an diesem Abend. Sie spielte die arabische Prinzessin in dem Film. Damals war arabisch gleichbedeutend mit Leidenschaft und Begierde. Heutzutage ... na ja, die Zeiten ändern sich.

Ich weiß nicht, wie es angefangen hat. Ich habe gehört, es sei eine Mutprobe gewesen oder eine Wette, vielleicht war sie einfach nur betrunken. Mir kam sie jedenfalls betrunken vor. Wie auch immer, sie stand auf und die Band spielte etwas Leises, Langsames. Und sie kam hier herüber, blieb stehen, wo ich jetzt stehe, und steckte die Hände ins Wasser. Sie lachte und lachte und lachte …

Miss Lincoln nahm den Fisch, packte ihn mit beiden Händen, holte ihn aus dem Wasser und dann hielt sie ihn sich vors Gesicht.

Ich wurde ziemlich nervös, denn die Fische waren gerade erst aus China gekommen und hatten zweihundert Dollar das Stück gekostet. Damals war ich natürlich nicht für die Fische zuständig, nicht ich hätte das also von meinem Lohn abstottern müssen. Aber trotzdem, zweihundert Dollar waren ein ganz schöner Haufen Geld damals.

Dann lächelte sie uns alle an und beugte sich vor und küsste ihn, ganz langsam, auf den Rücken. Er zappelte überhaupt nicht, lag ganz still in ihren Händen und sie küsste ihn mit ihren korallenroten Lippen und die Leute auf der Party lachten und klatschten.

Sie legte den Fisch wieder ins Wasser und für einen Augenblick war es, als wolle er sie nicht verlassen. Er blieb bei ihr, stupste mit dem Maul an ihre Finger. Dann ging der erste Kracher vom Feuerwerk los und er schwamm weg.

Ihr Lippenstift war röter als rot und sie hat den Abdruck ihrer Lippen auf dem Rücken des Fisches verewigt. Da. Sehen Sie?«

Princess, der weiße Karpfen mit dem korallenroten Fleck auf dem Rücken, ließ eine Flosse zucken und setzte dann die endlose Folge dreißigsekündiger Rundreisen um den Teich fort. Der rote Fleck sah wirklich aus wie ein Lippenabdruck.

Pious Dundas streute eine Handvoll Fischfutter aufs Wasser und die drei Karpfen ließen sich an die Oberfläche treiben und fraßen.

Ich ging zu meinem Chalet zurück, die Bücher über alte Zaubertricks in der Hand. Das Telefon klingelte. Es war jemand vom Studio. Sie wolle mit mir über das Treatment reden. Ein Wagen werde mich in dreißig Minuten abholen.

»Wird Jacob dabei sein?«

Aber die Leitung war schon tot.

Der australische Jemand nahm an der Besprechung teil und sein Assistent, ein bebrillter Mann im Anzug. Er war der erste Mensch mit Anzug, der mir bislang hier begegnet war, und seine Brille war leuchtend blau. Er wirkte nervös.

»Wo wohnen Sie?«, fragte der Jemand.

Ich sagte es ihm.

»Ist das nicht, wo Belushi …?«

»So heißt es, ja.«

Er nickte. »Er war nicht allein, als er starb.«

»Nein?«

Er strich sich mit dem Finger über einen Flügel seiner spitzen Nase. »Es waren noch zwei Leute auf dieser kleinen Party. Beide Regisseure, zwei von den ganz großen. Die Namen brauchen Sie nicht zu wissen. Ich hab davon gehört, als ich den letzten Indiana-Jones-Film gemacht habe.

Ein unbehagliches Schweigen entstand. Wir saßen an einem riesigen runden Tisch, nur wir drei, und jeder hatte eine Kopie meines Treatments vor sich. Schließlich fragte ich:

»Was halten Sie davon?«

Sie nickten beide, fast synchron.

Und dann gaben sie sich beide die größte Mühe, mir klarzumachen, dass sie es grässlich fanden, ohne je etwas zu sagen, das mich möglicherweise kränken könnte. Es war eine merkwürdige Konversation.

»Wir haben ein Problem mit dem dritten Akt«, sagten sie und deuteten vage an, dass der Fehler nicht bei mir lag, nicht einmal beim Treatment oder dem dritten Akt, sondern bei ihnen.

Sie wollten sympathischere Figuren. Sie wollten grelles Licht und Schatten, keine Grautöne. Sie wollten aus der Heldin einen Helden machen. Und ich nickte und machte mir Notizen.

Am Ende der Besprechung schüttelte ich dem Jemand die Hand und der Assistent mit dem blauen Brillengestell führte mich durch das Labyrinth der Korridore zurück zur Außenwelt, meinem Wagen und Chauffeur.

Unterwegs fragte ich ihn, ob es irgendwo hier im Studio wohl ein Bild von June Lincoln gebe.

»Von wem?« Sein Name war Greg, stellte sich heraus. Er zückte ein kleines Notizbuch und einen Bleistift und schrieb etwas auf.

»Sie war ein Stummfilmstar. 1926 war sie eine Berühmtheit.«

»War sie bei diesem Studio unter Vertrag?«

»Keine Ahnung«, gestand ich. »Aber sie war berühmt. Sogar berühmter als Marie Provost.«

»Wer?«

»›Aus der Stummfilmmutter wurde Hundefutter.‹ Einer der größten Filmstars ihrer Zeit. Aber sie starb völlig verarmt, nachdem der Tonfilm aufgekommen war, und ihr Dackel hat sie gefressen. Nick Lowe hat ein Lied über sie geschrieben.«

»Wer?«

»›*I knew the bride when she used to rock and roll.*‹ Na ja, ist auch egal. June Lincoln. Ob irgendwer mir ein Foto raussuchen könnte?«

Er kritzelte wieder etwas auf seinen Block. Starrte einen Moment darauf. Schrieb noch etwas. Dann nickte er.

Wir kamen ins Freie und mein Wagen wartete.

»Ach übrigens«, sagte er. »Eins müssen Sie wissen: Er redet Scheiße.«

»Wie bitte?«

»Er redet Scheiße. Es waren nicht Spielberg und Lucas, die bei Belushi waren. Es waren Bette Midler und Linda Ronstadt. Sie haben eine Koksorgie veranstaltet. Das ist allgemein bekannt. Aber er redet nur Scheiße. Und er war nur ein verdammter kleiner Buchhalter bei dem Indiana-Jones-Film. Redet, als wär's sein Film gewesen. Arschloch.«

Wir gaben uns die Hand. Ich stieg in den Wagen und fuhr zum Hotel zurück.

Die Zeitverschiebung holte mich in dieser Nacht ein und um vier Uhr morgens war ich endgültig hellwach.

Ich stand auf, ging pinkeln, dann zog ich eine Jeans über (ich schlafe in einem T-Shirt) und ging nach draußen.

Ich wollte die Sterne sehen, aber die Lichter der Stadt waren zu hell, die Luft zu verschmutzt. Der Himmel war ein dreckiges, sternloses Gelb. Ich dachte an all die Konstellationen, die man in England auf dem Land am Nachthimmel sah, und zum ersten Mal überkam mich heftiges Heimweh. Es war kindisch. Aber ich vermisste die Sterne.

Ich wollte an der Kurzgeschichte arbeiten oder mit dem Drehbuch anfangen. Stattdessen plagte ich mich mit der zweiten Fassung des Treatments herum.

Ich reduzierte die Anzahl der Manson Juniors von zwölf auf fünf und machte es von Anfang an glasklar, dass einer von ihnen – neuerdings männlichen Geschlechts – kein Bösewicht war, die anderen vier aber definitiv in diese Kategorie gehörten.

Sie schickten mir eine betagte Ausgabe einer Filmzeitschrift. Sie roch schwach nach altem Zellstoffpapier und trug einen purpurroten Stempel mit dem Namen des Studios und dem Wort ARCHIV. Das Cover zeigte John Barrymore in einem Boot. Der Artikel berichtete über June Lincolns Tod. Ich fand ihn schwierig zu lesen und noch schwerer zu verstehen: Er deutete an, dass irgendwelche verpönten Laster zu ihrem Tod geführt hatten, so viel bekam ich heraus, doch schien er sich für seine Andeutungen einer Geheimsprache zu bedienen, für die moderne Leser keinen Dechiffriercode hatten. Oder vielleicht, erkannte ich nach längerem Nachdenken, hatte der Verfasser dieses Nachrufs gar nichts gewusst und seine dunklen Andeutungen zielten ins Leere.

Interessanter und vor allem verständlicher als der Artikel waren die Fotos. Ein ganzseitiges, schwarz gerändertes Bild einer Frau mit riesigen Augen und einem sanften Lächeln, die eine Zigarette rauchte (die allerdings hineinretuschiert war, ziemlich ungeschickt für meinen Geschmack. Waren die Leute je auf so stümperhafte Fotomontagen hereingefallen?). Ein zweites Bild zeigte sie bei einem Filmkuss mit Douglas Fairbanks, auf einem kleinen Foto stand sie auf dem Trittbrett eines Autos und hielt zwei winzige Hunde im Arm.

Nach den Fotografien zu urteilen, entsprach sie nicht unbedingt dem heutigen Schönheitsideal. Ihr fehlte die Transzendenz einer Louise Brooks, die erotische Ausstrahlung einer Marilyn Monroe oder die verruchte Eleganz einer Rita Hayworth. Sie war ein Sternchen der Zwanziger, genauso nichts sagend wie alle anderen Stummfilmsternchen. Ich konnte nichts Mystisches in ihren großen Augen, ihrem Pagenkopf erkennen. Sie hatte perfekt geschminkte Lippen, geschwungen wie Amors Bogen. Ich konnte mir nicht vorstellen, wie sie ausgesehen hätte, wäre sie in die Jetztzeit versetzt worden.

Trotzdem, sie war real, sie hatte gelebt. Die Menschen in den Kinopalästen hatten sie bewundert und angebetet. Sie hatte den Fisch geküsst und war vor siebzig Jahren durch die Säle dieses Hotels gewandelt. Siebzig Jahre: keine nennenswerte Zeitspanne in England, aber eine Ewigkeit in Hollywood.

Ich fuhr wieder zum Studio, um über das Treatment zu reden. Keiner der Leute, mit denen ich bisher gesprochen hatte, war dort. Stattdessen wurde ich in das winzige Büro eines sehr jungen Mannes geführt, der niemals lächelte und mir versicherte, wie sehr das Treatment ihn begeistert habe, wie glücklich er sei, dass das Studio die Rechte erworben hatte.

Er sagte, die Figur des Charles Manson sei besonders gelungen und dass Manson vielleicht, »wenn er erst einmal voll dimensionalisiert ist«, der neue Hannibal Lecter werden könne.

»Aber, ähm … Manson ist real. Er sitzt im Gefängnis. Seine Leute haben Sharon Tate ermordet.«

»Sharon Tate?«

»Sie war Schauspielerin. Ein Filmstar. Sie war schwanger und die haben sie umgebracht. Sie war mit Polanski verheiratet.«

»*Roman* Polanski?«

»Der Regisseur, ja.«

Er runzelte die Stirn. »Aber wir basteln gerade an einem Vertrag mit Polanski.«

»Das ist doch Klasse. Er ist ein guter Regisseur.«

»Weiß er von dieser Sache?«

»Wovon? Von dem Buch? Unserem Film? Sharon Tates Ermordung?«

Er schüttelte den Kopf. »Es ist ein Deal über drei Filme. Julia Roberts hängt auch schon halb mit drin. Sie sagen, Polanski weiß nichts von diesem Treatment?«

»Nein, was ich sagte, war …«

Er sah auf die Uhr.

»Wo wohnen Sie?«, fragte er. »Hat man Sie anständig untergebracht?«

»Ja, vielen Dank«, sagte ich. »Ich wohne nur zwei Chalets von dem Zimmer entfernt, in dem Belushi gestorben ist.«

Ich erwartete eine weitere Enthüllung; vielleicht würde er mir erzählen, dass John Belushi in Gesellschaft von Julie Andrews und Miss Piggy ins Gras gebissen hatte. Aber ich irrte mich.

»Belushi ist tot?«, fragte er, die glatte Jungenstirn gerunzelt. »Belushi ist nicht tot. Wir machen einen Film mit ihm.«

»Ich meinte seinen Bruder«, erklärte ich. »Er ist vor Jahren gestorben.«

Er zuckte die Schultern. »Klingt wie ein Scheißhaus. Wenn Sie das nächste Mal rüberkommen, verlangen Sie, dass man Sie im Bel Air unterbringt. Soll ich dafür sorgen, dass Sie dahin umziehen können?«

»Nein, vielen Dank. Ich hab mich schon ganz gut eingewöhnt in meinem Hotel. Was ist jetzt mit dem Treatment?«, fragte ich.

»Überlassen Sie das nur uns.«

Ich fand zwei Zauberkunststücke in meinen Büchern, die mich zunehmend faszinierten: »Der Traum des Malers« und »Das verzauberte Fenster«. Sie waren Metaphern für irgendetwas, da war ich sicher, nur die Geschichte, die diese Erkenntnis hätte begleiten sollen, wollte sich noch nicht einstellen. Ich schrieb erste Sätze, aus denen niemals erste Absätze wurden, erste Absätze, die es nie zur ersten Seite brachten. Ich schrieb sie am Computer und löschte sie wieder.

Ich saß draußen im Hof und starrte die zwei weißen und den rot-weißen Karpfen an. Sie sahen aus wie Escher-Zeichnungen von Fischen, entschied ich, und das überraschte mich, denn bisher war mir nie aufgefallen, dass es auch nur etwas entfernt Realistisches in Eschers Bildern gab.

Pious Dundas stand mit einer Flasche Politur und einem Lappen in der Nähe und wienerte die Blätter einer Pflanze.

»Hi, Pious.«

»Sir.«

»Herrlicher Tag.«

Er nickte und hustete, hämmerte sich mit der Faust an die Brust und nickte nochmals.

Ich kehrte den Fischen den Rücken und setzte mich auf die Bank.

»Warum sind Sie nicht im Ruhestand?«, fragte ich. »Hätten Sie nicht vor fünfzehn Jahren in Rente gehen sollen?«

Er polierte weiter. »Um Himmels willen, nein. Ich bin so was wie ein Wahrzeichen hier. Sie können *behaupten,* all die Stars hätten hier gewohnt, aber *ich* erzähle den Leuten, was Cary Grant zum Frühstück gegessen hat.«

»Daran erinnern Sie sich?«

»Natürlich nicht. Aber das wissen *die* ja nicht.« Er hustete wieder. »Was schreiben Sie?«

»Na ja, letzte Woche habe ich ein Treatment für diesen Film geschrieben. Dann hab ich ein neues Treatment geschrieben. Und jetzt warte ich auf … irgendwas.«

»Also, was schreiben Sie *jetzt?*«

»Eine Geschichte, die nicht in Gang kommen will. Über einen viktorianischen Zaubertrick. Er heißt ›Der Traum des Malers‹. Ein Künstler kommt mit einer großen Leinwand auf die Bühne, die er auf eine Staffelei stellt. Es ist das Gemälde einer Frau. Und er betrachtet das Gemälde und verzweifelt, weil er glaubt, dass er niemals ein wirklicher Künstler sein wird. Dann setzt er sich hin und schläft ein und die Frau auf dem Gemälde erwacht zu Leben, steigt herab und befiehlt ihm, nicht aufzugeben. Weiterzukämpfen. Eines Tages werde er ein großer Maler sein. Sie klettert zurück in den Rahmen. Die Lichter werden gedämpft. Dann wacht er auf und es ist wieder ein Gemälde …«

»… und der andere Trick hieß ›Das verzauberte Fenster‹«, erzählte ich der Frau vom Studio, die den Fehler gemacht hatte, am Beginn der Besprechung Interesse zu heucheln. »Ein Fenster hängt in der Luft und Gesichter erscheinen darin, aber es ist niemand in der Nähe. Ich denke, ich kann eine gewisse Parallele zwischen dem verzauberten Fenster und dem Fernsehen hinkriegen.«

»Ich mag ›Seinfeld‹«, sagte sie. »Haben Sie das schon mal gesehen? Es geht um gar nichts. Ich meine, sie drehen ganze Episoden, die von rein gar nichts handeln. Und ich mochte Garry Shandling, bevor er diese neue Show angefangen hat und so gehässig wurde.«

»Diese Zaubertricks …« fuhr ich fort. »Wie alle großen Illusionen veranlassen sie uns, die Natur der Realität infrage zu stellen. Aber sie werfen auch die Frage aus, wohin Unterhaltung sich entwickeln sollte. Filme, bevor es Filme gab. Das Fernsehen, lange bevor es erfunden wurde.«

Sie runzelte die Stirn. »Soll das ein Filmskript werden?«

»Das will ich nicht hoffen. Eine Kurzgeschichte, wenn ich es hinkriege.«

»Also, lassen Sie uns über den Film reden.« Sie blätterte einen Stapel Notizen durch. Sie war Mitte zwanzig und wirkte ebenso attraktiv wie steril. Ich fragte mich, ob sie eine der Frauen war, die am ersten Morgen an diesem Frühstück teilgenommen hatten, eine Deanna oder Tina.

Sie las etwas und schien verwirrt. »*I Knew the Bride When She Used to Rock and Roll*?«

»Das hat er aufgeschrieben? Es hat nichts mit diesem Film zu tun.«

Sie nickte. »Also, ich muss Ihnen ehrlich sagen, dass einige Punkte Ihres Treatments nicht ganz *unproblematisch* sind. Diese Manson-Sache ... na ja, wir haben Zweifel, ob das ankommt. Könnten wir ihn rausnehmen?«

»Aber nur um ihn geht es doch. Ich meine, der Roman heißt *Menschensöhne*. Manson – Menschensohn. Er handelt von ihm und seinen Kindern. Wenn Sie ihn rausnehmen, bleibt nicht viel übrig, oder? Ich meine, das ist das Buch, das Sie gekauft haben.« Ich hielt es hoch, damit sie es sehen konnte. Meinen Talisman. »Manson rauszuschmeißen wäre wie ... ich weiß nicht. Als würde man eine Pizza bestellen und sich dann beschweren, weil sie flach und rund ist und Tomaten und Käse drauf sind.«

Sie gab keinerlei Anzeichen, dass sie auch nur ein Wort gehört hatte, sondern fragte: »Was halten Sie von *When We Were Badd* als Titel? Mit zwei Ds in Badd.«

»Keine Ahnung. Für diesen Film?«

»Wir wollen nicht, dass die Leute denken, es sei irgendwas Religiöses. *Menschensöhne*. Es klingt, als wäre es irgendwie antichristlich.«

»Na ja, ich habe schon irgendwie angedeutet, dass die Macht, von der die Manson-Kinder besessen sind, eine Art Dämon ist.«

»Wirklich? Das haben Sie gesagt?«

»Im Roman.«

Sie bedachte mich mit einem mitleidigen Blick von der Sorte, die nur Leute zustandebringen, die wissen, dass Romane – wenn überhaupt – nur eine einzige Daseinsberechtigung haben: als unverbindliche Filmvorlagen.

»Tja, ich fürchte, das Studio würde das als unpassend empfinden.«

»Wissen Sie, wer June Lincoln war?«, fragte ich sie.

Sie schüttelte den Kopf.

»David Gambol? Jacob Klein?«

Sie schüttelte wieder den Kopf, ein bisschen ungeduldig. Dann gab sie mir eine getippte Liste von Details, die ihrer Ansicht nach der Nachbesserung bedurften, was auf so ziemlich alles hinauslief. Die Liste war an: mich und eine Reihe weitere Leute, deren Namen mir nichts sagten, und VON: Donna Leary.

Ich sagte, danke schön, Donna, und fuhr dann zurück ins Hotel.

Den Rest des Tages war ich düsterer Stimmung. Dann kam mir eine Idee, wie ich das Treatment umarbeiten konnte, sodass Donnas Beanstandungen samt und sonders behoben würden.

Ein weiterer Tag Denkarbeit, ein paar Tage Schreibarbeit und schließlich faxte ich das dritte Treatment ans Studio.

Pious Dundas brachte mir sein Sammelalbum, als er zu dem Schluss gekommen war, dass ich mich wirklich für June Lincoln interessierte – benannt, wie ich herausfand, nach dem Monat und dem Präsidenten und 1903 mit dem bürgerlichen Namen Ruth Baumgarten geboren. Es war ein in Leder gebundenes, altes Sammelalbum und hatte die Größe und das Gewicht einer Familienbibel.

Sie war vierundzwanzig gewesen, als sie starb.

»Ich wünschte, Sie hätten sie sehen können«, sagte Pious Dundas. »Ich wünschte, ein paar ihrer Filme hätten überlebt. Sie war so großartig. Sie war der größte Star von allen.«

»War sie eine gute Schauspielerin?«

Er schüttelte entschieden den Kopf. »Nein.«

»War sie eine besondere Schönheit? Wenn ja, kann ich es jedenfalls nicht sehen.«

Er schüttelte wieder den Kopf. »Die Kamera liebte sie, das steht fest. Aber das war es nicht. In jedem Film gab es ein Dutzend Komparsen, die hübscher waren als sie.«

»Was war es dann?«

»Sie war ein Star.« Er hob die Schultern. »Sie hatte das, was es ausmacht, ein Star zu sein.«

Ich blätterte weiter: Zeitungsausschnitte, Besprechungen von Filmen, die mir völlig unbekannt waren, Filme, die mitsamt den Negativen vor langer Zeit verloren gegangen waren, verlegt oder von der Feuerwehr vernichtet, weil Nitratnegative eine so berüchtigte Feuergefahr darstellten.

Dann Ausschnitte aus Filmzeitschriften: June Lincoln in Aktion, June Lincoln in der Drehpause, June Lincoln am Set zu *Das Hemd des Pfandleihers*, June Lincoln in einem riesigen Pelzmantel – der das Foto irgendwie deutlicher datierte als der seltsame Pagenkopf oder die unvermeidliche Zigarette.

»Haben Sie sie geliebt?«

Er schüttelte den Kopf. »Nicht wie man eine Frau lieben würde ...«, sagte er.

Es war einen Moment still. Dann streckte er die Hand aus und blätterte die nächste Seite um.

»Und meine Frau hätte mich umgebracht, wenn sie mich das hätte sagen hören ...«

Wieder ein kurzes Schweigen.

»Doch. Magere, tote, weiße Frau. Ich schätze, ich habe sie geliebt.«

»Aber für Sie ist sie nicht tot, oder?«

Er schüttelte den Kopf. Dann ging er. Aber er ließ mir das Album da.

Das Geheimnis hinter dem »Traum des Malers« war folgendes: Zusammen mit dem Bild wurde das Mädchen hereingetragen, das sich mit Hilfe von Griffen an der Rückseite der Leinwand festhielt. Die Leinwand hing an unsichtbaren Drähten, die das Gewicht trugen, sodass der Künstler das mit dem Mädchenkörper beschwerte Gemälde mühelos auf die Staffelei heben konnte. Das Bild des Mädchens funktionierte wie ein Rollo, das herauf- und heruntergelassen wurde.

»Das verzauberte Fenster« hingegen war tatsächlich ein Spiegeltrick. Ein Spiegel wurde in einem solchen Winkel aufgestellt, dass er die Gesichter der Leute reflektierte, die fürs Publikum unsichtbar am seitlichen Bühnenrand standen.

Selbst heute noch verwenden viele Zauberer Spiegel bei ihren Darbietungen, um einem vorzugaukeln, man sehe Dinge, die aber gar nicht da sind.

Es war einfach, wenn man wusste, wie es funktionierte.

»Bevor wir anfangen«, sagte er, »sollten Sie wissen, dass ich keine Treatments lese. Ich finde immer, dass sie meine Kreativität hemmen. Keine Bange, ich habe mir von einer Sekretärin eine Zusammenfassung erstellen lassen, ich bin also auf dem Laufenden.«

Er hatte einen Bart und lange Haare und sah ein bisschen wie Jesus aus, auch wenn ich bezweifelte, dass Jesus so perfekte Zähne hatte. Er war, so schien es, der wichtigste Mensch, mit dem ich bislang hier gesprochen hatte. Sein Name war John Ray und sogar ich hatte schon von ihm gehört, auch wenn ich nicht ganz sicher war, was genau er darstellte: sein Name erschien im Vorspann diverser Filme hinter Wörtern wie EXECUTIVE PRODUCER. Die Stimme am Telefon, die mich zu dem Treffen eingeladen hatte, hatte erklärt, sie – das Studio – seien ganz aus dem Häuschen darüber, dass er sich für das Projekt interessierte.

»Hemmt denn eine Zusammenfassung Ihre Kreativität nicht genauso?«

Er grinste. »Wir alle hier sind der Ansicht, dass Sie einen sagenhaften Job hingelegt haben. Atemberaubend. Es gibt nur noch ein paar Kleinigkeiten, mit denen wir ein Problem haben.«

»Und zwar?«

»Na ja. Diese Manson-Sache. Und die Idee von den heranwachsenden Kindern. Also haben wir im Büro zusammengesessen und ein paar Szenarien durchgespielt. Was halten Sie hiervon: Da ist dieser Typ namens, sagen wir Mal Jack Badd. Mit zwei Ds, das war Donnas Idee ...«

Donna senkte bescheiden den Kopf.

»Er wird wegen satanischer Riten verurteilt, auf dem elektrischen Stuhl hingerichtet und ehe er stirbt, schwört er, dass er zurückkommen und sie alle vernichten wird.

Dann sind wir im Heute und wir sehen diese halbwüchsigen Jungs in der Spielhölle, die völlig süchtig sind nach einem Videospiel mit dem Namen *Be Badd*. Sein Gesicht ist darauf. Und während sie es spielen, ergreift er ... Besitz von ihnen. Vielleicht ist irgendwas seltsam an seinem Gesicht, so eine Jason- oder Freddy-Geschichte.« Er hielt inne, als warte er auf meine Zustimmung.

Also fragte ich: »Und wer macht diese Videospiele?«

Er wies mit dem Finger auf mich und sagte: »Sie sind der Autor, Schätzchen. Sollen wir die ganze Arbeit für Sie machen?«

Ich sagte nichts. Mir fiel einfach nichts ein.

Denk in filmischen Dimensionen, sagte ich mir. *Sie verstehen sich auf Filme.* »Aber was Sie vorschlagen, ist doch so etwas wie *The Boys from Brazil* ohne Hitler.«

Er sah mich verständnislos an.

»Das war ein Film von Ira Levin«, sagte ich. Kein Schimmer des Erkennens in seinen Augen. *»Rosemarys Baby.«* Immer noch nichts. *»Sliver.«*

Er nickte, irgendwo war der Groschen doch noch gefallen. »Verstehe«, sagte er. »Schreiben Sie nur den Sharon Stone-Part. Dann bewegen wir Himmel und Hölle, um sie zu kriegen. Ich hab einen guten Draht zu ihren Leuten.«

Also ging ich.

An diesem Abend war es kalt, dabei darf es in L.A. doch eigentlich gar nicht kalt sein, und die Luft roch mehr denn je nach Hustentropfen.

Eine alte Freundin von mir wohnte in der Umgebung von Los Angeles und ich beschloss, sie ausfindig zu machen. Ich rief die Nummer an, die sie mir mal gegeben hatte, und das war der Anfang einer Schnitzeljagd, die mehr oder minder den restlichen Abend in Anspruch nahm. Irgendwelche Leute gaben mir irgendwelche Telefonnummern und ich rief sie an und bekam weitere Nummern und rief auch die an.

Zu guter Letzt war eine vertraute Stimme am anderen Ende.

»Weißt du, wo ich bin?«, fragte sie.

»Nein. Jemand hat mir die Nummer gegeben.«

»Ich bin im Krankenhaus«, sagte sie. »Im Zimmer meiner Mutter. Sie hatte eine Gehirnblutung.«

»Das tut mir Leid. Geht es ihr einigermaßen?«

»Nein.«

»Tut mir wirklich Leid.«

Es folgte ein verlegenes Schweigen.

»Wie geht's dir?«, fragte sie.

»Ziemlich miserabel.«

Ich erzählte ihr alles, was mir bislang passiert war. Ich sagte ihr, wie ich mich fühlte.

»Warum ist das so?«, fragte ich sie.

»Weil sie Angst haben.«

»Warum haben sie Angst? Und wovor?«

»Weil du nur so gut bist wie die letzten Hits, mit denen du deinen Namen in Zusammenhang bringen kannst.«

»Was?«

»Du gibst deine Zustimmung zu irgendwas und das Studio geht hin und macht einen Film, der zwanzig oder dreißig Millionen Dollar kostet. Und wenn er durchfällt, hängt dein Name mit dran und du verlierst Status. Wenn du von vornherein Nein sagst, riskierst du diesen Statusverlust nicht.«

»Im Ernst?«

»Ja, so ungefähr.«

»Woher weißt du so viel über diese Geschichten? Du bist Musikerin, du hast nichts mit Filmen zu tun.«

Sie lachte müde. »Ich lebe hier. Jeder, der hier lebt, weiß über diese Dinge Bescheid. Hast du jemals versucht, Leute nach ihren Drehbüchern zu fragen?«

»Nein.«

»Probier es irgendwann mal. Frag irgendwen. Den Typ an der Tankstelle. Ganz gleich. Jeder hat eins.« Jemand im Hintergrund sagte irgendwas zu ihr und sie antwortete und sagte dann: »Hör mal, ich muss Schluss machen«, und legte auf.

Ich konnte die Heizung nicht finden, falls das Zimmer überhaupt eine hatte, und ich fror erbärmlich in meinem kleinen Chalet-Zimmer, ganz ähnlich dem, wo Belushi gestorben war, der gleiche, nichts sagende Druck an der Wand, da war ich sicher, die gleiche, eisige Feuchtigkeit in der Luft.

Ich ließ mir ein Bad ein, um mich aufzuwärmen, aber als ich herauskam, war mir noch kälter.

Weiße Goldfische glitten im Wasser hin und her, verschwanden pfeilschnell unter den Lilienblättern. Einer der Goldfische hatte ein feuerrotes Mal auf dem Rücken, das möglicherweise ein perfekter Lippenabdruck war: das wundersame Stigma einer beinah vergessenen Göttin. Der graue Himmel des frühen Morgens spiegelte sich im Teich.

Ich starrte trübsinnig darauf hinab.

»Alles in Ordnung?«

Ich wandte mich um. Pious Dundas stand neben mir.

»Sie sind früh auf den Beinen.«

»Ich habe schlecht geschlafen. Zu kalt.«

»Sie hätten die Rezeption anrufen sollen. Die hätten Ihnen einen Heizlüfter und zusätzliche Decken geschickt.«

»Darauf bin ich nicht gekommen.«

Sein Atem ging holprig, mühsam.

»Geht es Ihnen gut?«

»Nein, wirklich nicht. Ich bin alt. Kommen Sie mal in mein Alter, Junge, dann wird's Ihnen auch nicht besser gehen. Aber ich werde noch hier sein, wenn Sie wieder weg sind. Was macht die Arbeit?«

»Ich weiß nicht. Ich arbeite nicht mehr an dem Treatment und mit dem ›Traum des Künstlers‹ hänge ich fest, diese Geschichte über viktorianische Zauberkunststücke. Sie spielt in einem englischen Badeort im Regen. Und der Zauberer kommt auf die Bühne und führt seine Kunststücke vor, wodurch sich das Publikum irgendwie verändert. Es berührt ihre Herzen.«

Er nickte bedächtig. »›Der Traum des Künstlers‹…« sagte er. »Und? Sehen Sie sich selbst als den Künstler oder den Zauberer?«

»Keine Ahnung. Ich glaube, ich bin keiner von beiden.«

Ich wandte mich ab, aber dann fiel mir noch etwas ein.

»Mr. Dundas, haben Sie ein Drehbuch? Das Sie geschrieben haben?«

Er schüttelte den Kopf.

»Sie haben *niemals* ein Drehbuch geschrieben?«

»Ich nicht, nein«, antwortete er.

»Schwören Sie's mir?«

Er grinste. »Ich schwöre.«

Ich ging wieder in mein Zimmer. Ich blätterte durch das englische Hardcover von *Menschensöhne* und fragte mich, wie ein so unbeholfen formulierter Roman je einen Verleger hatte finden können, warum Hollywood es nur gekauft hatte und warum sie es nicht wollten, jetzt, da sie es hatten.

Ich versuchte, am »Traum des Künstlers« weiterzuschreiben und versagte kläglich. Die Figuren waren erstarrt, schienen unfähig zu atmen, zu agieren, zu sprechen.

Ich ging ins Bad und pinkelte einen lebhaften gelben Strahl ins Porzellanbecken. Ein Kakerlak huschte über die silberne Spiegelfläche.

Ich ging zurück ins Wohnzimmer, öffnete ein neues Dokument und schrieb:

Ich denk an England, Regen früh im März
Das Haus am Pier, ein Varieté, im dunklen Saal
Herrscht Furcht, Magie, Erinnerung und Schmerz

Die Furcht um den Verstand bedrückt das Herz
Doch bannt Magie die Angst, ist nicht real
Ich denk an England, Regen früh im März.

Der Grund der Einsamkeit liegt tief wie Erz
Die Finsternis der Seele ist ein Tal
Von Furcht, Magie, Erinnerung und Schmerz

Der Zauberer macht einen müden Scherz
Und dünn wie Lügen ist dein Seidenschal
Ich denk an England, Regen früh im März …

Es strebt doch keine Seele himmelwärts:
Hier sind ein Schwert, ein Pfand und hier ein Gral
Der Furcht, Magie, Erinnerung und Schmerz

Die Hand des Magiers ist bleich und fahl
die Wahrheit, die er kündet, fad und schal
Ich denk an England, Regen früh im März
an Furcht, Magie, Erinnerung und Schmerz.

Ich wusste nicht, ob es etwas taugte oder nicht, aber das machte nichts. Ich hatte etwas Neues, Frisches geschrieben und es fühlte sich herrlich an.

Ich bestellte ein Frühstück aufs Zimmer und bat um einen Heizlüfter und ein paar Decken.

Am nächsten Tag schrieb ich ein sechsseitiges Treatment für einen Film mit dem Titel *When We Were Badd*, in dem Jack Badd, ein Serienmörder, der eine riesige kreuzförmige Narbe auf der Stirn trug, auf dem elektrischen Stuhl hingerichtet wurde, in Gestalt eines Videospiels zurückkehrte und von vier jungen Männern Besitz ergriff. Der fünfte junge Mann besiegte Badd, indem er den elektrischen Stuhl verbrannte, auf dem der Killer gestorben war. Der Stuhl, beschloss ich, war inzwischen ein Ausstellungsstück in dem Wachsfigurenmuseum, wo die Freundin des fünften jungen Mannes tagsüber arbeitete. Abends war sie Tänzerin in einem Nachtclub.

Die Rezeption faxte es ans Studio und ich ging zu Bett. Ich schlief mit der Hoffnung ein, dass das Studio es formell ablehnen würde und ich nach Hause fliegen könnte.

Im Theater meiner Träume trug ein Mann mit Bart und Baseballkappe eine Kinoleinwand auf die Bühne und verschwand wieder. Die Silberleinwand schwebte schwerelos im Raum.

Ein flackernder Stummfilm fing an zu laufen, eine Frau verließ die Leinwand und starrte auf mich hinab. Es war June Lincoln, die in dem Flackerfilm zu sehen war, und es war ebenso June Lincoln, die aus dem Film heraustrat und sich auf meine Bettkante setzte.

»Willst du mir jetzt sagen, dass ich nicht aufgeben darf?«, fragte ich sie.

Auf einer Ebene meines Bewusstseins wusste ich, dass es ein Traum war. Ich erinnere mich vage, dass ich erkannte, warum diese Frau ein Star war, und ich bedauerte, dass keiner ihrer Filme mehr existierte.

Sie war wahrhaftig schön in meinem Traum, trotz des feuerroten Henkersmals um ihren Hals.

»Warum in aller Welt sollte ich das tun?«, fragte sie. In meinem Traum roch sie nach Gin und altem Zelluloid, obwohl ich mich nicht entsinne, wann ich je zuvor einen Geruch geträumt hätte. Sie lächelte ein perfektes Schwarzweißlächeln: »Ich bin rausgekommen, oder nicht?«

Dann stand sie auf und ging im Zimmer umher.

»Ich kann nicht fassen, dass dieses Hotel immer noch steht.« Ihre Stimme war voller Knister- und Zischlaute. Sie kam zum Bett zurück und sah mich unverwandt an, wie eine Katze das Mauseloch anstarrt.

»Betest du mich an?«, fragte sie.

Ich schüttelte den Kopf. Sie kam noch näher und nahm meine Hand aus Fleisch und Blut in ihre silbrige.

»Niemand erinnert sich mehr an irgendetwas«, sagte sie. »Es ist eine Dreißig-Minuten-Stadt.«

Es gab etwas, das ich sie unbedingt fragen musste: »Wo sind die Sterne? Ich sehe immerzu zum Himmel auf, aber sie sind nicht da.«

Sie wies auf den Fußboden meines Chalets. »Du hast in die falsche Richtung geschaut«, sagte sie. Bislang war mir nie aufgefallen, dass der Boden des Chalets ein Bürgersteig war, und jeder Pflasterstein enthielt einen Stern mit einem Namen – Namen, die ich nicht kannte: Clara Kimball Young, Linda Arvidson, Vivian Martin, Norma Talmadge, Olive Thomas, Mary Miles Minter, Seena Owen …

June Lincoln wies zum Fenster. »Und da draußen.«

Das Fenster stand offen und ich konnte ganz Hollywood sehen, das sich dort unten erstreckte – ein Blick von den Höhen der Hügel herab: ein unendlicher Teppich flackernder, vielfarbiger Lichter.

»Ist das nicht viel besser als die Sterne?«, fragte sie.

Und das war es tatsächlich. Ich stellte fest, dass ich Konstellationen in den Straßenlaternen und Autoscheinwerfern erkennen konnte.

Ich nickte.

Ihre Lippen berührten meine.

»Vergiss mich nicht«, flüsterte sie, aber ihre Stimme war voller Trauer, so als wisse sie, dass ich es doch tun würde.

Ich erwachte vom Schrillen des Telefons. Ich nahm ab und brummelte in den Hörer.

»Hier ist Gerry Quoint vom Studio. Wir wollen mit Ihnen zu Mittag essen und reden.«

Brummelbrummel.

»Wir schicken Ihnen einen Wagen«, sagte er. »Die Fahrt zum Restaurant dauerte etwa eine halbe Stunde.«

Das Restaurant war luftig und großzügig und grün und sie warteten schon auf mich.

Inzwischen wäre ich überrascht gewesen, irgendwen wiederzuerkennen. John Ray, erfuhr ich während der Hors d'oeuvres, hatte sich wegen »Differenzen über die Einzelheiten seines Vertrages« vom Studio getrennt und Donna war »selbstverständlich« mit ihm gegangen.

Beide Männer hatten Bärte, einer hatte ziemlich unreine Haut. Die Frau war dünn und wirkte sympathisch.

Sie fragten mich, wo ich wohnte, und als ich es ihnen sagte, vertraute einer der Bärte uns an (nachdem er uns das Versprechen, absolutes Stillschweigen zu wahren, abgenommen hatte), dass ein Politiker namens Gary Hart und einer der Eagles mit Belushi eine kleine Drogenparty gefeiert hatten, ehe er starb.

Danach versicherten sie mir, wie sehr sie sich auf die Story freuten.

Ich stellte meine Frage. »Reden Sie von *Menschensöhne* oder von *When We Were Badd*? Mit Letzterem habe ich nämlich ein Problem.«

Sie wirkten verdutzt.

Es gehe um *I Knew the Bride When She Used to Rock and Roll*, klärten sie mich auf. Denn das habe ein anspruchsvolles Konzept und gebe ihnen ein richtig gutes Gefühl. Außerdem sei es in hohem Maß »aktuell« und das sei besonders wichtig in einer Stadt, wo alles, was vor einer Stunde passiert ist, schon Steinzeitgeschichte sei.

Sie eröffneten mir, dass sie es gut fänden, wenn unser Held die junge Dame aus ihrer unglücklichen Ehe erretten könnte, sodass sie »glücklich bis ans Ende ihrer Tage« werden konnten.

Ich wies sie darauf hin, dass sie die Filmrechte von Nick Lowe kaufen müssten, der den Song geschrieben habe, und nein, ich wisse nicht, wer sein Agent war.

Sie grinsten und versicherten mir, dass das kein Problem darstellte.

Sie schlugen vor, ich solle mir das Projekt durch den Kopf gehen lassen, ehe ich mit dem Treatment anfing und jeder nannte ein Paar junger Stars, deren Namen ich im Hinterkopf behalten sollte, wenn ich dann die Story konzipierte.

Und ich schüttelte einem jeden die Hand und versprach, dass ich das ganz sicher tun würde.

Ich erwähnte, dass ich das Gefühl habe, zu Hause in England am besten arbeiten zu können.

Das sei völlig in Ordnung, meinten sie.

Ein paar Tage zuvor hatte ich Pious Dundas gefragt, ob irgendwer mit Belushi in dessen Chalet gewesen sei in der Nacht, als er starb.

Wenn irgendwer es wusste, dachte ich mir, dann er.

»Er ist allein gestorben«, sagte Pious Dundas, alt wie Methusalem, und sah mir unverwandt in die Augen. »Es ist vollkommen egal, ob jemand bei ihm war oder nicht. Er ist allein gestorben.«

Es war ein seltsames Gefühl, das Hotel zu verlassen.

Ich ging zur Rezeption.

»Ich werde heute Nachmittag abreisen.«

»Wie Sie wünschen, Sir.«

»Könnten Sie vielleicht … ähm, der Gärtner. Mister Dundas. Ein älterer Mann. Ich weiß nicht. Ich habe ihn seit ein paar Tagen nicht gesehen. Ich würde mich gern von ihm verabschieden.«

»Von einem der Gärtner?«

»Ja.«

Sie starrte mich verblüfft an. Sie war sehr schön und ihr Lippenstift war brombeerfarben. Ich fragte mich, ob sie wohl darauf wartete, entdeckt zu werden.

Sie griff zum Telefon und sprach leise hinein. Dann: »Es tut mir Leid, Sir, Mister Dundas ist in den letzten Tagen nicht zur Arbeit gekommen.«

»Könnten Sie mir seine Telefonnummer geben?«

»Bedaure, aber das ist nicht zulässig.« Sie sah mir dabei in die Augen, wollte mir klarmachen, dass sie es *wirklich* bedauerte …

»Was macht Ihr Drehbuch?«, fragte ich.

»Woher wissen Sie davon?«

»Na ja …«

»Es liegt auf Joel Silvers Schreibtisch«, sagte sie. »Mein Freund und Co-Autor Arnie, er ist Kurier, hat es in Joel Silvers Büro abgegeben, so als käme es von einer richtigen Agentur oder so.«

»Viel Glück«, sagte ich.

»Danke.« Die Brombeerlippen lächelten.

Die Auskunft hatte zwei Dundas, P., was ich nicht für möglich gehalten hätte, und ich dachte, dass es allerhand über Amerika aussagte oder zumindest über Los Angeles.

Die erste Nummer erwies sich als die einer gewissen Ms. Persephone Dundas.

Als ich die zweite Nummer anrief und fragte, ob ich Pious Dundas sprechen könne, fragte eine Männerstimme: »Wer spricht da?«

Ich nannte ihm meinen Namen, erklärte, dass ich im Hotel wohnte und etwas habe, das Mr. Dundas gehöre.

»Mister. Mein Großvater ist tot. Letzte Nacht ist er gestorben.«

Der Schock macht aus Klischees Realität: Ich spürte, wie mir das Blut aus dem Gesicht wich. Mein Atem stockte.

»Es tut mir Leid. Ich mochte ihn gern.«

»Tja.«

»Das muss ziemlich plötzlich gekommen sein.«

»Er war alt. Er hatte einen schlimmen Husten.« Jemand im Hintergrund fragte, wer denn da am Telefon sei, und er antwortete: niemand. Dann sagte er: »Danke für den Anruf.«

Ich war wie gelähmt.

»Hören Sie, ich habe sein Sammelalbum. Er hat es mir geliehen.«

»Das alte Filmzeug?«

»Ja.«

Ein kurzes Schweigen.

»Behalten Sie's. Keiner kann mit dem Krempel irgendwas anfangen. Also dann, Mister, ich muss Schluss machen.«

Ein Klicken und die Leitung war tot.

Ich packte das Album in meine Reisetasche und war verblüfft, als eine Träne auf den alten Ledereinband fiel.

Ich ging ein letztes Mal zum Teich, um mich von Pious Dundas zu verabschieden und von Hollywood.

Drei geisterhafte weiße Zierkarpfen dümpelten mit beinah unmerklich bebenden Flossen in der ewigen Gegenwart ihres Teichs.

Ich erinnerte mich an ihre Namen: Buster, Ghost und Princess, aber jetzt gab es niemanden mehr, der sie unterscheiden konnte.

Der Wagen wartete vor dem Hotel auf mich. Die Fahrt zum Flughafen dauerte dreißig Minuten und schon fing ich an zu vergessen.

Der weiße Weg

»…Ich wünschte, Ihr könntet mich eines Tages besuchen,
in meinem Haus.
So wundersame Dinge könnt ich euch dort zeigen.«

Meine Erwählte senkt den Blick, und ja, sie zittert.
Ihr Vater und seine Freunde lachen und johlen.

»Das ist doch keine Geschichte, Mister Fox«, rügt eine
[blasse Frau
in der Ecke des Zimmers, ihr Haar weizengelb,
die Augen wolkengrau, der Leib wohlgeformt
und gerundet und sie lächelt ironisch, amüsiert.

»Madam, ich bin kein Erzähler.« Ich verneig mich und
[frag:
»Vielleicht habt Ihr eine Geschichte für uns?« mit
[hochgezogener Braue.
Ihr Lächeln bleibt.
Sie nickt, erhebt sich und bewegt die Lippen:

»Ein Mädchen vom Dorfe, ein schlichtes Geschöpf, wurde
[von ihrem Liebsten betrogen,
einem Gelehrten. Als ihre Regel ausblieb
und ihr Bauch unmissverständlich zu schwellen begann,
ging sie zu ihm und weinte bitterlich. Er tätschelte ihr
[Haar,
schwor, sie zu heiraten, dass sie fortlaufen würden,
in der Nacht,
zusammen,
zu seiner Muhme. Sie glaubte ihm,
obwohl sie die Blicke gesehen hatte, die er
in der Halle der Tochter seines Herrn schenkte,

die schön und reich war. Dennoch glaubte sie ihm.
Oder glaubte doch, dass sie glaubte.

Etwas Verschlagenes war in seinem Lächeln,
seine Augen so schwarz und scharf, das Haar so rot. Etwas,
das sie früh zu ihrem Stelldichein kommen ließ,
unter der Eiche, gleich neben dem Dornbusch,
etwas, das sie den Baum erklimmen und dort oben warten
[hieß.
Einen Baum hinaufzuklettern, in ihrem Zustand!
Ihr Liebster kam mit der Dämmerung, schlich sich an im
[Eulenlicht,
Einen Beutel in der Hand.
Dem entnahm er Hacke, Schaufel und sein Messer.
Er machte sich emsig ans Werk neben dem Dornbusch,
unter der Eiche.
Er pfiff vor sich hin und er sang, als er ihr Grab grub,
jenes alte Lied …
Soll ich's jetzt für Euch singen, ihr guten Leut?«

Sie macht eine Pause und wir alle klatschen und rufen
– oder fast alle:
Meine Erwählte, ihr Haar so schwarz, die Wangen rosig,
die Lippen so rot,
scheint außer sich.

Die blonde Frau (Wer ist sie? Ein Gast hier im Wirtshaus,
[vermutlich) singt:

»Ein Fuchs in der Nacht, der hofft auf den Mond,
Dass der ihm scheint, mit Licht ihn belohnt,
Denn weit ist's noch bis zum Bau, wo er wohnt
Meilen um Meilen, Ho-ho!
Ho-ho, Ho-ho!
Denn weit ist's noch bis zum Bau, wo er wohnt, Ho-ho!

Ihre Stimme ist süß und rein, doch die meiner Erwählten
[ist reiner.

»Und als ihr Grab geschaufelt war –
Ein kleines Loch war's nur, denn sie war ein zierliches
[Ding –
ging er unter ihr auf und ab,
und probte seine Grabrede, etwa so:
Guten Abend, meine Schöne, meine Liebste.
Wie hinreißend du im Mondlicht aussiehst …
Mutter meines ungeborenen Kindes, lass mich dich halten.
Und dann umarmt er die Nachtluft mit einer Hand
und mit der andern, die das kurze, aber tückische Messer
[hält,
sticht er wieder und wieder in die Dunkelheit.

Sie bebte in ihrem Laubversteck über ihm. Atmete leise,
aber zitterte dennoch. Und einmal schaute er auf und sagt':
Eulen, das möcht ich wetten, und ein andermal: *Nanu! Ist das*
[eine Katze
dort oben? Komm her, Mieze … Aber sie hielt still,
stellt sich vor, sie sei ein Ast, ein Blatt, ein Zweig. Am
[Morgen
nahm er Hacke, Schaufel, Messer und er ging fort,
brummend, betrogen um seine Beute.

Später fanden sie sie. Sie streifte ziellos umher. Ihr Geist war verwirrt. Eichenlaub hing in ihrem Haar, und sie sang:

Der Fuchs mir grub
Ein stilles Grab
Zerbrach mein Herz
Das ich ihm gab

Wir schworen Liebe
Und schworen Treue
Ich ahnte nicht
des Fuchses Schläue

Es heißt, das Kind, das sie zur Welt brachte,
hatte eine Fuchspfote statt einer Hand.

Furcht ist eine Bildhauerin, sagen die Hebammen. Der
[Gelehrte floh.«

Unter großem Applaus nimmt sie wieder Platz.
Das Lächeln zuckt, lauert um ihre Lippen: Ich weiß, es ist
[da,
wartet in ihren grauen Augen. Sie starrt mich an, belustigt.

»Im Orient, sagt man, folgen Füchse Priestern und
[Gelehrten,
maskiert als Frauen, Häuser, Berge, Götter, Prozessionen,
immer zu erkennen an ihrem Schwanz«, beginne ich,
doch mein zukünftiger Schwiegervater fällt mir ins Wort:
»Mein Kind, sagtest du nicht, du wissest eine Mär?«

Meine Erwählte errötet. Kein Rosenblatt
kann sich mit ihren Wangen messen. Sie nickt und sagt:

»Meine Geschichte, Vater? Es ist nur ein Traum, den ich
[hatte.«

Ihre Stimme ist so sanft und leise, dass alle still werden,
[um sie zu hören.
Draußen um das Gasthaus nur die Nachtgeräusche: Der
[Schrei einer Eule,
doch, wie die Alten sagen: Ich lebe zu nah am Wald,
um den Ruf einer Eule zu fürchten.
Sie schaut mich an.

»Ihr, Sir. In meinem Traum kamt Ihr zu mir und riefet:
Kommt zu meinem Haus, meine Liebste, folgt dem weißen Weg.
So wundersame Dinge könnt ich Euch dort zeigen.
Ich fragte, wie ich Euer Haus denn finden solle am weißen
[Kreideweg,
denn es ist ein langer Pfad und dunkel, liegt unter Bäumen,
die am Mittag das Sonnenlicht grün- und goldgefleckt
[einlassen,
den Weg zu jeder anderen Stunde aber beschatten. Nachts

ist es dort pechschwarz, es gibt kein Mondlicht auf dem
[weißen Weg …

Und Ihr sagtet, Mister Fox – und das ist seltsam, doch
[Träume
sind verräterisch und merkwürdig und dunkel –
sagtet, Ihr wollet einer Sau die Kehle durchschneiden
und sie hinter Eurem edlen Rappen heimwärts schleifen.
Ihr lächeltet,
lächeltet, Mister Fox, mit Euren roten Lippen und den
[grünen Augen,
Augen, die der Seele einer jeden Jungfrau Fallen stellen
[könnten,
und mit Euren gelben Zähnen, die ihr Herz zerfleischen
[könnten …«

»Gott bewahre.« Ich lächle. Alle Blicke sind auf mich
[gerichtet, nicht auf sie,
obgleich es ihre Geschichte ist. Augen, all diese Augen.

»Und in meinem Traum war es mein Wunsch, Euer großes
[Haus zu besuchen,
worum Ihr mich ja schon so oft gebeten hattet,
die Gärten und Teiche zu sehen, auf den Pfaden zu
[wandeln,
die Statuen zu bewundern, die Ihr aus Griechenland
[heimbrachtet, die Eiben,
die Pappelallee, die Grotte und den Pavillon.
Und da dies nur ein Traum war, wollte ich ohne Begleitung
[gehen,
wollte keine vertrocknete alte Anstandsdame,
die Euer Haus nicht zu würdigen wüsste, Mister Fox, oder
Eure helle Haut,
noch Eure grünen Augen,
noch Euren betörenden Charme.

Also ritt ich den weißen Kreideweg entlang, folgte der
[roten Blutspur,

Dies war mein Traum. Ihr seid so bleich) war ich von
[diesem Haus gebannt,
die Art von Neugier (Ihr kennt Sie,
Mister Fox, ich seh's in Eurem Blick), die ist der Katze
Tod.

Ich fand die Tür, ein Türchen nur und unverschlossen,
und trat ein.
Folgte Fluren, eichengetäfelt, und in den Nischen
Büsten, manches Kleinod,
Ich ging, meine Schritte lautlos auf dem scharlachroten
[Teppich,
bis ich in die große Halle kam.
Da war es wieder, in rotem Glitzerstein
eingelegt im weißen Marmorboden,
stand dort:
Nur Mut,
nur Mut,
doch des Mutes nicht zu viel.
Oder gefrieren muss zu Eis
deines Lebens Blut.

Ich fand eine Treppe, breit, von rotem Teppich bedeckt,
die von der Halle aufwärts führte,
und ich stieg hinauf, leise, leise.
Eichentüren: und nun
war ich in einem Speisezimmer oder das glaube ich
[zumindest,
denn die Reste eines schauerlichen Mahles
lagen dort, erkaltet und umschwirrt von Fliegen.
Hier eine abgenagte Hand, dort, nur angeknabbert,
ein Gesicht, das einer Frau, die im Leben, fürcht ich,
ausgesehen haben muss wie ich.«

»Der Himmel bewahre uns alle vor solch dunklen
[Träumen«, rief ihr Vater.
»Kann es dergleichen Dinge geben?«

»Es ist nicht wahr«, versichere ich ihm. Das Lächeln
der blonden Frau blitzt hinter ihren grauen Augen.
Die Menschen brauchen Zusicherungen.

»Hinter dem Speisezimmer war ein Raum,
ein großer Saal, der dieses Gasthaus fassen würde,
vollgestopft mit einem Gewirr aus Ringen und Ketten,
Kolliers, Perlen, Ballkleidern und Pelzen,
Spitzenröcken, Samt und Seide. Damenstiefel,
Muffe, Hüte – Schatzkammer und Boudoir –
Diamanten und Rubine unter meinem Fuß.

Jenseits des Raums fand ich mich in der Hölle.
In meinem Traum …
sah ich viele Köpfe. Die Köpfe junger Frauen. An einer [Wand
waren abgetrennte Gliedmaßen angenagelt.
Ein Berg von Brüsten. Wirres Gedärm, Lebern, Lungen,
die Augen, die …
Nein. Ich kann's nicht sagen. Und über allem summten [Fliegen,
Beelzebubzebubzebub summten sie. Ich konnt nicht atmen,
rannte hinaus und lehnte weinend an der Wand.«

»Ein Fuchsbau in der Tat«, sagt die blonde Frau.
(»Es ist nicht wahr«, sag ich.)
»Unreine Kreatur, sein eigenes Heim
so zu verschmutzen, mit Knochen, Haut und Federn
seiner Beute. In Frankreich heißt er *Renard*,
in Schottland *Tod*.«

»Niemand kann etwas für seinen Namen«, sagt der Vater [meiner Liebsten.
Fast keucht er jetzt, sie alle keuchen:
im Feuerschein, der Gluthitze, schlürfen sie Bier.
Die Wand des Gasthauses zieren Jagdmotive.

Sie fährt fort:
»Von draußen hört ich Lärm und lautes Poltern.
Ich lief den Weg zurück, den ich gekommen war, über den
[roten Teppich,
die breite Treppe hinab – zu spät! – die Haustür schwang
[auf!
Ich warf mich die Stufen hinab – rollte, stürzte –
kam unter dem Tische schließlich zum Halt,
wo ich wartete, zitternd und betend.«

Sie zeigt auf mich. »Ja, Ihr, Sir. Ihr tratet ein,
stießet die Tür auf, kamt taumelnd herein, Ihr, Sir,
hieltet eine junge Frau
an ihrem roten Haar und der Kehle gepackt.
Ihr Haar war lang und ungebunden, sie kreischte und rang,
um sich loszureißen. Ihr lachtet, tief in der Kehle.
Schweiß auf Eurer Stirn. Und ein Grinsen von Ohr zu Ohr.«

Sie starrt mich an und ihre Wangen brennen.
»Ihr zogt ein kurzes altes Schwert, Mister Fox,
und während sie kreischt',
durchschnittet Ihr die Kehle, wieder von Ohr zu Ohr.
Ich lauschte ihrem Gurgeln, dem ertränkten Schrei
und schloss die Augen, betete, bis sie verstummte.

Ich sah Euch an. Ihr lächeltet, hobt Euer Schwert,
die Hände rot von Blut …«

»In Eurem Traum«, betone ich.

»In meinem Traum.
Sie lag dort auf dem Marmor, während Ihr zustacht,
hacktet, sie tranchiert, zerreißt und keucht.
Ihr schlugt den Kopf von ihren Schultern,
stießt Eure Zunge zwischen die feuchten Lippen.
Dann ihre Hände. Die schneeweißen Hände.
Dann riss ihr Mieder und Ihr schnittet die Brüste ab.
Dann fingt Ihr an zu heulen

auf einmal,
packtet den Kopf, ergrifft ihn an den Haaren,
den leuchtend roten Haaren,
und stürztet die Treppe hinauf.

Kaum wart Ihr außer Sicht
floh ich durch die off'ne Tür,
ritt meine Betsy heim, den weißen Weg entlang.«

Alle Augen ruh'n auf mir. Ich stell mein Bier ab
auf dem alten Holz des Tisches.
»So ist es nicht«,
sage ich ihr,
sage es allen.
»So war es nicht, und
Gott bewahre,
dass es je sein sollte.
Nur ein Traum. Doch solche Träume
wünsch ich niemandem.«

»Eh ich aus diesem Schlachthaus floh,
eh ich die arme Betsy heimwärts trieb
und wir den weißen Weg zurückritten,
das Blut noch rot
(und war's ein Schwein, das Ihr dort schlachtetet, Mister
[Fox?);
eh ich zu meines Vaters Gasthaus kam
und sprachlos vor ihnen niederfiel,
vor meinem Vater, Brüdern, Freunden ...«

Alles ehrliche Männer, Fuchsjäger, Bauern.
Sie stampfen mit den Stiefeln, ihren schwarzen Stiefeln.

»... eh all das geschah, Mister Fox,
nahm ich vom Boden, vom besudelten Marmor
ihre Hand, Mister Fox. Die Hand dieser Frau,
die Ihr vor meinen Augen zerstückeltet.«

»So ist es nicht …«

»Es war kein Traum. Ihr Bestie. Ihr Blaubart.«

»So war es nicht …«

»Ihr Gilles-de-Rais. Ihr Monstrum.«

»Und Gott bewahre, dass es je sein sollte!«

Sie lächelt jetzt, doch freudlos, ohne Wärme.
Das braune Haar gelockt um ihr Gesicht,
Rosen, die ein Fenster umranken.
Zwei rote Flecken brennen hell auf ihren Wangen.

»Seht her, Mister Fox! Die Hand! Die schneeweiße Hand!«
Sie zieht sie aus dem Dekolletee (sommersprossig
hab ich mir ihre Brust erträumt)
und schleudert sie auf den Tisch.
Da liegt sie vor mir.
Ihr Vater, ihre Brüder, Freunde,
sie alle schau'n mich gierig an,
und ich heb das kleine Ding auf.

Rot war das Haar tatsächlich und verfilzt. Ballen und [Klauen
waren rau. Ein Ende blutig,
doch das Blut getrocknet.

»Dies ist keine Hand«, sag ich, doch die erste
Faust nimmt mir den Atem,
ein Eichenprügel kracht auf meine Schulter nieder,
und ich taumel,
der erste schwarze Stiefel bringt mich zu Fall.
Dann geht ein Hagel von Schlägen auf mich nieder,
ich mach mich klein und bete und halte
die Pfote ganz fest.

Ich weine vielleicht.

Dann seh ich sie,
die blasse Frau. Das Lächeln hat die Lippen jetzt erreicht,
die langen Röcke wehen, die grauen Augen schimmern,
über die Maßen amüsiert schlüpft sie hinaus.
Weit ist es noch bis zum Bau, wo sie wohnt,
und als sie geht,
seh ich von meinem Platz am Boden
wie einen Besen den roten Schwanz zwischen den Beinen.
Ich will rufen,
doch ich kann nicht mehr sprechen. Heut Nacht wird sie
sicher auf vier Pfoten den weißen Weg beschreiten.

Was, wenn die Jäger kommen?
Was, wenn sie kommen?

Nur Mut, flüstere ich tonlos, eh ich sterbe. *Doch des Mutes*
[nicht zu viel ...

Das ist das Ende meiner Mär.

Die Messerkönigin

Das Wiedererscheinen der Dame ist eine Frage des persönlichen Geschmacks.

WILL GOLDSTON, *TRICKS AND ILLUSIONS*

Als ich ein Junge war, besuchte ich
von Zeit zu Zeit meine Großeltern
(alte Leute: Ich wusste, sie waren alt –
Süßigkeiten blieben bei ihnen
ungegessen, bis ich zu Besuch kam,
das also ist Altern).
Bei Sonnenaufgang machte Großvater immer das
[Frühstück:
Eine Kanne mit Tee für sie und ihn und mich,
Toast und Orangenmarmelade
(Silberglitzer und Gold). Mittag- und Abendessen
waren Großmutters Ressort, die Küche dann
wieder ihre Domäne, all die Pfannen und Löffel
Der Fleischwolf, Schneebesen und Messer ihre treuen
[Untertanen.
Sie bereitete das Essen mit ihnen, sang ihre Liedchen dabei
Gänseblümchen, gib mir doch Antwort
oder manchmal:
Du hast meine Liebe gestohlen, ich wollt sie nicht geben,
Ich wollt sie nicht geben.
Sie hatte keine Stimme, jedenfalls keine besondere.

Die Tage waren beschaulich.
Mein Großvater verbrachte die Zeit oben im Dachgeschoss,
seiner winzigen Dunkelkammer, die ich nie betreten durfte,
brachte Papiergesichter aus der Dunkelheit,
lächelnde Fremde in den Ferien.
Meine Großmutter machte graue Spaziergänge mit mir auf
[der Promenade.

Meist erforschte ich
die nasse kleine Wiese hinterm Haus,
das Brombeergebüsch und den Gartenschuppen.

Es waren schwierige Tage für die Großeltern,
gezwungen, einen kleinen Jungen zu unterhalten, und so
gingen sie eines Abends mit mir ins King's Theatre.
Ins King's …

Varieté!
Das Licht schwand, der rote Vorhang hob sich.
Ein gefeierter Komiker der damaligen Zeit
trat auf, stammelte seinen Namen (sein Standardwitz),
brachte eine Glasscheibe zum Vorschein und stellte sich
[halb dahinter,
hob den sichtbaren Arm und das Bein,
im Spiegel
schien er zu fliegen – es war sein Markenzeichen,
also lachten und klatschten wir. Er erzählte ein, zwei Witze,
ziemlich schlecht. Seine unbeholfene Tollpatschigkeit –
sie zu sehen waren wir hergekommen.
Konfus, glatzköpfig und kurzsichtig,
erinnerte er mich ein wenig an Großvater.
Dann ging der Komiker ab.
Ein paar Damen tanzten und zeigten die Beine.
Ein Sänger sang ein Lied, das ich nicht kannte.

Alte Leute bildeten das Publikum,
wie meine Großeltern, ruhebedürftig und im Ruhestand,
und sie alle lachten und applaudierten.

In der Pause stellte Großvater
sich für ein Schokoeis und zwei Eisbecher an.
Wir löffelten, während das Licht wieder verlosch.
Der BRANDSCHUTZVORHANG hob sich, dann der richtige.

Die Damen tanzten noch einmal,
dann grollte Donner, Rauch stieg in Wolken auf,
ein Zauberer erschien und wir klatschten.

Eine Dame kam lächelnd aus der Seitenkulisse:
glitzernd. Schimmernd. Lächelte.
Wir sahen zu ihr und in dem Moment wuchsen Blumen
und Seidenwimpel flatterten von seinen Fingerspitzen.

Die Flaggen aller Länder, sagte Großvater und stupste mich.
Sie waren im Ärmel.
Seit er jung gewesen war
(ich konnt ihn mir nicht als Kind vorstellen),
war mein Großvater laut eigener Angaben
immer einer von denen, die wussten, wie Dinge
[funktionierten.
Er hatte sein eigenes Fernsehen gebaut,
hatte Großmutter erzählt, gleich nach ihrer Hochzeit;
es war riesengroß, auch wenn der Bildschirm ganz klein
[war.
Das war in den Tagen vor den Fernsehsendungen;
doch sie schauten trotzdem hinein,
nicht sicher, ob es Leute oder Geister waren, die sie sahen.
Er hatte auch ein Patent für irgendeine Erfindung,
doch es wurde nie etwas draus;
kandidierte für den Stadtrat, aber er wurde nur Dritter.
Rasierer oder Radio, alles konnte er reparieren,
Filme entwickeln oder ein Puppenhaus bauen.
(Das Puppenhaus gehörte meiner Mutter. Es stand noch zu
[Hause,
schäbig und alt stand es auf dem Rasen, nassgeregnet und
[vergessen.)

Die Glitzerdame fuhr eine Kiste herein.
Die Kiste war groß: wie ein Erwachsener so hoch und
[schwarz.
Sie öffnete die Front.
Sie drehten sie um und klopften auf die Wände.

Die Dame stieg hinein, immer noch lächelnd.
Der Zauberer schloss die Tür.
Als sie wieder aufging, war die Frau fort.
Er verneigte sich.

Spiegel, erklärte Großvater. *In Wirklichkeit ist sie noch drin.*
Auf eine Geste hin fiel die Kiste in sich zusammen.
Falltür, versicherte Großvater;
Großmama zischte: *Sei still!*

Der Zauberer lächelte, die Zähne klein und eng.
Er schritt langsam hinaus ins Publikum,
wies auf meine Großmutter, verneigte sich,
ein formvollendeter Diener,
und bat sie, ihm auf die Bühne zu folgen.
Das Publikum klatschte, jubelte.
Großmutter zierte sich. So nah war ich
dem Zauberer, dass ich sein Aftershave roch,
und wisperte: »Ich, o bitte ich ...« Doch
er streckte die langen Finger nach Großmutter aus.
Geh nur, Perle, sagte Großvater. *Geh mit dem Mann.*

Meine Großmutter war damals ... sechzig vielleicht.
Hatte gerade zu rauchen aufgehört
und wollte ein paar Pfund verlieren. Stolz war sie
vor allem auf ihre Zähne, die, wenn auch fleckig, doch
[noch ihre eigenen waren.
Großvater hatte seine schon als Junge verloren,
beim Rad fahren. Ihm kam der Gedanke,
sich an einen Bus anzuhängen, um schneller voran zu
[kommen.
Der Bus machte eine Kurve, Großvater küsste den Asphalt.
Abends beim Fernsehen aß sie harte Lakritze
oder Karamellbonbons, vielleicht damit er es bereute.

Sie stand also auf, etwas zögerlich.
Stellte den halbleeren Eisbecher ab
mit dem kleinen Holzlöffel –

schritt den Mittelgang entlang, die Stufen hinauf,
betrat dann die Bühne.

Der Magier applaudierte ihr wieder:
Ein williges Opfer. Und genau das war sie. Ein Opfer.
Noch eine Glitzerfrau kam auf die Bühne,
brachte noch eine Kiste …
Diese war rot.

Das ist sie. Großvater nickte. *Die,*
die eben verschwunden ist. Siehst du? Das ist sie.
Möglich. Alles, was ich erkannte,
war eine Frau, die funkelte, gleich neben Großmutter
(die an ihrer Kette spielte und verlegen wirkte).
Die Glitzerfrau wandte sich lächelnd an uns und gefror,
wurde zur Statue. Schaufensterpuppe.
Der Zauberer brachte die Kiste
mühelos
vorn an den Bühnenrand, wo Großmutter wartete.
Ein, zwei Sätze Smalltalk:
wo kam sie her, ihr Name, solche Sachen.
War sie ihm je zuvor begegnet? Sie schüttelt den Kopf.

Der Magier öffnet die Tür,
meine Großmutter tritt ein.

Vielleicht ist es nicht die gleiche, räumt Großvater ein,
versonnen,
Ich glaub, sie hatte dunklere Haare, die andere.
Ich wusste es nicht.
Ich war stolz auf Großmutter und ebenso verlegen,
hoffte, sie werde nichts Peinliches tun,
vor allem keins ihrer Lieder singen.

Sie ging in die Kiste. Sie schlossen die Tür.
Er öffnete eine Klappe am oberen Ende, eine kleine Tür. Wir
[sahen
Großmutters Gesicht. *Perle? Alles in Ordnung, Perle?*

Großmutter lächelte und nickte.
Der Magier schloss die Tür.

Die Dame gab ihm einen langen Kasten,
den er öffnete. Entnahm ihr ein Schwert
und rammte es durch die Kiste.

Und noch eines und noch eines
und mein Großvater lachte und erklärte:
Die Klinge gleitet ins Heft zurück und eine zweite
kommt an der anderen Seite heraus.

Dann ergriff er eine Metallscheibe, die
er auf halber Höhe in die Kiste einschob.
Sie trennte sie mitten durch. Die beiden,
die Frau und der Mann, hoben die obere
Hälfte der Kiste ab und stellte sie auf die Bühne,
mit meiner halben Großmama drin.

Die Oberhälfte.

Er öffnete die kleine Klappe und einen Augenblick
strahlte Großmutters Gesicht uns an, vertrauensvoll.
Als er die Klappe eben schloss,
ist sie durch eine Falltür gestiegen
und jetzt steht sie in einer Vertiefung,
vertraute Großvater mir an.
Wenn es vorbei ist, erklärt sie uns alles.
Ich wünschte, er würde nicht reden; ich brauchte den
[Zauber.

Zwei Messer durch die halbierte Kiste
etwa in Halshöhe.
Bist du noch da, Perle?, fragte der Magier. *Lass etwas hören,*
kennst du keine Lieder?

Großmutter sang *Gänseblümchen*.
Er hob einen Teil der Kiste hoch,

den mit dem Kläppchen – das Kopfteil –
und ging damit umher und sie sang
Gänseblümchen, erst an der einen Bühnenseite,
dann an der anderen.

Das macht er, sagte Großvater. *Er verstellt seine Stimme.*
Klingt wie Großmama, sagte ich.
Natürlich tut es das, sagte er, *natürlich.*
Er ist gut, sagt er. *Er ist wirklich gut.*

Der Magier öffnete die Kiste erneut,
jetzt hutschachtelgroß. Großmutter war fertig mit
[Gänseblümchen.
Jetzt sang sie ein Lied, das ging:
Nach London woll'n wir fahren, wo wir zu Hause waren
zurück, zurück, zurück, wir fahren heut zurück
zurück nach London Town.

Sie war in London geboren. Erzählte mir seltsame
[Geschichten.
Dann und wann und dann
aus ihrer Kindheit. Von den Kindern, die in ihres Vaters
[Laden stürmten
und *Shonky shonky sheeny* riefen und wieder fortliefen.
Nie ließ sie mich schwarze Hemden tragen, weil,
so sagte sie, die sie an die Märsche durchs East End
[erinnerten.
Mosleys Schwarzhemden. Ihre Schwester hatte ein blaues
[Auge bekommen.

Der Zauberer nahm ein Küchenmesser,
schob es langsam in die rote Hutschachtel.
Und dann verstummte der Gesang.

Er stapelte die Kisten wieder auf,
zog die Messer und Schwerter heraus, Stück um Stück.
Er öffnete die Klappe im oberen Teil: Großmutter lächelte,
verlegen, zeigte ihre alten Zähne.

Er schloss das Türchen, versperrte uns die Sicht.
Zog das letzte Messer heraus.
Öffnete die ganze Frontseite
und sie war fort.
Eine Geste und auch die rote Kiste war fort.
Sie ist in seinem Ärmel, erklärte Großvater, doch er schien
[unsicher.

Der Magier ließ zwei Tauben von einem brennenden Teller
[aufsteigen.
Eine Rauchwolke – und er war selbst verschwunden.

Sie wird unter der Bühne sein oder dahinter,
sagte Großvater,
mit einer schönen Tasse Tee. Sicher kommt sie mit Blumen
[zurück
oder mit Schokolade. Ich hoffte, Letzteres.

Wieder die tanzenden Damen.
Dann der Komiker, ein Letztes Mal.
Und zum Schluss kamen sie alle zusammen auf die Bühne.
Das Grande Finale, sagte Großvater. *Sieh genau hin,*
vielleicht siehst du sie irgendwo.

Aber nein. Sie sangen:
Wenn du alleine dahinreitest
auf dem Kamm der Wellen
und die Sonne am Himmel scheint.

Der Vorhang fiel und wir gingen hinaus ins Foyer.
Dort warteten wir eine Weile.
Dann gingen wir zum Bühneneingang,
um meine Großmutter dort abzupassen.
Der Zauberer kam in normaler Kleidung heraus,
die Glitzerfrau sah so anders aus im Regenmantel.

Mein Großvater ging hin und sprach mit ihm. Er winkte
[ab,

sagte, er verstehe kein Englisch und zauberte
eine halbe Krone hinter meinem Ohr hervor,
ehe er in Dunkelheit und Regen entschwand.

Ich sah meine Großmutter nie wieder.

Wir kehrten in ihr Haus zurück und machten weiter.
Großvater musste jetzt für uns kochen.
Und so aßen wir morgens, mittags, abends
goldenen Toast mit Silbermarmelade
und tranken Tee dazu.
Bis ich nach Hause fuhr.

Er war so sehr gealtert an diesem Abend,
als seien die Jahre alle gleichzeitig über ihn
[hereingebrochen.
Gänseblümchen, gib mir doch Antwort, sang er.
Wärst du die einzige Frau auf der Welt und ich der einzige
[Mann …
Folge dem Kater, sagte mein Vater …
Großvater hatte die gute Stimme in der Familie,
er hätte sogar Kantor werden können,
doch es gab immer Filme zu entwickeln,
Radios und Rasierer zu reparieren …
seine Brüder traten als Duo auf: Die Nachtigallen,
waren früher gar mal im Fernsehen aufgetreten.

Er trug es mit Fassung. Doch eines Nachts
wachte ich auf und entsann mich der Lakritzstangen im
[Vorratsraum.
Ich ging nach unten.
Mein Großvater stand da auf nackten Füßen.

Und ganz allein dort in der Küche
sah ich ihn ein Messer in eine Kiste rammen.
Du hast meine Liebe gestohlen.
Ich wollt sie nicht geben.

Wandel

I.

Später verwies man auf den Tod seiner Schwester, den Krebs, der ihr zwölfjähriges Leben aufgefressen hatte, Tumore groß wie Enteneier in ihrem Gehirn und er, ein Junge von sieben Jahren, rotznasig und kurz geschoren, hatte mit seinen großen braunen Augen zusehen müssen, wie sie starb in diesem weißen Krankenhaus. Und sie sagten: »So hat alles angefangen« und vielleicht hatten sie Recht.

In *Reboot* (Regie: Robert Zemeckis, 2018), einer Filmbiografie, führt ein Zeitsprung zurück zu seiner Schulzeit. Der Junge sieht seinen Biologielehrer an AIDS sterben. Diesem tragischen Ereignis geht eine Diskussion über das Sezieren eines großen, weißbäuchigen Frosches voraus.

»Warum sollen wir ihn zerstückeln?«, fragt der junge Rajit, während die Musik anschwillt. »Warum ihm nicht stattdessen Leben schenken?« Sein Lehrer, gespielt vom verstorbenen James Earl Jones, scheint erst beschämt, dann inspiriert und er hebt die Hand von der Decke seines Krankenhausbettes und legt sie dem Jungen auf die knochige Schulter. »Nun, wenn irgendwer das kann, dann du, Rajit«, sagt er mit seiner tiefen Bassstimme.

Der Junge nickt und starrt uns mit einer Entschlossenheit an, die an Fanatismus grenzt.

Das ist in Wirklichkeit nie passiert.

II.

Ein grauer Novembertag, Rajit ist jetzt ein hoch gewachsener Mann Ende vierzig mit einer dunkel umrandeten Brille, die er momentan jedoch nicht trägt. Das Fehlen der Brille unterstreicht seine Nacktheit. Er sitzt in der Badewanne, während das Wasser langsam kalt wird, und probt den Schluss seiner Rede. Für gewöhnlich ist seine Haltung immer ein bisschen gebeugt, doch jetzt hält er sich gerade und er wägt seine Worte ab, ehe er spricht. Reden vor Publikum gehören nicht zu seinen Stärken.

Das Apartment in Brooklyn, das er mit einem weiteren wissenschaftlichen Assistenten und einem Bibliothekar teilt, ist heute verlassen. Sein Penis dümpelt zusammengeschrumpft, nussartig im lauwarmen Wasser. »Und dies bedeutet«, sagt er laut und langsam, »dass der Krieg gegen den Krebs gewonnen ist.«

Er unterbricht sich und lauscht der Frage eines imaginären Reporters am anderen Ende des Badezimmers.

»Nebenwirkungen?«, wiederholt er mit hallender Badezimmerstimme. »Ja, es gibt ein paar Nebenwirkungen. Doch soweit wir feststellen konnten nichts, das bleibende Schäden verursacht.«

Er steigt aus der angeschlagenen Porzellanwanne, geht nackt zur Toilette hinüber und erbricht sich fürchterlich. Das Lampenfieber bohrt sich wie ein Tranchiermesser in seinen Magen. Als er nichts mehr von sich zu geben hat und das trockene Würgen nachlässt, spült Rajit sich den Mund mit Listerine aus, zieht sich an und nimmt die U-Bahn nach Central Manhattan.

III.

Es ist, wie das *Time Magazine* später schreiben sollte, eine Entdeckung, ›die das Wesen der Medizin ebenso grundlegend und entscheidend verändert wie die Entdeckung des Penizillins‹.

»Einmal angenommen«, sagt Jeff Goldblum, der den erwachsenen Rajit in der Filmbiografie spielt, »nur mal angenommen, es wäre möglich, den genetischen Code des Körpers zu resetten? So viele Krankheiten rühren daher, dass der Körper vergessen hat, was er eigentlich tun müsste.

Der Code ist verstümmelt worden. Das Programm läuft nicht mehr richtig. Was wäre …was wäre, wenn man es reparieren könnte?«

»Du bist doch verrückt«, sagt seine hübsche blonde Freundin im Film. In Wirklichkeit hat er keine Freunde. In Wirklichkeit besteht Rajits Sexualleben aus gelegentlichen geschäftlichen Transaktionen zwischen Rajit und den jungen Männern des AAA-Ajax-Eskortedienstes.

»Pass auf«, sagt Jeff Goldblum und drückt es besser aus, als es Rajit je gelungen wäre, »es ist wie bei einem Computer: Statt die Fehler, die ein defektes Programm verursacht, einen nach dem anderen zu beheben, Symptom für Symptom, kann man das Programm doch einfach neu installieren. Alle notwendigen Informationen sind doch gespeichert. Wir müssen unserem Körper nur befehlen, die RNA und DNA neu zu speichern, das Programm noch mal einzulesen, wenn du so willst. Und dann neu hochfahren.«

Die blonde Schauspielerin lächelt und verschließt ihm die Lippen mit einem Kuss, belustigt, beeindruckt und leidenschaftlich.

IV.

Die Frau hat Metastasen in der Milz, den Lymphknoten und im Unterleib: Lymphomata, die nichts mit Hodgkin zu tun haben. Außerdem leidet sie an einer Lungenentzündung. Sie hat zugestimmt, sich als Versuchsperson für Rajits experimentelle Behandlung zur Verfügung zu stellen. Sie weiß, dass es in Amerika illegal ist zu behaupten, man sei in der Lage, Krebs zu heilen. Bis vor kurzem war sie fett. Doch das Gewicht ist von ihr abgefallen und sie erinnert Rajit an einen Schneemann in der Sonne: jeden Tag schmilzt sie ein bisschen mehr, jeden Tag, so meint er, wirkt sie zerlaufener, verschwommener.

»Es ist kein Medikament im herkömmlichen Sinne«, erklärt er ihr. »Es ist eine Reihe chemischer Instruktionen.«

Verständnislos erwidert sie seinen Blick. Er injiziert zwei Ampullen einer klaren Flüssigkeit intravenös.

Bald darauf schläft sie ein.

Als sie aufwacht, ist der Krebs verschwunden. Wenig später bringt die Lungenentzündung sie um.

Die zwei Tage vor ihrem Tod hat Rajit sich gefragt, wie er erklären soll, was die Autopsie zweifelsfrei beweisen wird: dass nämlich die Patientin plötzlich einen Penis hat und in jeder Hinsicht, sowohl was Körperfunktionen als auch was die Chromosomen betrifft, männlichen Geschlechts ist.

V.

Zwanzig Jahre später in einem winzigen Apartment in New Orleans (obwohl es ebenso gut Moskau oder Manchester, Paris oder Berlin sein könnte). Heute ist der große Abend und Joseph/ine will sie alle aus den Stiefeln hauen.

Entweder eine »Polonaise«, eine französische Hofrobe des achtzehnten Jahrhunderts (mit Krinoline, Fiberglasturnüre und drahtverstärktem Dekolletee unter einem spitzenbesetzten tiefroten Mieder) oder eine Nachbildung von Sir Phillip Sydneys Hofstaat aus schwarzem Samt und Silberfaden, komplett mit Halskrause und Hosenbeutel. Nach gründlichem Abwägen von Für und Wider gibt Joseph/ine Titten den Vorzug vor Schwanz. Noch zwölf Stunden. Joseph/ine öffnet das Fläschchen mit den roten Pillen (jedes der kleinen roten Dinger ist mit einem X gekennzeichnet) und wirft zwei davon ein. Es ist zehn Uhr und Joseph/ine legt sich ins Bett, fängt an zu masturbieren, Penis halb steif, doch sie schläft vor dem Orgasmus ein.

Das Zimmer ist sehr klein. Kleidungsstücke bedecken jede Ablagefläche. Ein leerer Pizzakarton steht auf dem Fußboden. Joseph/ine schnarcht laut, ganz normal, doch beim »Freebooting« gibt Joseph/ine keinen Laut von sich, könnte ebenso gut im Koma liegen.

Joseph/ine wacht um zweiundzwanzig Uhr auf und fühlt sich zart und frisch. Damals als Joseph/ine noch neu war in der Partyszene, zog ein jeder Wandel eine akribische Untersuchung der eigenen Person nach sich, Abtasten von Leberflecken und Brustwarzen, Vorhaut oder Klitoris, Bestandsaufnahme verschwundener oder verbliebener Narben. Doch inzwischen ist Joseph/ine routiniert, legt Turnüre und Unterrock an, das Mieder und die Robe. Die neuen Brüste (hoch und konisch) werden prall zusammengedrückt, der Unterrock schleift am Boden, was bedeutet, dass Joseph/ine die vierzig Jahre alten Doctor-Martens-Stiefel darunter tragen kann (man weiß ja nie, wann man rennen oder gehen oder treten muss und Seidenschühchen nutzen niemandem).

Die hohe, gepuderte Perücke vervollkommnet das Bild. Und ein Tropfen Cologne. Dann nesteln Joseph/ines Hände am Rock, ein Finger schiebt sich zwischen die Beine (Joseph/ine trägt keinen Schlüpfer, angeblich aus dem Bedürfnis nach Authentizität heraus, das die Doc Martens jedoch Lügen strafen) und tupft sich hinter die Ohren. Vielleicht soll es Glück bringen. Oder Kerle anlocken. Um dreiundzwanzig Uhr fünfzehn klingelt das Taxi und Joseph/ine geht hinunter. Joseph/ine geht auf den Ball.

Morgen Abend wird Joseph/ine eine weitere Dosis einnehmen, denn Joseph/ines professionelle Identität während der Woche ist strikt männlich.

VI.

Rajit betrachtete die Geschlechtsumwandlung, die Reboot verursachte, nie als etwas anderes denn eine Nebenwirkung. Er erhielt den Nobelpreis für den Durchbruch in der Krebsbekämpfung. (Reboot – unter diesem Markennamen war das Medikament auf den Markt gekommen – war gegen die meisten Krebsarten wirksam, stellte sich heraus, aber nicht gegen alle).

Für einen Mann seines Intellekts war Rajit bemerkenswert kurzsichtig. Es gab ein paar Kleinigkeiten, die er nicht voraussah. Zum Beispiel:

Dass es todkranke Krebspatienten gab, die lieber sterben wollten, als eine Geschlechtsumwandlung zu erfahren.

Dass die katholische Kirche gegen Rajits Chemiekeule ins Feld ziehen würde, vor allem weil die Geschlechtsumwandlung den weiblichen Körper veranlasste, beim »Rebooting« das Fleisch eines Fötus zu reabsorbieren, da Männer nun einmal nicht schwanger sein konnten. Eine ganze Reihe religiöser Sekten ging gegen Reboot auf die Barrikaden, vornehmlich auf Genesis 1,27 gestützt: »Als Mann und Frau schuf er sie«.

Zu den Sekten, die sich gegen Reboot richteten, zählten der Islam, die Christliche Wissenschaft, die russisch-orthodoxe Kirche, die römisch-katholische Kirche (in der jedoch auch einige anderer Meinung waren), die Mun-Sekte, die orthodoxe Trek-Fangemeinde, der orthodoxe Judaismus und die fundamentalistische Allianz der USA.

Sekten, die sich für eine Behandlung mit Reboot aussprachen, wenn ein qualifizierter Mediziner dazu riet, waren: die meisten buddhistischen, die Kirche der Heiligen der letzten Tage, die griechisch-orthodoxe Kirche, Scientology und die anglikanische Kirche (in der jedoch auch einige anderer Meinung waren), die neue Trek-Fangemeinde, der liberale und reformierte Judaismus und die New-Age-Koalition von Amerika.

Sekten, die die Einnahme von Reboot nur zum Zwecke der Rekreation befürworteten: keine.

War Rajit sich auch durchaus darüber im Klaren, dass Reboot operative Geschlechtsumwandlungen obsolet machen würde, kam ihm doch nie der Gedanke, dass irgendwer es einfach nur aus Lust oder Neugierde oder als Mittel zur Flucht einnehmen könnte. Daher sah er auch nicht vorher, welch ein Schwarzmarkt sich für Reboot und ähnliche Mittel entwickeln sollte, geschweige denn dass kaum fünfzehn Jahre nach der Zulassung und Vermarktung von Reboot der illegale Handel mit auf Reboot basierenden Designer-Drogen (*Bootlegs* genannt) die Umsätze mit Heroin und Kokain um mehr als das Zehnfache übersteigen sollte.

VII.

In einigen der neukommunistischen Staaten Osteuropas stand auf den Besitz von Bootlegs die Todesstrafe.

Es hieß, in Thailand und der Mongolei werden Jungen zwangsweise mit Reboot in Mädchen umgewandelt, um ihren Marktwert als Prostituierte zu steigern.

In China wurden neu geborene Mädchen zu Jungen rebooted; chinesische Familien zahlten ihre gesamten Ersparnisse für eine einzige Dosis. Die alten Leute starben weiterhin an Krebs. Die resultierende Geburtsratenkrise wurde zu spät als Problem erkannt und die drastischen Maßnahmen, die die Folgen eindämmen sollten, waren nur schwierig durchzusetzen und führten schließlich zur erneuten, totalen Revolution.

Amnesty International berichtete von Besorgnis erregenden Zwischenfällen in mehreren der panarabischen Länder: Männer, die nicht zweifelsfrei beweisen konnten, dass sie männlich geboren und nicht etwa einstige Frauen waren, die dem Schleier entkommen wollten, wurden inhaftiert und in vielen Fällen vergewaltigt und ermordet. Die Führer der arabischen Welt dementierten, dass dergleichen geschehe oder je geschehen sei.

VIII.

Rajit ist in den Sechzigern, als er im *New Yorker* liest, das Wort »Wandel« habe eine Konnotation tiefster Unanständigkeit angenommen und sei nahezu tabu.

Schulkinder kichern verlegen, wenn sie in der Literatur aus den Epochen vor dem einundzwanzigsten Jahrhundert Wörtern wie »Gesinnungswandel«, »Wandelröschen« oder »Lustwandeln« begegnen. Im Deutschunterricht der Oberstufe einer Schule in Norwich wird die Behandlung des Kunstmärchens *Piktors Verwandlungen* von der Schülerschaft mit zotigen Verhöhnungen abgeschmettert.

Ein namhaftes Mitglied der King's English Society

schreibt einen Brief an die *Times*, in dem er beklagt, dass wieder einmal ein absolut taugliches Wort aus der englischen Sprache zu verschwinden droht.

Einige Jahre später wird ein Jugendlicher in Streatham strafrechtlich belangt und rechtskräftig verurteilt, weil er ein T-Shirt mit dem Aufdruck ICH FÜHL MICH WIE VERWANDELT getragen hat.

IX.

Jackie arbeitet im *Blossoms*, einem Nachtclub in West Hollywood. Es gibt dutzende, wenn nicht hunderte Jackies in Los Angeles, tausende in Amerika, hunderttausende auf der ganzen Welt.

Einige von ihnen arbeiten für die Regierung, andere für religiöse Organisationen, wieder andere in der Wirtschaft. In New York, London und Los Angeles hat jede In-Kneipe oder Disco einen Türsteher wie Jackie.

Und das ist es, was Jackie tut: Jackie sieht die Menschenströme durch die Tür kommen und denkt: *M geboren, jetzt W. W geboren, jetzt M. M geboren, jetzt M. M geboren, jetzt W. W geboren, jetzt W …*

In »natürlichen Nächten« (manche nennen sie auch vulgär *ungewandelt*) sagte Jackie häufig: »Sorry, aber Sie können nicht rein.« Leute wie Jackie haben eine 97%ige Trefferquote. In einem Artikel im *Scientific American* wurde die Theorie aufgestellt, die Fähigkeit, das Geburtsgeschlecht eines Menschen zu erkennen, sei genetisch bedingt und erblich – eine Fähigkeit, die immer existiert habe, bis jetzt aber keinen Überlebenswert hatte.

Jackie wird in den frühen Morgenstunden nach der Arbeit in einer dunklen Ecke des Parkplatzes hinter dem *Blossoms* überfallen. Und bei jedem Stiefel, der Jackies Gesicht, Brust, Kopf oder Unterleib trifft, denkt Jackie: *M geboren, jetzt W, W geboren, jetzt W, W geboren, jetzt M, M geboren, jetzt M …*

Als Jackie aus dem Krankenhaus entlassen wird – auf

einem Auge blind, Brust und Gesicht ein einziger grün-purpurner Bluterguss, warten zu Hause ein gewaltiger Strauß exotischer Blumen und die Nachricht, dass Jackie immer noch einen Job hat.

Doch Jackie nimmt den Hochgeschwindigkeitszug nach Chicago, von da aus einen Bummelzug nach Kansas City und bleibt dort, arbeitet als Anstreicher und Elektriker, Berufe, die Jackie vor langer Zeit erlernt hat, und geht nicht zurück.

X.

Rajit ist jetzt über siebzig. Er lebt in Rio de Janeiro. Er ist reich genug, um sich jeden Wunsch zu erfüllen, jeder Laune nachzugeben, aber er will mit niemandem mehr Sex. Misstrauisch beäugt er sie alle vom Fenster seines Apartments, starrt auf die gebräunten Leiber an der Copacabana hinab und rätselt.

Die Menschen am Strand denken ebenso wenig an ihn, wie ein Jugendlicher mit einem Tripper sich bei Alexander Fleming bedanken würde. Die meisten glauben, Rajit müsse längst tot sein. Und ihnen allen ist es so oder so egal.

Es wird behauptet, manche Krebsarten hätten sich weiterentwickelt oder seien mutiert, um das Rebooting zu überleben. Viele bakterielle Erkrankungen und Viren sind immun gegen das Rebooting. Manche scheinen im Verlauf des Prozesses gar besonders zu gedeihen und eine Hypothese besagt, dass eine – eine Unterart der Gonorrhö – Rebooting für ihr Verbreitung nutzt: sie bleibt im Körper des Wirtes ruhend und wird erst ansteckend, wenn die Genitalien sich zu denen des anderen Geschlechts reorganisiert haben.

Wie dem auch sein mag, die durchschnittliche Lebenserwartung der Menschen der westlichen Welt erhöht sich.

Warum einige *Freebooter* (Menschen, die das Rebooting zur Geschlechtsumwandlung anwenden) normal zu altern scheinen, während andere keinerlei Alterserscheinungen zeigen, ist der Wissenschaft ein Rätsel. Manche glauben, dass Letztere einfach auf zellularer Ebene altern. Andere vertreten den Standpunkt, dass es für Schlussfolgerungen noch viel zu früh sei und niemand irgendetwas Genaues wisse.

Das Rebooting kann den Alterungsprozess nicht umkehren, doch die Sachlage legt den Schluss nahe, dass es ihn für einige Menschen zumindest anhält. Viele Angehörige der älteren Generation, die den Versuchungen des Freebootings bislang widerstanden haben, unterziehen sich der Behandlung nun regelmäßig, ganz gleich ob es medizinisch indiziert ist oder nicht.

XI.

Die Anlageform der Wandelschuldverschreibung verschwindet nach und nach von den internationalen Finanzmärkten. Der Prozess des Veränderns, der Umbildung wird jetzt allgemein als *Modifizieren* bezeichnet.

XII.

In seinem Apartment in Rio siecht Rajit dahin. Er ist Anfang neunzig und leidet an Prostatakrebs. Er hat niemals Reboot genommen und jetzt ängstigt die Vorstellung ihn. Der Krebs hat sich bis zu den Beckenknochen und den Hoden ausgebreitet.

Er läutet. Er muss einen Augenblick warten, bis der Pfleger seine *Daily Soap* ausgeschaltet und die Kaffeetasse abgestellt hat. Schließlich kommt der Pfleger herein.

»Bringen Sie mich nach draußen an die frische Luft«, verlangt Rajit, seine Stimme klingt heiser. Der Pfleger gibt vor, ihn nicht zu verstehen. Er wiederholt es in seinem gebrochenen Portugiesisch. Der Pfleger schüttelte den Kopf.

Rajit steht mühsam vom Bett auf – eine geschrumpfte Gestalt, so gebeugt, dass er beinah bucklig wirkt, und so zerbrechlich, dass man meint, eine Bö könne ihn umpusten – und er geht zur Wohnungstür.

Der Pfleger versucht, ihn von seinem Vorhaben abzubringen, aber vergeblich. Also geht er mit ihm in die Diele und nimmt seinen Arm, während sie auf den Lift warten. Seit zwei Jahren hat Rajit das Apartment nicht verlassen, selbst vor dem Krebs ging er nie aus. Er ist fast blind.

Der Pfleger geleitet ihn ins gleißende Sonnenlicht hinaus über die Straße und hinunter auf den Sand der Copacabana.

Die Menschen am Strand starren den kahlköpfigen, verfaulten alten Mann in seinem uralten Pyjama an, der sich mit farblosen, einst braunen Augen durch flaschendicke, dunkel umrandete Brillengläser umsieht.

Er erwidert ihr Starren.

Sie sind golden und schön. Manche schlafen in der Sonne. Die meisten sind nackt oder tragen die Art von Badebekleidung, die ihre Nacktheit betont.

Da erkennt Rajit sie.

Später, viel später drehten sie eine zweite Filmbiografie. In der Schlussszene fällt der alte Mann am Strand auf die Knie, so wie es in Wirklichkeit auch geschah, Blut tröpfelt aus dem offenen Schlitz seiner Pyjamahose, verfärbt den ausgebleichten Baumwollstoff und versickert dunkel im weichen Sand. Er starrt sie alle an, schaut voller Ehrfurcht von einem zum anderen wie ein Mann, der gelernt hat, in die Sonne zu blicken.

Er sagte nur ein einziges Wort, als er starb, umgeben von diesen goldenen Menschen, die nicht Männer waren und nicht Frauen.

Er sagte: »Engel.«

Und die Leute, die die Filmbiografie sahen, so golden, so schön, so *verwandelt* wie die Menschen am Strand, wussten, dass damit alles gesagt war.

Und in jeder Weise, die Rajit hätte begreifen können, war es das auch.

Tochter der Eulen

In *THE REMAINES OF GENTILISME & JUDAISME* von JOHN AUBREY, Regiae Societatis Socius (1686–87), (S. 262 f.)

Ich hörte diese Geschichte von meinem Freunde Edmund Wyld, Esquire, welcher sie von Mr. Fahrringdom bekam, der widerum uns sagte, schon zu seiner Zeit sei sie alt gewesen. In der Stadt Dymton wurde eines Nachts ein neu geborenes Mägdelein auf den Stufen zur Kirchentür ausgesetzt, welches der Küster am nächsten Morgen fand, und es hielt ein gar seltsames Ding, *videlicet:* das Gewölle einer Eule, welches, da man es untersuchte, dem Gewölle einer Kreischeule gleich schien, nämlich aus Haut und Zähnen und Knöchelein bestand.

Die alten Weiber der Stadt sagten, dies Mägdelein sei gewiss die Tochter der Eulen und müsse verbrannt werden, da es von keiner Frau geboren sei. Doch die Weisen und Graubärte verfügten anders und man brachte das Kindelein hinauf ins Kloster (denn all dies geschah kurz nach der Papistenzeit und das Kloster lag verlassen, denn die Leute glaubten, es sei dies ein Ort des Teufels und seiner Diener, und Käuze und Kreischeulen und viele Fledermäuse hatten im Turme ihre Nester gebaut) und dort überließ man es sich selbst. Nur einmal am Tage ging eines der Weiber der Stadt hinauf zum Kloster und fütterte das Kindlein.

Viele sagten vorher, es werde sterben, doch so kam es nicht. Stattdessen wuchs es heran, bis es eine Magd von dreizehn Sommern war. Sie war das liebreizendste Geschöpf, welches ihr je erblicktet, ein wahrhaft schönes Kind, das seine Tage und Nächte hinter hohen Mauern verbrachte und niemanden sah als allein das Weib aus der

Stadt, welches an jedem Morgen hinaufging. An einem Markttage schließlich geschah es, dass jenes Weib gar zu laut die Schönheit des Kindes rühmte & auch berichtete, dass es des Sprechens nicht mächtig sei, da man es nie unterwiesen hatte.

Die Männer von Dymton, die Graubärte ebenso wie die Jünglinge, sprachen miteinander und sagten: Wenn wir sie besuchten, wer sollte je davon erfahren? (Und mit *besuchen* meinten sie, dass sie ihr Gewalt antun wollten).

Und so schmiedeten sie folgenden Plan: dass nämlich das Mannsvolk gemeinsam auf die Jagd gehen sollte, wenn der Mond voll war. Und als jene Nacht kam, schlichen sie sich aus ihren Häusern fort und trafen sich bei jenem Kloster und der Vogt der Stadt sperrte die Pforte auf und einer nach dem anderen schlüpften sie hinein. Sie fanden das Mägdelein im Keller versteckt, denn vom Lärme war ihm ganz bang geworden.

Noch schöner war die Magd, denn sie gehört hatten: ihr Haar war rot, was ungewöhnlich war, und sie trug nichts als ein weißes Hemd und als sie ihrer gewahr wurde, da fürchtete sie sich, denn sie hatte nie zuvor Menschen gesehen bis auf das Weib, welches ihr Speis und Trank brachte. Mit großen Augen starrte sie sie an und stieß schwache Schreie aus, als wolle sie sie anflehen, ihr kein Leid anzutun.

Die Männer der Stadt lachten jedoch nur, denn sie führten Böses im Schilde und waren gemeine, grausame Gesellen und im Lichte des Mondes wollten sie sich an ihr vergehen.

Da fing die Magd an zu schreien und zu wehklagen, doch sie ließen sich von ihrem Vorhaben nicht abbringen. Und dann wurde es finster vor dem Gitterfenster, das Licht des Mondes ward ausgesperrt und dann erklang das Rauschen gar mächtiger Schwingen, doch die Männer sahen es nicht, denn sie hatten nur ihr frevlerisches Vorhaben im Sinne.

Den Leuten von Dymton in ihren Betten träumte in dieser Nacht von Rufen und Schreien und Geheul und von großen Vögeln und ihnen träumte, sie alle seien in kleine Mäuse und Ratten verwandelt.

Am Morgen, als die Sonne hoch stand, machten die guten Weiber von Dymton sich auf die Suche nach ihren Männern und Söhnen und da sie zum Kloster kamen, fanden sie am steinernen Boden des Kellers Eulengewölle: und in den Gewöllen entdeckten sie Haare und Schnallen und Münzen und Knöchelchen und auf dem Boden ein wenig Stroh.

Und das Mannsvolk von Dymton ward nie mehr gesehen. Jedoch noch Jahre später hieß es, die Magd sei an hohen Orten gesehen worden wie in Eichenkronen oder auf Kirchtürmen, doch geschah dies immer bei Dämmerung oder des Nachts, sodass niemand beschwören konnte, dass sie es wahrlich gewesen sei.

(Es war eine weiße Gestalt, doch Mr. E. Wyld konnte sich nicht recht entsinnen, ob die Leute sagten, sie habe Kleider getragen oder sie sei nackend gewesen.)

Ob es wahr ist oder nicht, vermag ich nicht zu sagen, doch es ist eine gar launige Geschichte, die ich daher hier niederschrieb.

Shoggoth's Old Peculiar

Benjamin Lassiter kam langsam zu der unausweichlichen Überzeugung, dass die Frau, die *Eine Wanderung entlang der britischen Küsten* verfasst hatte, das Buch nämlich, das er in seinem Rucksack trug, niemals eine wie auch immer geartete Wanderung unternommen hatte und dass sie die britische Küste wahrscheinlich auch dann nicht erkennen würde, wenn dieselbe mit einer Blaskapelle durch ihr Schlafzimmer marschierte und mit lauter Stimme »Ich bin die britische Küste« sänge und sich dazu auf einer Flöte begleitete.

Seit fünf Tagen war er ihren Ratschlägen gefolgt und es hatte ihm abgesehen von Blasen und Rückenschmerzen nicht viel eingebracht. *Alle englischen Küstenorte verfügen über eine Reihe von Bed-and-Breakfast-Pensionen, wo man Sie in der Nebensaison nur zu gern aufnehmen wird,* lautete etwa einer ihrer Ratschläge. Ben hatte ihn durchgestrichen und an den Seitenrand gekritzelt: *Alle englischen Küstenorte verfügen über ein paar Bed-and-Breakfast-Pensionen, deren Eigentümer in den letzten Septembertagen ihre Türen absperren, um sich nach Spanien, in die Provence oder sonst wohin zu verflüchtigen.*

Er hatte noch einige andere Randbemerkungen geschrieben. So etwa: *Bestelle auf keinen Fall je wieder Rühreier in einer Raststätte* oder *Was ist dieses Fisch-and-Chips-Dings?* Und *Nein, sind sie nicht*. Letzteres stand neben einem Abschnitt, in dem behauptet wurde, die Einwohner der malerischen Dörfer entlang der britischen Küste seien immer hoch erfreut, einen jungen amerikanischen Touristen auf einer Wandertour zu sehen.

Fünf höllische Tage lang war Ben von Dorf zu Dorf gezogen, hatte süßen Tee und Pulverkaffee in billigen Schnellrestaurants getrunken und auf die raue, graue Felsenküste und das schieferfarbene Meer hinausgestarrt. Selbst in seinen zwei dicken Pullovern hatte er gefroren, er wurde nass und hatte nicht eine der versprochenen Sehenswürdigkeiten gefunden.

An einem Abend hatte er seinen Schlafsack im Wartehäuschen einer Bushaltestelle ausgerollt und begonnen, beschreibende Schlüsselwörter zu übersetzen: *charmant* hieß *nichts sagend*, entschied er; *malerisch* bedeutete *hässlich, aber mit hübschem Ausblick, wenn der Regen je nachlässt* und *reizend* hieß vermutlich so viel wie: *Wir waren nie dort und kennen auch niemanden, der es gesehen hat.* Darüber hinaus war er zu dem Schluss gekommen, dass ein Dorf umso langweiliger war, je exotischer der Name klang.

So kam es, dass Ben Lassiter am fünften Tag etwas nördlich von Bootle zu dem Dorf Innsmouth kam, das in seinem Reiseführer weder als *charmant, malerisch* oder *reizend* bezeichnet wurde. Weder der rostige Pier wurde beschrieben noch die Berge verrotteter Hummerfallen auf dem Kiesstrand.

Gleich an der Uferstraße lagen drei Bed-and-Breakfasts nebeneinander: Sea View, Mon Repose und Shub Niggeruth. Ein jedes hatte ein ausgeschaltetes Neonschild ZIMMER FREI im Fenster hängen und an jeder der drei Türen war mit Heftzwecken ein Zettel befestigt: VON OKTOBER BIS MÄRZ GESCHLOSSEN.

Es gab keine Restaurants oder Cafés an der Uferstraße. In der Glastür des einsamen Fish-and-Chips-Ladens hing ein Schild: GESCHLOSSEN. Ben postierte sich vor dem Laden und wartete auf die Öffnungszeit, während das graue Nachmittagslicht langsam in die Dämmerung überging. Endlich kam eine kleine, etwas froschgesichtige Frau die Straße hinab und schloss die Ladentür auf. Ben fragte sie, wann der Laden öffne, und sie sah ihn verwirrt an und erwiderte: »Es ist Montag, mein Junge. Montags ist Ruhetag.« Dann betrat sie ihre Fish-and-Chips-Bude, verriegelte die Tür und ließ Ben kalt und hungrig draußen stehen.

Ben war in einer trockenen Stadt in Nordtexas aufgewachsen. Wasser gab es dort nur in Swimmingpools und die einzig bekannte Art der Fortbewegung war die in klimatisierten Pick-ups. So hatte ihn die Vorstellung gereizt, durch eine Küstenlandschaft zu wandern, obendrein in einem Land, wo man so etwas wie Englisch sprach. Bens Heimatstadt war im doppelten Sinne trocken: Voller Stolz pochte man dort darauf, dass der Alkohol in dieser Stadt schon dreißig Jahre bevor der Rest von Amerika die Prohibition ausrief, verboten worden und auch nach deren Ende nie wieder zugelassen worden sei. So war alles, was Ben über Pubs wusste, dass es Orte der Sünde waren, so ähnlich wie Bars, nur mit hübscheren Namen. Doch die Autorin von *Eine Wanderung entlang der britischen Küsten* deutete an, dass man im Pub Lokalkolorit und örtliche Neuigkeiten finden konnte, dass man »eine Runde geben« musste und dass es in manchen Pubs auch etwas zu essen gab.

Der Pub von Innsmouth hieß *The Book of Dead Names* und das Schild über der Tür setzte Ben davon in Kenntnis, dass der Eigentümer ein gewisser A. Al-Hazred war, der eine amtliche Lizenz zum Ausschank von Wein und Spirituosen besaß. Ben überlegte, ob der Name bedeutete, dass es hier indisches Essen gab. Das hatte er in Bootle kennen gelernt und ziemlich gern gemocht. Er hielt kurz bei den Schildern, die den Weg zur *Public Bar* und zur *Saloon Bar* wiesen, und fragte sich, ob eine *Public Bar* in England vielleicht privat sei, so wie eine *Public School*. Schließlich entschied er sich für die *Saloon Bar*, weil sich das nach einem Western anhörte.

Der Raum war beinah völlig verlassen. Es roch nach dem verschütteten Bier der letzten Woche und dem abgestandenen Zigarettenqualm von vorgestern. Hinter der Bar stand eine pummelige Frau mit blond gefärbten Haaren. In einer Ecke saßen zwei Männer in langen grauen Regenmänteln und Schals. Sie spielten Domino und tranken ein dunkelbraunes, schaumgekröntes bierartiges Gebräu aus gläsernen Wabenmusterkrügen.

Ben trat an die Bar. »Gibt es hier etwas zu essen?«

Die Kellnerin kratzte sich einen Moment an der Nase,

dann räumte sie brummend ein, sie könne ihm wohl ein Ploughman's machen.

Ben hatte nicht die geringste Ahnung, worum es sich dabei handeln mochte, und wünschte sich zum hundertsten Mal, *Eine Wanderung entlang der britischen Küsten* enthielte so etwas wie einen britisch-amerikanischen Sprachführer. »Ist das was zu essen?«, fragte er.

Sie nickte.

»Okay. Dann hätte ich das gern.«

»Und zu trinken?«

»Cola, bitte.«

»Haben wir nicht.«

»Dann Pepsi.«

»Pepsi haben wir auch nicht.«

»Was denn? Sprite? 7UP? Fanta?«

Sie schien noch verwirrter als zuvor. Dann sagte sie: »Ich glaub, wir haben hinten noch ein, zwei Flaschen Kirschlimo.«

»In Ordnung.«

»Das macht dann fünf Pfund zwanzig und ich bring Ihnen das Ploughman's, wenn es fertig ist.«

Ben setzte sich an einen kleinen, etwas klebrigen Holztisch, trank ein sprudelndes Zeug, das leuchtend rot war und ebenso chemisch schmeckte, wie es aussah, und entschied, dass ein Ploughman's vermutlich irgendeine Art Steak war. Ihm war durchaus bewusst, dass dieser Schluss von Wunschdenken beeinflusst war. Er stellte sich Pflüger in der ländlichen Idylle vergangener Tage vor, die bei Sonnenuntergang ihre fetten Ochsen von den frisch gepflügten Feldern führten, weil er inzwischen mit Freuden und nur ein bisschen fremder Hilfe einen ganzen Ochsen hätte vertilgen können.

»Hier, bitte. Ihr Ploughman's«, sagte die Kellnerin und stellte einen Teller vor ihn.

Dieses Ploughman's war eine herbe Enttäuschung: ein rechteckiges Stück eines scharf schmeckenden Käses, ein Salatblatt, eine unterentwickelte Tomate mit einem Daumenabdruck darauf, ein Häuflein einer breiartigen braunen Masse, die wie saure Marmelade schmeckte, und eine kleine, harte, altbackene Semmel. Ben war schon vorher zu der Erkenntnis gekommen, dass die Briten Essen offenbar als eine Art Strafe betrieben. Mühsam kaute er auf dem Käse und Salatblatt und verfluchte jeden Pflüger in England, der sich mit so einem Schweinefraß zufrieden gab.

Die Männer in den grauen Regenmänteln, die in der Ecke saßen, beendeten ihr Dominospiel, brachten ihre Gläser zu Ben herüber und setzten sich zu ihm. »Was trinken Sie da?«, fragte einer von ihnen neugierig.

»Es heißt Kirschlimonade«, erklärte er. »Es schmeckt, als komme es aus einer Chemiefabrik.«

»Interessant, dass Sie das sagen«, erwiderte der kleinere der Männer. »Wirklich interessant, dass Sie das sagen. Weil ich hatte nämlich mal einen Freund, der in einer Chemiefabrik gearbeitet hat, und der hat *nie Kirschlimonade getrunken.*« Er legte eine dramatische Pause ein und nippte dann an seinem braunen Gesöff. Ben wartete, dass er fortfuhr, aber offenbar kam nichts mehr. Die Konversation war versiegt.

Ben bemühte sich, höflich zu wirken, und fragte deshalb: »Und was trinken *Sie* da?«

Der größere der beiden Fremden, der trübsinnig vor sich hin gestarrt hatte, schien plötzlich deutlich fröhlicher. »Das ist aber wirklich furchtbar freundlich von Ihnen. Für mich ein Shoggoth's Old Peculiar, bitte.«

»Für mich auch«, sagte sein Freund. »Ich könnt ein Shoggoth's so runterschütten. He, ich wette, das wär ein guter Werbeslogan. ›Ich könnte ein Shoggoth's so runterschütten‹. Ich sollte mal hinschreiben und es vorschlagen. Die wären bestimmt froh.«

Ben ging zum Tresen mit der Absicht, die Kellnerin um zwei Pints Shoggoth's Old Peculiar und ein Glas Wasser für sich selbst zu bitten, doch sie hatte schon drei Gläser mit dem dunklen Bier gefüllt. *Na ja, warum nicht aufs Ganze gehen,* dachte er. Es konnte bestimmt nicht schlimmer schmecken als die Kirschlimonade. Er probierte einen

Schluck. Das Bier hatte einen Geschmack, den Werbeleute, so vermutete er, wohl als *vollmundig* beschreiben würden, obwohl sie bei genauerem Nachfragen einräumen müssten, dass der fragliche Mund wenigstens zur Hälfte mit Ziegenfleisch gefüllt wäre.

Er bezahlte für die drei Biere und brachte die Gläser zu seinen neuen Freunden zurück.

»Und was treiben Sie hier in Innsmouth?«, fragte der Größere. »Ich nehme an, Sie sind einer unserer amerikanischen Vettern und sind gekommen, um sich das berühmteste englische Dorf anzusehen.«

»Das in Amerika wurde nach diesem hier benannt, wissen Sie«, fügte der Kleinere hinzu.

»Gibt es ein Innsmouth in den Staaten?«, fragte Ben.

»Das will ich meinen«, erwiderte der kleine Mann. »Er hat ständig darüber geschrieben. Er, dessen Namen wir nicht nennen.«

»Wie bitte?«, sagte Ben.

Der Kleine sah über die Schulter und zischte dann ziemlich laut: »H. P. Lovecraft!«

»Ich hab dir doch gesagt, du sollst den Namen nicht aussprechen«, schimpfte sein Freund und trank an seinem dunkelbraunen Bier. »H. P. Lovecraft. H. P. Blödmann Lovecraft. H. Blödmann P. Blödmann Love Blödmann craft.« Er unterbrach sich, um Atem zu schöpfen. »Was wusste der schon, he? Ich meine, was wusste der denn schon?«

Ben nippte an seinem Bier. Der Name kam ihm vage bekannt vor. Beim Durchwühlen der alten Vinylschallplatten ganz hinten in der Garage seines Vaters war er darüber gestolpert. »War das nicht eine Rockband?«

»Ich rede von keiner Rockband. Ich meine den Schriftsteller.«

Ben hob die Schultern. »Nie gehört«, gab er zu. »Ich lese eigentlich nur Western. Und technische Handbücher.«

Der kleine Mann stieß seinen Freund an. »Da, Wilf. Hast du das mitgekriegt? Er hat nie von ihm gehört.«

»Na ja. Ist nichts gegen einzuwenden. Ich hab früher auch diesen Zane Grey gelesen«, antwortete der Größere.

»Auch wenn das nichts ist, worauf man besonders stolz sein kann. Dieser Kerl … Wie, sagten Sie, war doch gleich Ihr Name?«

»Ben. Ben Lassiter. Und Sie sind …?«

Der kleine Mann lächelte. Er sah furchtbar froschartig aus, dachte Ben. »Ich bin Seth«, stellte er vor. »Und mein Freund hier heißt Wilf.«

»Angenehm«, sagte Wilf.

»Freut mich«, erwiderte Ben.

»Wenn ich ehrlich bin, muss ich Ihnen zustimmen«, meinte der Kleine.

»Ah ja?«, fragte Ben verdutzt.

Der kleine Mann nickte. »Ja. H. P. Lovecraft. Ich weiß nicht, warum so ein Gewese um ihn gemacht wird. Der konnte doch noch nicht mal schreiben.« Er schlürfte sein Bier und leckte sich mit einer langen, beweglichen Zunge den Schaum von den Lippen. »Ich meine, seht euch doch nur mal an, was für Wörter der benutzt hat. *Abstrus*. Wissen Sie, was *abstrus* bedeutet?«

Ben schüttelte den Kopf. Wie es schien, saß er mit zwei Fremden in einem englischen Pub, diskutierte über Literatur und trank Bier dabei. Einen Augenblick fragte er sich, ob er sich vielleicht, als er gerade mal nicht hingeschaut hatte, in jemand anders verwandelt hatte. Je weiter der Pegel in seinem Glas absank, umso erträglicher wurde der Geschmack des Biers und langsam vertrieb es den hartnäckigen Nachgeschmack der Kirschlimonade.

»Abstrus. Heißt seltsam. Eigenartig. Komisch. Das bedeutet es. Ich hab's nachgeschlagen. Im Lexikon. Und *sphärenförmig?*«

Ben schüttelte wieder den Kopf.

»Der *sphärenförmige* Mond. Bedeutet rund. Der Mond war voll. Und wie heißt das Wort noch mal, wie er uns immer genannt hat? Dingsda. Sag schon. Fängt mit b an. Liegt mir auf der Zunge …«

»Bastarde?«, schlug Wilf vor.

»Quatsch. Dings. Du weißt doch. *Batrachisch*. Das war's. Soll froschartig heißen.«

»Moment mal«, unterbrach Wilf. »Ich dachte, das hat was mit irgendwelchen Kamelen zu tun.«

Seth schüttelte entschieden den Kopf. »Frösche, hundert pro. Keine Kamele. Frösche.«

Wilf schlürfte sein Shoggoth's. Ben nippte vorsichtig an seinem, ohne große Lust.

»Und was weiter?«, fragte Ben.

»Sie haben zwei Höcker«, warf Wilf, der größere, ein.

»Frösche?«, fragte Ben.

»Nein, nein. Das Batrachiarkamel. Wohingegen das durchschnittliche Dromedar nur einen Höcker hat. Für die lange Reise durch die Wüste. Das ist es, was sie essen.«

»Frösche?«, fragte Ben.

»Kamelhöcker.« Wilf fixierte Ben mit seinen hervorquellenden, gelblichen Augen. »Jetzt hör mir mal zu, mein Junge: Wenn du mal drei oder vier Wochen in einer unwegsamen Wüste gewesen bist, wird ein Teller Kamelhöcker dir auch ziemlich appetitlich vorkommen.«

Seth schnaubte verächtlich. »Du hast doch noch nie Kamelhöcker gegessen.«

»Hätt ich aber«, entgegnete Wilf.

»Ja, aber hast du nicht. Du bist doch noch nie in der Wüste gewesen.«

»Na ja, aber sagen wir mal, ich wär auf Pilgerfahrt zum Grab von Nyarlathotep …«

»Der schwarze König der Altvordern, der des Nachts aus dem Osten kommt und den du nicht erkennen wirst, meinst du?«

»Natürlich mein ich den.«

»Ich frag ja nur.«

»Blöde Frage, wenn du mich fragst.«

»Du hättest doch jemand anders mit demselben Namen meinen können.«

»Hör mal, das ist nicht gerade ein gebräuchlicher Name, oder? Nyarlathotep. Davon wird's wohl kaum zwei geben, oder? ›Mein Name ist Nyarlathotep, was für ein Zufall, dich hier zu treffen, ist ja komisch, dass es zwei von uns gibt.‹ Wohl kaum. Wie auch immer, ich irre also durch die endlose Wüste und denk mir: Ich würd alles geben für ein schönes Stück Kamelhöcker ...«

»Aber hast du nicht, stimmt's? Du bist doch noch nie im Leben aus Innsmouth rausgekommen.«

»Ähm ... nein.«

»Da hast du's.« Seth sah Ben triumphierend an. Dann beugte er sich vor und flüsterte Ben ins Ohr: »So ist er eben, wenn er ein paar Bierchen intus hat.«

»Das hab ich gehört«, sagte Wilf.

»Schön«, antwortete Seth. »Wie auch immer. H. P. Lovecraft. Schrieb einen seiner behämmerten Sätze. Etwa: ›Der sphärenförmige Mond hing tief über der abstrusen Welt der batrachischen Einwohner des squamösen Dulwich.‹ Was heißt das? *Was heißt das?* Ich sag' euch, was es verdammt noch mal heißt: Es heißt, dass der Mond voll war und alle, die in Dulwich lebten, ein Haufen verrückter Frösche waren. Das soll es bedeuten.«

»Was war das andere Wort, das du gesagt hast?«, fragte Wilf.

»Was?«

»*Squamös*. Was soll das bedeuten?«

Seth zuckte die Schultern. »Keine Ahnung«, räumte er ein. »Aber er hat es ständig gebraucht.«

Es folgte wieder in kurzes Schweigen.

»Ich bin Student«, eröffnete Ben ihnen. »Ich werde Metallurge.« Irgendwie war es ihm gelungen, sein ganzes Pint Shoggoth's Old Peculiar auszutrinken. Das erste alkoholische Getränk seines Lebens, erkannte er, auf angenehme Weise schockiert. »Und was macht ihr so?«

»Wir sind Diener«, sagte Wilf.

»Des Großen Cthulhu«, fügte Seth stolz hinzu.

»Ach ja? Und was genau tut ihr?«, wollte Ben wissen.

»Meine Runde«, verkündete Wilf. »Warte einen Moment.« Er ging an die Bar und kam mit drei gefüllten Gläsern zurück. »Nun ja, wir tun nicht gerade besonders viel«, erklärte er dann. »Unser Dienst ist nicht gerade eine Schinderei. Was natürlich daran liegt, dass er schläft. Oder genauer gesagt, er *schläft* nicht direkt. Wenn du's ganz genau wissen willst: Er ist *tot*.«

»›In seinem Heim im versunkenen R'lyeh liegt Cthulhu tot und träumt‹«, warf Seth ein. »Oder, wie der Dichter sagt: ›Tot ist nicht, was ewig liegen kann …‹«

»›Doch in seltsamen Äonen …‹«, fügte Wilf hinzu.

»Und mit *seltsam* meint er wirklich *verdammt komisch* …«

»Genau. Wir reden hier absolut nicht von irgendwelchen gewöhnlichen Äonen.«

»›Doch in seltsamen Äonen mag selbst der Tod sterben.‹«

Ein wenig überrascht stellte Ben fest, dass er offenbar noch ein vollmundiges Shoggoth's Old Peculiar trank. Irgendwie war der ranzige Ziegengeschmack beim zweiten Glas nicht mehr so schlimm. Und er war selig festzustellen, dass er keinen Hunger mehr hatte, seine blasenübersäten Füße nicht mehr schmerzten und seine Tischnachbarn faszinierende, intelligente Gesprächspartner waren, deren Namen er nicht so richtig auseinander halten konnte. Er hatte nicht genug Erfahrung mit Alkohol, um zu erkennen, dass dies eins der Symptome beim zweiten Glas Shoggoth's Old Peculiar war.

»Und im Moment ist das Geschäft eher ruhig«, erklärte Seth oder möglicherweise Wilf. »Es besteht hauptsächlich aus warten.«

»Und beten«, fügte Wilf hinzu, wenn es nicht Seth war.

»Und beten. Aber ziemlich bald wird sich das alles ändern.«

»Ah ja?«, fragte Ben. »Wieso?«

»Na ja.« Der Größere lehnte sich vertraulich zu ihm herüber. »Es kann jetzt jeden Tag geschehen, dass der Große Cthulhu (vorübergehend verstorben), der unser Boss ist, in seiner Behausung unter dem Meer aufwacht.«

»Und dann«, fuhr der Kleinere fort, »wird er gähnen und sich rekeln und anziehen …«

»Vermutlich auch zur Toilette gehen, würde mich nicht wundern.«

»Und vielleicht die Zeitung lesen.«

»Und wenn er all das erledigt hat, wird er aus den Tiefen des Ozeans aufsteigen, um die Welt zu verschlingen.«

Ben fand das unbeschreiblich komisch. »Wie ein Ploughman's«, sagte er.

»Ganz recht, ganz recht. Wohl gesprochen, mein junger amerikanischer Freund. Der Große Cthulhu wird die Welt vertilgen wie ein Ploughman's Lunch und nichts auf seinem Teller übrig lassen als ein Häuflein Branston Pickle.«

»Das ist das braune Zeug?«, fragte Ben. Sie versicherten ihm, dass es das sei, und er ging an die Bar und holte noch eine Runde Shoggoth's Old Peculiar.

Er konnte sich später kaum an die Unterhaltung erinnern, die noch folgte. Er entsann sich, dass er sein Glas geleert hatte, und dann hatten seine neuen Freunde ihn zu einem Rundgang durchs Dorf eingeladen und ihm die verschiedenen Sehenswürdigkeiten gezeigt. »Da leihen wir unsere Videos aus und das große Gebäude da drüben ist der Namenlose Tempel Unaussprechlicher Götter und samstagmorgens ist in der Krypta immer ein Trödelmarkt ...«

Er erklärte ihnen seine Theorie über seinen Reiseführer und versicherte ihnen überschwänglich, dass Innsmouth sowohl *charmant* als auch *malerisch* sei. Er sagte ihnen, sie seien die besten Freunde, die er je gehabt habe, und dass Innsmouth einfach *reizend* sei.

Der Mond war voll und in seinem bleichen Licht hatten seine neuen Freunde eine frappierende Ähnlichkeit mit riesigen Fröschen. Oder vielleicht auch mit Kamelen.

Die drei spazierten bis zum Ende des verrosteten Piers und Seth und/oder Wilf zeigte Ben die Ruinen des versunkenen R'lyeh draußen in der Bucht, das unter der Wasseroberfläche im Mondlicht schimmerte, und dort überkam Ben ein, wie er zu erklären versuchte, plötzlicher und unvorhersehbarer Anfall von Seekrankheit und er übergab sich heftig und scheinbar endlos über die Metallbrüstung in die schwarze See ...

Danach wurde alles ein bisschen eigenartig.

Ben Lassiter erwachte frierend am Hang eines Hügels mit hämmerndem Schädel und einem ekligen Geschmack im Mund. Sein Kopf ruhte auf seinem Rucksack. Felsige Heidelandschaft umgab ihn auf allen Seiten und er entdeckte keinerlei Anzeichen einer Straße oder eines Dorfes, weder malerisch noch charmant oder reizend, nicht einmal pittoresk.

Er taumelte und hinkte fast eine Meile zur nächsten Straße, der er folgte, bis er eine Tankstelle erreichte.

Man sagte ihm, es gebe hier in der Gegend nirgendwo ein Dorf namens Innsmouth. Kein Dorf mit einem Pub, der *The Book of Dead Names* heiße. Ben berichtete von zwei Männern, Wilf und Seth, und einem Freund von ihnen, der irgendwo unter dem Meer schlief, wenn er nicht tot war. Die Leute von der Tankstelle erklärten ihm, sie hielten keine großen Stücke auf amerikanische Hippies, die hier durch die Gegend streiften und Drogen nahmen, und dass er sich nach einer schönen Tasse Tee und einem Gurken-Thunfisch-Sandwich bestimmt besser fühlen würde, doch für den Fall, dass er darauf bestehe, durch die Gegend zu streifen und Drogen zu nehmen, würde der junge Ernie, der die Nachmittagsschicht hatte, ihm sicher nur zu gern ein Beutelchen mit seinem selbst gezüchteten Cannabis verkaufen, wenn er nach der Mittagspause noch mal wiederkommen könnte.

Ben zog seine *Wanderung entlang der britischen Küsten* aus der Tasche und versuchte, Innsmouth darin zu finden, um ihnen zu beweisen, dass er es nicht geträumt hatte, aber er konnte die Seite nicht finden. Falls es sie je gegeben hatte. Doch etwa in der Mitte des Buches war eine Seite großteils herausgerissen worden.

Und dann rief Ben sich ein Taxi, das ihn zum Bahnhof in Bootle brachte. Von dort nahm er den Zug nach Manchester, von dort einen Flieger nach Chicago, wo er umstieg nach Dallas, von wo aus er weiter nach Norden flog und schließlich fuhr er mit einem Mietwagen heim.

Er fand die Gewissheit, sechshundert Meilen vom Meer entfernt zu leben, äußerst beruhigend, obwohl er später nach Nebraska zog, um die Entfernung zum Meer zu vergrößern. Es gab Dinge, die er gesehen hatte oder glaubte gesehen zu haben in jener Nacht unter dem alten Pier, die er einfach nicht mehr aus seinem Kopf bekam. Es gab Dinge, die unter grauen Regenmänteln lauerten, die besser kein Mensch wissen sollte. *Squamös*. Er brauchte es nicht nachzuschlagen. Er wusste es. Sie waren *squamös*.

Ein paar Wochen nach seiner Heimkehr schickte Ben sein mit Randbemerkungen versehenes Exemplar von *Eine Wanderung entlang der britischen Küsten* über den Verlag an die Autorin. Er fügte einen ausführlichen Brief mit einer Vielzahl hilfreicher Verbesserungsvorschläge für zukünftige Auflagen bei. Außerdem bat er die Autorin um eine Kopie der Seite, die aus seinem Buch herausgerissen worden war, weil er hoffte, das werde seine Ängste zerstreuen. Doch insgeheim war er erleichtert, als die Tage zu Monaten wurden, Monate zu Jahren und Jahre zu Jahrzehnten, und sie niemals antwortete.

Virus

Es gab ein Computerspiel, ich bekam es geschenkt,
ein Freund gab es mir, er spielte es,
er sagte, es ist super, das musst du spielen,
und das tat ich und das war es.

Ich kopierte es von der Diskette, die er mir gab,
für alle, ich wollte, dass jeder es spielte.
Jeder sollte so viel Spaß haben.
Ich schickte es übers Netz an Bulletin Boards,
doch vor allem schickte ich es all meinen Freunden.

(Persönlicher Kontakt. Auf diesem Weg wurde es mir
[gegeben.)

Meine Freunde waren wie ich: manche fürchteten Viren,
man bekommt eine Diskette und nächste Woche oder am
[Freitag dem 13.
formatiert sie deine Festplatte oder infiziert deinen
[Speicher.
Aber bei der hier passierte das nicht. Die war todsicher.

Selbst die Freunde, die keine Computer mochten, fingen an
[zu spielen.
Je besser man wurde, umso schwieriger wurde das Spiel,
vielleicht gewinnt man nie, aber man kann ziemlich gut
[werden.
Ich bin ziemlich gut.

Natürlich muss ich viel Zeit in das Spiel investieren.
Das tun auch meine Freunde. Und deren Freunde.
Und auch die Leute, die man trifft, man sieht sie
die alten Autobahnen entlanggehen

oder irgendwo Schlange stehen, fort von ihren Computern
oder den Spielsalons, die über Nacht wie Pilze aus dem
[Boden schossen,
doch sie spielen es in ihren Köpfen weiter,
kombinieren Formen,
rätseln über Konturen, ordnen Farbe zu Farbe,
verschieben Signale in neue Bildschirmabschnitte,
lauschen der Musik.

Ja, die Menschen denken daran, doch vor allem spielen sie
[es.
Mein Rekord sind achtzehn Stunden nonstop.
40 012 Punkte, 3 Fanfaren.

Man überwindet die Tränen, die schmerzenden Gelenke,
[den Hunger,
irgendwann wird alles belanglos.
Alles bis auf das Spiel, sollte ich sagen.

In meinem Kopf ist kein Platz mehr, kein Platz für andere
[Dinge.
Wir kopierten das Spiel, gaben es unseren Freunden.
Es transzendiert Sprache, beansprucht unsere Zeit.
Manchmal kommt es mir vor, als vergäße ich in letzter Zeit
[allerhand.

Ich frage mich, was aus dem Fernsehen geworden ist. Das
[gab es früher.
Ich frage mich, was werden soll, wenn ich keine Konserven
[mehr habe.
Ich frage mich, wohin all die Leute verschwunden sind.
[Dann erkenne ich:
Wenn ich schnell genug bin, kann ich das schwarze
[Quadrat an die rote Linie verschieben
es spiegeln und sie drehen, sodass sie beide verschwinden
und der linke Block frei wird
für das Aufsteigen der weißen Blase …

(Sodass sie beide verschwinden.)

Und wird der Strom für immer abgestellt
spiel ich im Kopf weiter, bis mein letzter Vorhang fällt.

Charlotte

1965 war ich neunzehn Jahre alt, trug Röhrenjeans und meine Haare wuchsen langsam und klammheimlich Richtung Hemdkragen. Jedes Mal wenn man das Radio einschaltete, sangen die Beatles *Help!* und ich wünschte mir, ich wäre John Lennon, ständig einen zynischen Spruch auf den Lippen und Mädchen, die mir hinterherkreischten. Das war das Jahr, als ich mein erstes *Penthouse* kaufte, an einem kleinen Kiosk in der King's Road. Ich bezahlte meine paar Schillinge und stopfte die Zeitschrift unter den Pullover. Auf dem Heimweg sah ich hin und wieder an mir runter, um sicherzugehen, dass sie auch keine Löcher in die Wolle brannte.

Die Zeitschrift wurde schon vor langer Zeit weggeworfen, aber ich werde mich immer daran erinnern: gesetzte Beiträge über Zensur, eine Kurzgeschichte von H. E. Bates und ein Interview mit einem amerikanischen Schriftsteller, den ich nicht kannte; ein Modeteil über Mohairanzüge und Paisley-Krawatten, die es in der Carnaby Street zu kaufen gab. Und das Beste von allem waren natürlich die Mädchen; und das beste von allen Mädchen war Charlotte.

Charlotte war auch neunzehn.

Alle Mädchen in dieser längst vergangenen Zeitschrift schienen identisch mit ihrem makellosen Plastikfleisch, jedes Härchen saß perfekt (man konnte das Haarspray förmlich riechen) und sie lächelten treuherzig in die Kamera, während ihre Augen einen durch ein dichtes Wimperngestrüpp hindurch anzwinkerten. Weißer Lippenstift, weiße Zähne, weiße Brüste – bikinigebleicht. Mir fiel überhaupt nicht auf, in welch seltsamen Posen sie sich züchtig arrangierten, um zu verhindern, dass auch nur das kleinste Löckchen oder ein Schatten ihrer Schamhaare zu sehen war – ich hätte sowieso nicht gewusst, was das war. Ich hatte nur Augen für ihre blassen Hinterteile und Brüste, ihre keuschen, aber doch einladenden, auffordernden Blicke.

Dann schlug ich die nächste Seite auf und sah Charlotte. Sie unterschied sich von den anderen. Charlotte *war* Sex, sie trug Sexualität wie einen durchsichtigen Schleier, wie ein betörendes Parfum.

Neben den Bildern standen Wörter und ich las wie in Trance: »Die bezaubernde Charlotte Reave ist neunzehn … eine aufrührerische Individualistin und Beat-Dichterin … schreibt Beiträge für das FAB Magazine …« Satzfetzen brannten sich in mein Gedächtnis, während ich die zweidimensionalen Bilder studierte. Sie posierte und schmollte in einer Wohnung in Chelsea – die dem Fotografen gehörte, nahm ich an – und ich wusste, dass ich sie brauchte.

Sie war so alt wie ich. Das war Schicksal.

Charlotte.

Charlotte war neunzehn.

Von da an kaufte ich *Penthouse* regelmäßig in der Hoffnung, sie werde wieder darin auftauchen. Doch das tat sie nicht. Jedenfalls nicht damals.

Sechs Monate später fand meine Mum einen Schuhkarton unter meinem Bett und schaute hinein. Erst machte sie mir eine Szene, dann warf sie die Zeitschriften in den Müll und schließlich mich aus der Wohnung. Am nächsten Tag fand ich einen Job und eine Einzimmerwohnung in Earl's Court, alles in allem ohne größere Schwierigkeiten.

Ich arbeitete in einem Elektroladen unweit der Edgware Road. Alles, was ich konnte, war, einen Stecker auszuwechseln, aber damals konnten die Leute es sich leisten, für solche Kleinigkeiten einen Elektriker kommen zu lassen. Mein Boss meinte, mit der Zeit werde ich alles andere schon lernen.

Das ging drei Wochen lang gut. Mein erster Kundentermin war ziemlich aufregend: ich musste den Stecker der Nachttischleuchte am Bett eines englischen Filmstars wechseln, der mit seiner Darstellung wortkarger Cockney-Casanovas berühmt geworden war. Als ich dort ankam, lag er mit zwei wunderschönen Mädchen im Bett. Ich wechselte den Stecker aus und verschwand. Alles ging hoch anständig zu. Ich bekam nicht mal den winzigsten Zipfel Brustwarze zu sehen, geschweige denn eine Einladung, mich dem Trio anzuschließen.

Drei Wochen später wurde ich gefeuert und verlor meine Unschuld am selben Tag. Es war ein nobles Haus in Hampstead. Niemand war daheim bis auf das Hausmädchen, eine kleine, dunkelhaarige Frau, die ein paar Jahre älter war als ich. Ich ging runter auf die Knie, um den Stecker auszutauschen, und sie stieg neben mir auf einen Stuhl, um die Oberkante der Tür abzustauben. Ich sah auf: sie trug Strümpfe und Strumpfhalter unter dem Rock und – Gott helfe mir – nichts sonst. So entdeckte ich, was es mit den Partien auf sich hatte, die die Bilder nicht zeigten.

Ich verlor also meine Jungfräulichkeit unter einem Esstisch in Hampstead. Heutzutage sieht man keine Hausmädchen mehr. Sie sind einfach aus der Welt verschwunden wie der Kabinenroller und die Dinosaurier.

Anschließend verlor ich meinen Job. Nicht einmal mein Boss, so felsenfest er auch von meiner kompletten Unfähigkeit überzeugt war, ließ sich weismachen, dass ich drei Stunden gebraucht hatte, um einen Stecker zu wechseln – und ich konnte ihm schlecht erklären, dass ich mich zwei dieser drei Stunden lang unter einem Esstisch hatte verstecken müssen, weil der Herr und die Dame des Hauses früher als erwartet heimgekommen waren, oder?

Danach folgte eine Reihe kurzlebiger Anstellungen, erst als Drucker, dann als Setzer, bis ich schließlich bei einer kleinen Werbeagentur über einem Sandwichladen auf der Old Compton Street landete.

Ich kaufte auch weiterhin das *Penthouse*. Alle sahen aus wie Statisten in *Mit Schirm, Charme und Melone*, aber im wirklichen Leben sahen die Leute genauso aus. Artikel über Woody Allen und Sapphos Insel, Batman und Vietnam, Peitschen schwingende Stripperinnen in Aktion, Mode und Prosa und Sex.

Die Anzüge bekamen Samtkragen und die Mädchen verunstalteten sich die Haare. Fetisch war Mode. London swingte, die Titelseiten der Zeitschriften wurden psychedelisch und selbst wenn kein Acid im Leitungswasser war, benahmen wir uns doch zumindest so, als wäre es der Fall.

1969 sah ich Charlotte wieder. Ich hatte die Hoffnung längst aufgegeben und dachte, ich hätte vergessen, wie sie aussah. Dann kam eines Tages der Geschäftsführer der Agentur und legte ein *Penthouse* vor mir auf den Tisch. Wir hatten eine Zigarettenwerbung darin platziert, die ihm ausnehmend gut gefiel. Ich war dreiundzwanzig und mächtig im Aufwind, leitete die künstlerische Abteilung, so als wisse ich, was ich tat, und manchmal war das sogar der Fall.

Ich kann mich an die Ausgabe kaum erinnern. Nur an Charlotte. Die Haare wild und sandfarben wie eine Löwenmähne, die Augen provokativ und sie lächelte, als kenne sie alle Geheimnisse des Lebens, wolle sie aber in ihrer unbekleideten Brust verschlossen halten. Sie hieß nicht mehr Charlotte, sondern Melanie oder so. Im Text stand, sie sei neunzehn.

Ich lebte zu der Zeit mit einer Tänzerin namens Rachel zusammen in einer Wohnung in Camden Town. Rachel war die hübscheste, wunderbarste Frau, die ich je gekannt habe. Und ich ging an diesem Tag früher als sonst nach Hause, die Bilder von Charlotte in meinem Aktenkoffer, schloss mich im Bad ein und wichste, bis mir die Sinne schwanden.

Kurz darauf trennten wir uns, ich und Rachel.

Die Werbeagentur boomte – alles boomte in den Sechzigern – und 1971 bekam ich den Auftrag, »Das Gesicht« für eine Modefirma zu finden. Sie wollten eine Frau, die alles Sexuelle verkörperte, die ihre Produkte trug, als wolle sie im nächsten Moment die Arme heben und sie sich vom Leibe reißen – wenn ihr nicht irgendein Mann zuvorkam. Und ich wusste die perfekte Lösung: Charlotte.

Ich rief bei *Penthouse* an. Niemand dort verstand, wovon ich sprach, aber schließlich verwiesen sie mich unwillig an die beiden Fotografen, die die Aufnahmen von ihr gemacht hatten. Die Leute vom *Penthouse* schienen mir nicht so recht zu glauben, als ich sagte, es sei beide Male dasselbe Mädchen gewesen.

Ich wandte mich an die Fotografen in der Hoffnung, den Namen ihrer Agentur zu erfahren.

Sie sagten mir, die Frau gebe es nicht.

Jedenfalls nicht in der Form, dass man ihrer irgendwie habhaft werden könne. Sicher, beide wussten sofort, welches Mädchen ich meinte. Aber, wie einer mir versicherte, es war »verdammt seltsam«. Sie war zu ihnen gekommen. Sie hatten ihr ein Honorar bezahlt und die Bilder verkauft. Nein, sie hatten ihre Adresse nicht.

Ich war sechsundzwanzig und kein Idiot. Ich kapierte sofort, was hier gespielt wurde: die wollten mich an der Nase herumführen. Vermutlich hatte irgendeine andere Agentur sie unter Vertrag genommen, plante eine große Kampagne mit ihr und bezahlte die Fotografen, damit sie nichts ausplauderten. Ich fluchte und beschimpfte sie am Telefon. Ich machte unhaltbare finanzielle Angebote.

Verpiss dich, sagten sie mir.

Und im Monat darauf war sie wieder im *Penthouse*. Es war längst kein psychedelisches Spannerblättchen mehr, sondern hatte mehr Klasse. Den Mädchen waren Schamhaare gewachsen und in ihren Augen lag ein männerhungriges Glitzern. Weichzeichnerfotos zeigten Männer und Frauen eng umschlungen in Kornfeldern – rosa Fleisch vor golbfarbenem Hintergrund.

Ihr Name, sagte die Bildunterschrift, sei Belinda. Sie war Antiquitätenhändlerin. Es war Charlotte, kein Zweifel, nur war ihr Haar jetzt dunkel und zu üppigen Löckchen aufgetürmt. Der Text nannte auch ihr Alter: neunzehn.

Ich rief meinen Kontakt beim *Penthouse* an und bekam den Namen des Fotografen: John Felbridge. Ich rief ihn an. Er behauptete genau wie die anderen, nichts über sie zu wissen, aber inzwischen hatte ich dazugelernt. Statt ihn durchs Telefon anzubrüllen, gab ich ihm einen Job, einen ziemlich lukrativen Auftrag: Werbeaufnahmen von einem kleinen Jungen, der ein Eis löffelte. Felbridge war langhaarig, Ende dreißig und trug einen mottenzerfressenen Pelzmantel und Turnschuhe ohne Schnürsenkel, aber er war ein guter Fotograf. Nach dem Shooting lud ich ihn auf ein Bier ein und wir redeten über das lausige Wetter, Fotografie, Dezimalwährung, seine Arbeit und Charlotte.

»Du hast also die Bilder im *Penthouse* gesehen, sagst du, ja?«, fragte Felbridge.

Ich nickte. Wir waren beide leicht angetrunken.

»Ich werd dir was erzählen über dieses Mädchen. Sie ist der Grund, warum ich mit dem Glamourzeug aufhören und ein anständiger Fotograf werden will. Sie sagte, ihr Name sei Belinda.«

»Wie hast du sie kennen gelernt?«

»Dazu komm ich ja gerade, okay? Ich dachte, sie wär von irgendeiner Agentur, verstehst du? Sie klopft an die Tür und ich denk heilige Scheiße! und bitte sie rein. Sie sagt, sie kommt von keiner Agentur, sondern sie verkauft …« Er runzelte verwirrt die Stirn. »Ist das nicht komisch? Ich habe vergessen, was sie verkauft. Vielleicht war es doch nicht Verkauf. Weiß nicht mehr. Demnächst vergess ich noch meinen eigenen Namen.

Ich wusste sofort, dass sie was Besonderes war. Ich frag sie, ob ich sie fotografieren darf, sag ihr, alles ist koscher, keine Hintergedanken, und sie war einverstanden. Klick! Fünf Filme in null Komma nichts. Kaum sind wir fertig, zieht sie ihre Klamotten wieder an und geht zur Tür. ›Was ist mit deinem Geld?‹, frag ich sie. ›Schick es mir‹, sagt sie und schon ist sie die Treppe runter und weg.«

»Also hast du ihre Adresse?«, fragte ich und versuchte, mein Interesse aus meiner Stimme herauszuhalten.

»Nein. Verdammter Mist. Ich hab das Geld beiseite gelegt, weil ich irgendwie hoffe, sie kommt noch mal wieder.«

Ich entsinne mich, dass mir außer meiner Enttäuschung die Frage in den Sinn kam, ob sein Cockney-Akzent echt oder eine Masche war.

»Aber worauf ich hinauswollte, war das: Als die Bilder zurückkamen, da wusste ich … na ja, was Titten und Ärsche anging, nein, was das Fotografieren von Frauen überhaupt anging, hatte ich alles geseh'n und erlebt. Sie *war* die

Weiblichkeit, verstehst du? Und ich hatte sie fotografiert. Nein, nein, ich hol dir noch einen. Meine Runde. Bloody Mary, stimmt's? Ich muss sagen, ich freu mich auf unsere zukünftige Zusammenarbeit …«

Es gab keine zukünftige Zusammenarbeit.

Die Agentur wurde von einer größeren, etablierteren Firma geschluckt, die unsere Umsätze wollte. Unsere Initialen wurden den ihren einverleibt und sie behielten ein paar von den guten Textern, aber der Rest von uns landete auf der Straße.

Ich ging zurück in meine Wohnung und wartete darauf, dass die Jobangebote zu strömen begannen, doch es tat sich nichts; aber eines Abends spät fing der Freund von der Freundin eines Freundes mich in einem Club an zu bequatschen (auf der Bühne spielte ein Typ, von dem ich nie gehört hatte. Sein Name war David Bowie. Er war wie ein Astronaut aufgemacht und der Rest seiner Band trug silberne Cowboyklamotten. Ich hörte nicht hin.) und ehe ich wusste, wie mir geschah, managte ich meine eigene Rockband, die Diamonds of Flame. Wenn du nicht zufällig Anfang der Siebziger in der Londoner Clubszene zu Hause warst, hast du nie von der Band gehört, aber sie war wirklich gut. Puristisch und lyrisch. Fünf Typen. Zwei von ihnen spielen heute in weltberühmten Supergruppen. Einer ist Klempner in Walsall; er schickt mir immer noch Weihnachtskarten. Die anderen beiden sind seit fünfzehn Jahren tot – anonyme Drogentote. Sie starben beide innerhalb einer Woche und die Band zerbrach daran.

Ich zerbrach um ein Haar auch daran. Ich stieg aus, wollte so weit weg von der Großstadt und diesem Leben wie nur möglich. Ich kaufte eine kleine Farm in Wales. Und da war ich glücklich mit meinen Schafen und Ziegen und Kohlköpfen. Ohne *Penthouse* und sie wäre ich wohl heute noch dort.

Ich habe keine Ahnung, woher es kam. Eines Morgens kam ich nach draußen und fand eine Zeitschrift im Hof. Sie lag mit dem Titelblatt nach unten im Morast. Die Ausgabe war fast ein Jahr alt. Charlotte war ohne Make-up und in einer anscheinend sehr exklusiven Wohnung abgelichtet. Zum ersten Mal konnte ich ihre Schamhaare sehen oder hätte sie sehen können, wäre das Foto nicht künstlich verschwommen, ein ganz klein wenig unscharf gewesen. Es sah aus, als käme sie aus dem Nebel.

Ihr Name, stand dort, sei Lesley. Sie war neunzehn.

Und danach konnte ich mich einfach nicht länger verkriechen. Ich verkaufte die Farm für ein Butterbrot und kam in den letzten Tagen des Jahres 1976 zurück nach London.

Ich lebte von der Stütze, wohnte in einer Sozialwohnung in Victoria, stand gegen Mittag auf, ging in die Pubs, bis sie nachmittags schlossen, las Zeitungen in der Bibliothek, bis sie wieder öffneten, und pilgerte von Pub zu Pub bis zur Sperrstunde. Ich lebte von der Stütze und versoff meine Ersparnisse.

Ich war dreißig und fühlte mich viel älter. Ich zog mit einer blonden Punkerin aus Kanada zusammen, die ich in einem Club an der Greek Street kennen lernte. Sie kellnerte da und eines Abends erzählte sie mir, als sie dicht machte, dass sie ihre Bleibe verloren habe, also bot ich ihr mein Sofa an. Sie war erst sechzehn, stellte sich heraus, und sie schlief keine Nacht auf dem Sofa. Sie hatte kleine Granatapfelbrüste, einen tätowierten Totenschädel auf dem Rücken und trug die Haare wie Frankensteins Braut. Es gebe nichts, was sie nicht schon getan hätte, und nichts, woran sie noch glaubte, sagte sie mir. Manchmal redete sie stundenlang darüber, dass die Welt sich auf einen Zustand totaler Anarchie zubewege, und sie behauptete, es gebe weder Hoffnung noch eine Zukunft, aber sie fickte, als habe sie das Ficken erfunden. Und das gefiel mir.

Mit nichts als einem Dornhalsband aus schwarzem Leder und dickem schwarzen Augen-Make-up kam sie ins Bett. Manchmal spuckte sie, rotzte einfach so auf den Gehweg, wenn wir durch die Stadt liefen, und das fand ich grässlich. Sie nahm mich mit in ihre Punk-Clubs, wo ich ihr beim Rotzen und Fluchen und Pogo zuschauen durfte. Dann fühlte ich mich wirklich alt. Doch wenigstens die

Musik gefiel mir teilweise: *Peaches*, solche Sachen. Und ich sah die Sex Pistols live. Sie waren beschissen.

Dann verkündete die Punkerin, ich sei ein langweiliger alter Sack, und verließ mich für einen extrem molligen arabischen Prinzen.

»Ich dachte, du glaubst an gar nichts«, rief ich ihr nach, als sie in den Rolls stieg, den er geschickt hatte.

»Ich glaube an hundert Ocken für einmal blasen und an Bettlaken aus Nerz«, brüllte sie zurück. Eine Hand spielte mit einer Strähne ihrer Frankensteinlocken. »Und einen goldenen Vibrator. Daran glaub ich.«

So eilte sie dem Ölreichtum und einer neuen Garderobe entgegen und ich machte einen Kassensturz und stellte fest, dass ich absolut abgebrannt war, praktisch keinen Penny mehr besaß. Ich kaufte immer noch gelegentlich ein *Penthouse*. Meine 60er-Jahre-Seele war sowohl zutiefst schockiert als auch vollkommen hingerissen darüber, wie viel Fleisch man heutzutage zu sehen bekam. Nichts blieb mehr der Fantasie überlassen, was mich manchmal bannte und manchmal abstieß.

Gegen Ende des Jahres 1977 war *sie* wieder drin.

Meine Charlotte. Ihr Haar war vielfarbig, ihre Lippen so tiefrot, als habe sie Brombeeren gegessen. Sie lag auf einem Satinlaken mit einer Juwelenmaske auf dem Gesicht und einer Hand zwischen den Beinen, ekstatisch, orgastisch, alles, was ich mir je erträumt hatte: Charlotte.

Sie firmierte unter dem Namen Titania und war in Pfauenfedern gehüllt. Die kleinen schwarzen Buchstaben, die wie Insekten um ihre Bilder herumkrochen, besagten, sie arbeite in einem Maklerbüro im Süden. Sie mochte sensible, ehrlich Männer. Sie war neunzehn.

Und Gott verflucht, sie sah aus wie neunzehn. Und ich war abgebrannt und arbeitslos wie über eine Million andere und hatte nichts erreicht.

Ich verkaufte meine Plattensammlung, meine Bücher, meine *Penthouse*-Sammlung bis auf vier Ausgaben, den Großteil meiner Möbel und erstand eine einigermaßen gute Kamera. Dann rief ich all die Fotografen an, mit denen ich zu tun hatte, als ich fast ein Jahrzehnt zuvor in der Werbung gearbeitet hatte.

Die meisten erinnerten sich nicht an mich oder behaupteten das zumindest. Und selbst die, die sich erinnerten, waren nicht scharf auf einen eifrigen Assistenten, der nicht mehr jung war und keinerlei Erfahrung hatte. Aber ich versuchte es weiter und irgendwann landete ich bei Harry Bleak, einem silbermähnigen alten Knaben mit seinem eigenen Studio in Crouch End und einer Schar kostspieliger kleiner Liebhaber.

Ich erklärte ihm, was ich wollte. Er nahm sich nicht einmal eine Sekunde zum Nachdenken, sondern sagte: »Sei in zwei Stunden hier.«

»Kein Pferdefuß?«

»In zwei Stunden. Das ist alles.«

Ich war da.

Im ersten Jahr machte ich das Studio sauber, malte Kulissen und klapperte die umliegenden Geschäfte und Straßenhändler ab, um Requisiten zu borgen, zu schnorren oder zu kaufen. Im nächsten Jahr durfte ich bei der Beleuchtung helfen, Objekte arrangieren, Rauch und Trockeneis herumwedeln und Tee kochen. Das ist übertrieben. Ich habe nur ein einziges Mal Tee gekocht, denn mein Tee schmeckt fürchterlich. Aber ich lernte unglaublich viel über Fotografie.

Und plötzlich war 1981, die Welt war »New Romantic« und ich war fünfunddreißig und spürte jede einzelne Minute dieser Jahre. Bleak bat mich, das Studio ein paar Wochen zu hüten, während er zu einem Monat wohlverdienter Ausschweifungen nach Marokko aufbrach.

In diesem Monat war sie wieder im *Penthouse*. Züchtiger, strenger als beim Mal zuvor, erwartete sie mich zwischen Werbeanzeigen für Stereoanlagen und Scotch. Jetzt hieß sie Dawn, aber es war immer noch meine Charlotte, mit Nippeln wie Blutstropfen auf ihrer gebräunten Brust, dem dunklen, lockigen Büschel zwischen ihren kilometerlangen Beinen, aufgenommen an irgendeinem Strand. Sie war erst neunzehn, stand da. Charlotte. Dawn.

Harry Bleak kam auf der Heimreise von Marokko ums Leben: ein Bus fiel auf ihn.

Das war eigentlich nicht witzig. Er war auf der Autofähre von Calais und hatte sich in den Fahrzeugraum hinabgeschlichen, um seine Zigarren zu holen, die er im Handschuhfach seines Mercedes vergessen hatte.

Die See war rau und ein Touristenbus (der einer Genossenschaft in Wigan gehörte, wie ich den Zeitungen und dem ausführlichen Bericht des in Tränen aufgelösten Liebhabers entnahm) war nicht richtig gesichert. Harry wurde zwischen dem Bus und seinem silbernen Mercedes zerquetscht.

Er hatte auf dem Lack nie ein Stäubchen geduldet.

Als das Testament eröffnet wurde, fand ich heraus, dass der alte Bastard mir das Studio vermacht hatte. In dieser Nacht weinte ich mich in den Schlaf, war eine Woche lang sternhagelvoll und dann übernahm ich das Geschäft.

Seither hat sich allerhand ereignet. Ich habe geheiratet. Es hat drei Wochen gehalten, dann zogen wir einen Schlussstrich. Ich schätze, ich bin einfach kein Typ zum Heiraten. Ich wurde mal spät nachts in einem Zug von einem besoffenen Schotten zusammengeschlagen und die anderen Fahrgäste taten so, als wär nichts. Ich kaufte mir zwei Schildkröten und ein Terrarium, brachte sie in die Wohnung über dem Studio und nannte sie Rodney und Kevin. Ich wurde ein einigermaßen guter Fotograf. Ich machte Kalender, Werbeaufnahmen, Mode- und Aktfotografie, kleine Kinder und große Stars – alles, was kam.

Und an einem Frühlingstag im Jahr 1985 begegnete ich Charlotte.

Ich war allein im Studio an diesem Donnerstagmorgen, unrasiert und barfuß. Es war ein Tag ohne Termine und ich wollte ihn damit verbringen, gründlich sauber zu machen und die Zeitungen zu lesen. Ich hatte die Studiotür offen gelassen, damit frische Luft hereinkam und den Gestank nach Zigaretten und verschüttetem Wein vom Shooting des Vorabends ersetzte, als eine Frauenstimme fragte: »Bleak Photographic?«

»Stimmt«, sagte ich, ohne aufzusehen, »aber Bleak ist tot. Ich schmeiß den Laden jetzt.«

»Ich möchte für Sie Modell sitzen«, sagte sie.

Ich wandte mich um. Sie war etwa eins siebzig groß, hatte honigblondes Haar, olivgrüne Augen und ein Lächeln wie kühles Wasser in der Wüste.

»Charlotte?«

Sie neigte den Kopf zur Seite. »Wenn Sie wollen. Möchten Sie mich fotografieren?«

Ich nickte wie benommen. Stöpselte die Schirme ein, stellte sie vor eine nackte Mauer und machte zwei Polaroids als Test. Kein besonderes Make-up, kein Set, nur ein bisschen Licht, eine Hasselblad und das schönste Mädchen der Welt.

Nach ein paar Minuten fing sie an, sich auszuziehen. Ich hatte sie nicht darum gebeten. Ich kann mich nicht entsinnen, überhaupt irgendetwas zu ihr gesagt zu haben. Sie zog sich aus und ich fotografierte weiter.

Sie wusste Bescheid: Pose, Mimik, Blick, sie kannte das alles. Schweigend flirtete sie mit der Kamera und mit mir dahinter. Ich umrundete sie, machte eine Aufnahme nach der anderen. Ich kann mich nicht erinnern, je eine Pause eingelegt zu haben, aber zumindest für den Filmwechsel muss ich unterbrochen haben, denn ich hatte nachher sage und schreibe ein Dutzend Filme von ihr.

Ich nehme an, du glaubst, nachdem ich sie fotografiert habe, hätte ich sie geliebt. Na ja, ich wäre ein Lügner, wollte ich behaupten, ich hätte nie ein Model gevögelt. Oder manchmal war's auch so, dass sie mich gevögelt haben. Aber sie habe ich nicht angerührt. Sie war mein Traum, und wenn man einen Traum berührt, verschwindet er wie eine Seifenblase.

Und ich konnte sie einfach nicht anfassen.

»Wie alt bist du?«, fragte ich, ehe sie ging, als sie ihren Mantel überzog und nach der Handtasche griff.

»Neunzehn«, antwortete sie, ohne mich anzusehen, und dann war sie verschwunden.

Sie hat nicht Auf Wiedersehen gesagt.

Ich schickte die Fotos an *Penthouse*. Etwas anderes fiel mir nicht ein. Zwei Tage später rief der Chefredakteur an. »Wunderbares Model! Das Gesicht der Achtziger und so weiter! Was können Sie mir über ihre Daten sagen?«

»Ihr Name ist Charlotte«, sagte ich ihm. »Sie ist neunzehn.«

Und jetzt bin ich neununddreißig und eines Tages werde ich fünfzig sein und sie wird neunzehn bleiben. Aber dann wird es ein anderer sein, der sie fotografiert.

Rachel, meine Tänzerin, hat schließlich einen Architekten geheiratet.

Die blonde Punkerin aus Kanada betreibt heute eine multinationale Modekette. Hin und wieder mache ich ein paar Shootings für sie. Ihre Haare sind jetzt kurz geschnitten und haben einen ersten Grauschimmer und sie ist unter die Lesben gegangen. Die Nerzbettwäsche hat sie immer noch, hat sie mir erzählt, aber den Vibrator aus Gold hatte sie erfunden.

Meine Exfrau hat einen netten Kerl geheiratet, dem zwei Videotheken gehören. Sie sind nach Slough gezogen und sie haben Zwillingssöhne.

Ich habe keine Ahnung, was aus dem Hausmädchen geworden ist.

Und Charlotte?

In Griechenland debattieren die Philosophen, Sokrates leert den Schierlingsbecher und sie steht Modell für eine Skulptur der Erato, Muse der leichten Poesie und der Liebenden. Und sie ist neunzehn.

In Kreta ölt sie ihre Brüste ein, betritt den Ring und springt über den Rücken eines Stieres, während König Minos ihr Beifall zollt, und irgendwer verewigt den Moment als Gemälde auf einer Vase. Und sie ist neunzehn.

Im Jahr 2065 liegt sie auf dem Drehboden im Studio eines Holofotografen, der sie als erotischen Traum in Living Sensolove aufnimmt, ihren Anblick, Laute, selbst ihren Geruch in einer winzigen Diamantmatrix bannt. Sie ist neunzehn.

Und ein Höhlenmensch malt Charlottes Umrisse mit einem angekohlten Stecken auf die Wand der Tempelhöhle und versucht mit Erd- und Beerenfarben, ihre Formen und den Schimmer ihrer Haut wiederzugeben. Neunzehn.

Charlotte ist immer da, an allen Orten, zu allen Zeiten. Gleitet durch unsere Wunschträume, ewig ein Mädchen.

Ich will sie so sehr, dass es manchmal wehtut. Dann nehme ich die Fotos von ihr aus dem Schrank und betrachte sie einfach eine Weile und frage mich, warum ich nicht versucht habe, sie zu berühren, warum ich nicht einmal mit ihr gesprochen hatte, als sie da war. Und nie gelange ich zu einer Antwort, die ich verstehen könnte.

Das ist wohl der Grund, warum ich all das hier aufgeschrieben habe.

Heute Morgen habe ich schon wieder ein graues Haar an meiner Schläfe entdeckt. Charlotte ist neunzehn. Irgendwo.

Nur mal wieder das Ende der Welt

Es war ein schlechter Tag. Ein Magenkrampf weckte mich. Ich lag in meinem Bett, nackt, und fühlte mich ziemlich schauderhaft. Irgendetwas an der Beschaffenheit des Lichts, langgezogen und metallisch, wie die Tönung einer Migräne, sagte mir, dass es Nachmittag war.

Das Zimmer war im wahrsten Sinn des Wortes eiskalt. Die Innenseite des Fensters war mit einer dünnen Eiskruste überzogen. Die Laken waren zerknüllt und wiesen lange Risse auf. Das Bett war voller Tierhaare. Es juckte.

Ich erwog, die ganze nächste Woche im Bett zu bleiben. Nach einer Verwandlung bin ich immer müde. Doch eine Welle der Übelkeit zwang mich, die zerfetzte Decke wegzustrampeln und hastig in das winzige Bad meiner Behausung zu stolpern.

Der Krampf setze wieder ein, als ich die Badezimmertür erreichte. Ich hielt mich am Türrahmen fest, während mir der Schweiß ausbrach. Vielleicht hatte ich Fieber. Ich hoffte nur, ich hatte mir nicht irgendwas eingefangen.

Der Krampf war ein scharfer Schmerz in meinen Eingeweiden und mir wurde schwindelig. Zusammengekrümmt fiel ich zu Boden und ehe ich den Kopf auf Toilettenhöhe heben konnte, fing ich an zu spucken.

Ich erbrach eine übel riechende, dünne gelbe Flüssigkeit. Darin fanden sich eine Hundepfote – ich tippte auf Dobermann, aber ich versteh mich nicht besonders auf Hunde –, ein Stück Tomatenhaut, gewürfelte Karotten, Mais, einige halb zerkaute rohe Fleischbrocken und ein paar Finger. Es waren ziemlich kleine, bleiche Finger, offenbar die eines Kindes.

»Scheiße.«

Die Krämpfe ließen nach und die Übelkeit verebbte. Ich lag auf dem Boden, stinkender Geifer lief mir aus Mund

und Nase und die Tränen, die man weint, wenn man sich übergeben muss, trockneten auf meinen Wangen.

Als ich mich ein wenig besser fühlte, las ich die Pfote und die Finger aus der unappetitlichen Pfütze, warf sie in die Toilette und betätigte die Spülung.

Ich drehte den Wasserhahn auf, spülte mir mit dem salzigen Innsmouth-Wasser den Mund und spuckte es aus. Dann wischte ich das restliche Erbrochene so gut ich konnte mit Waschlappen und Toilettenpapier auf. Schließlich stellte ich das Wasser der Dusche an und stand in der Wanne wie ein Zombie, während das heiße Wasser an mir herablief.

Ich seifte mich ein, sowohl Körper als auch Haare. Der mickrige Schaum wurde grau, ich muss vollkommen verdreckt gewesen sein. Mein Haar war mit etwas verklebt, das sich wie getrocknetes Blut anfühlte, und ich bearbeitete es mit der Seife, bis alles weg war. Ich blieb unter der Dusche stehen, bis das Wasser eisig wurde.

Unter der Tür lag eine Nachricht von meiner Wirtin. Sie besagte, ich schulde ihr seit zwei Wochen die Miete. Sie besagte weiter, alle Antworten stünden im Buch der Offenbarung. Und ich habe ziemlichen Lärm gemacht, als ich in den frühen Morgenstunden heimgekommen sei. Sie wäre mir ausgesprochen dankbar, wenn ich in Zukunft etwas leiser sein könnte. Und sie besagte, wenn die Älteren Götter aus dem Meer aufstiegen, dann würden alle Ungläubigen, aller Abschaum dieser Erde, all das menschliche Treibgut, alle Taugenichtse und Schmarotzer hinweggefegt und die Welt werde gereinigt mit Eis und tiefem Wasser. Und schließlich wolle sie mich daran erinnern, dass sie mir bei meinem Einzug ein Fach im Kühlschrank zugewiesen habe, auf das ich mich in Zukunft doch bitte beschränken möge.

Ich zerknüllte den Zettel und warf ihn zu Boden. Er landete zwischen einer Big-Mac-Schachtel, einem leeren Pizzakarton und einem vertrockneten, schrumpeligen Stück Pizza.

Es wurde Zeit, zur Arbeit zu gehen.

Ich war seit zwei Wochen in Innsmouth und ich konnte es nicht leiden. Es roch fischig. Man fühlte sich eingepfercht in dieser kleinen Stadt: ein Sumpfgebiet im Osten, Klippen im Westen und in der Mitte ein Hafen mit ein paar halb verrotteten Fischerbooten. Nicht einmal bei Sonnenuntergang war es hier malerisch. Trotzdem waren die Yuppies in den Achtzigern nach Innsmouth gekommen und hatten die pittoresken Fischerhäuschen mit Blick auf den Hafen erworben. Seit ein paar Jahren waren die Yuppies verschwunden und die Häuschen an der Bucht lagen verlassen und verfielen.

Die Einwohner von Innsmouth lebten hier und da über die Stadt verteilt und in den Caravansiedlungen, die sie umringten; Reihe um Reihe vergammelter Wohnwagen, die niemals irgendwohin fuhren.

Ich zog mich an, stieg in meine Stiefel, streifte den Mantel über und verließ das Zimmer. Meine Wirtin war nirgends zu sehen. Sie war eine kleine, glupschäugige Frau, die wenig sprach, obwohl sie ausführliche schriftliche Mitteilungen für mich verfasste und an die Tür oder sonstwohin pappte, wo ich sie finden würde. Ständig war das Haus vom Geruch nach kochenden Meeresfrüchten erfüllt, denn riesige Töpfe köchelten unablässig auf ihrem Herd, gefüllt mit irgendwelchen Dingern, die zu viele Beine hatten, oder anderen, die überhaupt keine Beine hatten.

Es gab weitere Zimmer im Haus, aber niemand außer mir hatte eines gemietet. Niemand bei klarem Verstand würde im Winter nach Innsmouth kommen.

Vor dem Haus roch es nicht viel besser, doch wenigstens war es kälter. Mein Atem dampfte in der Seeluft. Der Schnee auf der Straße war verharscht und verdreckt und die Wolken verhießen weitere Schneefälle.

Ein kalter, salziger Wind wehte von der Bucht herüber. Die Möwen schrien kläglich. Ich fühlte mich beschissen. In meinem Büro war es sicher auch eiskalt. An der Ecke Marsh Street und Leng Avenue war eine Bar, *The Opener*, ein gedrungenes Bauwerk mit winzigen, dunklen Fenstern, an dem ich in den letzten vierzehn Tagen zwei Dutzend Mal vorbeigekommen war. Ich hatte es noch nie betreten, aber ich brauchte wirklich was zu trinken und vielleicht war es da ja wärmer. Ich drückte die Tür auf.

In der Bar war es tatsächlich warm. Ich stampfte, bis der Schnee von meinen Stiefeln fiel, dann trat ich ein. Der Schankraum war fast leer und roch nach alten Aschenbechern und schalem Bier. Zwei ältere Männer saßen an der Theke und spielten Schach. Der Barkeeper las eine alte, zerfledderte, in goldenes und grünes Leder gebundene Ausgabe der Gedichte von Alfred Lord Tennyson.

»Hey. Kann ich einen Jack Daniel's bekommen? Pur, ohne Eis.«

»Sicher. Sie sind neu in der Stadt«, verkündete er, legte sein Buch aufgeschlagen auf die Theke und schenkte ein.

»Sieht man das?«

Er lächelte und reichte mir meinen Jack Daniel's. Das Glas war schmutzig, hatte einen schmierigen Daumenabdruck an der Seite, aber ich zuckte die Schultern und kippte meinen Whiskey. Ich schmeckte so gut wie nichts.

»Ist das Ihr Katerfrühstück?«, fragte der Barkeeper, dessen fuchsrote Haare mit Pomade zurückgekämmt waren.

»Wenn Sie so wollen.«

»Manche Leute glauben, man könne einem Lykanthropen seine natürliche Gestalt zurückgeben, indem man ihm dankt, während er in Wolfsgestalt ist, oder ihn beim Namen ruft.«

»Ehrlich? Tja, vielen Dank.«

Ungebeten schenkte er mir nach. Er sah ein bisschen wie Peter Lorre aus, aber die meisten Leute in Innsmouth sehen ein bisschen wie Peter Lorre aus, meine Wirtin eingeschlossen.

Ich leerte mein Glas. Dieses Mal spürte ich den Whiskey bis in den Magen hinab brennen, so wie es sein sollte.

»So sagt man. Das heiß nicht, dass ich das glaube.«

»Was glauben sie denn?«

»Den Gürtel verbrennen.«

»Wie bitte?«

»Lykanthropen haben Gürtel aus menschlicher Haut,

den sie bei ihrer ersten Transformation von ihren Herren in der Hölle bekommen. Man muss den Gürtel verbrennen.«

Einer der alten Schachspieler wandte sich zu mir um, seine riesigen Augen waren blind und hervorquellend. »Wenn man aus dem Pfotenabdruck eines Wargs Regenwasser trinkt, verwandelt man sich bei Vollmond in einen Wolf«, sagte er. »Das Einzige, was man tun kann, ist, den Wolf zu jagen, der den Abdruck hinterlassen hat, und seinen Kopf mit einer Klinge aus gediegenem Silber abtrennen.«

»Gediegen, ja?« Ich lächelte.

Sein Schachpartner, kahl und runzelig, schüttelte den Kopf und gab einen Quaklaut von sich. Dann bewegte er seine Königin und quakte noch einmal.

Leute wie ihn findet man überall in Innsmouth.

Ich bezahlte meine Drinks und ließ einen Dollar Trinkgeld auf der Theke liegen. Der Barkeeper las wieder in seinem Buch und würdigte den Schein keines Blickes.

Draußen fielen dicke weiße Schneeflocken, landeten wie nasse Küsse auf dem Gesicht und verklebten mir die Haare und Wimpern. Ich hasse Schnee. Ich hasse Neuengland. Ich hasse Innsmouth, es ist kein Ort, um allein zu sein. Aber wenn es überhaupt einen guten Ort gibt, um allein zu sein, habe ich ihn noch nicht gefunden. Wie dem auch sei, die Geschäfte zwangen mich seit mehr Monden, als ich zurückdenken wollte, in Bewegung zu bleiben. Geschäfte und andere Dinge.

Ich ging zwei Blocks die Marsh Street hinunter – wie ganz Innsmouth eine unansehnliche Mixtur aus amerikanischer Gotik des achtzehnten Jahrhunderts, hässlichen Sandsteinhäusern aus dem späten neunzehnten und grauen Fertigbaukästen des späten zwanzigsten Jahrhunderts – bis ich zu einer ehemaligen Hähnchenbude mit verbarrikadierten Fenstern gelangte. Ich ging die Steintreppe neben dem Laden hinauf und öffnete die rostende Sicherheitstür.

Auf der anderen Straßenseite war ein Spirituosenladen, eine Wahrsagerin residierte im ersten Stock darüber.

Jemand hatte mit schwarzem Marker Graffiti auf die Metalltür geschmiert: KREPIER DOCH, stand da. Wenn das so einfach wäre.

Die Treppe war aus nacktem Holz, der fleckige Putz blätterte von den Wänden. Am oberen Treppenabsatz lag mein Büro, das nur aus einem einzigen Raum bestand.

Ich bleibe nie irgendwo lange genug, um meinen Namen in Messing an irgendwelchen Glastüren anzubringen; handgeschriebene Blockbuchstaben auf einem Stück Pappe an der Tür reichen völlig.

LAWRENCE TALBOT
REGULATOR

Ich schloss die Tür auf und trat ein.

Ich inspizierte mein Büro und Worte wie *schäbig*, *runtergekommen* und *verwahrlost* gingen mir durch den Kopf und gaben dann auf, weil sie hoffnungslos unzureichend waren. Es war wirklich nicht besonders einnehmend: ein Schreibtisch, ein Bürostuhl, ein leerer Aktenschrank, ein Fenster mit einem atemberaubenden Ausblick auf den Spirituosenladen und die verlassene Residenz der Wahrsagerin. Der Geruch nach altem Bratfett stieg von unten auf. Ich fragte mich, wie lange die Hähnchenbude wohl schon verrammelt war, und stellte mir ein Heer schwarzer Kakerlaken vor, das in der Dunkelheit unter mir herrschte.

»Dieses Bild, an das Sie da denken, beschreibt den Zustand der Welt«, sagte eine tiefe Stimme, so tief, dass ich sie in der Magengrube spürte.

In einer Ecke des Büros stand ein alter Sessel. Die Überreste eines Musters waren unter der Patina aus Alter und Fettschmiere schwach erkennbar. Der Sessel hatte die Farbe von Staub.

Der fette Mann, der mit fest geschlossenen Augen in dem Sessel saß, fuhr fort: »Voller Verwirrung betrachten wir unsere Welt, mit einem Gefühl der Unruhe. Wir halten uns für Gelehrte geheimer Liturgien, einzelne Männer gefangen in einer Welt, die sich unserem Einwirken entzieht.

Doch die Wahrheit ist viel simpler: Es gibt Wesen in der Finsternis unter uns, die uns Übles wünschen.«

Sein Kopf fiel auf die Rückenlehne und seine Zungenspitze erschien in seinem Mundwinkel.

»Lesen Sie meine Gedanken?«

Der Mann im Sessel atmete tief und langsam. Es rasselte hinten in seiner Kehle. Er war wirklich unglaublich fett, hatte Stummelfinger wie farblose Würste. Er trug einen dicken alten Mantel, der wohl einmal schwarz gewesen, jetzt aber zu einem unbestimmten Grau verschossen war. Der Schnee an seinen Stiefeln war noch nicht ganz geschmolzen.

»Vielleicht. Das Ende der Welt ist ein seltsamer Begriff. Die Welt endet immerzu und immerzu wird das Ende abgewendet. Durch Liebe oder Trotteligkeit oder schlicht und einfach durch Glück.

Na ja. Jetzt ist es zu spät. Die Älteren Götter haben ihre Gefäße erkoren. Wenn der Mond aufgeht …«

Ein dünner Speichelfaden lief ihm aus dem Mund und rann silbrig zum Kragen hinab. Irgendetwas huschte aus dem Kragen in die Schattenwelt unter dem Mantel.

»Ja? Was passiert, wenn der Mond aufgeht?«

Der Mann im Sessel regte sich, öffnete zwei kleine Äuglein, rot und verquollen. Er blinzelte verschlafen.

»Ich habe geträumt, ich hätte eine Unzahl von Mündern«, sagte er, seine neue Stimme seltsam dünn und brüchig für einen so voluminösen Mann. »Ich träumte, jeder dieser Münder öffnete und schloss sich unabhängig von den anderen. Manche sprachen, manche flüsterten, andere aßen, wieder andere warteten schweigend.«

Er sah sich um, wischte den Speichel von seinen Lippen, setzte sich auf und blinzelte verwirrt. »Wer sind Sie?«

»Ich bin der Mann, der dieses Büro gemietet hat«, sagte ich ihm.

Er rülpste plötzlich laut. »Entschuldigung«, sagte er mit seinem dünnen Stimmchen und erhob sich schwerfällig aus dem Sessel. Im Stehen war er ein Stück kleiner als ich. Immer noch schlaftrunken sah er an mir hinab. »Silberkugeln«, verkündete er nach einem kurzen Schweigen. »Altmodische, aber verlässliche Methode.«

»Sicher. Das ist so was von offensichtlich ... Vermutlich bin ich deswegen nicht drauf gekommen. Verdammt, ich könnt mich treten, ehrlich.«

»Sie machen sich über einen alten Mann lustig«, beklagte er sich.

»Nein, eigentlich nicht. Tut mir Leid. Und jetzt raus hier. Es gibt Leute, die haben zu arbeiten.«

Er schlurfte hinaus. Ich setzte mich auf den Drehstuhl hinter dem Schreibtisch und fand nach ein paar Minuten durch mehrfachen Selbstversuch heraus, dass man mitsamt der Sitzfläche zu Boden polterte, wenn man sich nach links drehte.

Also saß ich still und wartete, dass das staubige schwarze Telefon auf dem Schreibtisch klingelte, während das Licht am Winterhimmel langsam schwand.

Klingeling.

Eine Männerstimme: *Hatte ich schon mal an Aluminiumblech gedacht?* Ich legte auf.

Es gab keine Heizung im Büro. Ich fragte mich, wie lange der fette Mann wohl im Sessel geschlafen hatte.

Zwanzig Minuten später klingelte das Telefon erneut. Eine weinende Frau flehte mich an, ihr zu helfen, ihre fünfjährige Tochter zu finden, die seit vergangener Nacht vermisst wurde, offenbar aus ihrem Bettchen geraubt worden war. Der Hund der Familie war ebenfalls verschwunden.

Vermisste Kinder mache ich nicht, sagte ich ihr. *Tut mir Leid, zu viele schlechte Erinnerungen.* Ich hängte ein. Mir war wieder übel.

Es wurde jetzt dunkel und zum ersten Mal seit meiner Ankunft in Innsmouth flammte das Neonschild am Haus gegenüber auf und klärte mich auf, dass MADAME EZEKIEL dort residiere und TAROT UND HANDLESEN praktiziere.

Rotes Neonlicht ließ den rieselnden Schnee in der Farbe frischen Blutes schimmern.

Armageddon wird durch bedeutungslos erscheinende Taten abgewendet. So ist es eben. So war es immer schon.

Das Telefon läutete zum dritten Mal. Ich erkannte die Stimme; es war wieder der Aluminiumblechmann. »Wissen Sie«, begann er im Plauderton. »Transformation von Mensch zu Tier und wieder zurück ist *per definitionem* unmöglich. Also müssen wir nach anderen Erklärungen suchen. Depersonalisierung vermutlich. Und gleichzeitig eine Art Projektion. Hirnschaden? Vielleicht. Pseudoneurotische Schizophrenie? Lachhaft. Einige Fälle sind mit intravenöser Verabreichung von Thioridazinhydrochlorid behandelt worden.«

»Erfolgreich?«

Er kicherte. »Das gefällt mir. Ein Mann mit Humor. Ich bin sicher, wir können ins Geschäft kommen.«

»Ich sagte Ihnen schon, ich brauche kein Aluminiumblech.«

»Unsere Geschäfte erstrecken sich auf weit bemerkenswertere und bedeutungsvollere Bereiche. Sie sind neu in der Stadt. Mr. Talbot. Es wäre doch bedauerlich, wenn wir, wie soll ich sagen, uns in die Haare gerieten?«

»Sie können sagen, was immer Sie wollen, Kumpel. Für mich sind Sie nichts als eine weitere Regulierung, die darauf wartet, vorgenommen zu werden.«

»Wir bringen die Welt zu einem Ende, Mr. Talbot. Die Wesen der Tiefe werden aus ihrem feuchten Meeresgrab emporsteigen und den Mond verschlingen wie eine reife Pflaume.«

»Dann brauch ich mir ja nie wieder Sorgen um den Vollmond zu machen.«

»Kommen Sie uns ja nicht in die Quere«, drohte er, aber ich knurrte ihn an und das verschlug ihm die Sprache.

Draußen schneite es nach wie vor.

Am Fenster gegenüber stand im rubinroten Schimmer ihres Neonschilds die schönste Frau, die ich je gesehen hatte, und starrte mich an.

Sie winkte mit einem Finger.

Zum zweiten Mal an diesem Nachmittag beendete ich

ein Telefonat mit dem Aluminiumblechmann, indem ich rüde auflegte, ging nach unten und überquerte die Straße fast im Laufschritt. Aber ich sah nach links und rechts, ehe ich auf die Straße trat.

Sie war ganz in Seide gekleidet. Der Raum war nur von Kerzen erleuchtet und es stank nach Weihrauch und Patchouli.

Sie lächelte mich an, als ich eintrat, und bedeutete mir, neben ihr am Fenster Platz zu nehmen. Sie spielte eine Art Patience mit ihren Tarotkarten. Als ich näher trat, fegte eine elegante Hand die Karten zusammen, schlug sie in ein Seidentuch und bettete sie liebevoll in ein Holzkästchen.

Vom schweren Duft im Raum setzte ein Hämmern in meinem Kopf ein. Ich hatte heute noch nichts gegessen, ging mir auf, vielleicht war das der Grund, warum mir ein wenig schwindelig wurde. Ich setzte mich ihr gegenüber an den Tisch und sah sie im schummrigen Kerzenlicht an.

Sie streckte die Hand aus und ergriff eine von meinen.

Sie sah auf die Handfläche hinab, berührte sie behutsam mit dem Zeigefinger.

»Haare?« Sie schien verwirrt.

»Tja. Ich bin ziemlich viel allein.« Ich grinste. Ich hatte gehofft, es wäre ein freundliches Grinsen, aber sie zog missbilligend eine Braue in die Höhe.

»Wenn ich Sie anschaue, ist es dies, was ich sehe«, begann Madame Ezekiel. »Ich sehe das Auge eines Mannes. Und ich sehe das Auge eines Wolfs. Im Auge des Mannes stehen Ehrlichkeit, Anständigkeit, Unschuld. Ich sehe einen aufrechten, rechtschaffenen Mann. Im Auge des Wolfs sehe ich Knurren und Drohen, nächtliches Heulen und Schreie, ich sehe ein Ungeheuer, das in der Finsternis, die die Stadt umgibt, jagt und blutiger Speichel fliegt von seinem Maul.«

»Wie können Sie Knurren und Schreie sehen?«

Sie lächelte. »Das ist nicht schwierig«, sagte sie. Ihr Akzent war nicht amerikanisch. Vielleicht russisch oder maltesisch oder ägyptisch. »Mit dem geistigen Auge sehen wir viele Dinge.«

Madame Ezekiel schloss die grünen Augen. Sie hatte erstaunlich lange Wimpern. Ihre Haut war blass und ihr schwarzes Haar war niemals still, es bewegte sich sacht um ihren Kopf in den seidenen Gewändern, als treibe es auf fernen Wellen.

»Es gibt eine traditionelle Lösung«, sagte sie mir. »Einen Weg, die böse Form abzuwaschen. Stellen Sie sich unter fließendes Wasser, klares Quellwasser und essen Sie weiße Rosenblätter dabei.«

»Und dann?«

»Die Form der Finsternis wird von Ihnen abgespült.«

»Beim nächsten Vollmond kommt sie wieder«, erklärte ich ihr.

»Darum müssen Sie, sobald das Böse von ihnen abgespült ist, unter dem fließenden Wasser ihre Pulsadern öffnen. Es wird natürlich furchtbar brennen. Doch der Fluss wird das Blut fortschwemmen.«

Sie war in Seide gehüllt, in Schals und Tücher in hundert verschiedenen Farben und alle waren selbst im dämmrigen Kerzenschein leuchtend und lebhaft.

Sie öffnete die Augen.

»Und jetzt das Tarot.« Sie wickelte die Karten aus dem schwarzen Seidenschal und gab sie mir. Ich fächerte sie, hob ab, mischte sie.

»Langsam. Nicht so schnell«, mahnte sie. »Geben Sie ihnen Zeit, sich an Sie zu gewöhnen. Sie sollen Sie lieben, wie … wie eine Frau Sie lieben würde.«

Ich umschloss die Karten fest mit der Hand, dann reichte ich sie ihr.

Sie deckte die erste Karte auf. Sie hieß *Der Werwolf.* Man sah Dunkelheit und Bernsteinaugen, ein weiß-rotes Lächeln.

Ihre grünen Augen zeigten Verwirrung. Die Farbe erinnerte an Smaragde. »Die Karte gehört nicht zu diesem Satz«, sagte sie und drehte die nächste um. »Was haben Sie mit meinen Karten gemacht?«

»Gar nichts, Ma'am. Ich habe sie nur gehalten. Das war alles.«

Die Karte, die sie aufgedeckt hatte, war *Die Wesen der Tiefe*. Sie zeigte etwas Grünes, Oktopusähnliches. Die Mäuler der Kreatur – wenn es denn wirklich Mäuler waren, keine Tentakel – fingen an, sich auf dem Bild zu regen und zu schlängeln, während ich hinschaute.

Sie verdeckte sie mit einer weiteren Karte, dann noch eine und noch eine. Sie waren alle blanko – völlig leer.

»Haben Sie das getan?« Es klang, als sei sie den Tränen nahe.

»Nein.«

»Gehen Sie.«

»Aber …«

»Gehen Sie.« Sie hielt den Blick gesenkt, als wolle sie sich einreden, dass ich nicht mehr existierte.

Ich stand auf, durchschritt den Raum, der nach Weihrauch und Kerzenwachs roch, und sah aus dem Fenster auf das Haus gegenüber. Ein Licht schimmerte kurz hinter meinem Bürofenster auf. Zwei Männer mit Taschenlampen gingen umher. Sie öffneten den leeren Aktenschrank, stöberten ein bisschen herum und bezogen dann Stellung, einer im Sessel, einer hinter der Tür, und erwarteten meine Rückkehr. Ich lächelte. Es war kalt und unwirtlich in meinem Büro und mit ein bisschen Glück würden sie stundenlang dort warten, bis ihnen aufging, dass ich nicht zurückkam.

Also verließ ich Madame Ezekiel, die am Tisch saß und jede einzelne ihrer Karten aufdeckte. Sie starrte darauf hinab, als könne sie die Bilder so zurückholen. Ich stieg die Treppe hinunter und ging die Marsh Street entlang, bis ich zur Bar zurückkam.

Jetzt waren keine Gäste mehr dort. Der Barkeeper rauchte eine Zigarette, die er ausdrückte, als ich eintrat.

»Wo sind die Schachfreunde?«

»Heute ist ihr großer Abend. Sie werden unten an der Bucht sein. Wie war das gleich wieder, Jack Daniel's, richtig?«

»Klingt gut.«

Er schenkte mir ein. Er erkannte den Daumenabdruck

auf dem Glas vom letzten Mal wieder. Ich nahm den Band mit Tennyson-Gedichten von der Theke.

»Gutes Buch?«

Der fuchshaarige Barkeeper nahm mir den Band aus der Hand, schlug ihn auf und las:

»Jenseits der Wogen in oberer Tiefe
Weit unten im Abgrund der tosenden See
Weilt traumlos und doch so, als ob er schliefe
der Krake ...«

Ich hatte ausgetrunken. »Und? Worauf wollen Sie hinaus?«

Er kam hinter der Bar hervor und führte mich zum Fenster: »Sehen Sie? Da draußen?«

Er zeigte nach Westen, auf die Klippen am Ortsrand. Während ich hinübersah, flammte oben auf den Felsen ein Feuer auf, leuchtete hell und brannte mit kupfergrünen Flammen.

»Sie werden die Wesen der Tiefe aufwecken«, sagte der Barkeeper. »Die Sterne und Planeten und der Mond sind alle in der richtigen Position. Es ist Zeit. Das trockene Land wird versinken, das Meer wird sich erheben ...«

»Denn die Welt soll gereinigt werden durch Eis und Fluten und ich wäre dankbar, wenn Sie sich auf Ihr Fach im Kühlschrank beschränken«, fügte ich an.

»Wie bitte?«

»Gar nichts. Wie komme ich denn am schnellsten auf die Klippe?«

»Die Marsh Street hinauf. Dann halten Sie sich links hinter der Church of Dagon, bis Sie zum Manuxet Way kommen. Dann immer geradeaus.« Er holte seinen Mantel vom Haken hinter der Tür und zog ihn über. »Kommen Sie. Ich bring Sie hin. Den Spaß möchte ich um nichts in der Welt versäumen.«

»Sind Sie sicher?«

»Heute Abend wird sowieso niemand zum Trinken herkommen.« Wir traten ins Freie und er sperrte die Tür ab.

Es war kalt in den Straßen. Der frisch gefallene Schnee wurde in kleinen weißen Nebelbänken über den Boden geweht. Von der Straße aus konnte ich nicht erkennen, ob Madame Ezekiel noch in ihrem Salon über dem Neonschild weilte oder ob meine Besucher immer noch im Büro warteten.

Wir senkten die Köpfe gegen den Wind und stiefelten los.

Trotz des Brausens des Windes hörte ich den Barkeeper vor sich hin murmeln.

»Schlingt mit schleimigen Armen von nassem Grün«, zitierte er.

»Dort tobt er und wird ewig weiter toben
schlägt alles Seegetier, obgleich er schliefe,
bis einst die Glut des Weltgerichts versengt die Tiefe
Dann sollen Engel wie auch Sterbliche ihn sehen,
wenn er emporsteigt ...«

Er brach ab und schweigend gingen wir weiter, während der aufgewirbelte Schnee uns wie Nadelstiche ins Gesicht traf.

Und elend verendet droben, dachte ich, sprach es aber nicht aus.

Nach zwanzig Minuten Fußweg hatten wir Innsmouth hinter uns gelassen. Als wir die Stadtgrenze passierten, hörte der Manuxet Way plötzlich auf und wurde zu einem schmalen Trampelpfad, teilweise mit Eis und Schnee bedeckt, und schlitternd und rutschend kämpften wir uns in der Dunkelheit die Anhöhe hinauf.

Der Mond war noch nicht aufgegangen, aber die Sterne kamen schon zum Vorschein. Es waren so viele. Wie Diamantstaub und zerstoßene Saphire waren sie über den Nachthimmel gestreut. Man sieht so unglaublich viele Sterne am Meer, viel mehr als irgendwo in der Stadt.

Oben auf der Klippe standen zwei Gestalten hinter dem Feuer, die eine riesig und fett, die zweite viel kleiner. Der Barkeeper ging hinüber und stellte sich neben sie, mir gegenüber.

»Sehet«, sagte er. »Der Opferwolf.« Plötzlich hatte seine Stimme etwas seltsam Vertrautes.

Ich sagte nichts. Das Feuer züngelte mit grünen Flammen und strahlte die drei von unten an; klassische Spukbeleuchtung.

»Wissen Sie, warum ich Sie hier heraufgebracht habe?«, fragte der Barkeeper und mir wurde klar, warum die Stimme mir bekannt vorkam. Es war die Stimme des Mannes, der versucht hatte, mir Aluminiumblech zu verkaufen.

»Um das Ende der Welt abzuwenden?«

Er lachte mich aus.

Die zweite Figur war der dicke Mann, den ich schlafend in meinem Büro angetroffen hatte. »Nun, wenn Sie es eschatologisch betrachten wollen …«, murmelte er mit einer so tiefen Stimme, dass sie Mauern zum Einsturz hätte bringen können. Seine Augen waren geschlossen. Er schlief fest.

Die dritte Gestalt war in Seide gehüllt und roch nach Patchouli. Sie hielt ein Messer in der Hand und schwieg.

»Heute Nacht«, begann der Barkeeper, »ist der Mond der Mond der Wesen der Tiefe. Heute Nacht stehen die Sterne in den Formen und Mustern der finsteren alten Tage. Heute Nacht werden sie kommen, wenn wir sie rufen. Wenn unser Opfer würdig ist. Wenn unser Rufen erhört wird.«

Der Mond ging auf der anderen Seite der Bucht auf, riesig, bernsteinfarben und prall und mit ihm erhob sich weit unter uns aus dem Meer ein Chor leise quakender Stimmen.

Mondlicht auf Schnee und Eis ist nicht so hell wie Tageslicht, aber hell genug. Außerdem wurden meine Augen mit dem Mondaufgang schärfer: In der eisigen See schwammen Männer, die wie Frösche aussahen, tauchten auf und unter in einem langsamen Wassertanz. Froschartige Männer. Und Frauen ebenfalls. Ich glaubte, meine Wirtin dort unten auszumachen, die sich mit all den anderen quakend im Wasser der Bucht wand.

Es war zu früh für eine erneute Verwandlung, ich war von der vergangenen Nacht noch völlig erledigt. Aber im Licht des Bernsteinmondes überkam mich ein eigentümliches Gefühl.

»Armer Wolfsmann«, flüsterte es aus den seidenen Schleiern. »All seine Träume enden hier: ein einsamer Tod auf einer fernen Klippe.«

Ich werde träumen, wenn ich will, sagte ich, *und mein Tod ist allein meine Angelegenheit.* Aber ich wusste nicht, ob ich es laut ausgesprochen hatte.

Die Sinne schärfen sich im Mondlicht. Ich hörte immer noch das Rauschen der See, doch deutlicher vernahm ich das Aufschäumen und Brechen jeder einzelnen Welle. Ich hörte das Platschen der Froschmenschen, das Knarren der grünen Wracks weit unter dem Meer.

Auch der Geruchssinn verfeinert sich. Der Aluminiumblechmann war menschlich, während der Fettwanst anderes Blut in den Adern hatte.

Und die seidenverschleierte Person …

Ich hatte ihr Parfüm gerochen, als ich in Menschengestalt wandelte. Jetzt nahm ich noch etwas anderes, weniger Betörendes darunter wahr. Einen Geruch nach Verwesung, nach faulendem Fleisch.

Die Seide flatterte. Die Gestalt bewegte sich auf mich zu. Sie hielt ein Messer.

»Madame Ezekiel?« Meine Stimme wurde rauer und heiser. Bald würde sie ganz verschwunden sein. Ich verstand nicht, was vorging, doch der Mond stieg höher und höher, verlor seine Bernsteinfarbe und füllte mein Bewusstsein mit seinem bleichen Licht.

»Madame Ezekiel?«

»Du hast es verdient zu sterben«, sagte sie, ihre Stimme leise und kalt. »Und sei es nur für das, was du mit meinen Karten getan hast. Sie waren alt.«

»Ich kann nicht sterben«, erklärte ich ihr. »›Selbst ein Mann, der reinen Herzens ist und abends seine Gebete spricht.‹ Erinnern Sie sich?«

»Das ist doch Scheiße«, sagte sie. »Kennst du die älteste Methode, einen Werwolffluch zu beenden?«

»Nein.«

Das Feuer brannte jetzt heller, brannte in dem Grün der Welt unter dem Meer, dem Grün der Algen und sich langsam wiegenden Seegrases, brannte mit der Farbe von Smaragden.

»Man wartet einfach, bis der Wolf wieder menschlicher Gestalt ist, einen ganzen Monat von seiner nächsten Verwandlung entfernt, dann nimmt man das Opfermesser und tötet ihn damit. Das ist alles.«

Ich wandte mich ab, um zu fliehen, aber der Barkeeper war hinter mir, packte meine Handgelenke und drehte mir die Arme auf den Rücken. Das Messer hatte einen bleichen Silberschimmer im Mondlicht. Madame Ezekiel lächelte.

Sie schlitzte mir die Kehle auf.

Blut schoss aus der Wunde und begann zu fließen. Dann verlangsamte sich der Strom und versiegte …

… Das Pochen in meiner Stirn, der Druck im Rücken. Alles ist schäumende Verwandlung kochende pochende Verwandlung eine rote Wand rast aus der Nacht auf mich zu

… Ich schmeckte Sterne aufgelöst in Lake perlend und fern und salzig

… meine Finger prickelten Flammenzungen peitschten meine Haut meine Augen waren Topase ich konnte die Nacht schmecken

Mein Atem dampfte in der eisigen Luft.

Ich knurrte ungewollt, tief in der Kehle. Meine Vorderpfoten standen im Schnee.

Ich wich zurück, spannte die Muskeln, sprang sie an.

Ein Hauch von Verfall hing in der Luft wie ein Nebel, hüllte mich ein. Am höchsten Punkt meines Sprungs schien ich zu verharren und etwas zerplatzte wie eine Seifenblase …

Ich sank tief, tief in die Dunkelheit unter dem Meer, stand mit allen vier Pfoten auf einem schleimigen Felsenboden am Eingang einer Zitadelle, die aus gewaltigen, grob behauenen Steinen errichtet war. Die Steine gaben ein bleiches, phosphoreszierendes Licht ab, ein geisterhafter Schimmer, wie die Zeiger einer Uhr.

Eine Wolke aus schwarzem Blut umringte meinen Hals.

Sie stand vor mir in der Toröffnung, war jetzt an die zwei Meter groß. Fleischfetzen hingen an ihrem Skelett, zerfressen und angenagt und die Seidengewänder waren jetzt aus Tang, der sacht im kalten Wasser wogte, dort unten in den traumlosen Tiefen. Der Tang verhüllte ihr Gesicht wie ein grüner Schleier.

Muscheln wuchsen an der Oberfläche ihrer Arme und dem Fleisch, das an ihren Rippen hing.

Ich fühlte mich, als würde ich zerquetscht. Ich konnte nicht mehr denken.

Sie kam auf mich zu. Der Tang um ihren Kopf bewegte sich. Ihr Gesicht sah aus wie das unappetitliche Zeug im Sushi-Laden: ein Gewirr aus Saugnäpfen und Stacheln und Tentakel und irgendwo zwischen all diesem Zeug erahnte ich ihr Lächeln.

Ich drückte mich mit den Hinterläufen ab. Dort in der Tiefe trafen wir aufeinander und rangen. Ich schlug meine Fänge in ihr Gesicht und spürte etwas nachgeben und zerreißen.

Es war fast wie ein Kuss, dort unten im tiefen Abgrund …

Ich landete weich im Schnee, einen Seidenschal im Maul. Die übrigen seidenen Gewänder flatterten zu Boden. Madame Ezekiel war nirgends zu sehen.

Das Silbermesser lag ebenfalls im Schnee. Ich wartete auf allen vieren im Mondschein, völlig durchnässt. Ich schüttelte mich und ein kleiner Salzwasserschauer ging nieder. Ich hörte es zischen, als er aufs Feuer traf.

Ich fühlte mich schwindelig und schwach, sog die Luft tief in meine Lungen.

Weit unten in der Bucht sah ich die Froschmenschen wie Kadaver auf der Wasseroberfläche treiben. Ein paar Sekunden trieben sie mit den Wellen vor und zurück, dann wirbelten sie plötzlich umher und sprangen und einer nach dem anderen verschwand mit einem *Plopp* unter Wasser.

Ein Schrei erhob sich. Es war der fuchshaarige Barkeeper. Der glupschäugige Aluminiumblechverkäufer starrte zum Nachthimmel auf, zu den heranziehenden Wolken, die die Sterne verschluckten, und er kreischte. Zorn und Frustration schwangen in diesem Schrei mit und er machte mir Angst.

Er hob das Messer vom Boden auf, wischte mit den Fingern den Schnee vom Griff und an seinem Mantel das Blut von der Klinge. Dann sah er zu mir herüber. Er weinte. »Du Bastard«, sagte er. »Was hast du ihr angetan?«

Ich hätte ihm gerne gesagt, dass ich ihr überhaupt nichts getan hatte, dass sie immer noch weit unter dem Meer wachte, aber ich konnte nicht mehr sprechen, nur noch knurren und jaulen und heulen.

Er weinte immer noch. Er stank nach Wahnsinn und Enttäuschung. Mit erhobenem Messer kam er auf mich zugerannt und ich wich zur Seite.

Manche Leute können sich nicht einmal auf kleinste Veränderungen einstellen. Der Barkeeper taumelte an mir vorbei über die Klippe ins Nichts.

Im Mondlicht ist Blut schwarz, nicht rot, und die Flecken, die er bei jedem Aufprall auf den Felsen hinterließ, waren schwarz und dunkelgrau. Dann lag er schließlich still auf den eisverkrusteten Felsen am Fuß der Klippe, bis ein Arm aus dem Meer auftauchte und ihn mit einer Langsamkeit, die anzusehen beinah schmerzhaft war, in die Tiefe zog.

Eine Hand kraulte mir den Hinterkopf. Ein gutes Gefühl.

»Was war sie schon? Nur einer Verkörperung der Wesen der Tiefe, Sir. Ein Eidolon, eine Manifestation, wenn Sie so wollen, aus den unvorstellbarsten Tiefen zu uns heraufgesandt, um die Welt zum Untergang zu bringen.«

Mein Fell sträubte sich.

»Nein, es ist vorbei. Für dieses Mal. Sie haben ihr einen Strich durch die Rechnung gemacht, Sir. Das vorschriftsmäßige Ritual ist genau festgelegt: Drei von uns müssen zusammenkommen und die geheiligten Namen rufen, während unschuldiges Blut sich zu unseren Füßen ergießt.«

Ich sah zu dem fetten Mann auf und jaulte eine Frage. Er strich mir schläfrig über den Nacken.

»Natürlich liebt sie Sie nicht, mein Junge. Sie existiert ja kaum auf dieser Ebene. Jedenfalls in keinem materiellen Sinn.«

Es begann wieder zu schneien. Das Feuer erstarb.

»Übrigens, Ihre Verwandlung heute Nacht … Ich würde meinen, sie war das direkte Ergebnis exakt derselben himmlischen Konstellationen und Mondeinflüsse, die diese Nacht zum perfekten Zeitpunkt machten, um meine alten Freunde aus der Tiefe zurückzurufen …«

Er fuhr fort mit dieser tiefen Stimme zu sprechen und vielleicht sagte er mir wichtige Dinge. Ich weiß es nicht, denn der Appetit war in mir erwacht, und seine Worte hatten jede Bedeutung verloren. Ich hatte keinerlei Interesse mehr an der Klippe oder dem fetten Mann.

Im Wald jenseits der Wiesen lief Rotwild. Ich konnte es in der winterlichen Nachtluft riechen.

Und vor allen anderen Dingen war ich hungrig.

Ich war nackt, als ich früh am nächsten Morgen wieder zu mir kam. Ein halb gefressener Hirsch lag neben mir im Schnee. Eine Fliege kroch über sein Auge und die Zunge hing aus seinem toten Maul, ließ ihn lächerlich und auf beklemmende Weise komisch wirken, wie ein Tier in einem Zeitungscartoon.

Dort wo der Leib des Hirsches aufgerissen war, bedeckten leuchtend rote Flecken den Schnee.

Mein Gesicht und meine Brust waren klebrig und rot von dem Zeug. Meine Kehle fühlte sich wund und rau an und schmerzte. Doch beim nächsten Vollmond würde sie wieder völlig geheilt sein.

Die Sonne schien unendlich weit weg, klein und gelb, doch der Himmel war blau und wolkenlos. Kein Windhauch regte sich. In der Ferne hörte ich das Donnern der See.

Ich war durchfroren, nackt, voller Blut und allein. *Na ja,* dachte ich, *das passiert uns wohl allen am Anfang. Und es kommt ja nur einmal im Monat*.

Ich war zu Tode erschöpft, aber ich musste durchhalten, bis ich eine Höhle oder verlassene Scheune fand, und dann wollte ich zwei Wochen lang schlafen.

Ein Falke flog niedrig über dem verschneiten Boden auf

mich zu. Etwas baumelte in seinen Klauen. Für die Dauer eines Herzschlages hing er reglos über mir in der Luft, dann ließ er einen kleinen grauen Tintenfisch zu meinen Füßen fallen und schwang sich in die Lüfte. Schlaff und reglos lag das kleine vielarmige Ding da im blutbesudelten Schnee.

Ich nahm es als Omen, doch ob es ein gutes oder schlechtes war, konnte ich nicht sagen. Es spielte auch keine große Rolle mehr. Ich kehrte dem Meer und dem finsteren Dorf Innsmouth den Rücken und machte mich auf den Weg zurück in die Stadt.

Baywolf

Hör'n Sie, Talbot. Jemand tötet meine Leute.
Roths Stimme am Telefon rauscht wie die See in der
[Muschel.
Stellen Sie fest, wer und wieso, und machen Sie dem ein
[Ende.

Ein Ende? Wie?, frag ich.

Tun Sie, was nötig ist, antwortet er. *Doch wer immer es ist,*
soll nicht wieder aufsteh'n, verstanden?
Ich hatte verstanden. Und einen Job.

Hört mir zu: Das war damals, in den
[Zweitausendzwanzigern
in L.A., unten am Venice Beach.
Gar Roth war der King in dem Teil der Welt,
pushte Stims und Pumps und auch Steroide,
Wandeldrogen – hatte eine ziemliche Anhängerschaft.
Junge Muskelmänner, Kids für die Fitness Fetisch war,
und Mädchen wie Göttinnen, gebräunt und gedopt.
Alle liebten Roth, der ihnen gab, was sie brauchten.
Die Bullen ließen sich von ihm schmieren und drückten die
[Augen zu.
Ihm gehörte die Strandwelt von Laguna Beach bis nach
[Malibu.
Er besaß eine Strandburg, wo die Muskelmänner und
[Göttinnen,
die Gockel und Paradiesvögel sich trafen.

Doch die Stadt betete das Fleisch an und siehe, das Fleisch
[ward ihres.
Sie feierten Partys. Alle feierten Partys,

berauscht, benebelt und aufgeputscht.
Die Musik war so laut, man spürte sie in den Knochen,
und das war der Moment, wo etwas kam und sie holte,
[lautlos,
was immer es war. Es knackte die Köpfe, zerfetzte ihr
[Fleisch.
Keiner hörte die Schreie im Dröhnen der Oldies und dem
[Donnern der See.
Es war das Jahr des Death Metal Revivals.
Es hatte sich vielleicht ein Dutzend geholt und ins Meer
[gezerrt;
der Tod kam früh morgens.
Roth verdächtigte seine Rivalen, ein Drogenkartell,
stellte mehr Wachen auf, in Hubschraubern und Booten,
für den Fall seiner Rückkehr. Und es kam wieder und
[wieder.
Doch die Videokameras zeigten absolut gar nichts.

Sie wussten nicht, was es war, und doch
zerpflückte es sie und biss ihnen den Kopf ab,
riss Implantate aus üppigen Brüsten,
ließ hormongeschrumpfte Testikel am Strand zurück
wie winzige weltkugelrunde Figuren im Sand.
Es schadete Roth: Der Strand war nicht mehr derselbe.
Und das war der Moment, da er mich anrief.

Ich stieg hinweg über schlafende Engel beiderlei
[Geschlechts,
tippte Roth auf die Schulter und sofort
waren ein Dutzend Gewehre
auf meinen Kopf und die Brust gerichtet,
also sag ich: *Ich bin doch kein Monster.*
Oder zumindest nicht euer Monster.
Noch nicht.

Ich gab ihm meine Karte. *Talbot,* sagt er,
sind Sie der Regulator, mit dem ich gesprochen hab'?
Genau, sag ich, coole Nummer am Nachmittag,

und hier gibt's ein Problem, das reguliert werden sollte.
Das ist der Deal, sag ich,
ich lös Ihr Problem und Sie zahlen und zahlen.

Sicher, abgemacht, sagt Roth. *Was immer Sie wollen.*
Ich weiß sowieso, wer dahinter steckt: die eurisraelische
Mafia oder die Schlitzaugen. Haben Sie Angst?

Nein, sag ich ihm, *vor denen nicht.*

Ich wünschte mir beinah, ich hätte sie in ihrer Glanzzeit
[gesehen.
Jetzt wirkten Roths schöne Kinder auf einmal dünn dort
[am Boden,
keins war aus der Nähe
so wonnig und kurvig wie von Ferne betrachtet.

Bei Dämmerung beginnt die Party.
Ich sage Roth, dass ich Death Metal schon beim ersten Mal
[grauenhaft fand
und er sagt, ich müsse älter sein, als ich ausseh.
Sie drehen laut auf. Die Boxen lassen den Strand er
[dröhnen und beben.

Ich entkleide mich für die Schlacht und ich warte
auf allen vieren im Schutz einer Düne.
Tage und Nächte warte ich. Und warte. Und warte.

Wo zum Henker sind Sie und Ihre Leute?,
fragt Roth mich am dritten Tag. *Wofür zum Henker bezahle*
[ich Sie?
Nichts war am Strand letzte Nacht, nichts als ein großer Hund.
Doch ich lächle nur. *Keine Spur des Problems bisher, was*
[immer es ist,
sag ich.
Und ich war die ganze Zeit hier.
Ich sag doch, israelische Mafia, meint er.
Ich hab diesen Europäern niemals getraut.

Die dritte Nacht.
Der Mond leuchtet riesig in chemischem Rot.
Zwei von den Engeln spielen am Strand,
Junge und Mädchen.
Noch sind die Hormone stärker als Drogen. Sie kichert
und die Brandung rauscht langsam.
Es wäre Selbstmord, wenn der Feind jede Nacht käm.
Doch der Feind kommt nicht jede Nacht her,
also rennen sie durch die Brandung,
lachen, kreischen vor Freude. Ich hab scharfe Ohren
(damit ich sie besser hören kann) und gute Augen
(damit ich sie besser sehen kann)
und sie sind so verdammt jung und ficken so unbeschwert;
[ich könnt kotzen.

Das Schlimmste ist für so einen wie mich,
dass gerade solchen wie ihnen der Tod geschenkt wird.
Sie schrie zuerst. Der Mond stand hoch und rot,
rund, ja beinah noch voll.
Ich sah sie in die Brandung stürzen, als ob
das Wasser zehn Meter tief wär, nicht einen,
als würde sie nach unten gesogen. Der Junge rannte,
ein Strahl klarer Pisse schoss aus dem Schlitz seiner Shorts;
er taumelt und jammert und flieht.

Es kam aus dem Wasser, langsam, wie ein Mann in
[schlechtem Monsterfilm-Make-up.
Trug die gebräunte Frau in den Armen. Ich gähnte,
wie ein Wolf gähnt, und leckte mein Fell.

Das Monster biss ihr halb den Kopf ab, warf, was übrig
[war, in den Sand,
und ich dachte: *Fleisch und Chemie, sie sind doch*
nichts als nur Fleisch und Chemie, ein Biss und
was bleibt, sind Fleisch und Chemie …
Dann kamen Roths Männer mit Angst in den Augen,
Automatikwaffen in Händen. Ich hob sie hoch
und riss sie auf, warf sie auf den hellen Sand.

Das Ding geht steifbeinig, weißer Sand hängt
an grau-grünen Tatzen, an Klauen und Schwimmhaut.
Ich bin der King, Ma, heult es.
Und ich denke: *Welche Mutter bringt solch eine Ausgeburt*
[hervor?
Und von oben am Strand hör ich Roths Stimme schreien:
[Talbot,
Talbot, Sie Arschloch, wo sind Sie?

Ich steh auf und streck mich und schlender nackt zum
[Wasser.
Hallo, sag ich.
He du, sagt er.
Ich reiß dir dein haariges Bein aus und stopf es dir in den
[Schlund.
Nein, wie unhöflich du bist, darauf ich.
Ich bin Grand Al, sagt er.
Und wer bist du? Jojo das jaulende Hundegesicht?
Ich werd dich zerreißen und dir den Kopf abbeißen.

Weiche, du Monstrum, rat ich.
Er glotzt mich an mit Augen, die wie Crackpfeifen
[glimmen.
Weichen? Scheiße! Vor wem soll ich weichen?
Vor mir, erklär ich, *denn*
ich bin der Hüter der Sandburg.
Er blinzelt, verwirrt und gekränkt, und beinah
empfinde ich Mitleid für einen Augenblick.

Und dann kam der Mond hinter Wolken hervor
und ich begann zu heulen.

Die Haut war fischweiß, bleich,
die Zähne drachenscharf,
die Finger klauenbewehrt
und knurrend sprang er mich an.

Und er sagte: *Was bist du?*
Er schrie: *Au, nein Au!*

Er rief: *Scheiße, das ist nicht fair!*
Dann sagte er nichts mehr, jedenfalls keine Worte,
kein Wort mehr,
denn ich riss ihm den Arm aus
und ließ ihn
mit spasmisch zuckenden Fingern
in den Sand fallen.

Grand Al floh in die Wellen und ich sprang ihm nach.
Die See war Salz; sein Blut stank.
Ich konnte es schmecken, schwarz in meinem Maul.

Er schwamm und ich folgte, tiefer und tiefer,
und als meine Lungen schon bersten wollten,
die Welt mir Kehle, Kopf und Geist und Brust zerquetschte,
Monstren drohten mich zu ersticken,
erreichten wir das versunkene Wrack einer Ölbohrinsel,
und hierher war Grand Al gefloh'n, um zu sterben.

An diesem Ort war's wohl, dass er das Licht der Welt
[erblickte,
rostende Ruinen weit unter dem Meer.
Er war schon halbtot, als ich ankam.
Ich ließ ihn liegen; ein zu seltsames Fressen wär er
[gewesen,
gefährliche Meeresfrucht, giftiges Fleisch. Und doch
trat ich ihn ins Maul, stahl einen Fangzahn,
der ausgeschlagen war, als Glücksbringer.
Da fiel sie mich an, mit Klauen und Zähnen.

Warum sollt es nicht möglich sein, dass das Biest eine
[Mutter hat?
So viele von uns haben Mütter.
Vor rund fünfzig Jahren hatte jeder noch eine.

Sie beklagte den Sohn, sie klagte und heulte.
Sie fragte mich, wie ich so grausam sein könne.

Sie hockte am Boden, liebkoste ihn weinend.
Und dann redeten wir, von Jäger zu Jäger.

Was wir dann taten, geht euch nichts an,
war nichts anderes als ihr und ich schon früher getan,
und ob ich sie tötete oder sie liebte, ihr Sohn war allemal so
[tot wie
der Golf.

Rasend, Pelz auf Schuppen,
ihr Hals in meinen Fängen,
Klauen auf ihrem Rücken …
Lalalalalala. Es ist das alte Lied.

Später entstieg ich der Brandung.
Roth wartete im Sonnenaufgang.
Ich ließ Grand Als Kopf in den Sand fallen.
Feine weiße Körner verklebten die nassen Augen.

Das war Ihr Problem, sagte ich.
Jetzt ist es beseitigt.
Und nun?, fragte er.
Danegeld, war die Antwort.

Glauben Sie, die Schlitzaugen haben ihn geschickt?, fragt er.
Oder die Eurisraelis? Oder wer?
Er war ein Nachbar, erklär ich. *Und eure Musik war ihm zu*
[laut.
Wirklich?, fragt er.
Ich weiß es, sag ich und betrachte den Kopf.
Was war dieses Ding?, fragt Roth.
Ich zog mich an, erschöpft vom Verwandeln.
Fleisch und Chemie, flüsterte ich.

Das stimmte nicht, doch alle Wölfe lügen.
Es wurde langsam hell, der Tag brach an.
Ich saß am Strand, sah Wellen sacht sich wiegen
und träumte von dem Tage, da ich sterben kann.

Im Dutzend billiger

Peter Pinter hatte nie von Aristippos von Kyrene gehört, einem eher unbekannten Schüler Sokrates', der die Ansicht vertreten hatte, die Vermeidung von Problemen und Schwierigkeiten sei das höchste erreichbare Gut. Dennoch hatte Peter sein ganzes ereignisarmes Leben nach genau diesem Grundsatz gelebt. Er war ein in jeder Hinsicht moderater Mann, mit der kleinen Ausnahme, dass er unfähig war, ein Sonderangebot auszuschlagen. Aber wer von uns kann sich von diesem Laster schon gänzlich freisprechen? Er neigte niemals zu Extremen. Seine Sprache war stets angemessen und zurückhaltend. Er aß nie im Übermaß, trank genug, um als gesellig zu gelten, aber nicht mehr. Er war nicht reich, doch auch keineswegs arm. Er mochte die Menschen und wurde gemocht. Wenn man all dies bedenkt, hätten Sie je geglaubt, ihn in einem heruntergekommenen Pub in einem verrufenen Viertel des Londoner East Ends anzutreffen, wo er einen Mord in Auftrag gab? Den Mord an einer Person, die er kaum kannte? Natürlich nicht. Sie hätten nicht einmal damit gerechnet, dass er einen solchen Pub überhaupt betreten würde.

Und bis zu einem bestimmten Freitagnachmittag hätten Sie völlig Recht gehabt. Doch die Liebe einer Frau kann die seltsamsten Dinge mit einem Mann anstellen, selbst wenn er so farblos ist wie Peter Pinter. Und die Entdeckung, dass Miss Gwendolyn Thorpe, dreiundzwanzig Jahre alt, wohnhaft in Purley, Oaktree Terrace Nr. 9, mit einem aalglatten jungen Mann aus der Buchhaltung herummachte (um es vulgär auszudrücken) – wohlgemerkt *nachdem* sie eingewilligt hatte, einen Verlobungsring zu tragen, der aus neunkarätigem Gold und echten Rubinsplittern bestand und einen Stein vorzuweisen hatte, der möglicherweise ein Diamant war (Kostenpunkt: siebenunddreißig Pfund, fünfzig Pence) und den auszusuchen Peter beinah eine ganze Mittagspause gekostet hatte –, kann in der Tat höchst seltsame Dinge mit einem Mann anstellen.

Nach dieser schockierenden Entdeckung verbrachte Peter eine schlaflose Freitagnacht, wälzte sich von einer Seite auf die andere, während Visionen von Gwendolyn und Archie Gibbons (so hieß der Don Juan aus der Buchhaltung von Clamages) vor seinem geistigen Auge erstanden, Visionen, in denen das heimliche Paar Dinge miteinander tat, die, so hätte selbst Peter bei eindringlicher Befragung zugeben müssen, höchst unwahrscheinlich waren. Doch die Galle der Eifersucht war in ihm aufgestiegen und in den frühen Morgenstunden war Peter zu dem Schluss gekommen, dass sein Rivale beseitigt werde müsse.

Den Samstagmorgen verbrachte er damit zu überlegen, wie man wohl am besten einen Mörder kontaktierte, denn soweit er wusste, arbeitete keiner bei Clamages (jenem Warenhaus, welches alle drei Mitglieder unseres ewigen Dreiecks beschäftigte und wo, nebenbei bemerkt, auch der Ring erstanden worden war). Und Peter wollte niemanden direkt danach fragen, denn er wollte ja keine Aufmerksamkeit erregen.

So kam es, dass der Samstagnachmittag ihn über die Gelben Seiten gebeugt fand.

GEDUNGENE MÖRDER, musste er feststellen, standen nicht zwischen GEBÄUDEREINIGUNG und GEFLÜGELZUCHT, auch unter MÖRDER, GEDUNGEN wurde er zwischen MÖBELTRANSPORTE und MOLKEREIBEDARF nicht fündig, noch gab es zwischen ASTROLOGIE und AUFZÜGE so etwas wie AUFTRAGSKILLER. KAMMERJÄGER klang viel versprechend, doch bei näherem Studium der entsprechenden Einträge musste er erkennen, dass diese Firmen sich eher der Ausrottung von »Ratten, Mäusen, Flöhen, Kakerlaken, Kaninchen, Maulwürfen und Ratten« verschrieben hatten (um eine Anzeige zu zitieren, die, so fand Peter, in übertriebener Weise auf den Ratten herumhackte). Das war es nicht, was er suchte. Da er aber ein methodischer Mensch war, ging er alle Einträge der Kategorie systematisch durch und unten auf der zweiten Seite fand er einen Eintrag in unauffälligem Kleindruck, der viel versprechend aussah:

»Vollständige, diskrete Entsorgung lästiger und unliebsamer Säugetiere etc.«, stand dort. *»Ketch, Hare, Burke & Ketch. Die Alte Firma.«* Eine Adresse war nicht angegeben, nur eine Telefonnummer.

Peter überraschte sich selbst, als er die Nummer wählte. Das Herz hämmerte in seiner Brust und er versuchte, ganz lässig zu wirken. Es klingelte einmal, zweimal, dreimal. Peter fing gerade an zu hoffen, dass niemand abheben würde und er die ganze Sache vergessen konnte, als es plötzlich klickte und eine forsche junge Frauenstimme sagte: »Ketch, Hare, Burke & Ketch. Was kann ich für Sie tun?«

Sorgsam vermied es Peter, seinen Namen zu nennen und fragte: »Ähm, wie groß … ich meine, bis zu welcher Art Säugetiere erstreckt sich ihr Angebot? Zur, ähm, Entsorgung?«

»Nun, das hängt ganz von Ihren Wünschen ab, Sir.«

Er sammelte seinen Mut. »Auch Menschen?«

Ihre Stimme blieb geschäftsmäßig und unbeeindruckt. »Selbstverständlich, Sir. Haben Sie etwas zu Schreiben zur Hand? Gut. Seien Sie heute Abend um acht Uhr im Dirty Donkey. Das ist ein Pub an einer Seitenstraße der Little Courtney Street. Tragen Sie eine zusammengerollte *Financial Times* bei sich – das ist die rosafarbene, Sir – und unser Mitarbeiter wird dort auf sie zukommen.« Dann legte sie auf.

Peter war gehobener Stimmung. Das war viel einfacher gewesen, als er sich vorgestellt hatte. Er ging hinunter zum Kiosk und kaufte sich eine *Financial Times*, fand die Little Courtney Street in seinem *London von A – Z* und verbrachte den Rest des Nachmittags vor dem Fernseher, sah sich ein Fußballspiel an und malte sich die Beerdigung des aalglatten jungen Mannes aus der Buchhaltung aus.

Peter brauchte ein Weilchen, bis er den Pub fand. Schließlich entdeckte er das altmodische Wirtshausschild, das einen Esel zeigte und in der Tat bemerkenswert schmutzig war.

Der Dirty Donkey war ein kleiner, eher schmieriger und schummrig beleuchteter Pub, wo unrasierte Männer in schweren Arbeiterjacken – Donkey Jacketts genannt – zusammenstanden und einander argwöhnisch beäugten, Chips aßen und Guinness schlürften, ein Getränk, das Peter noch nie gemocht hatte. Er trug seine *Financial Times* so auffällig wie nur möglich unter dem Arm, aber niemand sprach ihn an. Also bestellte er ein kleines Alsterwasser und zog sich an einen Ecktisch zurück. Weil ihm nichts einfiel, womit er sich sonst die Wartezeit hätte vertreiben können, versuchte er, die Zeitung zu lesen, doch bald geriet er völlig durcheinander und verlief sich in einem Labyrinth unverständlicher Ausdrücke. Von Getreide-Futures war da etwa die Rede und von irgendeinem Index, der »zum Wochenschluss mit unterstützenden Vorgaben aus Übersee eine Trendwende vollzogen und in einer sich beschleunigenden Aufwärtsbewegung fast fünf Prozent fester geschlossen« habe, (was genau fest verschlossen worden war, blieb Peter unklar) und er gab auf und starrte zur Tür.

Er hatte schon fast zehn Minuten gewartet, als ein kleiner, geschäftiger Mann hereinkam, sich flink umsah, dann geradewegs ans Peters Tisch kam und Platz nahm.

Er streckte die Hand aus. »Kemble. Burton Kemble von Ketch, Hare, Burke & Ketch. Ich hörte, Sie haben einen Auftrag für uns.«

Er sah nicht aus wie ein Killer. Und das sagte Peter ihm auch.

»Um Himmels willen, nein. Ich gehöre nicht zu unseren Einsatztrupps, Sir. Ich bin im Verkauf tätig.«

Peter nickte. Das klang durchaus vernünftig. »Können wir hier … ähm … offen reden?«

»Sicher. Das interessiert hier niemanden. Also dann: wie viele Personen hätten Sie denn gern entsorgt?«

»Nur eine. Der Name ist Archibald Gibbons und er arbeitet in der Buchhaltung bei Clamages. Seine Adresse lautet …«

Kemble unterbrach ihn: »Zu den Einzelheiten kommen wir später, Sir, wenn es Ihnen recht ist. Lassen Sie uns zuvor eben das Finanzielle abklären. Grundsätzlich kostet ein solcher Auftrag Sie fünfhundert Pfund …«

Peter nickte. Das konnte er sich leisten. Er hatte sogar damit gerechnet, ein bisschen mehr zahlen zu müssen.

»… wir hätten da aber auch noch unser Sonderangebot«, schloss Kemble.

Peters Augen leuchteten auf. Wie bereits erwähnt, liebte er Schnäppchen und kaufte bei Sonderaktionen oder Räumungsverkäufen häufiger schon einmal Gegenstände, für die er überhaupt keine Verwendung hatte. Abgesehen von dieser einen Schwäche (die ja so viele von uns haben), war er ein in allen Dingen ausgesprochen maßvoller junger Mann. »Sonderangebot?«

»Zwei zum Preis von einem, Sir.«

Hhm. Peter dachte darüber nach. Das waren nur 250 £ pro Nase, da konnte man wirklich nicht meckern. Es gab nur einen Haken. »Ich fürchte, ich habe sonst niemanden, den ich umbringen lassen möchte.«

Kemble schien enttäuscht. »Was für ein Jammer, Sir. Für zwei hätten wir vielleicht sogar auf, sagen wir mal, vierhundertfünfzig runtergehen können. Für beide zusammen.«

»Wirklich?«

»Nun ja, es würde unsere Einsatztruppe beschäftigen, Sir. Sie müssen wissen«, und an dieser Stelle senkte er die Stimme, »dass es in diesem Geschäftsbereich derzeit leider nicht genug zu tun gibt, um sie alle auf Trab zu halten. Nicht wie in den alten Zeiten. Gibt es denn nicht eine einzige weitere Person, die sie lieber tot sähen?«

Peter grübelte. Er konnte es nicht ausstehen, ein Schnäppchen auszuschlagen, aber ihm fiel einfach beim besten Willen niemand ein. Er mochte die Menschen im Allgemeinen. Trotzdem, ein Sonderangebot war ein Sonderangebot …

»Hören Sie, könnte ich noch einmal darüber nachdenken und wir treffen uns hier morgen wieder?«

Die Miene des Verkäufers hellte sich auf. »Aber selbstverständlich, Sir«, sagte er. »Ich bin überzeugt, Ihnen wird noch ein Name einfallen.«

Die Lösung – die eigentlich doch auf der Hand lag – fiel Peter unmittelbar vor dem Einschlafen ein. Er setzte sich kerzengerade im Bett auf, tastete nach dem Schalter der Nachttischleuchte und schrieb den Namen auf die Rückseite eines alten Briefumschlags, für den Fall, dass er ihn vergaß. Ehrlich gesagt glaubte er nicht, dass er den Namen vergessen könnte, denn er war ja auf so schmerzliche Weise nahe liegend, aber man weiß nie – bei diesen Nachtgedanken vor dem Einschlafen.

Der Name, den er auf der Rückseite des Briefumschlages notiert hatte, lautete: *Gwendolyn Thorpe.*

Er schaltete das Licht aus, drehte sich auf die Seite und schlief bald tief und fest, träumte selige und bemerkenswert unmörderische Träume.

Kemble erwartete ihn schon, als er am Sonntagabend in den Dirty Donkey kam. Peter holte sich etwas zu trinken und setzte sich zu ihm.

»Ich nehm das Sonderangebot«, verkündete er zur Begrüßung.

Kemble nickte eifrig. »Eine äußerst weise Entscheidung, wenn Sie die Bemerkung gestatten, Sir.«

Peter Pinter lächelte bescheiden. Es war das Lächeln eines Mannes, der die *Financial Times* liest und weise Geschäftsentscheidungen trifft. »Das sind dann vierhundertfünfzig Pfund, stimmt's?«

»Sagte ich vierhundertundfünfzig Pfund, Sir? Du meine Güte, wie dumm von mir. Ich bitte vielmals um Entschuldigung, aber ich hatte wohl unseren Mengenrabatt im Kopf. Ich fürchte, bei zwei Objekten beläuft sich der Preis auf vierhundertfünfundsiebzig Pfund.«

Enttäuschung und Raffgier spiegelten sich in Peters freundlichem, jugendlichem Gesicht wider. Das waren 25 £ mehr, als er gerechnet hatte. Doch Kemble hatte etwas gesagt, das sein Interesse von neuem weckte.

»Mengenrabatt?«

»Gewiss, aber ich bezweifle, dass dies für Sie infrage kommen könnte, Sir.«

»Doch, doch, bestimmt. Erklären Sie es mir.«

»Wie Sie wünschen, Sir. Für einen größeren Auftrag gewähren wir Mengenrabatt, sodass die Entsorgung von zehn Personen nur vierhundertfünfzig Pfund kosten würde.«

Peter fragte sich, ob er sich vielleicht verhört hatte. »Zehn Leute? Aber das wären nur fünfundvierzig Pfund pro Kopf.«

»Ja, Sir. Es ist der Umfang des Auftrags, der ihn für uns profitabel machen würde.«

»Verstehe«, sagte Peter und »Hhm«, sagte Peter und: »Könnten Sie morgen Abend noch mal herkommen?«

»Natürlich, Sir.«

Kaum zu Hause, kramte Peter Papier und Stift hervor. An den linken Seitenrand schrieb er die Zahlen eins bis zehn untereinander. Dann setzte er die Namen dahinter wie folgt:

1. Archie G.

2. Gwennie.

3. …

und so weiter.

Nachdem er die ersten beiden eingetragen hatte, saß er da und kaute an seinem Stift und zermarterte sich das Hirn, um sich an jedes Unrecht zu erinnern, das ihm je zugefügt worden war, und dachte über Leute nach, ohne die die Welt glücklicher wäre.

Er rauchte eine Zigarette. Er ging im Zimmer umher.

Aha! An seiner Schule hatte es einen Sportlehrer gegeben, dem es das größte Vergnügen bereitet hatte, Peter das Leben zur Hölle zu machen. Wie hieß der Kerl doch gleich wieder? Und lebte er überhaupt noch? Peter war nicht sicher, also schrieb er kurzerhand hinter die Nummer 3.: *Sportlehrer der Oberschule an der Abbot Street*. Beim Nächsten ging es schon schneller. Vor ein paar Monaten hatte sein Abteilungsleiter sich geweigert, Peter eine Gehaltserhöhung zu geben. Inzwischen war die Gehaltserhöhung zwar doch gekommen, aber das war ja nicht entscheidend. *Mr. Hunterson* wurde Nummer vier.

Als er fünf Jahre alt gewesen war, hatte ein Junge namens Simon Ellis ihm Farbe über den Kopf geschüttet, während ein anderer Junge namens James Sowieso in festgehalten und ein Mädchen namens Sharon Hartsharpe gelacht hatte. Sie wurden die Nummern fünf bis sieben.

Wer noch?

Im Fernsehen las ein Mann mit einem unangenehmen Grinsen die Nachrichten vor. Er kam auf die Liste. Und was war mit der Frau in der Wohnung nebenan mit dem kläffenden Köter, der immer in die Halle schiss? Sie und der Kläffer kamen an Nummer neun. Zehn war am schwierigsten. Er kratzte sich am Kopf, ging in die Küche, um sich eine Tasse Kaffee zu holen, und stürzte dann zurück und schrieb ›Mein Großonkel Mervyn‹ hinter die 10. Es ging ein Gerücht, der alte Knabe sei ziemlich reich, und es bestand immerhin die Möglichkeit, dass er Peter ein bisschen Geld hinterlassen würde (auch wenn die Wahrscheinlichkeit äußerst gering war).

Sehr zufrieden mit den Ergebnissen seiner abendlichen Denkleistung ging er zu Bett.

Der Montag bei Clamages verlief routinemäßig. Peter war Verkäufer in der Buchabteilung – eine Position ohne viel Verantwortung und Stress. Er hielt seine Liste in den Abgründen der Hosentasche fest mit der rechten Hand umklammert und ergötzte sich an dem Gefühl von Macht, das sie ihm gab. Er verbrachte eine höchst angenehme Mittagspause in der Kantine zusammen mit der hübschen Gwendolyn (die nicht ahnte, dass er sie und Archie zusammen im Lager hatte verschwinden sehen) und schenkte dem aalglatten jungen Mann aus der Buchhaltung gar ein Lächeln, als er ihm auf dem Flur begegnete.

Am Abend überreichte er Kemble voller Stolz seine neue Liste.

Der kleine Verkäufer machte ein langes Gesicht.

»Ich fürchte, dies sind nicht zehn Namen, Mr. Pinter«,

erklärte er. »Sie haben die Frau von nebenan und ihren Hund als eine Person zusammengefasst. Das bringt uns auf insgesamt elf und das macht zusätzlich …« Er förderte hurtig seinen Taschenrechner zu Tage »… noch einmal siebzig Pfund. Wie wäre es, wenn wir den Hund vernachlässigten?«

Peter schüttelte den Kopf. »Der Hund ist so schlimm wie die Frau. Wenn nicht schlimmer.«

»Dann, fürchte ich, haben wir ein kleines Problem. Es sei denn …«

»Was?«

»Es sei denn, Sie wollen unseren En-gros-Tarif nutzen, Sir. Es ist ein regelrechter Dumpingpreis. Aber gewiss sind Sie nicht …«

Es gibt Wörter, die bei bestimmten Menschen etwas auslösen, Wörter, die ihre Gesichter vor Freude, Erregung oder Eifer erstrahlen lassen. *Umwelt* kann ein solches Wort sein, *Okkult* ein anderes. *Dumpingpreis* war Peters. Er lehnte sich in seinem Stuhl zurück. »Erklären Sie das genauer«, verlangte er mit der unerschütterlichen Selbstsicherheit des erfahrenen Käufers.

»Nun, Sir«, begann Kemble und gestattete sich ein kleines, leises Lachen. »Wir können sie en gros für Sie entsorgen. Zu siebzehn Pfund fünfzig pro Kopf ab fünfzig aufwärts, wenn es über zweihundert sind, kostet es sogar nur einen Zehner pro Objekt.«

»Und ich nehme an, Sie gehen auf fünf Pfund runter, wenn ich tausend Leute aus dem Weg geräumt haben will?«

»O nein, Sir«, Kemble schien schockiert. »Bei solchen Größenordnungen können wir unseren Service zu einem Pfund pro Kopf anbieten.«

»Ein Pfund?«

»Ganz recht, Sir. Die Gewinnmarge ist eher schmal, aber der hohe Umsatz und die Produktivitätssteigerung würden den Preis durchaus rechtfertigen.«

Kemble erhob sich. »Morgen Abend, gleiche Zeit, Sir?«

Peter nickte.

Eintausend Pfund. Eintausend Menschen. Peter Pinter kannte nicht einmal eintausend Menschen. Und trotzdem … wie wäre es zum Beispiel mit den Houses of Parliament? Er hatte für Politiker nichts übrig. Immerzu stritten sie und hielten sich ewig mit einer Sache auf.

Oder er könnte …

Peter kam eine Idee, deren Kühnheit ihn schockierte. Verwegen. Dreist. Doch nachdem sie einmal gekeimt war, ließ die Idee sich nicht wieder aus seinen Gedanken bannen. Eine entfernte Cousine von Peter hatte den jüngeren Bruder eines Earl oder Baron oder so geheiratet …

Als er an diesem Nachmittag von der Arbeit nach Hause kam, betrat er einen kleinen Laden, an dem er schon tausende Male vorbeigekommen war. Im Fenster hing ein großes Schild, das versprach, für jeden Kunden einen Stammbaum zu erstellen und gar ein Familienwappen zu entwerfen, wenn man seines gerade verlegt hatte. Neben dem Schild hing eine beeindruckende heraldische Karte.

Die Leute in diesem Laden erwiesen sich als ausgesprochen hilfsbereit. Kurz nach sieben am gleichen Abend riefen sie ihn an und teilten ihm das Ergebnis ihrer Nachforschungen mit.

Wenn ungefähr vierzehn Millionen, zweiundsiebzigtausend, achthundertundelf Menschen starben, dann würde er, Peter Pinter, König von England.

Er hatte keine vierzehn Millionen, zweiundsiebzigtausend, achthundertundelf Pfund, aber er nahm an, bei solchen Größenordnungen hatte Mr. Kemble noch einen Preisnachlass im Ärmel.

Er hatte Recht.

Mr. Kemble zuckte nicht mit der Wimper.

»Das würde sogar relativ günstig«, erklärte er. »Wir müssen ja nicht jeden individuell erledigen. Kleinere Nuklearwaffen, ein paar wohlüberlegte Bomben, Gas, Seuchen, ein paar Radios in ein paar Swimmingpools. Danach müsste man nur noch ein paar Überbleibsel einzeln nachholen. Sagen wir viertausend Pfund.«

»Viertau...? Das ist un*glaub*lich!«

Der Verkäufer schien äußerst zufrieden mit sich. »Unsere Einsatztruppe wird froh und dankbar sein, Sir.« Er grinste. »Der Service für unsere Großkunden hat bei uns oberste Priorität.«

Ein kalter Wind blies, als Peter den Pub verließ, und ließ das alte Schild hin und her pendeln. Es sah gar nicht so sehr wie ein schmutziger Esel aus, dachte Peter. Eher wie ein bleiches Pferd.

Peter schlief schon halb, verfasste in Gedanken seine Krönungsrede, als ihm ein Gedanke in den Sinn kam und sich einnistete. Er wollte einfach nicht wieder verschwinden. War es möglich, dass er sich eine noch größere Ersparnis entgehen ließ? Dass ihm das sensationellste Schnäppchen von allen durch die Lappen ging?

Peter stand noch einmal auf und ging zum Telefon hinüber. Es war schon fast drei Uhr früh, aber trotzdem ...

Seine Gelben Seiten lagen noch vom vergangenen Sonntag aufgeschlagen da und er wählte die Nummer.

Das Telefon klingelte eine Ewigkeit. Dann ertönte ein Klicken und eine gelangweilte Stimme meldete sich: »Burke, Hare, Ketch. Was kann ich für Sie tun?«

»Ich hoffe, ich rufe nicht zu spät an ...« begann er.

»Keineswegs, Sir.«

»Wäre es wohl möglich, Mr. Kemble zu sprechen?«

»Warten Sie bitte einen Moment, ich sehe, ob ich ihn erreiche.«

Peter wartete ein, zwei Minuten und lauschte dem geisterhaften Knistern und Flüstern, das immer durch leere Telefonleitungen hallt.

»Sind Sie noch dran?«

»Ja.«

»Ich stelle Sie durch.« Ein kurzes Summen, dann: »Hier spricht Kemble.«

»Ah, Mr. Kemble. Hallo. Tut mir Leid, wenn ich Sie geweckt haben sollte oder so. Hier spricht Peter Pinter.«

»Ja, Mr. Pinter?«

»Tja, also, es tut mir Leid, dass ich so spät noch anrufe,

aber ich hab mich gefragt ... Was würde es kosten, alle zu töten? Jeden auf der Welt?«

»Jeden? Alle Menschen?«

»Ja. Wie viel? Ich meine, für einen solchen Auftrag hätten Sie doch sicher einen ganz besonders fetten Preisnachlass anzubieten. Also was würde es kosten? Alle?«

»Gar nichts, Mr. Pinter.«

»Sie meinen, Sie würden es nicht machen?«

»Ich meine, wir würden es umsonst machen, Mr. Pinter. Wir brauchen nur den Auftrag, verstehen Sie. Wir brauchen immer einen Auftrag.«

Peter verstand nicht recht. »Aber ... wann würden Sie anfangen?«

»Anfangen? Auf der Stelle. Jetzt. Wir sind schon seit langem bereit. Aber wir brauchten den Auftrag, Mr. Pinter. Gute Nacht. Es war wirklich ein Vergnügen, mit Ihnen Geschäfte zu machen.«

Die Leitung war tot.

Peter fühlte sich eigenartig. Alles schien ganz weit weg. Er wollte sich setzen. Was in aller Welt hatte der Mann gemeint? »Wir brauchen immer einen Auftrag.« Das war wirklich seltsam. Niemand tat je etwas umsonst; so was gab's einfach nicht. Er war drauf und dran, Kemble anzurufen und die ganze Geschichte abzublasen. Vielleicht hatte er ein wenig überreagiert, vielleicht gab es eine ganz harmlose Erklärung, warum Archie und Gwendolyn zusammen ins Lager gegangen waren. Er würde mit ihr reden. Ja, das wollte er tun. Gleich morgen früh würde er mit Gwennie reden ...

Das war der Augenblick, da die Geräusche begannen.

Merkwürdige Schreie ertönten auf der anderen Straßenseite. Kämpfende Katzen? Füchse vermutlich. Er hoffte, jemand würde einen Schuh nach ihnen werfen. Dann hörte er draußen auf dem Flur vor der Wohnungstür ein gedämpftes Poltern, als schleife jemand einen schweren Gegenstand durch den Flur. Dann verstummte das Geräusch. Jemand klopfte an seine Tür, zweimal, ganz leise.

Die Schreie draußen vor dem Fenster wurden lauter. Peter saß auf seinem Stuhl und wusste, dass er irgendwo irgendwas nicht richtig mitgekriegt hatte. Das Klopfen wiederholte sich, hartnäckiger. Er war erleichtert, dass er die Tür abends immer absperrte und die Kette vorlegte.

Sie waren schon lange bereit, doch sie brauchten den Auftrag …

Als das Ding durch die Tür kam, fing Peter an zu kreischen, aber er kreischte wirklich nicht sehr lange.

Ein Leben durchwoben von Moorcocks Frühwerk

Der bleiche Albinoprinz hob sein Schwert in die Höhe. »Dies ist Sturmbringer«, sagte er. »Und es wird dir die Seele aus dem Leib saugen.«

Die Prinzessin seufzte. »Also bitte«, sagte sie. »Wenn es das ist, was du brauchst, um die nötige Energie für den Kampf gegen die Drachenkrieger zu bekommen, dann musst du mich töten und dein Schwert sich an meiner Seele nähren.«

»Ich will das nicht tun«, sagte er ihr.

»Es ist schon in Ordnung«, versicherte die Prinzessin und mit diesen Worten zerriss sie ihr fließendes Gewand und entblößte ihre Brust. »Da ist mein Herz«, sagte sie und zeigte mit dem Finger. »Dort musst du zustoßen.«

Weiter als bis zu dieser Stelle war er nie gekommen. Das war an dem Tag, da man ihm gesagt hatte, er sei eine Klasse hochgestuft worden, und danach hatte es nicht mehr viel Sinn gehabt. Er hatte gelernt, niemals zu versuchen, eine Geschichte von einem Jahr ins nächste mitzunehmen. Inzwischen war er zwölf.

Aber es war ein Jammer.

Das Aufsatzthema lautete: »Eine Begegnung mit meiner literarischen Lieblingsfigur«, und er hatte Elric gewählt. Er hatte auch Corum, Jerry Cornelius und sogar Conan den Barbaren erwogen, doch Elric von Melniboné gewann mühelos, wie er es immer tat.

Zum ersten Mal hatte Richard *Sturmbringer* vor drei Jahren gelesen, als er neun war. Er hatte sein Taschengeld gespart, um sich *Die singende Zitadelle* zu kaufen (was in gewisser Weise eine Mogelpackung war, entschied er, als er es ausgelesen hatte, denn es enthielt nur eine Elric-Geschichte). Dann hatte er sich Geld von seinem Vater geborgt, um *Die schlafende Magierin* zu kaufen, wo Elric Erikose und Corum begegnet, zwei weitere Facetten des Ewigen Helden, und sie hatten sich zusammengetan.

Was bedeutete, erkannte er während der Lektüre, dass die Corum-Bücher, die Erikose-Bücher und im Grunde sogar die Dorian-Hawkmoon-Bücher eigentlich auch Elric-Bücher waren, also kaufte er sie. Und es machte ihm Spaß, sie zu lesen.

Doch sie waren nicht so gut wie Elric. Elric war einfach der Beste.

Manchmal saß er da und zeichnete Elric, versuchte, ihn genau zu treffen. Keins der Bilder auf den Buchcovern sah je so aus wie der Elric, der in Richards Kopf lebte. Er zeichnete seine Elrics mit Füller in leere Schulhefte, die er mit betrügerischen Methoden erworben hatte. Vorne drauf schrieb er seinen Namen: RICHARD GREY. NICHT STEHLEN.

Manchmal dachte er, er sollte sich seine Elric-Geschichte noch einmal vornehmen und sie zu Ende schreiben. Vielleicht konnte er sie sogar an eine Zeitschrift verkaufen. Aber was, wenn Moorcock das rausbekam? Was, wenn er Ärger bekäme?

Das Klassenzimmer war riesig und stand voller Holzpulte. Jedes Pult war von seinem Besitzer beschnitzt, verschmiert und mit Tintenflecken verziert, ein äußerst wichtiger Prozess. An der Wand hing eine Tafel mit einem Kreidebild: eine einigermaßen naturgetreue Darstellung eines Penis', der sich auf ein y-förmiges Ding zubewegte, das wohl die weiblichen Genitalien darstellen sollte.

Unten schlug die Tür zu und jemand kam die Treppe heraufgerannt.

»Grey, du Spasti, was treibst du hier oben? Wir müssten längst unten auf dem Lower Acre sein. Du bist heute zum Fußballspielen eingeteilt.«

»Wirklich?«

»Es wurde heute Morgen bei den Ankündigungen vorgelesen. Und die Liste hängt am Schwarzen Brett.« J. B. C. MacBride war flachsblond, bebrillt und nur unwesentlich praktischer oder lebenstüchtiger als Richard Grey. Es gab allerdings zwei J. MacBrides, darum führte er seine Initialen vollzählig.

»Oh.«

Grey hob das Buch auf (*Tarzan am Mittelpunkt der Erde*) und folgte ihm hinaus. Dunkelgraue Wolken bedeckten den Himmel und versprachen Regen und Schnee.

Richard verpasste ständig irgendwelche Ankündigungen. Andauernd fand er sich in leeren Klassenzimmern, verpasste angesetzte Sportveranstaltungen und kam an Tagen zur Schule, wo alle anderen zu Hause blieben. Manchmal hatte er das Gefühl, er lebe in einer völlig anderen Welt als die anderen Menschen.

Als er aufs Fußballfeld hinauskam, steckte *Tarzan am Mittelpunkt der Erde* hinten in seinen kratzigen blauen Fußballshorts.

Er hasste die Duschen und Bäder. Er konnte nie begreifen, warum sie beide benutzen mussten, aber so war es nun einmal.

Er fror erbärmlich und er machte keine gute Figur auf dem Platz. Inzwischen betrachtete er es mit einem perversen Stolz, dass er in all den Jahren an der Schule bislang nicht ein einziges Tor geschossen oder einen einzigen Punkt beim Kricket gemacht oder überhaupt irgendetwas getan hatte, außer herumzustehen und immer der Letzte zu sein, der ins Team gewählt wurde.

Elric, stolzer, bleicher Prinz der Melnibonéer, hätte niemals mitten im Winter auf dem Rasen herumstehen und das Ende des Spiels herbeisehnen müssen.

Dampf quoll aus dem Duschraum und die Innenseiten von Richards Oberschenkeln waren ganz wund und gerötet. Nackt und schlotternd standen die Jungen in einer Reihe und warteten darauf, dass sie erst in den Duschen und dann im Bad an die Reihe kamen.

Mr. Murchinson mit seinem wilden Blick, dem ledrigen, runzeligen Gesicht und dem fast kahlen Schädel, stand mitten im Umkleideraum und dirigierte nackte Jungen unter die Duschen, raus aus der Dusche und ins Bad. »He, du,

Junge! Du kleiner Dummkopf. Jamieson. Unter die Dusche, Jamieson. Atkinson, du Waschlappen, stell dich ganz drunter. Smiggins, ins Bad. Goring, du nimmst seinen Platz unter der Dusche …«

Die Duschen waren zu heiß. Das Badewasser war eisig kalt und trüb vor Dreck.

Sobald Mr. Murchinson ihnen den Rücken kehrte, gingen die Jungen mit Handtüchern aufeinander los, lachten über die Penisse der anderen oder darüber, wer Schamhaare hatte und wer nicht.

»Sei doch kein Idiot«, zischte jemand in Richards Nähe. »Was, wenn Murch zurückkommt? Der bringt dich um.« Ein nervöses Kichern erhob sich.

Richard drehte sich um. Ein älterer Junge hatte eine Erektion, hatte die Hand darumgelegt und bewegte sie auf und ab, führte sein Prachtstück voller Stolz den anderen vor.

Richard wandte sich ab.

Das Fälschen war wirklich zu einfach.

Richard brachte beispielsweise eine passable Imitation von Mr. Murchisons Unterschrift zustande, und auf die Handschrift und Unterschrift seines Hauslehrers verstand er sich ganz besonders gut. Sein Hauslehrer war ein großer, kahler, trockener Mann namens Trellis. Sie verabscheuten einander seit Jahren.

Richard missbrauchte seine Unterschrift, um sich Schulhefte aus dem Schreibwarenbüro zu ergaunern. Dort bekam man Papier, Bleistifte, Kulis oder Lineale, wenn man eine von einem Lehrer unterzeichnete Notiz vorlegte.

Richard schrieb Geschichten und Gedichte und malte Bilder in die Hefte.

Nach dem Bad rubbelte Richard sich ab und zog sich hastig an, denn sein Buch und die verlorene Welt darin warteten auf ihn.

Langsam verließ er das Gebäude. Die Krawatte hing auf Halbmast und das Hemd aus der Hose. Er las über Lord

Greystoke und fragte sich, ob es wirklich eine Welt im Innern der Welt gab, wo Dinosaurier lebten und es niemals Nacht wurde.

Das Tageslicht begann zu schwinden, aber es waren noch einige Jungen draußen, die vor der Schule mit Tennisbällen spielten, eine andere Gruppe hatte sich nahe der Bank zusammengeschart und spielte Kastanienzertrümmern. Richard lehnte an der roten Backsteinmauer und las, die Welt um ihn herum ausgesperrt, die Entwürdigungen des Umkleideraums vergessen.

»Du bist der reinste Schandfleck, Grey.«

Ich?

»Sieh dich doch mal an. Deine Krawatte sitzt völlig schief. Du bist eine Schande für die Schule, genau das bist du.«

Der Junge hieß Lindfield. Er war zwei Klassen über Richard, aber schon so groß wie ein Erwachsener. »Schau dir die Krawatte an. Ich meine, schau sie dir doch mal an.« Lindfield zerrte an Richards grüner Krawatte und zog sie zu einem kleinen, engen Knoten fest. »Jämmerlich.«

Lindfield und seine Freunde schlenderten davon.

Elric von Melniboné stand an der roten Backsteinmauer des Schulgebäudes und starrte ihn an. Richard zog an dem Krawattenknoten und versuchte, ihn zu lockern. Er schnürte ihm die Kehle zu.

Seine Hände tasteten über seinen Hals.

Er konnte nicht atmen, aber atmen war nicht sein größtes Problem. Es war das Stehen, das ihm Sorgen bereitete. Richard hatte plötzlich vergessen, wie man stand. Es war eine Erleichterung festzustellen, wie weich der gepflasterte Weg war, auf dem er gestanden hatte und der jetzt langsam emporschwebte, um ihn zu umfangen.

Sie standen zusammen unter einem Nachthimmel, der von tausenden riesiger Sterne übersät war. Vor ihnen erhob sich eine Ruine, die vielleicht vor langer Zeit einmal ein Tempel gewesen war.

Elrics Rubinaugen starrten auf ihn hinab. Sie sahen aus wie die Augen eines besonders gemeinen weißen Kaninchens, das Richard einmal besessen hatte, ehe es den Maschendraht seines Käfigs durchgebissen hatte und ins ländliche Sussex geflüchtet war, um unschuldige Füchse in Angst und Schrecken zu versetzen. Seine Haut war vollkommen weiß, seine verzierte, elegante Rüstung mit dem verschnörkelten Muster vollkommen schwarz. Das feine weiße Haar umwehte seine Schultern, dabei war es völlig windstill.

Du möchtest also ein Gefährte der Helden sein?, fragte er. Seine Stimme klang sanfter, als Richard sie sich vorgestellt hatte.

Der Junge nickte.

Elric legte einen Finger unter Richards Kinn und zwang seinen Kopf hoch. *Blutaugen*, dachte Richard. *Blutaugen*.

Du bist kein Gefährte, Junge, sagte er in der Hochsprache von Melniboné.

Richard hatte immer gewusst, dass er die Hochsprache verstehen würde, wenn er sie je hören sollte, obwohl er in Latein und Französisch eher schwach war.

Aber was bin ich dann?, fragte er. *Bitte, sag es mir. Bitte.*

Elric gab keine Antwort. Er ließ Richard stehen und ging davon, betrat den verfallenen Tempel.

Richard lief ihm nach.

Im Innern des Tempels fand Richard ein Leben, das auf ihn wartete, bereit, gelebt und getragen zu werden, und im Innern dieses Lebens verbarg sich wieder eines. Jedes Leben, das er anprobierte, verschlang ihn, zog ihn tiefer hinein, weiter fort von der Welt, aus der er gekommen war. Eines nach dem anderen, Existenz folgte Existenz, Traumflüsse und Sternenfelder, ein Falke, der einen Sperling in den Klauen hält, fliegt tief über dem Gras und dort warten kleine, komplizierte Geschöpfte darauf, dass er ihre Köpfe mit Leben füllt und tausende von Jahren vergehen und er hat eine seltsame Aufgabe von großer Wichtigkeit und klarer Schönheit zu erfüllen und er wird geliebt, er wird geehrt und dann ein Ziehen, ein energisches Zerren und es ist …

… es war, als tauche man vom Boden am tiefen Ende

des Schwimmbeckens auf. Sterne erschienen über ihm und verblassten und lösten sich in Blau- und Grüntöne auf und mit einer Empfindung bitterer Enttäuschung wurde er wieder Richard Grey und kam zu sich, erfüllt von einem unbekannten Gefühl. Es war ein ganz bestimmtes Gefühl, so bestimmt, dass es ihn später überraschte, als er feststellte, dass es keinen eigenen Namen hatte: eine Mischung aus Verärgerung und Bedauern darüber, zu etwas zurückkehren zu müssen, das man für längst abgeschlossen und erledigt und vergessen und tot gehalten hat.

Richard lag auf der Erde und Lindfield zerrte an dem kleinen Krawattenknoten. Andere Jungen umstanden sie und die Gesichter, die auf ihn hinabstarrten, waren besorgt, bekümmert und angstvoll.

Lindfield löste den Knoten. Richard rang um Atem, sog begierig Luft in seine Lungen.

»Wir dachten, du markierst nur. Du bist einfach so umgefallen«, sagte irgendwer.

»Halt die Klappe«, fuhr Lindfield auf. »Alles in Ordnung? Es tut mir Leid. Es tut mir wirklich leid. Lieber Himmel. Es tut mir so Leid.«

Einen Moment glaubte Richard, er entschuldige sich dafür, dass er ihn aus der Welt jenseits des Tempels zurückgerufen hatte.

Lindfield war furchtbar erschrocken, besorgt und völlig verängstigt. Während er Richard zum Büro der Hausmutter führte, erklärte er, als er von dem kleinen Laden auf dem Schulgelände zurückgekommen sei, habe er Richard besinnungslos auf dem Weg liegen sehen, umringt von einer Schar neugieriger Jungen, und sofort erkannt, was los war. Richard ruhte sich im Büro der Hausmutter ein bisschen aus und sie gab ihm eine bittere Aspirin-Tablette aus einem riesigen Glas, die sie in einem Plastikbecher mit Wasser auflöste. Anschließend wurde er zum Direktor bestellt.

»Gott, du siehst aber wirklich verlottert aus, Grey«, sagte der Schuldirektor und sog verstimmt an seiner Pfeife. »Man kann dem jungen Lindfield wirklich keinen Vorwurf machen. Außerdem hat er dir das Leben gerettet. Ich will kein weiteres Wort über die Angelegenheit hören.«

»Es tut mir Leid«, sagte Grey.

»Das ist alles«, sagte der Direktor und hüllte sich in eine Wolke aus wohlriechendem Rauch.

»Hast du dich inzwischen für eine Religion entschieden?«, fragte der Schulkaplan, Mr. Aliquid.

Richard schüttelte den Kopf. »Die Auswahl ist ziemlich groß«, gestand er.

Der Schulkaplan war auch Richards Biologielehrer. Vor kurzem hatte er Richards Biologiekurs, fünfzehn dreizehnjährige Jungen und Richard, gerade zwölf, mit zu sich nach Hause genommen. Er wohnte in einem kleinen Haus gegenüber der Schule. In seinem Garten hatte Mr. Aliquid mit einem kleinen scharfen Messer ein Kaninchen getötet, gehäutet und ausgenommen. Dann hatte er die Kaninchenblase mit einer Tretpumpe aufgeblasen wie einen Luftballon, bis sie schließlich platzte und die Jungen mit Blut bespritzte. Richard hatte sich übergeben, aber er war der Einzige.

»Hm«, sagte der Kaplan.

Die Wände seines Büros waren mit Büchern bedeckt. Es war eins der wenigen Lehrerzimmer, das auch nur halbwegs behaglich wirkte.

»Wie steht es mit Masturbation? Masturbierst du unverhältnismäßig viel?« Mr. Aliquids Augen leuchteten.

»Was verstehen Sie unter unverhältnismäßig viel?«

»Tja. Mehr als drei- oder viermal täglich, schätze ich.«

»Nein«, antwortete Richard. »Nicht unverhältnismäßig.«

Er war ein Jahr jünger als die anderen in seiner Klasse, viele Leute schienen das ständig zu vergessen.

Jedes Wochenende fuhr er nach Nord London zu seinen Cousins, mit denen er gemeinsam *bar-mizwa*-Unterricht erhielt. Ihr Lehrer war ein dürrer, asketischer Rabbiner, *frummer* als *frum*, Kabbalist und Hüter der verborgenen Mysterien, zu denen man ihn mit strategisch platzierten Fragen ablenken konnte. Richard war Experte im strategischen Platzieren von Fragen.

Frum bedeutete orthodox, strenggläubig jüdisch. Niemals Milch zusammen mit Fleisch verzehren und getrennte Spülmaschinen für das jeweils Milch und Fleisch zugeordnete Geschirr und Besteck.

Du sollst das Böcklein nicht kochen in der Milch seiner Mutter

Auch Richards Cousins in Nord London waren *frum*, doch heimlich kauften sie sich nach der Schule Cheeseburger und brüsteten sich voreinander dieser großen Heldentaten.

Richard hatte den Verdacht, dass sein Leib sowieso schon hoffnungslos vergiftet war. Allerdings gab es Speisen, wo auch er eine Grenze zog. Kaninchen, zum Beispiel. Er hatte jahrelang Kaninchen gegessen und verabscheut, ehe er dahinterkam, was es war. Jeden Donnerstag gab es zum Mittagessen in der Schule etwas, das er immer für miserables Hühnerfrikassee gehalten hatte. Als er aber eines Donnerstags eine Kaninchenpfote in der Pampe auf seinem Teller fand, fiel der Groschen. Seither aß er sich donnerstags an Brot und Butter satt.

Wenn er mit der U-Bahn nach Nord-London fuhr, ließ er den Blick immer über die Gesichter der anderen Fahrgäste schweifen und fragte sich, ob einer von ihnen wohl Michael Moorcock sei.

Wenn er Moorcock je traf, würde er ihn fragen, wie er zu der Tempelruine zurückgelangen konnte.

Wenn er Moorcock je traf, wäre er vermutlich viel zu verlegen, um zu sprechen.

Wenn seine Eltern abends nicht daheim waren, versuchte er manchmal, Michael Moorcock anzurufen.

Genauer gesagt rief er die Auskunft an und fragte nach Moorcocks Nummer.

»Die kann ich dir leider nicht geben, Kleiner. Das ist eine Geheimnummer.«

Er hatte gebettelt und jede bekannte Überredungstechnik versucht, doch zu seiner Erleichterung immer erfolglos. Er hätte nicht gewusst, was er Moorcock hätte sagen sollen.

Auf der ersten Seite seiner Moorcock-Bücher gab es immer eine Liste: »Von diesem Autor bereits erschienen«, und er machte Häkchen an die Titel, die er schon gelesen hatte.

In diesem Jahr schien es jede Woche einen neuen Moorcock zu geben. Er kaufte sie im Zeitungsladen an der Victoria-Station auf dem Weg zum *bar-mizwa*-Unterricht.

Doch ein paar konnte er einfach nicht finden – *Der Seelendieb* und *Frühstück in den Ruinen* – und schließlich bestellte er sie bei der Adresse, die hinten in den Büchern angegeben war, auch wenn ihn das ein wenig nervös machte. Er überredete seinen Vater, ihm den Scheck auszustellen, den man beifügen musste.

Als die Bücher kamen, lag eine Rechnung über 25 Pence bei; der Preis der Bücher war inzwischen wohl gestiegen. Doch er besaß jetzt *Der Seelendieb* und *Frühstück in den Ruinen*.

Im Klappentext von *Frühstück in den Ruinen* war eine Biografie von Moorcock, die besagte, er sei im vergangenen Jahr an Lungenkrebs gestorben.

Richard brauchte Wochen, um sich von dem Schock zu erholen. Es bedeutete, dass es keine weiteren Bücher mehr geben würde. Nie mehr.

Diese beschissene Biografie. Kurz nachdem sie erschienen war, war ich auf einem Hawkwind-Konzert, breit wie Kuckuck, und die ganze Zeit kamen irgendwelche Leute zu mir und ich dachte, ich wäre tot. Sie sagten fortwährend: »Du bist tot, du bist tot.« Später ging mir auf, dass sie in Wirklichkeit gesagt hatten: »Wir dachten, du bist tot.«
– Michael Moorcock im Gespräch, Notting Hill 1976

Es gab den Ewigen Helden und es gab den Gefährten des Helden. Moonglum war Elrics Gefährte, immer fröhlich, der perfekte Gegenpart zu dem bleichen Prinzen, der zu düsteren Stimmungen und Depressionen neigte.

Dort draußen gab es ein Multiversum, glitzernd und magisch. Es gab die Kräfte des Ausgleichs, die Götter des Chaos und die Herren der Ordnung. Es gab das ältere Volk, groß, blass und elfenhaft, und es gab die jüngeren Königreiche voller Menschen wie er selbst. Blöde, langweilige, normale Menschen.

Manchmal hoffte er, Elric könne sein schwarzes Schwert endgültig beiseite legen und Frieden finden. Aber so kam es nie. Sie gehörten untrennbar zusammen: der weiße Prinz und das schwarze Schwert.

Fuhr das Schwert einmal aus der Scheide, dann dürstete es auch nach Blut, wollte in zuckendes Fleisch stoßen. Und dann saugte es dem Opfer die Seele aus dem Leib und übertrug seine Lebenskraft in Elrics geschwächten Körper.

Richard war mehr und mehr von Sex besessen. Er hatte sogar einen Traum gehabt, wo er Sex mit einem Mädchen hatte. Kurz vor dem Aufwachen hatte er geträumt, wie es sein musste, einen Orgasmus zu haben – es war ein intensives, magisches Gefühl von Liebe, das vom Herzen auszugehen schien. So war das, jedenfalls in seinem Traum.

Ein Gefühl tiefer, transzendenter, spiritueller Glückseligkeit.

Keine Erfahrung, die er je machte, kam diesem Traum gleich.

Nichts kam ihm auch nur nahe.

Der Karl Glogauer in *Sehet den Mann* war nicht mehr derselbe wie in *Frühstück in den Ruinen*, fand Richard, aber trotzdem bereitete es ihm ein eigenartiges, blasphemisches Vergnügen, *Frühstück in den Ruinen* morgens im Chorgestühl der Schulkapelle zu lesen. Solange er diskret war, schien es niemanden zu stören.

Er war der Junge mit dem Buch. Immer und überall.

Sein Kopf war so vollgestopft mit religiösen Themen, dass ihm ganz schwindelig davon wurde. An den Wochenenden beschäftigte er sich jetzt mit den komplexen Zusammenhängen und der Sprache des Judaismus, an jedem Morgen der Woche fand er sich dem Holzduft, dem von Kirchenfenstern so seltsam gebrochenen Licht und der ernsten Feierlichkeit der anglikanischen Kirche ausgesetzt und die Nächte gehörten seiner eigenen Religion, die er für sich erfand, ein seltsames, vielfarbiges Pantheon, wo die Lords des Chaos (Arioch, Xiombarg und die anderen) Seite an Seite existierten mit dem Fremden Phantom der DC Comics und Sam, dem Zauberer-Buddha aus Zelaznys *Herr des Lichts,* und mit Vampiren und sprechenden Katzen und Unholden und all den Wesen aus Langs kolorierten Märchenbüchern, wo alle Mythologien in einer grandiosen Anarchie des Glaubens nebeneinander existierten.

Richard hatte allerdings (nicht ganz ohne Bedauern, musste er zugeben) den Glauben an Narnia aufgegeben. Seit seinem sechsten Lebensjahr – also sein halbes Leben – hatte er felsenfest an alles Narnianische geglaubt, bis ihm letztes Jahr, als er *Die Reise des Morgenrothändlers* etwa zum hundertsten Mal las, plötzlich die Erkenntnis gekommen war, dass die Verwandlung dieses unangenehmen Eustace Scrub in einen Drachen und seine anschließende Bekehrung zum Glauben an Aslan den Löwen eine erschreckende Ähnlichkeit mit Paulus' Bekehrung auf dem Weg nach Damaskus hatte, wenn man seine Blindheit mit dem Drachen gleichsetzte ...

Und nachdem ihm das einmal aufgegangen war, fand er überall Parallelen, zu viele, als dass es bloßer Zufall hätte sein können.

Richard legte die Narnia-Bücher beiseite. Die Erkenntnis, dass sie nichts weiter als Allegorie waren, bekümmerte ihn ebenso wie der Verdacht, dass ein Autor (dem er vertraut hatte) versucht hatte, ihm etwas unterzujubeln. Die gleiche Enttäuschung erlebte er mit den Professor-Challenger-Geschichten, als der hartgesottene alte Professor zum Spiritualismus konvertierte. Nicht dass Richard Probleme mit dem Glauben an Geister hatte – Richard glaubte grundsätzlich an *alles,* ohne dass etwaige Widersprüche ihm je Probleme bereiteten –, aber Conan Doyle wollte einem hier etwas aufschwatzen; seine Predigt schimmerte durch die Worte hindurch. Richard war jung und auf seine Art unschuldig: er war der Ansicht, dass man Schriftstellern vertrauen können müsse, dass unter der Oberfläche einer Geschichte nichts verborgen sein dürfe.

Wenigstens die Elric-Geschichten waren ehrlich. Da passierte nichts unter der Oberfläche. Elric war der Letzte einer ausgestorbenen Art, ein Prinz, geschwächt und erfüllt von Selbstmitleid klammerte er sich an Sturmbringer, sein geschwärztes Schwert – eine Klinge, die nach Leben sang, die menschliche Seelen fraß und deren Lebensenergie an den gezeichneten und entkräfteten Albino übertrug.

Richard las die Elric-Geschichten wieder und wieder und er empfand jedes Mal Freude, wenn Sturmbringer sich in die Brust des Feindes bohrte, spürte eine Art stellvertretende Genugtuung, wenn Elric Kraft aus dem Seelenschwert zog wie ein Heroinsüchtiger aus einem Druck.

Richard war sicher, dass die Leute von Mayflower Books eines Tages die 25 Pence einfordern würden. Er wagte nie wieder, Bücher per Post zu bestellen.

J. B. C. MacBride hatte ein Geheimnis.

»Du darfst es niemandem erzählen.«

»Okay.«

Richard hatte kein Problem damit, Geheimnisse zu hüten. In späteren Jahren kam ihm die Erkenntnis, dass er ein wandelnder Schrein voll alter Geheimnisse war, Geheimnisse, die diejenigen, die sie ihm anvertraut hatten, sicher längst vergessen hatten.

Sie hatten einander einen Arm um die Schultern gelegt und gingen hinauf in das Wäldchen hinter der Schule.

Richard war in diesem Wald bereits zum unfreiwilligen Mitwisser eines anderen Geheimnisses geworden: Hier trafen sich drei von Richards Schulfreunden regelmäßig mit Mädchen aus dem Dorf. Und bei diesen Treffen, hatte man ihm anvertraut, zeigten sie sich gegenseitig ihre Genitalien.

»Ich kann dir nicht sagen, von wem ich das habe.«

»Okay«, sagte Richard.

»Ich meine, es ist wirklich wahr. Und ein absolutes Geheimnis.«

»In Ordnung.«

MacBride hatte in den letzten Monaten viel Zeit mit Mr. Aliquid, dem Schulkaplan, verbracht.

»Also: Jeder Mensch hat zwei Engel. Gott gibt ihnen einen und Satan gibt ihnen einen. Wenn man hypnotisiert wird, übernimmt Satans Engel die Kontrolle. So funktionieren auch diese Ouija-Bretter. Satans Engel bewegt sie. Du kannst deinen Engel von Gott anflehen, durch dich zu sprechen. Aber wahre Erleuchtung kommt nur, wenn du mit deinem Engel reden kannst, denn er verrät dir Geheimnisse.«

Es war das erste Mal, dass Grey der Gedanke kam, die anglikanische Kirche könne ihre eigene Esoterik, eine eigene Kabbala haben.

Der andere Junge blinzelte, als habe er in die Sonne geschaut. »Du darfst es niemandem verraten. Ich kriege Schwierigkeiten, wenn sie erfahren, dass ich es dir verraten habe.«

»In Ordnung.«

Es herrschte ein kurzes Schweigen.

Schließlich fragte MacBride: »Hast du schon mal einem Erwachsenen einen runtergeholt?«

»Nein.« Richards eigenes Geheimnis war, dass er noch nicht angefangen hatte zu masturbieren. All seine Freunde masturbierten, andauernd, allein, zu zweit oder in Gruppen. Er war ein Jahr jünger als sie und verstand nicht, was die ganze Aufregung sollte. Das ganze Thema bereitete ihm Unbehagen.

»Alles voller Sperma. Es ist dickflüssig und zäh. Sie wollen dich immer dazu kriegen, dass du ihren Schwanz in den Mund nimmst, wenn sie abspritzen.«

»Iihh.«

»Ist gar nicht so schlimm.« Er unterbrach sich kurz. »Weißt du, Mr. Aliquid meint, du bist sehr klug. Wenn du dich seiner privaten religiösen Diskussionsgruppe anschließen wolltest, wäre er bestimmt einverstanden.«

Diese private Diskussionsgruppe traf sich zweimal pro Woche in Mr. Aliquids kleinem Junggesellenhaus gegenüber der Schule, abends nach den Hausaufgaben.

»Ich bin kein Christ.«

»Na und? Du bist trotzdem Klassenbester im Religionsunterricht, Judenbengel.«

»Trotzdem, nein, danke. Hey, ich hab einen neuen Moorcock. Einen, den du noch nicht gelesen hast. Ein Elric-Buch.«

»Das kann nicht sein. Es gibt keine neuen.«

»Doch. Es heißt *Die Augen des Jademannes*. Es ist in grüner Schrift. Ich hab's in einem Buchladen in Brighton gefunden.«

»Leihst du's mir, wenn du es ausgelesen hast?«

»'türlich.«

Es wurde kalt und sie gingen zurück, Arm in Arm. Wie Elric und Moonglum, dachte Richard bei sich und das war nicht mehr oder weniger unsinnig als MacBrides Engel.

Manchmal malte Richard sich aus, dass er Michael Moorcock entführte und ihn zwang, Richard sein Geheimnis zu verraten.

Wenn man ihn gefragt hätte, hätte Richard gar nicht sagen können, was genau dieses Geheimnis denn eigentlich sein sollte. Es hatte etwas mit Schreiben zu tun. Und mit Göttern.

Richard fragte sich, woher Moorcock seine Ideen bekam.

Vermutlich aus dem verfallenen Tempel, entschied er schließlich, auch wenn er sich nicht mehr entsinnen konnte, wie der Tempel ausgesehen hatte. Er erinnerte sich an einen Schatten, an Sterne und an die Empfindung von Schmerz bei der Rückkehr zu etwas, das er für längst abgeschlossen gehalten hatte.

Er fragte sich, ob alle Schriftsteller ihre Ideen von dort bekamen oder nur Michael Moorcock.

Wenn man ihm gesagt hätte, dass sie sich das alles einfach nur ausdachten, in ihren Köpfen ersponnen, hätte er es niemals geglaubt. Es musste doch einen Ort geben, woher die Magie kam.

Oder nicht?

Vor ein paar Tagen ruft mich abends dieser Typ aus Amerika an und sagt zu mir: »Hör'n Sie mal, Mann, ich muss mit Ihnen über Ihre Religion reden.« Ich sage: »Ich hab keine Ahnung, wovon Sie da faseln, ich hab keine scheiß Religion.«
– Michael Moorcock im Gespräch, Notting Hill 1976

Sechs Monate waren vergangen. Die *bar-mizwa* lag hinter Richard und er sollte bald die Schule wechseln. Er saß zusammen mit J. B. C. MacBride am frühen Abend auf dem Rasen vor der Schule. Sie lasen. Richards Eltern wollten ihn von der Schule abholen, aber sie hatten sich verspätet.

Richard las *Der englische Attentäter*. MacBride war in *Der Teufel zieht aus* vertieft.

Richard stellte fest, dass er das Buch immer dichter vor die Augen hielt. Es war noch nicht ganz dunkel, aber er konnte nicht mehr lesen. Alles verwandelte sich in Grautöne.

»Mac? Was willst du werden, wenn du erwachsen bist?«

Der Abend war lau, das Gras trocken und weich.

»Ich weiß noch nicht. Schriftsteller vielleicht. Wie Michael Moorcock. Oder T. H. White. Was ist mit dir?«

Richard überlegte. Der Himmel war jetzt grau-violett. Hoch oben stand ein hauchdünner Fingernagelmond, wie der Splitter eines Traums. Er riss einen Grashalm aus und zerpflückte ihn langsam in kleine Schnipsel, Stück um Stück. Er konnte jetzt nicht auch »Schriftsteller« sagen. Es würde aussehen, als wolle er ihn nachahmen. Und er wollte auch eigentlich gar kein Schriftsteller werden. Es gab andere Dinge, die man werden konnte.

»Wenn ich groß bin«, sagte er schließlich versonnen, »möchte ich ein Wolf werden.«

»Das gibt es nicht«, entgegnete MacBride.

»Vielleicht nicht«, sagte Richard. »Wir werden sehen.«

Hinter den Fenstern der Schule flammten nach und nach die Lampen auf und ließen den violetten Himmel dunkler erscheinen als zuvor. Der Sommerabend war mild und still. Um diese Jahreszeit dauern die Tage ewig und es wird niemals wirklich Nacht.

»Ich wäre gern ein Wolf. Nicht immer. Nur manchmal. Im Dunkeln. Nachts möchte ich wie ein Wolf durch den Wald laufen«, sagte Richard mehr zu sich selbst. »Ich würde nie jemandem was tun. Nicht so ein Wolf. Ich würde einfach weiter und immer weiter rennen im Mondlicht unter den Bäumen und niemals müde werden oder außer Atem sein und nie anhalten müssen. Das möchte ich werden, wenn ich erwachsen bin …«

Er riss noch einen Grashalm aus, schälte die Blätter geschickt ab und kaute dann langsam den Stängel.

Und die beiden Kinder saßen allein im grauen Zwielicht, Seite an Seite, und warteten auf den Anbruch der Zukunft.

Kalte Farben

I.

Um neun Uhr früh vom Briefträger geweckt,
der, wie sich herausstellt, nicht der Briefträger, sondern ein
[Handlungsreisender in Tauben ist
und ruft:
»Fette Tauben, zarte Tauben, schneeweiß, steingrau,
lebende, atmende Tauben,
nicht dieser reanimierte Abfall, Sir.«

Tauben habe ich mehr als genug und das sage ich ihm.
Er erklärt, er sei neu im Geschäft,
vormals für eine recht erfolgreiche Firma
im Bereich Finanzsicherheitsanalyse tätig gewesen,
eh er entlassen wurde, ersetzt durch einen mit einer
[Kristallkugel verkabelten Rechner.

»Aber ich will nicht klagen, eine Tür öffnet sich, die andere
[schlägt zu,
man muss mit der Zeit gehen, Sir, man muss mit der Zeit
[gehen.«
Er schenkt mir die Taube.
(Um Sie als Kunden zu werben, Sir.
Wenn sie unsere Tauben probiert haben, schauen Sie keine
[andere mehr an.)
Steigt die Treppe hinab und singt:
»Fideralala, fideralala.«

Zehn Uhr, nach Bad und Rasur.
(Salben für ewige Jugend und eine gewisse erotische
[Ausstrahlung kommen aus Plastikbehältern.)
Ich trag die Taube ins Arbeitszimmer;

ich erneuere den Kreidekreis um meinen alten Dell 310,
häng Amulette in die vier Ecken des Monitors

und tu, was getan werden muss, mit der Taube.

Dann schalte ich den Computer ein: er rattert und summt,
der Ventilator im Innern bläst wie die Winde auf alten
[Meeren,
bereit, arme Kauffahrer zu ertränken.
Nach der Autoexec piepst er:
Ich will, ich will, ich will ...

II.

Zwei Uhr und ich streife durch mein vertrautes London
– oder das, was mein vertrautes London war, ehe der
[Cursor gewisse Gewissheiten löschte.
Ich sehe einen Krawattenträger,
der den Psion Organizer in seiner Brusttasche säugt,
das serielle Interface sucht an seiner Brust nach Nahrung,
vertrautes Gefühl, und mein Atem formt Dampfwolken in
[der Luft.

Kalt wie ein Todeshauch diese Tage in London,
man soll nicht denken, dass erst November ist,
und unter der Erde hört man das Rumpeln von Zügen.
Seltsam: U-Bahnen sind beinah Legende heutzutage,
halten nur noch für Jungfrauen und jene, die reinen
[Herzens sind;
nächster Halt Avalon, Lyonesse oder die Inseln der Seligen.
[Vielleicht
kriegst du eine Postkarte, vielleicht auch nicht.
Wie dem auch sei, ein Blick in den Abgrund beweist:
unter London ist kein Platz mehr für Züge;
Ich wärme mir die Hände über einem Schlund.
Flammen züngeln herauf.

Dort unten ist ein grinsender Dämon, er sieht mich, winkt,
[formt Worte,
überdeutlich, als sei ich taub, weit fort oder Ausländer.
Seine Verkaufsveranstaltung ist perfekt: Er mimt einen
[Dwarror Clone,
mimt Software jenseits meiner Vorstellungskraft,
Albertuns Magnus ARChived auf drei Disketten,
Claviculae Solomon für VGA, CGA, Vierfarb oder
[Monochrome,
mimt
und mimt
und mimt.

Die Touristen lehnen sich über die Balustraden der Hölle,
begaffen die Verdammten
(vielleicht das Schlimmste an der Verdammnis;
ewige Qualen kann man in würdevollem Schweigen
[ertragen, allein,
doch ein Publikum, das Chips und Pommes und Maronen
[frisst,
ein Publikum, das nur mäßig interessiert ist …
Sie müssen sich vorkommen wie Tiere im Zoo,
die Verdammten).

Tauben flattern in der Hölle umher, segeln mit dem
[aufsteigenden Luftstrom,
ihr kollektives Gedächtnis sagt ihnen vielleicht,
dass hier irgendwo vier Löwen sein sollten,
ungefrorenes Wasser, ein Steinmann darüber;
umringt von Touristen.
Einer macht ein Geschäft mit dem Dämon: ein Zehnerpack
[Blankodisketten für seine Seele.
Eine hat einen Verwandten in den Flammen entdeckt und
[winkt:
»Huhu! Huhu! Onkel Joseph! Guck mal, Nerissa, dein
[Großonkel Joe,
der gestorben ist, eh du zur Welt kamst,
das ist er da unten im Modder, bis zu den Augen im
[kochenden Schleim

und Würmer kriechen ihm übers Gesicht.
So ein netter Mann.
Wir haben alle geweint bei seiner Beerdigung.
Wink deinem Onkel, Nerissa, wink deinem Onkel.

Der Taubenmann stellt seine Fallen auf dem rissigen
[Gehweg
streut Brotkrumen aus und wartet.
Er lüpft seinen Hut vor mir.
»Ich hoffe, die Taube entsprach Ihren Wünschen, Sir?«
Ich versich're, das tat sie, und geb ihm einen Goldschilling
(den er verstohlen an seinen eisernen Handschuh schlägt,
um sich zu vergewissern, dass er auch echt ist).

Dienstags, sag ich ihm. Kommen Sie dienstags.

III.

Vogelbeinige Häuschen und Hütten verstopfen die Straßen
[der Stadt,
steigen staksend über Taxis, scheißen Asche auf Passanten,
bilden Schlangen hinter den Bussen,
tschacktschacktschacktschacktschurk murmeln sie.
Alte Frauen mit Eisenzähnen schauen aus den Fenstern
eh sie sich wieder den Zauberspiegeln zuwenden
oder der Hausarbeit,
Hoover, die gute Wahl gegen schmutzige Luft.

IV.

Sechzehn Uhr in Old Soho,
diesem Trödelmarkt verlorener Technologie.
Das Knirschen der Federn in alten Zauberkästen,
[aufgezogen
mit silbernen Uhrwerksschlüsseln,
ertönt schnarrend aus jeder Engel- und
Uhrmacherwerkstatt, den Zaubertrank- und Tabakläden.

Es regnet.

BBS-Kids in Schlapphüten fahren Zuhälterschlitten,
moderne Luden,
Könige im Reich von Signal to Noise,
und all ihre neongepunkteten Pferdchen flirten und drehen
[sich
unter den Lichtern,
Sukkuben und Inkuben mit Verfallsdatum und Chip-Card-
[Augen.
Sie sind dein – wenn du deinen PIN-Code weißt,
dein Gültigkeitsdatum und all dieses Zeug.
Eine zwinkerte mir zu
(blinkt an, an-aus, aus-aus-an),
Noise schluckt Signal in Fummelfellatio.
(Ich kreuze die Finger,
ein binärer Schutz gegen Hexen,
wirkt als Supraleiter genauso wie gegen Aberglauben.)
Zwei Poltergeister essen aus Pappschachteln. Old Soho
[macht mich immer nervös.

Brewer Street: Ein Zischen aus einer Gasse: Mephisto
[öffnet seinen braunen Mantel,
zeigt mir das Futter (eine Datenbank alter Beschwörungen,
Priester treiben's mit Geistern – im Diagramm) flucht und
[fragt mich:
Einen Feind ausschalten?
Eine Ernte vernichten?
Eine Leibesfrucht verdorren?
Eine Unschuld verderben?
Eine Party ruinieren …?

Wie wär's, Sir? Nein, Sir? Überlegen Sie es sich.
Nur ein Tropfen Ihres Blutes auf diesen Printout geträufelt
und Sie werden stolzer Besitzer eines neuen Voice-
[Synthesizers. Hören Sie nur …
Er stellt einen tragbaren Zenith auf den alten Koffer, der
[ihm als Tisch dient,

lockt damit eine Zuschauerschar, verkabelt die Voicebox, gibt ein
C: GO
und eine klare, reine Stimme zitiert:
Orientis princeps Beelzebub, inferni irredentista menarche et
[demigorgon, propitiamus vos ...

Ich eile weiter, die Straße hinab,
Papiergeister wirbeln umher, alte Computerdrucke,
und immer noch hör ich ihn wie einen Marktschreier:
Nicht zwanzig
nicht achtzehn
nicht fünfzehn
Hat mich zwölf gekostet, Lady, so wahr Satan mir
[helfe.
Doch weil Sie so hübsch sind und
um Sie aufzumuntern, kriegen Sie es für

Fünf.
Ganz recht.

Fünf
Verkauft an die Dame mit den schönen Augen ...

V.

Grünlich grau kauert der Erzbischof, blind in der
[Dunkelheit auf der Mauer von St. Paul's,
klein, vogelhaft, leuchtend summt er: Input/Output,
[Input/Output.
Es ist schon fast sechs und der Stoßverkehr aus
[gestohlenen Träumen
und erweitertem Speicher verstopft den Gehweg unter uns.

Ich reich dem Mann mein Glas.
Er nimmt es behutsam und schlurft in den lauernden
[Schatten der Kathedrale.

Als er zurückkommt, ist das Glas wieder voll.
»Garantiert heilig?«, frag ich im Scherz.
Er zieht Buchstaben in den gefrorenen Dreck: WYSIWYG
Und lächelt nicht mal.

(Wisiwig. Whiskey weg.)
Er hustet milchig grauen Schleim,
spuckt auf die Stufen.

Was ich in dem Glas sehe, scheint in der Tat heilig, doch
[man weiß ja nie,
wenn man nicht selbst eine Sirene ist oder ein Geist,
der aus dem Telecom-Mundstück herausflockt, den
[Piepston reitet,
eine Anrufung, eine ganz Falsche Nummer, dann erkennt
[man das Unheilige.
Ich hab schon früher Telefone in dem Zeug versenkt,
sah Dinge sich formen
dann zischen und schmelzen, als das Wasser wirkte:
gereinigt, geläutert, die Letzte Segnung.
Eines Nachmittags
hatte ich eine ganze Schlange von ihnen auf meiner
[Mailbox:
Ich hab sie auf Diskette kopiert und abgelegt.
Wollen Sie?
Hör'n Sie, für Geld gibt es alles.

Der Priester ist unrasiert und er hat das Zittern.
Sein weinbeflecktes Ornat hält ihn nicht warm.
Ich geb ihm Geld.
(Nicht viel. Immerhin
ist es nur Wasser, manche Leute sind so blöd,
die lösen sich komplett auf,
wenn man sie mit Perrier besprengt,
verflucht noch mal, und heulen dabei:
Durch meine Schuld, durch meine wunderbare Schuld.)

Der alte Priester steckt die Münze ein, schenkt mir
einen Beutel mit Krumen als Bonus,
setzt sich auf die Treppe und schlingt die Arme um sich.

Ich hab das Gefühl, ich muss etwas sagen, ehe ich geh.
Hören Sie, sag ich, es ist ja nicht Ihre Schuld.
Es ist nur das Multi-User-System.
Sie konnten's nicht ahnen.
Könnte man Gebete ins Netz stellen,
wäre die Saintware nur besser gelaufen,
könnten Sie Ihre Seite so zuverlässig machen wie sie ihre …
»Was Sie sehen«, murmelt er traurig,
»Was Sie sehen, ist, was Sie kriegen.« Er zerbricht eine
[Hostie
und wirft sie den Tauben hin,
versucht nicht mal, die langsamste zu erwischen.

Kalte Kriege machen schlechte Verlierer.
Ich gehe heim.

VI.

Nachrichten um zehn. Und hier ist Abel Drugger, der sie
[verliest:

VII.

Im Augenwinkel seh ich flinke, blutlose Bewegungen –
eine Maus?
Nun, jedenfalls irgendwas Peripheres.

VIII.

Zeit fürs Bett. Ich fütt're die Tauben
und zieh mich aus.

Erwäge, noch einen Sukkubus runterzuladen
oder auch nur einen Kuppler
(gibt's im freien Bereich, Huren und Viren,
Shareware, nicht nötig, viel Geld zu bezahlen,
selbst kopiergeschütztes Zeug wird kopiert und verteilt,
alles hat einen Preis, jeder von uns).
Dryware, Wetware, Hardware, Software,
Schwarzware, Fluchware,
Nachtware, Nachtmahre …
Einladend blinkt das Modem am Telefon,
rote Augen.
Ich lass es ruh'n …
Heutzutage kann man niemandem trauen.
Wenn man etwas runterlädt, weiß man doch nicht mehr,
wo zur Hölle was herkommt,
wer es als Letzter gehabt hat.
Oder etwa nicht? Fürchtet ihr euch nicht vor Viren?
Selbst die besser geschützten Dateien greifen sie an
und die am besten geschützten zerfressen sie vollends.

In der Küche hör ich die Tauben turteln und gurren,
träumen von linkshändigen Messern,
von Untoten und Spiegeln.

Taubenblut befleckt meinen Fußboden.

Ich schlafe allein. Und ganz allein träume ich.

IX.

Vielleicht wach ich auf in der Nacht mit einer plötzlichen
[Einsicht,
strecke die Hand aus,
kritzle etwas auf einen alten Umschlag,
meine Offenbarung, mein neues Verständnis,
weiß, dass es am Morgen banal wirken wird,

dass Magie nur der Nacht angehört,
und erinnere mich, wie es war, als noch …

Offenbarung wird zum Klischee: hört zu:
Das Leben war einfacher, bevor wir Computer hatten.

X.

Wach oder träumend hör ich von draußen
wilde Sabbate, schreiende Winde, Tonbandrauschen,
[scheppernde Musik,
Hexen reiten auf Ghettoblastern, fliegen zum Mond,
landen dann auf der Heide mit nackten, schimmernden
[Flanken.
Niemand zahlt hier Eintritt, das erledigt man vorher.
Kinderknochen, an denen noch Fett hängt;
das geht per Lastschrift, per Dauerauftrag,
und ich sehe
oder glaube zu sehen
ein bekanntes Gesicht und alle stehen an, um seinen Arsch
[zu küssen,
lasst uns dem Teufel einen blasen, Jungs, kalter Samen,
und in der Dunkelheit dreht er sich um und sieht mich an:
Eine Tür öffnet sich, die andere schlägt zu,
Ich hoffe, alles war nach Ihren Wünschen?
Man muss tun, was man kann, jeder hat ein Recht, ehrlich
[sein Brot zu verdienen,
wir sind alle bankrott, Sir,
alle entlassen,
doch wir machen das Beste draus, Augen zu und durch,
nur so kann es gehen. Ein faires Geschäft ist kein
[Diebstahl.
Also dann, Dienstagmorgen, Sir, wegen der Tauben?

Ich nicke und schließe den Vorhang. Überall Werbepost.
Sie kriegen dich,
so oder anders kriegen sie dich irgendwann.

Ich werd meine U-Bahn finden unter der Erde und keine
[Fahrkarte lösen,
nur »Dies ist die Hölle und ich will hier raus«,
und dann werden die Dinge wieder einfach sein.

Wie ein Drache in einem finsteren Tunnel wird es über
[mich kommen.

Der Traumfeger

Wenn alle Träume vorüber sind und du aufwachst, die Welt des Wahnsinns und der großen Taten hinter dir lässt, um in die sonnenhelle Banalität deines Alltags zurückzukehren, dann kommt der Traumfeger an den verlassenen Ort, wo du die Ruinen deiner Gespinste zurückgelassen hast.

Wer kann schon sagen, was er war, als er gelebt hat? Oder ob er überhaupt je gelebt hat? Deine Fragen wird er bestimmt nicht beantworten. Er spricht wenig, nur selten hört man seine rostige Grummelstimme und wenn er doch einmal redet, dann übers Wetter und die Aussichten, die Siege und Niederlagen gewisser Sportmannschaften. Er verachtet jeden außer sich selbst.

Wenn du gerade aufwachst, kommt er zu dir, fegt Königreiche und Schlösser weg, Engel und Eulen, Ozeane und Berge. Er kehrt die Lust, die Liebe und die Liebenden zusammen, die Weisen, die keine Schmetterlinge sind, die Blumen aus Fleisch, den Lauf der Hirsche und den Untergang der *Lusitania*. Er kehrt alles auf, was du in deinen Träumen zurückgelassen hast, das Leben, das du gelebt, die Augen, durch die du geblickt hast, auch die Examensfragen, die du nicht wusstest. Stück um Stück fegt er sie weg: die Frau, die ihre pfeilspitzen Zähne in dein Gesicht schlug, die Nonnen im Wald, den toten Arm, der plötzlich aus dem lauwarmen Badewasser auftauchte, die scharlachroten Würmer, die in deiner offenen Brust umherkrochen, als du dein Hemd aufgeknöpft hast.

Er fegt es weg, alles, was du beim Aufwachen zurückgelassen hast. Und dann verbrennt er es, hinterlässt die Bühne besenrein für deine Träume der kommenden Nacht.

Sei nett zu ihm, wenn du ihn siehst. Sei höflich. Stell ihm keine Fragen. Bejubele die Siege seiner Fußballmannschaft, bekunde dein Mitgefühl, wenn sie verliert, sei seiner Meinung, was das Wetter betrifft. Erweise ihm den Respekt, der ihm seiner Ansicht nach zusteht.

Denn es gibt Menschen, die er nicht mehr besucht, der Traumfeger, mit seinen selbst gedrehten Zigaretten und der Drachentätowierung.

Du hast sie bestimmt schon mal gesehen. Sie haben Münder, die zucken, und Augen, die stieren, und sie brabbeln und heulen und wimmern. Manche von ihnen laufen in zerlumpter Kleidung durch die Straßen der Stadt, ihre Habseligkeiten unter dem Arm. Andere sind im Dunkeln eingesperrt, an Orten, wo sie sich und anderen keinen Schaden mehr zufügen können. Sie sind nicht wahnsinnig, oder genauer gesagt, der Verlust ihrer geistigen Gesundheit ist das geringere ihrer Probleme. Es ist schlimmer als Wahnsinn. Sie erzählen dir davon, wenn du sie lässt: sie sind diejenigen, die Tag für Tag in den Ruinen ihrer Träume leben.

Und wenn der Traumfeger dich einmal verlassen hat, kommt er nie wieder.

Fremdkörper

Die Geschlechtskrankheit ist ein Leiden, welches man sich in Folge unreinen Verkehres zuzieht. Die fürchterlichen Folgen, die aus dieser Erkrankung resultieren können – Folgen, die den Verstand auf Jahre hinaus mit Angstzuständen heimsuchen können, die die Wurzeln der Gesundheit angreifen und selbst das junge Blut unschuldiger Nachkommenschaft verunreinigen mögen – sind in der Tat grauenvoll sich vorzustellen, so grauenvoll, dass man nicht zögern darf, diese Krankheit als eine derjenigen einzustufen, die umgehender ärztlicher Behandlung bedarf.

– Dr. med. Spencer Thomas, Lizentiat des Royal College of Science, Edinburgh

Lexikon der Hausmedizin und heimischen Krankenpflege, 1882

Simon Powers hatte nicht viel für Sex übrig.

Er mochte es nicht, mit jemand anderem zusammen im selben Bett zu liegen, und er fürchtete immer, zu früh zu kommen. Außerdem hatte er jedes Mal das unangenehme Gefühl, dass seine Leistung irgendwie bewertet würde, wie bei der Fahrprüfung oder einem Examen.

Während der Zeit auf dem College hatte er ein paar Mal mit Mädchen geschlafen und einmal, vor drei Jahren, nach einer Silvesterparty im Büro. Aber das war alles gewesen und wenn es nach Simon ging, konnte es gern dabei bleiben.

Irgendwann, als er mal im Büro saß und nichts zu tun hatte, war ihm der Gedanke gekommen, dass er gern in den Tagen von Königin Victoria gelebt hätte, als gut erzogene Frauen im Schlafzimmer nur passive, duldsame Puppen gewesen waren: Sie schnürten ihr Korsett auf und rafften die Röcke (wobei sie rosa-weißes Fleisch enthüllten), lagen dann still und ließen die Entwürdigungen des Aktes über sich ergehen – ohne dass sie je im Traum auf den Gedanken gekommen wären, dass diese Entwürdigung ihnen eigentlich Freude bereiten sollte.

Er merkte sich das für später; eine neue Masturbationsfantasie.

Simon masturbierte sehr häufig. Jeden Abend, mehr als einmal, wenn er nicht einschlafen konnte. Er konnte so schnell oder langsam zum Höhepunkt kommen, wie er wollte. Und in seinen Gedanken, hatte er sie alle gehabt: Film- und Fernsehstars, Frauen aus dem Büro, Schulmädchen, die nackten Models, die ihn von den Fotos der eselsohrigen *Fiesta!* anschmollten, gesichtslose Sklavinnen in Ketten, braun gebrannte Jünglinge mit Körpern wie die griechischer Götter …

Nacht für Nacht zogen sie in einer langen Parade vor ihm einher.

So war es sicherer.

In seinen Gedanken.

Und anschließend schlief er ein, entspannt und geborgen in einer Welt, die er selbst kontrollierte, und er schlief traumlos. Oder zumindest erinnerte er sich morgens nie an irgendwelche Träume.

Am Morgen, als es anfing, weckte ihn das Radio (»… zweihundert Tote und zahllose Verletzte und jetzt gebe ich ab an Jack für den Wetterbericht und die Verkehrsnachrichten …«). Seine Blase schmerzte. Er quälte sich aus dem Bett und stolperte ins Bad.

Er klappte den Toilettendeckel hoch und urinierte. Es fühlte sich an, als pinkelte er Nadeln.

Nach dem Frühstück musste er nochmals urinieren – weniger schmerzhaft, da der Druck nicht so groß war – und noch dreimal vor der Mittagspause.

Es tat jedes Mal weh.

Er sagte sich, dass es unmöglich eine Geschlechtskrankheit sein könne. Das war etwas, das andere Leute sich holten, etwas (er dachte an seinen letzten sexuellen Fremdkontakt vor drei Jahren), das man nur von anderen Leuten bekam. Man konnte sich doch nicht wirklich an Toilettenbrillen anstecken, oder? War das nicht nur ein Märchen?

Simon Powers war sechsundzwanzig und arbeitete bei einer großen Londoner Bank in der Abteilung Kreditsicherheiten. Er hatte wenige Freunde bei der Arbeit. Sein einziger echter Freund, Nick Lawrence, ein einsamer Kanadier, war kürzlich in eine andere Filiale versetzt worden und so saß Simon allein in der Kantine, starrte auf das Legoland der Docklands hinab und stocherte in einem welken grünen Salat herum.

Jemand tippte ihm auf die Schulter.

»Simon, ich hab heut einen ziemlich guten Witz gehört. Soll ich?« Jim Jones war der Büroclown, ein dunkelhaariger, quirliger junger Mann, der behauptete, er habe eine Extratasche für Kondome in seinem Boxershorts.

»Ähm … klar.«

»Also: Was sagte die Frau mit dem Sperma auf der Brille?«

»Keine Ahnung.«

»›Ich hab's kommen sehen!‹«

Simons Gesicht verriet wohl sein Unverständnis, denn Jim seufzte und sagte: »Meine Güte, hast du 'ne lange Leitung …« Dann entdeckte er eine Gruppe junger Frauen an einem Tisch am anderen Ende des Raums, rückte seine Krawatte zurecht und trug sein Tablett zu ihnen herüber.

Er hörte Jim seinen Witz den Frauen erzählen.

Sie alle kapierten auf Anhieb.

Simon ließ seinen Salat stehen und ging zurück an die Arbeit.

An diesem Abend saß er in einem Sessel in seiner Einzimmerwohnung vor dem ausgeschalteten Fernseher und versuchte, sich an alles zu erinnern, was er über Geschlechtskrankheiten wusste.

Da gab es Syphilis, die das Gesicht vernarbte und die Könige von England in den Wahnsinn trieb; Gonorrhö – Tripper – grüner Schleim und noch mal Wahnsinn; Sackratten, kleine Filzläuse, die in der Schambehaarung nisteten und juckten (er inspizierte seine Schamhaare mit einer

Lupe, aber nichts bewegte sich); AIDS, der Fluch der Achtziger, der den Ruf nach sauberen Nadeln und sicherem Sex hatte laut werden lassen (aber was konnte sicherer sein, als sich allein und sauber einen abzuwichsen und in eine Handvoll weißer Papiertücher zu spritzen?); Herpes, der irgendetwas mit Lippenbläschen zu tun hatte (er untersuchte seinen Mund vor dem Spiegel, aber da war nichts zu entdecken). Das war alles, was er wusste.

Er ging zu Bett, sorgte sich in den Schlaf und wagte nicht zu masturbieren.

In dieser Nacht träumte er von winzigen Frauen mit leeren Gesichtern, die wie eine Ameisenarmee in endlosen Reihen zwischen gewaltigen Bürotürmen entlangmarschierten.

Zwei Tage lang unternahm Simon nichts wegen der Schmerzen. Er hoffte, sie würden von selbst verschwinden. Doch stattdessen wurden sie schlimmer. Bis zu einer Stunde nach dem Urinieren hielt der Schmerz an und sein Penis fühlte sich innen wund und gereizt an.

Am dritten Tag rief er in der Praxis seines Hausarztes an, um einen Termin zu erbitten. Ihm graute davor, der Sprechstundenhilfe sein Problem schildern zu müssen, doch zu seiner Erleichterung (und gleichzeitigen Enttäuschung) gab sie ihm ohne weitere Nachfragen einen Termin für den folgenden Tag.

Er sagte seiner Chefin bei der Bank, er habe eine Halsentzündung und müsse damit zum Arzt. Er spürte, wie ihm das Blut in die Wangen schoss, als er das sagte, doch sie gab keinen Kommentar dazu ab, antwortete lediglich, das sei in Ordnung.

Als er ihr Büro verließ, stellte er fest, dass er zitterte.

Es war ein grauer, nasser Tag, als er zum Arzt kam. Niemand war im Wartezimmer und so wurde er gleich hereingerufen. Es war nicht sein Hausarzt, der ihn empfing, stellte er erleichtert fest, sondern ein junger Pakistani in Simons Alter, der seine gestammelte Beschreibung der Symptome mit der Frage unterbrach:

»Und urinieren wir mehr als gewöhnlich?«

Simon nickte.
»Ausfluss?«
Simon schüttelte den Kopf.
»Okay. Lassen Sie doch mal die Hosen runter, wenn's Ihnen nichts ausmacht.«
Simon ließ sie auf die Knöchel hinabrutschen und der Doktor besah sich seinen Penis. »Sie haben doch Ausfluss, wissen Sie«, sagte er.
Simon zog sich wieder an.
»Nun sagen Sie mir, Mr. Powers, halten Sie es für denkbar, dass Sie sich bei irgendwem mit einer … ähm, Geschlechtskrankheit infiziert haben könnten?«
Simon schüttelte emsig den Kopf. »Ich hatte seit fast drei Jahren keinen Sex.« Mit jemand anderem, hätte er beinah gesagt.
»Nein?« Offensichtlich glaubte der Arzt ihm nicht. Er roch nach exotischen Gewürzen und hatte die weißesten Zähne, die Simon je gesehen hatte. »Nun, Sie haben entweder Gonorrhö oder USU. Vermutlich USU: Unspezifische Urethritis. Die ist weniger berühmt und weniger schmerzhaft als Gonorrhö, aber es kann schwierig sein, sie wieder loszuwerden. Gonorrhö behandelt man mit einer ordentlichen Ladung Antibiotika und alles ist vergessen. Tötet die kleinen Bastarde ab …« Er klatschte zweimal in die Hände, »einfach so«.
»Also Sie wissen es nicht?«
»Was von beiden es ist? Lieber Gott, nein. Ich werd nicht mal versuchen, es rauszufinden. Ich schicke Sie in eine Spezialklinik, die sich mit solchen Sachen befasst. Ich schreibe Ihnen eine Überweisung.« Er holte ein Formular aus der Schreibtischschublade. »Was machen Sie beruflich, Mr. Powers?«
»Ich arbeite bei einer Bank.«
»Kassierer?«
»Nein.« Er schüttelte den Kopf. »Sachbearbeiter in der Kreditsicherheitenabteilung.« Ihm kam ein Gedanke. »Bei der Bank muss doch keiner hiervon wissen, oder?«
Der Arzt wirkte entsetzt. »Um Himmels willen, nein.«

In einer säuberlichen, runden Handschrift stellte er die Überweisung aus, die besagte, dass Simon Powers, sechsundzwanzig Jahre alt, vermutlich an USU leide. Er habe Ausfluss. Habe angegeben, seit drei Jahren keinen Geschlechtsverkehr gehabt zu haben. Man möge ihn bitte über die Untersuchungsergebnisse in Kenntnis setzen. Er unterschrieb mit einem Schnörkel. Dann gab er Simon eine Karte mit Anschrift und Telefonnummer der Spezialklinik. »Hier. Da gehen Sie hin. Und machen Sie sich keine Gedanken, so was passiert vielen Leuten. Sehen Sie den Stapel Karten hier? Also, keine Sorge, bald sind Sie wieder ganz auf dem Posten. Rufen Sie dort an, wenn Sie nach Hause kommen, und machen einen Termin.«

Simon nahm die Karte und stand auf, um zu gehen.

»Keine Bange«, sagte der Doktor. »Es wird sicher nicht schwierig zu behandeln sein.«

Simon nickte und versuchte zu lächeln.

Er öffnete die Tür, um zu gehen.

»Und auf jeden Fall ist es nichts wirklich Tückisches, wie etwa Syphilis«, sagte der Arzt noch.

Zwei ältere Damen, die jetzt im Wartebereich im Korridor saßen, sahen hingerissen auf, als sie das hörten, und starrten Simon gierig an, der eilig zum Ausgang schritt.

Er wünschte, er wäre tot.

Als er draußen stand und auf seinen Bus wartete, dachte Simon: *Ich* habe eine Geschlechtskrankheit. Ich *habe* eine Geschlechtskrankheit. Ich habe eine *Geschlechtskrankheit*. Wieder und wieder, als sei es ein Mantra.

Fehlte nur noch, dass er im Gehen eine Glocke läutete.

Im Bus bemühte er sich, den anderen Fahrgästen nicht zu nahe zu kommen. Er war überzeugt, sie wussten es (sahen sie denn nicht das Pestzeichen auf seiner Stirn?), und gleichzeitig schämte er sich, dass er es vor ihnen geheim halten musste.

Als er nach Hause kam, ging er umgehend ins Bad. Er rechnete damit, ein halb verwestes Horrorfilmgesicht im Spiegel zu sehen, einen verrotteten, mit bläulichem Schimmelflaum überzogenen Totenschädel. Stattdessen erwiderte ein Bankangestellter mit rosa Wangen seinen Blick, Mitte zwanzig, blond, perfekte Haut.

Er holte seinen Penis aus der Hose und begutachtete ihn eingehend. Er war weder eitrig grün noch leprös weiß, sondern wirkte vollkommen normal bis auf die leicht geschwollene Eichel und den klaren Ausfluss, der die Öffnung benetzte. Er stellte fest, dass die Flüssigkeit seine weiße Unterhose befleckt hatte.

Simon spürte Wut in sich aufsteigen; Wut auf sich selbst, aber mehr noch auf Gott, weil er ihm einen (sag es) *(Tripper verpasst hatte)*, der offenbar für jemand anderen gedacht gewesen war.

An diesem Abend masturbierte er zum ersten Mal seit vier Tagen.

Er stellte sich ein Schulmädchen in blauen Baumwollhöschen vor, das sich in eine Polizistin verwandelte, dann zwei Polizistinnen, dann drei.

Es tat überhaupt nicht weh bis zum Höhepunkt. Da fühlte es sich plötzlich an, als habe ihm jemand ein Springmesser in seinen Schwanz gestoßen. Als ejakuliere er ein Nadelkissen.

Da begann er zu weinen in der Dunkelheit, aber ob vor Schmerz oder aus anderen, schwieriger zu umreißenden Gründen, wusste nicht einmal Simon selbst.

Das war das letzte Mal, dass er masturbierte.

Ein finsteres viktorianisches Krankenhaus in Central London beherbergte die Klinik. Ein weiß bekittelter junger Mann inspizierte Simons Karte, nahm ihm die Überweisung ab und hieß ihn Platz nehmen.

Simon setzte sich auf einen orangefarbenen Plastikstuhl, der mit braunen Brandflecken übersät war.

Ein paar Minuten lang starrte er zu Boden. Als dessen Unterhaltungswert sich erschöpft hatte, glotzte er die Wände an und schließlich, als ihm nichts anderes mehr übrig blieb, die anderen Leute.

Sie waren alle männlichen Geschlechts, Gott sei Dank –

Frauen waren eine Etage weiter oben – und es waren mehr als ein Dutzend.

Ganz entspannt schienen die Bauarbeitertypen, Machos, die zum siebzehnten oder siebzigsten Mal hier waren und sehr zufrieden mit sich wirkten, als sei, was immer sie sich eingefangen hatten, ein Beweis ihrer Potenz. Es gab auch ein paar Managertypen in Anzug und Krawatte. Einer war völlig gelassen. Er hatte ein Handy. Ein anderer versteckte seinen hoch roten Kopf hinter dem *Daily Telegraph,* offenbar sehr verlegen, dass er hier sein musste. Dann gab es ein paar kleine Männer mit dünnen Schnurrbärten und schäbigen Regenmänteln, Zeitungsverkäufer vielleicht oder Lehrer im Ruhestand; einen rundlichen malaiischen Herrn, Kettenraucher filterloser Zigaretten, der die nächste Zigarette immer mit dem Stummel der letzten anzündete, sodass die Flamme nie erlosch, sondern immer weitergetragen wurde. In einer Ecke saß ein verängstigtes schwules Paar. Keiner von beiden wirkte älter als achtzehn. Sie hatten offenbar heute auch ihren ersten Termin hier, so, wie sie sich verstohlen umblickten. Sie hielten diskret Händchen, die Knöchel schneeweiß. Sie hatten Todesangst.

Simon fühlte sich getröstet. Nicht mehr so allein.

»Mister Powers, bitte«, sagte der Mann an der Anmeldung. Simon stand auf. Ihm war nur zu bewusst, dass alle ihn anstarrten, dass er vor diesen Menschen beim Namen genannt und identifiziert worden war. Ein fröhlicher, rothaariger Arzt im weißen Kittel erwartete ihn.

»Folgen Sie mir.«

Sie gingen ein paar Flure entlang, durch eine Tür (auf einem weißen Papierschild, das mit Tesafilm befestigt war, stand mit schwarzem Filzstift geschrieben: Dr. J. Benham) ins Besprechungszimmer des Arztes.

»Ich bin Doktor Benham«, sagte er, ohne die Hand auszustrecken. »Sie haben eine Überweisung Ihres Hausarztes?«

»Die hab ich dem Mann an der Anmeldung gegeben.«

»Oh.« Dr. Benham öffnete den Aktendeckel auf dem

Schreibtisch vor ihm. Ein computerbedruckter Aufkleber besagte:

> ERSTBEHANDL.: 2. 7. 1990. MÄNNLICH. 90/00666.L
> POWERS, SIMON
> GEB.: 12. 10. 1963. LEDIG

Benham las die Überweisung, besah sich Simons Penis und gab ihm ein blaues Blatt Papier aus der Akte. Es hatte den gleichen Aufkleber in der oberen Ecke.

»Nehmen Sie draußen auf dem Gang Platz«, wies er ihn an. »Eine Schwester wird Sie aufrufen.«

Simon wartete im Flur.

»Sie sind sehr empfindlich«, sagte ein sonnengebräunter Mann, der neben ihm saß, dem Akzent nach aus Südafrika oder vielleicht aus Simbabwe. Kolonialer Akzent jedenfalls.

»Wie bitte?«

»Sehr empfindlich. Geschlechtskrankheiten. Denken Sie mal drüber nach. Eine Erkältung oder Grippe können Sie kriegen, nur weil Sie in einem Raum mit jemandem zusammen sind, der es hat. Geschlechtskrankheiten hingegen brauchen Wärme und Feuchtigkeit und Intimkontakt.«

Meine nicht, dachte Simon, sagte aber nichts.

»Wissen Sie, wovor mir graut?«, fragte dann der Südafrikaner.

Simon schüttelte den Kopf.

»Es meiner Frau zu sagen«, sagte der Mann und danach schwieg er.

Eine Schwester kam und führte Simon fort. Sie war jung und hübsch und er folgte ihr in einen mit Vorhängen abgeteilten kleinen Raum. Sie nahm ihm das blaue Papier ab.

»Ziehen Sie das Jackett aus und krempeln Sie den rechten Ärmel auf.«

»Mein Jackett?«

Sie seufzte. »Für die Blutabnahme.«

»Oh.«

Die Blutabnahme war geradezu angenehm, verglichen mit dem, was folgte.

»Ziehen Sie die Hose aus«, wies sie ihn an. Sie hatte einen deutlichen australischen Akzent. Sein Penis war geschrumpft, hatte sich ganz in sich zurückgezogen. Er sah grau und runzelig aus. Simon verspürte den Drang, ihr zu sagen, dass er für gewöhnlich viel größer sei, doch dann nahm sie ein Metallinstrument mit einer Drahtschlinge am Ende in die Hand und er wünschte, sein Penis wäre noch viel kleiner. »Drücken Sie den Penis am Ansatz und schieben ein paar Mal aufwärts.« Das tat er. Sie steckte die Schlinge in die Öffnung und drehte sie hin und her. Er zuckte vor Schmerz zusammen. Sie streifte den Abstrich auf ein Glasplättchen. Dann wies sie auf ein Glasgefäß auf einem Regal. »Ich brauche eine Urinprobe. Können Sie mir das vollmachen, bitte?«

»Von hier aus?«

Sie verzog den Mund. Simon vermutete, dass sie den Scherz jeden Tag dreißigmal hörte, seit sie hier angefangen hatte.

Sie ging aus dem Behandlungszimmer und ließ ihn zum Pinkeln allein.

Auch unter günstigeren Bedingungen fand Simon es meist schwierig zu pinkeln und musste oft warten, bis alle Leute verschwunden waren. Er beneidete die Männer, die ganz locker in eine Herrentoilette spaziert kamen, den Reißverschluss aufzogen und sich fröhlich mit ihrem Nachbarn am nächsten Becken unterhielten, während ihr gelber Strahl auf weiße Keramik plätscherte. Oft konnte er gar nicht.

Er konnte auch jetzt nicht.

Die Schwester kam zurück. »Klappt's nicht? Ist nicht schlimm. Nehmen Sie noch mal im Wartezimmer Platz, der Doktor ruft Sie gleich auf.«

»Nun«, sagte Dr. Benham. »Sie haben USU. Unspezifische Urethritis.«

Simon nickte und fragte dann: »Was bedeutet das?«

»Es bedeutet, dass Sie keine Gonorrhö haben, Mister Powers.«

»Aber ich hatte seit Ewigkeiten keinen Sex mit jemand anders, nicht seit ...«

»Oh, das hat nichts zu bedeuten. Es kann ganz spontan auftreten, auch ohne dass Sie sich vorher ... was Besonderes gegönnt haben.« Benham öffnete seinen Schreibtisch und holte ein Fläschchen mit Tabletten heraus. »Nehmen Sie viermal täglich eine hiervon vor den Mahlzeiten. Kein Alkohol, kein Sex und trinken sie zwei Stunden nach Einnahme der Tabletten keine Milch. Alles klar?«

Simon grinste nervös.

»Kommen Sie nächste Woche wieder. Unten wird man Ihnen einen Termin geben.«

Unten bekam er ein rotes Kärtchen mit seinem Namen und dem neuen Termin. Außerdem trug es die Nummer 90/00666.L.

Simon ging durch den Regen nach Hause. Am Schaufenster eines Reisebüros blieb er stehen. Das Poster zeigte einen sonnenbeschienenen Strand und drei braun gebrannte Frauen in Bikinis mit Longdrinks in den Händen.

Simon war noch nie im Ausland gewesen.

Die Vorstellung flößte ihm Angst ein.

Im Laufe der Woche klangen die Schmerzen ab und nach vier Tagen konnte Simon urinieren, ohne zusammenzuzucken.

Doch dafür passierte etwas anderes.

Es begann als winziger Samen, der in seinem Kopf keimte und zu wachsen begann. Beim nächsten Termin erzählte er Dr. Benham davon.

Der Arzt schien verwirrt.

»Sie sagen, Sie haben das Gefühl, Ihr Penis sei nicht mehr Ihrer, Mister Powers?«

»So ist es, Doktor.«

»Ich fürchte, da kann ich Ihnen nicht ganz folgen. Haben Sie dort ein Taubheitsgefühl? Hat die Sinneswahrnehmung der Haut nachgelassen?«

Simon konnte seinen Penis in der Hose fühlen, spürte Stoff auf Fleisch. In der Dunkelheit fing er an, sich zu regen.

»Keineswegs. Ich kann alles spüren so wie immer. Er fühlt sich nur ... na ja, anders an, schätze ich. So als wäre er nicht mehr Teil von mir. Als ob ...« Er unterbrach sich kurz. »Als gehörte er jemand anderem.«

Dr. Benham schüttelte den Kopf. »Um Ihre Fragen zu beantworten, Mister Powers: Das ist kein Symptom von USU, doch es ist eine vollkommen nachvollziehbare psychologische Reaktion für jemanden, der sich USU zugezogen hat. Eine Art, ähm, Ekel vor sich selbst, vielleicht, den Sie als Ablehnung ihrer Geschlechtsorgane externalisieren.«

Das klingt ungefähr richtig, dachte Dr. Benham. Er hoffte, er hatte das Fachchinesisch richtig hinbekommen. Er hatte psychologischen Vorlesungen und Lehrbüchern nie viel Aufmerksamkeit geschenkt, was vielleicht der Grund war, behauptete seine Frau, warum es ihn in eine Londoner Klinik für Geschlechtskrankheiten verschlagen hatte.

Powers schien halbwegs beruhigt.

»Ich hab mir nur Gedanken gemacht, Doktor.« Er kaute auf seiner Unterlippe. »Ähm, was genau ist eigentlich USU?«

Benham lächelte beruhigend. »Es könnte alles Mögliche sein. USU ist einfach unser Ausdruck dafür, dass wir nicht genau wissen, was Sie sich zugezogen haben. Es ist nicht Gonorrhö. Es ist auch kein Schanker. ›Unspezifisch‹ eben, verstehen Sie? Es ist eine Infektion und sie spricht auf Antibiotika an. Da fällt mir ein ...« Er öffnete die Schreibtischschublade und entnahm eine neue Wochenration.

»Machen Sie unten einen neuen Termin für nächste Woche. Kein Sex. Kein Alkohol.«

Kein Sex? dachte Simon. *Todsicher nicht.*

Doch als er auf dem Gang an der hübschen australischen Schwester vorbeikam, spürte er wieder, wie sein Glied sich regte, wie es warm und hart wurde.

Die Untersuchung eine Woche später ergab, das Simon die Krankheit immer noch hatte.

Benham zuckte die Schultern.

»Es ist durchaus nicht ungewöhnlich, dass sie so hartnäckig ist. Sie sagen, Sie haben keine Beschwerden mehr?«

»Nein. Überhaupt keine. Und ich habe auch keinen Ausfluss mehr festgestellt.«

Benham war müde und ein dumpfer Schmerz pochte hinter seinem linken Auge. Er sah auf das Testergebnis in der Akte vor sich hinab. »Aber Sie haben es immer noch, fürchte ich.«

Simon Powers rutschte unruhig auf seinem Stuhl hin und her. Er hatte riesengroße, wasserblaue Augen und ein bleiches, unglückliches Gesicht. »Was ist mit dieser anderen Sache, Doktor?«

Der Arzt schüttelte den Kopf. »Welche andere Sache?«

»Das hab ich Ihnen doch erzählt. Letzte Woche. Ich hab's Ihnen erzählt. Dieses Gefühl, dass mein Penis, na ja, mein Penis irgendwie nicht mehr meiner ist.«

Ach so, dachte Benham. Der *Patient ist das*. Er konnte sich in dieser Prozession aus Namen, Gesichtern und Penissen unmöglich jeden Einzelnen merken mit all der Verlegenheit, der Aufschneiderei, den schwitzigen Gerüchen und den traurigen kleinen Krankheiten.

»Hm. Wie steht es damit?«

»Es breitet sich aus, Doktor. Die ganze untere Hälfte meines Körpers fühlt sich jetzt an, als gehöre sie jemand anderem. Meine Beine und so weiter. Ich kann sie zwar fühlen und sie gehen, wohin ich will, aber manchmal hab ich das Gefühl, wenn sie woanders hingehen wollten – wenn sie einfach so in die Welt rausmarschieren wollten –, dann könnten sie das und dann würden sie mich einfach mitnehmen.

Ich könnte nichts tun, um sie aufzuhalten.«

Benham schüttelte den Kopf. Er hatte nicht richtig zugehört. »Wir versuchen es mit einem anderen Antibiotikum. Wenn das alte es nicht geschafft hat, Ihnen diese Krankheit auszutreiben, dann das neue aber ganz sicher. Vermutlich wird es auch diese anderen Symptome beseitigen – wahrscheinlich sind sie nur eine Nebenwirkung des Antibiotikums.«

Der junge Mann starrte ihn einfach nur an.

Benham hatte das Gefühl, er müsse noch etwas sagen. »Vielleicht sollten Sie versuchen, mehr vor die Tür zu kommen«, regte er an.

Der junge Mann erhob sich.

»Nächste Woche, selbe Zeit. Kein Sex, kein Schnaps, keine Milch nach den Tabletten«, leierte der Doktor herunter.

Der junge Mann ging hinaus. Benham beobachtete ihn eingehend, aber er konnte nichts Auffälliges an seinem Gang feststellen.

Samstagabend waren Dr. Jeremy Benham und seine Frau Celia bei einem Kollegen zu einer Dinnerparty eingeladen. Benham saß neben einem fremdem Psychiater.

Über die Hors d'oeuvres kamen sie ins Gespräch.

»Das Schlimme daran, wenn man den Leuten erzählt, man sei Psychiater, ist, dass sie den Rest des Abends versuchen, sich normal zu verhalten«, vertraute der Psychiater ihm mit einem leisen, dreckigen Lachen an. Er war Amerikaner, riesig, hatte einen Kopf wie eine Gewehrkugel und sah alles in allem so aus, als gehöre er zur Handelsmarine.

Benham lachte ebenfalls und da er neben dem Psychiater saß, versuchte er den Rest des Abends, sich normal zu verhalten.

Er trank zu viel Wein beim Essen.

Nach dem Kaffee, als ihm nichts anderes zu sagen mehr einfiel, erzählte er dem Psychiater (der Marshall hieß, obwohl er Benham gesagt hatte, er solle ihn Mike nennen), was ihm von Simon Powers Wahnvorstellung noch im Gedächtnis war.

Mike lachte. »Klingt ja ulkig. Vielleicht ein klein bisschen gruselig. Aber kein Grund zur Sorge. Vermutlich nur eine Halluzination, ausgelöst durch die Antibiotika. Klingt fast wie das Capgras-Syndrom. Haben Sie hier drüben schon davon gehört?«

Benham nickte, besann sich dann und sagte: »Nein.« Er schenkte sich noch ein Glas Wein ein, ignorierte den verkniffenen Mund seiner Frau und ihr fast unmerkliches Kopfschütteln.

Mike sagte: »Tja, also dieses Capgras-Syndrom ist eine völlig verrückte Wahnvorstellung. Langer Artikel darüber im *Journal of American Psychiatry* vor etwa fünf Jahren. Eine Person glaubt, dass die wichtigen Menschen in ihrem Leben – Familienmitglieder, Kollegen, Eltern, Geliebte, wer auch immer – ausgetauscht worden sind und zwar – das müssen Sie sich vorstellen – gegen ein perfektes Double.

Das betrifft nicht alle, die sie kennen. Nur ausgesuchte Menschen. Oft auch nur einen Menschen in ihrem Leben. Keine anderen Wahnvorstellungen gehen damit einher, nur diese eine Sache. Emotional instabil mit paranoider Tendenz.«

Der Psychiater fummelte sich mit dem Daumennagel in der Nase herum. »Ich hatte selbst mal so einen Patienten vor zwei, drei Jahren.«

»Haben Sie ihn geheilt?«

Der Psychiater warf Benham einen viel sagenden Seitenblick zu und grinste, wobei er sämtliche Zähne bleckte. »In der Psychiatrie, Doktor, gibt es – vielleicht im Gegensatz zu dem Feld der durch Geschlechtsverkehr übertragenen Infektionskrankheiten – so etwas wie Heilung nicht. Alles, was wir erhoffen können, ist, es dem Patienten zu erleichtern, mit seiner Krankheit zu leben und sich mit ihr zu arrangieren.«

Benham trank aus seinem Rotweinglas. Später erkannte er, dass er ohne den Wein nie gesagt hätte, was er als Nächstes sagte. Jedenfalls nicht laut. »Ich nehme nicht an ...« Er unterbrach sich kurz und erinnerte sich an einen Film, den er als Teenager gesehen hatte. (Irgendwas mit *Körperfressern*?) »Ich nehme nicht an, dass sich jemals irgendwer davon überzeugt hat, ob diese Menschen nicht tatsächlich gegen exakte Doubles ausgetauscht worden sind?«

Mike – Marshall – oder wie auch immer warf Benham einen äußerst irritierten Blick zu und wandte sich dann ab, um sich mit seinem Tischnachbarn an der anderen Seite zu unterhalten.

Benham versuchte weiterhin, sich normal zu verhalten (was immer das sein mochte) und scheiterte kläglich. Er ließ sich rettungslos voll laufen, fing an über »das Pack aus den beschissenen Kolonien« vor sich hinzuschimpfen und hatte einen Mordskrach mit seiner Frau, nachdem sie heimgekommen waren. Nichts von dem waren sonderlich normale Vorkommnisse.

Benhams Frau schloss sich nach dem Streit im Schlafzimmer ein.

Er lag unten auf dem Sofa, in eine verknitterte Decke gehüllt, und masturbierte in seine Unterhose, sein Samen landete in einem heißen Strahl auf seinem Bauch.

In den frühen Morgenstunden wachte er auf, weil er in der Lendengegend etwas Kaltes spürte.

Er wischte das Zeug mit dem Smokinghemd ab und schlief wieder ein.

Simon war unfähig zu masturbieren.

Er wollte, doch seine Hand bewegte sich nicht. Sie lag neben ihm, gesund und völlig funktionsfähig, doch es war, als habe er vergessen, wie man ihr Befehle erteilte. Das war albern, oder nicht?

Oder nicht?

Er fing an zu schwitzen. Es tropfte von Stirn und Gesicht auf die weißen Baumwolllaken, doch der Rest seines Körpers war trocken.

Zelle um Zelle breitete sich etwas in seinem Körper aus. Es strich zärtlich über sein Gesicht wie der Kuss einer Geliebten, es leckte seinen Hals, er spürte seinen Atem auf der Wange. Es berührte ihn.

Er musste raus aus diesem Bett. Aber er konnte nicht aufstehen.

Er versuchte zu schreien, doch sein Mund öffnete sich nicht. Sein Kehlkopf weigerte sich zu vibrieren.

Simon konnte immer noch die Zimmerdecke sehen, die von den Scheinwerfern vorbeifahrender Auto beleuchtet wurde. Die Decke verschwamm: seine Augen gehörten immer noch ihm selbst und Tränen rannen heraus, liefen sein Gesicht hinab und durchnässten das Kissen.

Sie wissen nicht, was ich habe, dachte er. *Sie haben gesagt, es sei das Gleiche, was alle anderen haben. Aber das ist es nicht, was ich mir geholt hab. Ich habe mir was völlig anderes eingefangen.*

Oder vielleicht, dachte er noch, ehe sein Blick sich vernebelte und die Dunkelheit auch noch den letzten Rest von Simon Powers verschluckte, *vielleicht hat es mich eingefangen.*

Wenig später stand Simon auf, wusch sich und inspizierte sich eingehend vor dem Badezimmerspiegel. Dann lächelte er, so als gefiele ihm, was er sah.

Benham lächelte. »Ich freue mich, Ihnen mitteilen zu können, dass sie vollkommen geheilt sind.«

Simon Powers streckte sich lässig auf seinem Stuhl und nickte. »Ich fühl mich toll«, sagte er.

Er sah wirklich gut aus, dachte Benham. Strotzte vor Gesundheit. Er schien irgendwie größer. Ein sehr attraktiver junger Mann, entschied der Arzt. »Und, ähm, keine komischen Gefühle mehr?«

»Gefühle?«

»Diese Empfindungen, von denen Sie mir erzählt haben. Als sei Ihr Körper nicht mehr Ihr eigener.«

Simon machte eine kleine, wedelnde Handbewegung, fächelte sich Luft zu. Das nasskalte Wetter war vorbei und London kochte in einer plötzlichen Hitzewelle. Man konnte kaum glauben, dass das hier noch England sein sollte.

Simon schien amüsiert.

»Dieser ganze Körper gehört mir, Doktor. Da bin ich mir absolut sicher.«

Simon Powers (90/00666.L, ledig, männlich) grinste, als gehöre ihm obendrein auch die ganze Welt.

Der Doktor sah ihm nach, als er das Besprechungszimmer verließ. Er wirkte kräftiger, nicht mehr so zerbrechlich.

Jeremy Benhams nächster Patient war, so sagte der Terminkalender, ein zwanzigjähriger Junge, der HIV-positiv war. Benham musste ihm die Nachricht beibringen. *Ich hasse diesen Job,* dachte er. *Ich bin urlaubsreif.*

Er ging den Korridor entlang, um den Jungen hereinzurufen, und kam an Simon Powers vorbei, der sich angeregt mit der hübschen australischen Schwester unterhielt. »Es muss ein wunderbarer Ort sein«, sagte er gerade. »Ich will unbedingt hin. Ich will überall hin. Ich will alles und jeden kennen lernen.« Seine Hand lag auf ihrem Arm und sie machte keine Anstalten, ihn abzuschütteln.

Dr. Benham hielt bei ihnen an und tippte Simon auf die Schulter. »Sie haben hier hinten nichts verloren, junger Mann.«

Simon Powers grinste. »Sie werden mich hier überhaupt nicht wiedersehen, Doktor«, sagte er. »Jedenfalls nicht so. Ich hab meinen Job gekündigt. Ich will durch die Welt reisen.«

Sie schüttelten sich die Hand. Powers' Hand war warm und angenehm und trocken.

Benham ging weiter, hörte Powers aber immer noch mit der Schwester reden.

»Es wird sagenhaft«, sagte er. Benham fragte sich, ob er von Sex oder seiner Weltreise redete oder vielleicht von beidem.

»Ich werde so viel Spaß haben«, sagte Simon. »Ich bin jetzt schon ganz verrückt danach.«

Sestine eines Vampirs

Ich warte hier am Übergang zum Traum,
umhüllt von Schatten. Dunkel schmeckt die Nacht,
so kalt und klar, ich harre meiner Liebe.
Der Mondschein bleicht die Farbe aus dem Stein.
Sie kommt, dann pirschen wir uns an die Welt,
belebt von Finsternis und Gier nach Blut.

Ein Solitär ist diese Jagd nach Blut.
Doch hat nicht jeder Recht auf einen Traum?
Ich gäbe ihn nicht auf, nicht für die Welt.
Der Mondschein saugt das Dunkel aus der Nacht.
Ich steh im Schatten, blick auf ihren Stein:
Untot, mein Liebster … Untot, meine Liebe?

Ich träumte heut im Schlaf von dir und Liebe
war kostbarer als Leben, selbst als Blut.
Die Sonne sucht nach mir tief unterm Stein.
Ein Toter bin ich und lag doch im Traum,
bis ich erwacht als Schwaden in der Nacht
und Abend zwang hinaus mich in die Welt.

Jahrhunderte ging ich um in der Welt,
schenkte etwas, das ähnlich war wie Liebe:
gestohl'ner Kuss, zurück dann in die Nacht,
gesättigt von dem Leben und dem Blut.
Morgens war ich dann nichts als nur ein Traum,
mein kalter Leib lag tief unter dem Stein.

Ich tu dir nichts, sagt ich. Bin ich aus Stein?
Dass ich der Zeit dich preisgab und der Welt?
Ich bot dir Wahrheit jenseits deines Traums,
doch du hingegen botest nichts als Liebe.

»Sei nur ganz unbesorgt«, sagt ich, »denn Blut
schmeckt süßer noch im Flug und in der Nacht.«

Manche der Liebsten stehen auf des Nachts,
andere liegen ewig unterm Stein,
erfahren nie die Lust von Bett und Blut,
vom Wandeln durch die Schatten dieser Welt,
sind nichts als Würmerfraß. O, meine Liebe,
es schien, du seist erwacht, in meinem Traum.

Ich wart an deinem Stein die halbe Nacht,
doch du ziehst vor den Traum der Jagd nach Blut.
Leb wohl, Geliebte. Ich bot dir die Welt.

Maus

Es gab Konstruktionen, die eine Maus ganz schnell töteten, bei anderen dauerte es länger. Ein Dutzend Varianten der traditionellen Mausefalle, die Regan in Gedanken die Tom-und-Jerry-Falle nannte: ein mit einer Feder gespannter Metallbügel, der bei der leichtesten Berührung herunterschnellte und der Maus das Rückgrat brach. Es gab auch noch ganz andere Fallen in diesem Regal: In manchen wurde die Maus erstickt, in anderen ersäuft oder gar durch einen Stromschlag getötet. Alle waren sicher in bunten Pappschachteln verpackt.

»Das ist alles nicht so recht das, was ich suche«, sagte Regan.

»Tja, das sind alle Fallen, die wir haben«, erwiderte die Frau. Auf ihrem großen Plastiknamensschild stand, sie heiße BECKY und sei ERFREUT IN MERCIA'S ZOOHANDLUNG FÜR SIE zu arbeiten. »Höchstens hier drüben …«

Sie wies auf einen freistehenden Ständer, der kleine Päckchen mit der Aufschrift RODENT-KILL MÄUSEGIFT enthielt. Eine kleine Gummimaus lag oben auf dem Ständer, die Beinchen in die Luft gereckt.

Ungebeten durchzuckte Regan eine plötzliche Erinnerung: Gwen, die eine elegante rosa Hand ausstreckte, die Finger nach oben gekrümmt.

»Was ist das?«, fragte sie. Es war die Woche, bevor er nach Amerika geflogen war.

»Ich weiß es nicht«, sagte Regan. Sie saßen in der Bar eines kleinen Hotels im West Country, bordeauxrote Teppiche, rehbraune Wände. Vor ihm stand ein Gin Tonic, sie nippte an ihrem zweiten Glas Chablis. Gwen hatte Regan einmal erklärt, dass Blondinen immer Weißwein trinken sollten, es sehe besser aus. Er hatte gelacht, bis er erkannte, dass sie das ernst meinte.

»Das Gleiche wie das hier, nur lebendig«, sagte sie und drehte die Hand um, sodass die Finger wie die Beine eines trägen rosa Tiers herabhingen. Er lächelte. Wenig später zahlte er und sie gingen hinauf in sein Zimmer …

»Nein. Kein Gift. Verstehen Sie, ich will sie nicht töten«, erklärte er der Verkäuferin namens Becky.

Sie sah ihn neugierig an, als habe er plötzlich angefangen, in einer fremden Sprache zu reden. »Aber Sie haben doch gesagt, sie wollen Mausefallen …?«

»Was ich meinte, war eine Lebendfalle. Sie sieht aus wie ein kleiner Korridor. Die Maus läuft rein, die Tür fällt hinter ihr zu und sie kann nicht mehr raus.«

»Und wie tötet man sie dann?«

»Gar nicht. Man fährt ein paar Meilen und lässt sie frei und sie kommt nicht mehr zurück, um einen zu nerven.«

Becky lächelte, sah ihn an, als sei er ein richtiger Schatz, einfach das süßeste, naivste, niedlichste Ding, das man sich vorstellen kann. »Warten Sie hier«, sagte sie. »Ich geh mal hinten nachschauen.«

Sie ging durch eine Tür mit der Aufschrift NUR FÜR PERSONAL. Sie hatte einen hübschen Hintern, dachte Regan, und war sogar einigermaßen attraktiv, auf diese öde Midwestern-Art.

Er sah kurz aus dem Fenstern. Janice saß im Wagen und blätterte in einer Zeitschrift: eine rothaarige Frau in einem scheußlichen Hauskleid. Er winkte ihr zu, aber sie sah ihn nicht.

Becky steckte den Kopf durch die Tür. »Jackpot!«, rief sie. »Wie viele wollen Sie?«

»Zwei?«

»Kein Problem.« Sie verschwand noch einmal und kam kurz darauf mit zwei grünen Plastikbehältern wieder zum Vorschein. Sie tippte den Preis in die Registrierkasse, und während er die immer noch fremden Münzen und Scheine befingerte und versuchte, den richtigen Kleingeldbetrag zusammenzukriegen, begutachtete sie die Fallen und drehte die Schachteln lächelnd in der Hand.

»Du lieber Gott«, sagte sie. »Was lassen sie sich als Nächstes einfallen?«

Die Hitze traf Regan wie ein Vorschlaghammer, als er zurück auf die Straße kam.

Er eilte zum Wagen hinüber. Der Türgriff fühlte sich glühend heiß an, der Motor tuckerte im Leerlauf.

Er stieg ein. »Ich hab zwei«, sagte er. Die klimatisierte Luft im Wagen war kühl und angenehm.

»Schnall dich an«, sagte Janice. »Es wird wirklich Zeit, dass du lernst, hier zu fahren.« Sie legte die Zeitschrift beiseite.

»Werd ich«, sagte er. »Früher oder später.«

Regan fürchtete sich davor, in Amerika Auto zu fahren; es war, als fahre man spiegelverkehrt.

Sonst sagten sie nichts und Regan las die Gebrauchsanweisung der Mausefallen auf der Rückseite der Schachtel. Dort stand, der größte Vorteil dieser Art von Falle sei, dass man die Maus niemals sehen oder anfassen müsse. Die Tür fiel hinter ihr zu und das war alles. Die Gebrauchsanweisung äußerte sich nicht zu der Frage, ob man die Maus töten solle.

Als sie nach Hause kamen, holte er die Fallen aus den Schachteln, legte ein Klümpchen Erdnussbutter in die eine, ganz ans hintere Ende, ein Stück Blockschokolade in die andere und stellte sie auf dem Boden der Vorratskammer auf. Die eine positionierte er nahe der Wand, die andere gleich an dem Loch, durch welches die Mäuse offenbar Zugang zur Vorratskammer fanden.

Die Fallen waren nur Gänge. Eine Tür am einen, eine Wand am anderen Ende.

Als Regan in dieser Nacht im Bett lag, streckte er eine Hand aus, als Janice schon schlief, und berührte ihre Brüste. Er strich ganz behutsam darüber, denn er wollte sie nicht aufwecken. Die Brüste waren merklich voller geworden. Er wünschte, er fände große Brüste erotisch. Er ertappte sich dabei, dass er sich fragte, wie es wohl wäre, an der Brust einer stillenden Frau zu saugen. Eine gewisse

Süße konnte er sich vorstellen, aber keinen spezifischen Geschmack.

Janice schlief fest, trotzdem rutschte sie näher zu ihm herüber.

Er rückte ab, lag da in der Dunkelheit, versuchte sich zu erinnern, wie man einschläft, und durchforstete sein Hirn nach Alternativen. Es war so heiß, so furchtbar stickig. Als sie in Ealing gelebt hatten, war er immer auf der Stelle eingeschlafen, das wusste er genau.

Im Garten erhob sich ein schrilles Kreischen. Janice regte sich und rollte sich von ihm weg. Es hatte fast menschlich geklungen. Füchse können sich anhören wie kleine Kinder, die vor Schmerz schreien – das hatte Regan vor langer Zeit mal gehört. Oder vielleicht war es eine Katze. Oder irgendein Nachtvogel.

Irgendetwas war jedenfalls gestorben in dieser Nacht. Daran gab es keinen Zweifel.

Am nächsten Morgen war eine der Fallen geschlossen, doch als Regan sie vorsichtig öffnete, erwies sie sich als leer. Der Schokoladenköder war angeknabbert. Er stellte die Falle nahe der Tür wieder auf.

Janice weinte im Wohnzimmer still vor sich hin. Regan stellte sich neben sie. Sie streckte die Hand nach ihm aus und er nahm sie und hielt sie ganz fest. Ihre Finger waren kalt. Sie trug noch ihr Nachthemd und hatte sich nicht geschminkt.

Später telefonierte sie.

Kurz vor Mittag kam ein Päckchen für Regan mit Federal Express. Es enthielt ein Dutzend Disketten voller Zahlen, die er anschauen und sortieren und klassifizieren musste.

Er arbeitete bis sechs am Computer, saß vor dem kleinen Blechventilator, der surrte und ratterte und die heiße Luft umrührte.

Er schaltete das Radio ein, als er sich abends daran machte, das Essen zu kochen. »... was mein Buch *enthüllt*. Was die

Liberalen lieber *geheim halten* wollen.« Die Stimme klang hoch, nervös und arrogant.

»Na ja. Manches ist auch … ähm, kaum zu glauben.« Der Moderator wollte seinen Gast ermutigen. Eine tiefe Radiostimme, beruhigend und angenehm in den Ohren.

»*Natürlich* ist es kaum zu glauben. Es widerspricht allem, was sie uns glauben machen *wollen*. Die Liberalen und die Homosexuellen in den Medien lassen nicht *zu*, dass die Menschen die Wahrheit erfahren.«

»Nun, das wissen wir wohl alle. Und gleich nach diesem Song reden wir weiter.«

Es war eine Country-und-Western-Nummer. Regan hörte eigentlich immer den lokalen öffentlich-rechtlichen Sender, weil sie dort manchmal die BBC World Service News sendeten. Irgendwer hatte den Sender wohl verstellt, auch wenn er sich nicht vorstellen konnte, wer.

Er ergriff ein scharfes Messer und schnitt die rosa Hähnchenbrust behutsam in dünne Streifen – genau die richtige Größe, um sie scharf anzubraten – während er dem Lied im Radio lauschte.

Irgendwer litt an gebrochenem Herzen und irgendwer scherte sich nicht mehr darum. Das Stück ging zu Ende. Es folgte eine Bierreklame. Dann redete der Mann wieder.

»Natürlich will es zuerst keiner glauben. Aber ich habe die *Unterlagen*. Ich hab die *Fotos*. Lesen Sie mein Buch, dann *sehen* Sie's. Es ist die unheilige Allianz und ich *meine* unheilig, zwischen der so genannten Entscheidungsfreiheitslobby, dieser Seilschaft von Medizinern einerseits und den Homosexuellen andererseits. Die Homos *brauchen* diese Morde, denn daher kriegen sie die kleinen Kinder für ihre Experimente, um ein Mittel gegen AIDS zu finden.

Ich meine, diese Liberalen reden über Gräueltaten der *Nazis*, aber nichts, was die Nazis getan haben, ist auch nur *annähernd* damit vergleichbar, was *sie* tun, auch jetzt in dem Moment, da wir hier reden. Sie nehmen die menschlichen Föten und pfropfen sie auf diese kleinen Mäuse, um diese hybriden Mausmenschen für ihre Experimente zu schaffen. Dann injizieren sie ihnen AIDS …«

Regan musste an Mengeles Wand aus aufgezogenen Augäpfeln denken. Blaue Augen und braune und grün gefleckte ...

»Scheiße!« Er hatte sich in den Daumen geschnitten. Er steckte ihn in den Mund und biss darauf, um die Blutung zu stoppen, lief ins Bad und suchte nach Pflaster.

»Denk dran, ich muss vor zehn aus dem Haus morgen.« Janice stand hinter ihm. Im Badezimmerspiegel sah er in ihre blauen Augen. Sie wirkte völlig ruhig.

»In Ordnung.« Er klebte das Pflaster um seinen Daumen, versteckte und verband die Wunde und drehte sich dann zu ihr um.

»Ich habe heute eine Katze im Garten gesehen«, sagte sie. »Ein große, graue. Sicher ein Streuner.«

»Kann sein.«

»Hast du noch mal über ein Haustier nachgedacht?«

»Nicht ernsthaft. Sie sind doch nur ein weiterer Klotz am Bein. Ich dachte, wir waren uns einig: keine Tiere.«

Sie zuckte mit den Schultern.

Sie gingen zurück in die Küche. Er gab Öl in die Pfanne und zündete die Gasflamme an. Dann warf er die rosa Fleischstreifen ins Öl und sah sie schrumpfen, sich verfärben und verändern.

Früh am nächsten Morgen fuhr Janice mit dem Wagen zum Busbahnhof. Es war eine weite Fahrt bis in die Stadt und auf dem Rückweg würde sie kaum in der Verfassung sein, sich ans Steuer zu setzen. Sie nahm fünfhundert Dollar in bar mit.

Regan überprüfte die Fallen. Beide waren unberührt. Dann streifte er rastlos durchs Haus.

Schließlich rief er Gwen an. Beim ersten Mal verwählte er sich, weil seine Finger von den Wahlknöpfen des Telefons abrutschten und die lange Zahlenreihe ihn durcheinander brachte. Er versuchte es noch einmal.

Es klingelte, dann ihre Stimme: »Allied Accountancy Associates, guten Tag.«

»Gwennie? Ich bin's.«

»Regan? Bist du's? Ich hab gehofft, dass du irgendwann anrufst. Du hast mir gefehlt.« Ihre Stimme klang distanziert und das transatlantische Rauschen und Knistern ließ sie noch weiter weg wirken.

»Es ist teuer.«

»Denkst du drüber nach zurückzukommen?«

»Ich weiß nicht.«

»Und wie geht's dem Weibchen?«

»Janice ...« Er zögerte. Seufzte. »Janice geht's bestens.«

»Ich vögel jetzt mit unserem neuen Verkaufsleiter«, sagte Gwen. »Nach deiner Zeit. Du kennst ihn nicht. Du bist jetzt seit sechs Monaten weg. Ich meine, was soll eine Frau denn machen?«

In diesem Moment erkannte Regan, dass es das war, was er an Frauen am meisten hasste: ihr Sinn fürs Praktische. Gwen hatte ihn immer gezwungen, ein Kondom zu benutzen, obwohl er Kondome nicht ausstehen konnte und obwohl sie doch ein Diaphragma hatte und noch Spermienkillergel benutzte. Regan fand, dass bei all dem jede Spontaneität, Romantik und Leidenschaft verloren gingen. Er zog es vor, wenn Sex etwas war, das einfach passierte, halb in seinem Kopf, halb anderswo. Etwas Plötzliches und Dreckiges und Starkes.

Er bekam Kopfschmerzen.

»Und wie ist das Wetter bei euch drüben?«, fragte Gwen fröhlich.

»Es ist heiß«, sagte Regan.

»Ich wünschte, das wär's hier auch. Es regnet seit Wochen.«

Er sagte irgendwas von wegen es sei schön gewesen, ihre Stimme zu hören. Dann legte er auf.

Regan überprüfte die Fallen. Immer noch leer.

Er schlenderte ins Büro und schaltete den Fernseher ein.

» ... ist noch ganz klein. Das ist es, was *Fötus* bedeutet. Und eines Tages wird sie zu einer Frau heranwachsen. Sie hat Fingerchen und kleine Zehen, sie hat sogar schon winzige Zehennägel.«

Der Bildschirm zeigte irgendetwas Rotes, pulsierend und unscharf. Dann blendete er über zu einer Frau mit einem breiten Lächeln, die ein Baby im Arm hielt.

»Manche von den Kleinen werden einmal Krankenschwester oder Lehrerin oder Musikerin. Eines Tages wird eine von ihnen vielleicht sogar Präsidentin.«

Wieder füllte das rosa Ding den Bildschirm.

»Aber diese Kleine hier wird nie erwachsen werden. Sie wird morgen getötet. Und ihre Mutter sagt, es sei kein Mord.«

Er zappte, bis er *Die Lucy-Show* fand, das perfekte Hintergrundnichts, dann schaltete er den Computer ein und machte sich an die Arbeit.

Nach zwei Stunden, die er damit zubrachte, in einer schier endlosen Folge von Zahlenreihen nach einer Differenz von unter einhundert Dollar zu suchen, wurden die Kopfschmerzen schlimmer. Er stand auf und ging hinaus in den Garten.

Er bedauerte, dass er hier keinen richtigen Garten hatte, vermisste den englischen Rasen. Hier war das Gras überall verdorrt und braun, die Rasenflächen nahezu kahl, die Bäume mit langen Flechten bewachsen, sodass sie wie Wesen aus einem Science-Fiction-Film aussahen. Er folgte dem Pfad, der in den Wald hinter dem Haus führte. Irgendetwas Graues, Schlankes glitt hinter einem Baumstamm hervor zum nächsten.

»Komm her, Kätzchen«, rief Regan. »Komm schon, miez-miez.«

Er ging zu dem Baum hinüber und spähte dahinter. Doch die Katze – oder was immer es gewesen war – war verschwunden.

Etwas stach ihn in die Wange. Reflexartig schlug er danach und als er seine Hand ansah, fand er sie blutbefleckt und eine halbzerquetschte Mücke zuckte noch in der Handfläche.

Er ging zurück in die Küche und schenkte sich einen Becher Kaffee ein. Er vermisste auch den Tee, aber er schmeckte hier einfach nicht so wie zu Hause.

Janice kam gegen sechs heim.

»Wie war es?«

Sie zuckte die Schultern. »In Ordnung.«

»Ja?«

»Ja. Ich muss nächste Woche noch mal hin«, fügte sie hinzu. »Zur Nachuntersuchung.«

»Um sicherzugehen, dass sie keine Instrumente in dir vergessen haben?«

»Keine Ahnung.«

»Ich hab Spagetti Bolognese gemacht«, sagte Regan.

»Ich hab keinen Hunger«, erwiderte Janice. »Ich leg mich hin.«

Sie ging nach oben.

Regan arbeitete, bis er alle Zahlen endgültig durcheinander gebracht hatte. Er ging die Treppe hinauf und betrat geräuschlos das dunkle Schlafzimmer. Im Mondschein zog er sich aus, ließ die Sachen auf den Teppich fallen und glitt zwischen die Laken.

Er spürte Janice an seiner Seite. Sie zitterte und das Kissen war nass.

»Jan?«

Sie hatte ihm den Rücken zugedreht.

»Es war schrecklich«, flüsterte sie in ihr Kissen. »Es hat so weh getan. Und sie wollten mir keine richtige Betäubung geben. Sie meinten, ich könnte eine Valiumspritze haben, wenn ich wollte, aber sie hätten keinen Anästhesisten mehr. Die Frau hat gesagt, er konnte den Druck nicht mehr aushalten und außerdem hätte es zweihundert Dollar extra gekostet, die niemand bezahlen wollte …

Es hat so furchtbar weh getan.« Sie schluchzte jetzt, keuchte bei jedem Wort, als werde es ihr aus dem Mund gezerrt. »So furchtbar.«

Regan stand auf.

»Wo gehst du hin?«

»Das muss ich mir nicht anhören«, sagte Regan. »Das muss ich mir wirklich nicht anhören.«

Im Haus war es zu heiß. Nur mit der Unterhose bekleidet ging er die Treppe hinunter und in die Küche. Seine nackten Füße verursachten schmatzende Geräusche auf dem Vinyl.

Eine der Mausefallen war geschlossen.

Er hob sie hoch. Sie war ein ganz klein wenig schwerer als zuvor. Vorsichtig öffnete er die Tür einen winzigen Spalt breit. Zwei Knopfaugen starrten zu ihm auf. Er erahnte hellbraunes Fell. Als er die Tür wieder schloss, hörte er drinnen ein Kratzen.

Was jetzt?

Er konnte sie nicht töten. Er konnte keine Kreatur töten.

Die grüne Mausefalle verströmte einen scharfen Geruch und ihr Boden klebte von Mäuseurin. Behutsam trug Regan sie hinaus in den Garten.

Eine leichte Brise hatte sich erhoben. Der Mond war beinah voll. Er kniete sich hin und stellte die Falle vorsichtig ins trockene Gras.

Er öffnete die Tür zu dem kleinen grünen Korridor.

»Lauf weg«, flüsterte er und der Klang seiner eigenen Stimme im Freien war ihm peinlich. »Lauf weg, kleines Mäuschen.«

Die Maus rührte sich nicht. Er konnte ihre Nase an der Öffnung der Falle sehen.

»Komm schon«, drängte Regan. Im hellen Mondschein konnte er alles sehen, alles war erleuchtet und warf Schatten, nur Farben gab es in diesem Licht nicht.

Er tippte die Falle mit dem Fuß an.

Da ergriff die Maus die Flucht. Sie rannte aus der Falle, hielt an, machte kehrt und hoppelte in den Wald.

Dann machte sie wieder Halt. Sie sah in Regans Richtung. Er war sicher, die Maus starrte ihn an. Sie hatte winzige, rosa Händchen. Regan empfand eine fast väterliche Sympathie für sie. Er lächelte wehmütig.

Ein Streifen Grau in der Nacht und die Maus hing und strampelte vergeblich im Maul einer großen grauen Katze. Grüne Augen blitzten in der Dunkelheit. Dann lief die Katze ins Unterholz.

Er erwog für einen Moment, sie zu verfolgen und die Maus aus ihren Klauen zu befreien …

Dann ertönte ein schrilles Kreischen aus dem Wald; nur ein Nachtgeräusch, doch einen Augenblick dachte Regan, es klinge beinah menschlich, wie eine Frau, die Schmerzen litt.

Er warf die kleine Plastikfalle so weit weg, wie er konnte. Er hoffte, sie werde mit einem befriedigenden Krachen zerschellen, doch sie fiel lautlos ins Gebüsch.

Dann ging Regan zurück ins Haus und schloss die Tür hinter sich fest.

Im tiefen Wasser

Jetzt ist die rechte Zeit, dies aufzuschreiben,
jetzt da die Brecher auf den Kiesstrand donnern.
Der kalte, kalte Regen plätschert und prasselt
auf dem Blechdach, dass es die Ohren betäubt,
und über all dem das leise Heulen des Winds. Glaubt mir,
ich könnte jetzt dort hinabkriechen zu den schwarzen
[Wellen,
doch das wäre töricht unter der finsteren Wolke.

»Oh, Christus, unser Herr, erhöre
all die in Not sind auf dem Meere.«

Das alte Lied kommt mir ungebeten in den Sinn,
vielleicht singe ich es gar, ich weiß es nicht.
Ich bin nicht alt, doch wenn ich aufwache, bin ich gelähmt
[vor Schmerz,
ein altes Schiffswrack. Seht meine Hände.
Zerbrochen von den Wellen, von der See verkrüppelt.
Sie sehen aus wie Treibgut auf dem Strand nach einem
[Sturm.
Ich halt die Feder wie ein alter Mann.

Mein Vater nannte eine See wie diese »Witwenmacher«.
Mutter sagte, das Meer sei immer ein Witwenmacher,
selbst wenn es grau und glatt wie der Himmel sei. Sie hatte
[Recht:
Vater ertrank bei gutem Wetter.
Manchmal frage ich mich, ob seine Knochen je an Land
[gespült sind,
ob ich sie erkennen würde,
verdreht und seegeglättet, wie sie wären.

Ich war ein Junge von siebzehn, großspurig wie jeder
[Bengel,
der glaubt, er kann sich die See zur Geliebten nehmen,
und ich hatte Mutter versprochen, dass ich nicht zur See
[gehen würde.
Sie schickte mich zu einem Schreibwarenhändler in die
[Lehre und ich verbrachte die Tage
zwischen Papier und Tinte. Doch als sie starb, nahm ich ihr
[Erspartes
und kaufte ein Boot. Ich nahm meines Vaters staubige
[Netze und Hummerfallen,
heuerte drei Männer an, alle älter als ich,
und kehrte dem Papierhandel für immer den Rücken.

Es gab gute Zeiten und schlechte.
Kalt, kalt war die See, bittere Lake. Voll Tücke die Netze
und die Leinen erst recht, gefährlich gar, doch
für nichts in der Welt hätt ich es aufgegeben. Damals.
Die salzige Luft ließ mich glauben, ich werde ewig leben.
Vor der steifen Brise schipperte ich übers Meer,
die Sonne im Rücken, schneller als zehn wilde Pferde über
[die weißen Wellenkämme,
das war Leben, fürwahr.

Die See hatte Launen. Das lernte man schnell.
Am Tag, von dem ich erzähle, war sie wankelmütig und
[grantig,
kam der Wind aus allen vier Ecken des Kompass',
die Wellen kurz. Ich konnte sie einfach nicht einschätzen.
Wir waren außer Sichtweite der Küste, als ich die Hand sah
oder irgendetwas, das aus der See emporragte.
Ich dachte an Vater, rannte zum Bug und rief.

Keine Antwort als nur der einsame Ruf der Möwen.
Das Rauschen weißer Flügel erfüllte die Lüfte und dann
schwang der Baum herum und traf mich am Hinterkopf.
Ich entsinne mich, wie langsam die kalte See auf mich
[zukam,

mich umfing, mich verschluckte, als ihr eigen
[beanspruchte.

Ich schmeckte Salz. Aus Meerwasser und Knochen sind
[wir gemacht,
das hat der Papierhändler mir gesagt, als ich ein Kind war.
Und ist es nicht so, dass unser Leben im Fruchtwasser
[entsteht?
Ich bin sicher, dass es nach Salz schmeckt –
vielleicht erinnere ich mich an meine Geburt.
Die Welt unter dem Meer war verschwommen. Kalt, kalt,
[kalt …

Ich glaube nicht, dass ich sie wirklich sah. Ich kann es nicht
[glauben.
Ein Traum oder Wahn oder schiere Atemnot,
der Schlag auf den Kopf; nur deswegen war sie dort.
Doch wenn ich träume, dann sehe ich sie und zweifle
[niemals.
Alt wie das Meer war sie und jung wie eine eben
[entstandene Welle.
Ihre Unholdaugen hatten mich entdeckt. Und ich wusste,
[sie wollte mich.
Es heißt, das Meervolk habe keine Seele. Vielleicht
ist die See eine einzige große Seele, die sie atmen und
[trinken und leben.
Sie wollte mich. Und sie hätte mich auch bekommen, kein
[Zweifel.
Und doch …

Sie zogen mich aus dem Meer und drückten mir auf die Brust,
bis ich das schwere Seewasser auf den nassen Strandkies
[erbrach.
Kalt, kalt, kalt war mir, ich bebte, zitterte und fühlte mich
[krank.
Beide Hände gebrochen, die Beine verdreht,
als sei ich aus großer Tiefe gerade aufgetaucht,

Fischbein und Treibholz sind meine Knochen,
geschnitzte Botschaften versteckt unterm Fleisch.

Das Boot kam nie zurück. Die Mannschaft ward nicht mehr
[gesehen.
Ich lebe von der Mildtätigkeit meiner Nachbarn,
die denken: »Das könnte ich sein, wär die See mir nicht
[gnädig.«
Einige Jahre sind vergangen, beinahe zwanzig.
Gesunde Frauen betrachten mich mit Mitleid. Oder
[Verachtung.

Das Heulen des Windes draußen vor der Hütte ist ein
[Kreischen geworden.
Er peitscht den Regen gegen die Blechwand,
mahlt den harten Kies, Stein auf Stein.

»Oh, Christus, unser Herr, erhöre
all die in Not sind auf dem Meere.«

Glaubt mir, ich könnt heute Nacht zur See runtergehen,
mich auf Händen und Knien dort hinschleppen.
Mich dem Wasser und dem Dunkel überlassen.
Und dem Mädchen.
Soll sie doch das Mark aus diesen Knochen saugen,
mich in etwas Unvergängliches, in Elfenbein verwandeln,
in etwas Kostbares und Fremdes. Doch das wäre töricht.

Die Stimme des Sturmes flüstert mir zu.
Die Stimme des Strandes flüstert mir zu.
Die Stimme der Wellen flüstert mir zu.

Als wir einen Ausflug zum Ende der Welt gemacht haben (von Dawnie Morningdale, 11 ¼ Jahre alt)

Was ich am Gründerväterfeiertag unternommen hab, war, dass mein Dad gesagt hat, wir machen ein Picknick, und meine Mum hat gefragt: wo, und ich habe gesagt, ich wollte nach Ponydale zum Ponyreiten, aber mein Dad hat gesagt, wir fahren zum Ende der Welt und meine Mum hat o mein Gott gesagt und mein Dad hat gesagt hör mal, Tanya, es wird Zeit, dass das Kind sieht, was Sache ist; und meine Mum hat gesagt, nein, nein, sie hätte ja nur gemeint, dass Johnsons Fantastischer Lichtgarten um diese Jahreszeit so nett wär.

Meine Mum liebt Johnsons Fantastischen Lichtgarten, der ist in Lux, zwischen der 12. Straße und dem Fluss und ich mag ihn auch, vor allem wenn man Kartoffelstäbchen bekommt, mit denen man die kleinen weißen Streifenhörnchen füttern darf, die bis ganz nah an die Picknicktische kommen.

Das richtige Wort für weiße Streifenhörnchen heißt: Albino.

Dolorita Hunsickle behauptet, dass Streifenhörnchen einem die Zukunft voraussagen, wenn man sie einfängt, aber das hab ich noch nie geschafft. Sie sagt, ein Streifenhörnchen hat ihr gesagt, dass sie eine berühmte Ballerina wird, wenn sie groß ist und dass sie allein und vergessen in einem schäbigen Hotel in Prag an der Schwindsucht sterben wird.

Also hat mein Dad Kartoffelsalat gemacht.

Und das geht so:

Dads Kartoffelsalat macht man aus ganz winzigen neuen Kartoffeln. Die kocht er und wenn sie noch heiß sind, schüttet er seinen geheimen Spezialmix drüber, der aus

Majonäse gemacht wird und aus saurer Sahne und kleinen Zwiebeldingern, die glaub ich Frühlingszwiebel heißen und die in ausgelassenem Speck gebraten werden, und knusprige Schinkenstückchen. Wenn er kalt wird, ist es der beste Kartoffelsalat auf der ganzen Welt und viel besser als der Kartoffelsalat, den wir in der Schule kriegen, der wie weiße Kotze schmeckt.

Wir haben am Laden angehalten und Obst und Coca-Cola und Kartoffelstäbchen gekauft und die kamen alle in eine Kiste und die kam in den Kofferraum und Mum und Dad und ich und meine kleine Schwester fuhren los.

Wo unser Haus ist, ist es Morgen, als wir aufbrechen, und wir fahrn auf die Autobahn und über die Zwielichtbrücke und bald wurde es dunkel. Ich find's schön, durch die Dunkelheit zu fahren.

Ich sitze hinten im Auto und werde ganz durcheinander von den Liedern, die mir im Kopf rum- und rumgehen la la la, sodass mein Dad sagen muss, Dawnie, Liebes, hör auf mit dem Gesumme, aber ich muss weitermachen. La la la.

La la la.

Die Autobahn war wegen Bauarbeiten gesperrt, also folgten wir den Schildern und auf denen stand: UMLEITUNG.

Mummy ließ Dad seine Tür verriegeln, während wir fuhren, und mich ließ sie auch die Tür verriegeln.

Es wurde noch dunkler.

Was ich gesehen hab, als wir durch die Stadtmitte fuhren, aus dem Fenster: Ich hab einen Mann mit Bart gesehen, der auf die Straße gerannt kam, als wir an einer Ampel anhielten, und mit einem schmierigen Tuch über alle Fenster gewischt hat.

Er zwinkerte mir zu durchs Fenster hinten im Auto mit seinen alten Augen.

Dann war er nicht mehr da und Mummy und Daddy haben sich darüber gezankt, wer er war und ob er Glück oder Unglück brachte. Aber sie haben sich nicht schlimm gezankt.

Es kamen noch mehr Schilder, auf denen UMLEITUNG stand, und die waren gelb.

Ich sah eine Straße, wo der hübscheste Mann, den ich je gesehen hab, uns Kusshände zuwarf und Lieder gesungen hat; und eine Straße, wo eine Frau die eine Seite von ihrem Gesicht unter ein blaues Licht gehalten hat, aber ihr Gesicht war blutig und nass. Und eine Straße, wo nur Katzen waren, die uns angestarrt haben.

Meine kleine Schwester machte kukuku und das heißt guck mal und dann hat sie noch miezmiez gesagt.

Meine kleine Schwester heißt Melicent, aber ich nenn sie Gänseblümchen. Es ist mein Geheimname für sie. Er kommt von dem Lied Gänseblümchen und das geht: Gänseblümchen, gib mir doch Antwort, Gänseblümchen, bald muss ich wieder fort. Feiern wir Hochzeit auch ohne Brautkleid. Geld hab ich keins, doch's ist einerlei, schön wirst du ausseh'n auf meinem Fahrrad für zwei.

Dann waren wir aus der Stadt raus und in den Hügeln.

Dann waren Häuser wie Märchenschlösser auf beiden Seiten, die weit weg von der Straße lagen.

Mein Dad ist in so einem Haus geboren und er und Mummy hatten den Krach über Geld, wo er immer sagt, was er alles aufgegeben hat, um sie zu heiraten, und sie sagt dann: Ach jetzt fängst du damit wieder an, ja?

Ich sah die Häuser an. Ich hab meinen Daddy gefragt, in welchem Großmutter wohnt. Er hat gesagt, er weiß es nicht, aber das war gelogen. Ich weiß nicht, warum Erwachsene so viel schwindeln, zum Beispiel wenn sie sagen: Das erklär ich dir später, wenn sie in Wirklichkeit meinen: Ich sag's dir überhaupt nicht, auch nicht wenn du größer bist.

Vor einem Haus tanzten Leute im Garten. Dann wurde die Straße ganz schlängelig und wir waren auf dem Land und fuhren durch die Dunkelheit.

Seht mal!, sagte meine Mutter. Ein weißer Hirsch rannte über die Straße und ganz viele Leute rannten ihm nach. Mein Dad sagte, sie wär'n eine Plage und eine Pest und wie Ratten mit Geweihen und das Schlimmste, wenn man einen Hirsch anfährt, wär, wenn er durchs Autofenster geschleudert wird, und er hat erzählt, dass er mal einen Freund hatte, der zu Tode getreten wurde von einem Hirsch, der mit seinen scharfen Hufen durch die Scheibe kam.

Und Mummy meinte, o Gott, das war genau das, was wir hören wollten, und Daddy hat gesagt, es ist aber nun mal passiert, Tanya, und Mummy hat gesagt, also ehrlich, du bist unverbesserlich.

Ich wollte eigentlich fragen, wer die Leute waren, die den Hirsch jagten, aber stattdessen fing ich an zu singen, la la la la la la.

Mein Dad sagte, ich soll damit aufhören. Meine Mum sagte, lass das Kind sich doch in Gottes Namen ausdrücken, und Dad sagte, ich wette, du kaust auch gern auf Alufolie, und meine Mummy hat gefragt, was das denn nun wieder heißen soll, und Daddy hat gesagt, gar nichts, und ich hab gefragt: Sind wir nicht bald da?

Am Straßenrand waren Lagerfeuer und manchmal Hügel aus Knochen.

Wir hielten auf der einen Seite von einem Hügel. Das Ende der Welt war auf der anderen Seite von dem Hügel, sagte mein Dad.

Ich war neugierig, wie es wohl aussah. Wir parkten das Auto auf dem Parkplatz. Wir stiegen aus. Mummy hat Gänseblümchen getragen. Daddy hat den Picknickkorb getragen. Wir gingen über den Hügel und wir hatten Licht von den Kerzen, die links und rechts vom Weg standen. Ein Einhorn kam auf den Weg und auf mich zu. Es war so weiß wie Schnee und es stupste mich mit dem Maul an.

Ich hab Daddy gefragt, ob ich ihm einen Apfel geben dürfte, aber er hat gemeint, es hätte bestimmt Flöhe, und Mummy hat gesagt, so'n Quatsch. Und die ganze Zeit wedelte sein Schweif hin und her.

Ich hab ihm meinen Apfel hingehalten und es hat mich mit großen Silberaugen angeguckt und dann hat es geschnaubt: hhrrrmff, und dann ist es weggelaufen und über den Hügel verschwunden.

Gänseblümchen machte kukuku.

So sieht es aus am Ende der Welt, das überhaupt der allerbeste Ort auf der Welt ist:

Da ist ein Loch in der Erde. Es sieht wie ein sehr breites, tiefes Loch aus und schöne Leute kommen heraus und sie halten Stöcke und Schwerter in der Hand, die brennen. Sie haben lange goldene Haare. Sie sehen wie Prinzessinnen aus, nur wild. Manche von ihnen haben Flügel und manche nicht.

Und im Himmel ist auch ein großes Loch und Dinge fallen heraus wie ein Mann mit einem Katzenkopf und Schlangen, die aus einem Zeug sind, das wie das Glittergel aussieht, das ich mir zu Halloween in die Haare geschmiert hab, und etwas, das wie eine fette alte Brummfliege aussah, kam vom Himmel runter. Ganz viele davon. So viele wie die Sterne.

Sie bewegen sich nicht. Sie hängen einfach da und machen gar nichts. Ich hab Daddy gefragt, warum sie sich nicht bewegen, und er hat gesagt, sie bewegen sich schon, aber ganz, ganz langsam, aber das glaub ich nicht.

Dann haben wir den Picknicktisch aufgestellt.

Daddy hat gesagt, das Beste am Ende der Welt wär, dass es da keine Wespen und Mücken gibt. Um Mummy meinte, in Johnsons Fantastischem Lichtgarten gäb's auch nicht viele Wespen. Ich hab gesagt, in Ponydale gäb's auch nicht viele Wespen und Mücken, dafür gäb's da Ponys zum Reiten, und mein Dad hat gesagt, er hätte uns hergebracht, damit wir Spaß hätten.

Ich hab gesagt, ich wollte gehen und gucken, ob ich das Einhorn noch mal sehe, und Mummy und Daddy haben gesagt, aber lauf nicht so weit weg.

Am Tisch neben uns saßen Leute mit Masken. Ich bin mit Gänseblümchen hingegangen, um sie anzuschauen.

Sie haben Happy Birthday für eine fette nackte Dame mit einem lustigen Hut gesungen. Sie hatte ganz viele Brüste bis runter auf den Bauch. Ich wollte sehen, wie sie die Kerzen auf ihrer Geburtstagstorte auspustet, aber sie hatte keine Torte.

Wollen Sie sich denn nichts wünschen, hab ich gefragt.

Sie sagte, sie hätte keine Wünsche mehr. Sie wäre zu alt. Ich hab ihr erzählt, dass ich bei meinem letzten Geburtstag alle Kerzen auf einmal ausgeblasen hab und lange über meinen Wunsch nachgedacht hab. Zuerst wollte ich mir wünschen, dass Mummy und Daddy sich nachts nicht mehr zanken würden, aber dann hab ich mir doch lieber ein Shetlandpony gewünscht. Aber ich hab's nicht bekommen.

Die Dame hat mich in den Arm genommen und gesagt, ich wär so niedlich, dass sie mich mit Haut und Haar auffressen könnte. Sie roch wie süße getrocknete Milch.

Dann fing Gänseblümchen volles Rohr an zu schreien und die Dame hat mich losgelassen.

Ich hab nach dem Einhorn gerufen, aber ich hab's nicht mehr gesehen. Manchmal kam's mir so vor, als würde ich eine Trompete hören, manchmal dachte ich, das wäre nur in meinen Ohren.

Dann sind wir zu unserem Tisch zurückgegangen. Was ist hinter dem Ende der Welt, hab ich meinen Dad gefragt. Nichts, hat er gesagt. Absolut gar nichts. Darum heißt es ja das Ende.

Dann hat Gänseblümchen auf Daddys Schuhe gebrochen und wir haben sie wieder sauber gemacht.

Ich setzte mich an den Tisch. Wir haben den Kartoffelsalat gegessen, von dem ich Ihnen das Rezept ja schon aufgeschrieben hab, Sie sollten den wirklich mal machen, der ist wirklich gut, und wir tranken Orangensaft und aßen dazu Kartoffelstäbchen und kalte Omeletts und Kressesandwiches. Wir haben auch unsere Coca-Cola getrunken.

Dann hat Mummy irgendwas zu Daddy gesagt, was ich nicht verstanden hab, und er hat ihr mächtig eine gelangt, so mitten ins Gesicht, und Mummy hat angefangen zu weinen.

Daddy hat zu mir gesagt, ich sollte mit Gänseblümchen spazieren gehen, während sie reden.

Ich nahm meine Schwester und hab gesagt, komm schon, Gänseblümchen, komm mein kleines Gänseblümchen, denn sie war auch am weinen, aber ich bin zu alt, um noch zu heulen.

Ich konnte nicht hören, was sie gesagt haben. Ich sah zu

dem Katzengesichtmann auf und hab versucht zu sehen, ob er sich ganz, ganz langsam bewegt und ich hörte die Trompete am Ende der Welt in meinem Kopf, da da da.

Wir setzten uns an einen Fels und ich hab Lieder für meine kleine Schwester gesungen – la la la – mit dem Klang der Trompete in meinem Kopf – da da da.

La la la la la la la.

La la la.

Dann sind Mummy und Daddy zu uns rübergekommen und haben gesagt, wir würden nach Hause fahren. Aber dass alles in Ordnung wär. Mummys Augen waren ganz lila. Sie sah komisch aus, wie die Frauen im Fernsehen.

Gänseblümchen sagte aui. Und ich hab gesagt, stimmt genau, aui. Wir sind zum Auto zurückgegangen.

Auf dem Rückweg hat keiner irgendwas gesagt. Meine kleine Schwester hat geschlafen.

Am Straßenrand hat ein totes Tier gelegen, das irgendwer angefahren hat. Daddy hat gesagt, es wär der weiße Hirsch. Ich dachte, es wär das Einhorn, aber Mummy hat gesagt, Einhörner kann man gar nicht töten, aber ich glaub, sie hat wieder gelogen, wie Erwachsene das eben tun.

Als wir wieder nach Zwielicht kamen, hab ich gefragt, wenn du jemand deinen Wunsch verrätst, heißt das, dass er nicht in Erfüllung geht?

Was für'n Wunsch, hat Daddy gefragt.

Na, der Geburtstagswunsch. Wenn man die Kerzen auspustet.

Er hat gesagt, Wünsche gehen nicht in Erfüllung, egal ob du sie jemand verrätst oder nicht. Wünschen könnte man nicht vertrauen.

Ich hab Mummy gefragt und sie hat gesagt, was immer dein Vater sagt, ist richtig, sie hat das mit einer ganz kalten Stimme gesagt, die sie auch immer benutzt, wenn sie mich ausschimpft und mit meinem ganzen Namen anspricht.

Dann bin ich auch eingeschlafen.

Und dann waren wir wieder zu Hause und es war Morgen und ich will das Ende der Welt nie wiedersehen. Und bevor ich ausgestiegen bin, als Mummy Gänseblümchen ins Haus getragen hat, hab ich die Augen zugemacht, sodass ich überhaupt nichts sehen konnte und gewünscht und gewünscht und gewünscht und gewünscht. Ich hab mir gewünscht, wir wären nach Ponydale gefahren. Ich hab mir gewünscht, wir wären überhaupt nie irgendwohin gefahren. Ich hab mir gewünscht, ich wär jemand anders.

Ich hab's mir gewünscht.

Wüstenwind

Ein alter Mann, schwarz verbrannt von der Sonne der
[Wüste,
erzählte mir, als er noch jung war, habe ihn einmal ein
[Sturm von der Karawane getrennt
und von den Gewürzen, und er sei über Fels und über
[Sand gelaufen Tag und Nacht
und sah nichts als Eidechsen und sandgelbe Ratten.

Doch am dritten Tag sei er in eine Stadt seidener, bunter
[Zelte gekommen.
Und eine Frau führte ihn in das größte der Zelte, gab ihm
[Eistee
zu trinken, Kissen, sich zu betten, und küsste mit
[scharlachroten Lippen seine Stirn.

Verschleierte Tänzerinnen wiegten sich vor ihm, Bäuche
[wie Sanddünen,
Augen wie dunkle Seen der Oasen und purpurn ihre
[Gewänder
und die Ringe aus Gold. Er sah ihnen zu, während Diener
[ihm auftrugen,
alle möglichen Speisen und Wein, der so weiß war wie
[Seide und rot wie die Sünde.

Und dann, als der Wein ihm Bauch und Kopf füllte, sprang
[er auf,
zwischen die Mädchen und tanzte mit ihnen, stampfte
[Sand mit den Füßen,
sprang und wirbelte und dann nahm er die Schönste von
[allen
in seine Arme und küsste sie. Doch seine Lippen berührten
[nur einen sonnengebleichten Schädel.

Und all die purpur gekleideten Schönen waren zu Knochen
[geworden, wiegten sich jedoch
weiter im Tanz. Und dann spürte er die Stadt und die Zelte
[wie Sand
zwischen den Fingern zerrinnen, und er bebte, vergrub den
[Kopf in seinem *Burnus*
und weinte und so hört' er die Trommeln nicht mehr.

Er war allein, sagt er, als er erwachte. Fort waren die Zelte
[und auch die Mädchen.
Der Himmel war blau, die Sonne gnadenlos. Das war vor
[langer Zeit.
Er überlebte. Er lachte mit zahnlosem Munde und sagte
[uns dies:
Oft hat er seither am Horizont die seidene Zeltstadt im
[Dunst flimmern sehen.

Eine Fata Morgana?, frage ich und er sagt, ja. Sicher war's
[ein Traum, sagte ich,
und er stimmt zu, doch der Traum der Wüste war's, sagt
[er, nicht seiner.
Und in einem Jahr, sagt er, wenn er alt genug geworden ist,
[wird er
dem Wind entgegengeh'n, bis er die Zelte sieht. Und
[diesmal, sagt er, wird er mit ihnen ziehen.

Kostproben

Er hatte eine Tätowierung auf dem Oberarm, ein kleines Herz in Rot und Blau. Darunter war ein Streifen rosa Haut, wo ein eintätowierter Name entfernt worden war.

Er leckte langsam über ihre linke Brustwarze, während seine rechte Hand ihren Nacken streichelte.

»Was ist los?«, fragte sie.

Er sah auf. »Was soll sein?«

»Du scheinst so ... Ich weiß nicht. Abwesend«, sagte sie. »Oh ... das ist schön. Das ist wirklich schön.«

Sie waren in einer Hotelsuite. Es war ihre Suite. Er wusste, wer sie war, hatte sie auf den ersten Blick erkannt, aber man hatte ihn gewarnt, sie nicht beim Namen zu nennen.

Er hob den Kopf, damit er ihr in die Augen sehen konnte, und ließ die Hand auf ihre Brust hinabgleiten. Sie waren beide von der Taille aufwärts unbekleidet. Sie hatte noch ihren Seidenrock an, er trug Blue Jeans.

»Also?«, hakte sie nach.

Er legte die Lippen auf ihre. Ihre Zunge schnellte gegen seine. Sie seufzte und lehnte sich zurück. »Was ist mit dir? Gefall ich dir nicht?«

Er grinste. »Nicht gefallen? Ich finde dich wunderbar.« Er umarmte sie ganz fest. Dann umfasste seine Hand ihre linke Brust und drückte sie behutsam. Sie schloss die Augen.

»Was ist es dann?«, flüsterte sie. »Was stimmt denn nicht?«

»Nichts«, sagte er. »Es ist wunderbar. Du bist wunderbar. Und sehr schön.«

»Mein Exmann hat immer gesagt, ich benutze meine Schönheit«, eröffnete sie ihm. Sie ließ den Handrücken vorn an seiner Jeans auf und ab gleiten. Er drängte näher, wölbte sich ihr entgegen. »Ich nehme an, er hatte Recht.«

Er hatte ihr seinen Namen genannt, doch sie war sicher, es war nicht sein richtiger, nur eine Erfindung, und darum weigerte sie sich, ihn so zu nennen.

Er berührte ihre Wange. Dann nahm er ihren Nippel wieder in den Mund und als er diesmal daran sog, schob er gleichzeitig eine Hand zwischen ihre Beine. Die Seide fühlte sich weich an und er wölbte die Finger um ihr Schambein und erhöhte langsam den Druck.

»Wie auch immer, irgendwas stimmt nicht«, beharrte sie. »Irgendwas geht vor in deinem hübschen Kopf. Bist du sicher, dass du nicht darüber reden willst?«

»Es ist albern«, erwiderte er. »Und ich bin nicht zu meinem Vergnügen hier, sondern zu deinem.«

Sie knöpfte seine Jeans auf. Er rollte sich auf den Rücken und streifte sie ab, ließ sie neben dem Bett auf den Boden fallen. Er trug einen scharlachroten Slip darunter und sein erigierter Penis zeichnete sich deutlich unter dem dünnen Stoff ab.

Während er die Hose auszog, entledigte sie sich ihrer Ohrringe, zwei komplizierte Gebilde aus Silberdrahtschlaufen. Sorgsam legte sie sie auf den Nachttisch.

Plötzlich lachte er.

»Worüber lachst du?«, fragte sie.

»Eine Erinnerung. Strip Poker. Als ich ein Junge war, ich weiß nicht mehr, dreizehn oder vierzehn, haben wir das immer mit den Nachbarsmädchen gespielt. Sie haben sich immer mit allen möglichen *tschotschkes* behängt, Halsketten, Ohrringe, Schals und solches Zeug. Und wenn sie verloren, dann zogen sie einen Ohrring aus oder so. Nach zehn Minuten waren wir immer splitternackt und verlegen und sie noch vollständig bekleidet.«

»Warum habt ihr dann trotzdem noch mit ihnen gespielt?«

»Hoffnung«, sagte er. Er griff unter ihren Rock und begann, durch ihr weißes Baumwollhöschen die Schamlippen zu massieren. »Die Hoffnung, dass wir wenigstens mal einen Blick auf irgendwas erhaschen würden.«

»Und? Habt ihr?«

Er zog die Hand zurück und legte sich auf sie. Sie küssten sich. Sie drängten sich aneinander während des Kusses, zärtlich, Becken an Becken. Ihre Hände krallten sich in seine Arschbacken. Er schüttelte den Kopf. »Nein. Aber träumen darf man immer.«

»Hm. Und was ist daran albern? Und warum sollte ich es nicht verstehen?«

»Weil es wirklich zu dämlich ist. Weil … ich nicht weiß, was du denkst.«

Sie zog seine Jockey-Shorts herunter und strich mit dem Zeigefinger seitlich über seinen Penis. »Er ist tatsächlich groß. Natalie hat mich schon vorgewarnt.«

»Ah ja?«

»Ich bin wohl nicht die Erste, die dir sagt, dass er groß ist.«

»Nein.«

Sie senkte den Kopf, küsste sein Glied am Ansatz, der in buschigem goldblonden Haar versteckt lag, dann ließ sie ein wenig Speichel darauftropfen und fuhr langsam mit der Zunge daran entlang. Schließlich hob sie den Kopf und starrte mit ihren braunen Augen in seine blauen.

»Du weißt nicht, was ich denke? Was heißt das? Weißt du denn für gewöhnlich, was andere Leute denken?«

Er schüttelte den Kopf. »Na ja. Nicht direkt.«

»Vergiss nicht, was du sagen wolltest. Bin sofort wieder da«, sagte sie.

Sie stand auf, ging ins Bad, schloss die Tür, aber sperrte nicht ab. Man hörte Urin in die Toilette plätschern. Es schien ewig zu dauern. Dann wurde die Spülung betätigt und er hörte Bewegungen im Bad, eine Schranktür ging auf und zu, Rascheln.

Sie öffnete die Tür und kam wieder heraus. Sie war jetzt völlig nackt. Zum ersten Mal wirkte sie ein wenig unsicher. Er saß auf dem Bett, ebenfalls unbekleidet. Sein Haar war blond und sehr kurz geschnitten. Als sie näher trat, streckte er die Hände aus, legte sie um ihre Taille und zog sie näher. Sein Gesicht war auf einer Höhe mit ihrem Bauchnabel. Er leckte darüber, senkte dann den Kopf, steckte die Zunge zwischen die großen Schamlippen und schleckte.

Ihr Atem beschleunigte sich.

Während er ihre Klitoris mit der Zunge bearbeitete, steckte er einen Finger in die Vagina. Sie war schon nass und der Finger glitt mühelos hinein.

Die andere Hand ließ er über ihren Rücken bis zur Rundung ihres Hinterns gleiten und ließ sie dort.

»Also. Weißt du immer, was andere Leute denken?«

Er hob den Kopf, ihre Säfte auf seinem Mund. »Es ist ein bisschen verrückt. Ich meine, ich möchte eigentlich nicht drüber reden. Du wirst mich für wunderlich halten.«

Sie legte einen Finger unter sein Kinn, zwang seinen Kopf hoch und küsste ihn. Sie biss in seine Lippe, nicht zu hart, zerrte sanft mit den Zähnen daran.

»Du bist wunderlich. Aber es gefällt mir, wenn du redest. Und ich möchte wissen, was mit dir los ist, Mister Telepath.«

Sie setzte sich neben ihn aufs Bett. »Du hast fantastische Brüste«, sagte er. »Wirklich wunderschön.«

Sie verzog den Mund. »Sie sind nicht mehr das, was sie mal waren. Und wechsle nicht das Thema.«

»Das tu ich doch gar nicht.« Er ließ sich zurückfallen. »Ich kann nicht wirklich Gedanken lesen. Nur in gewisser Weise. Wenn ich mit einer Frau im Bett bin, weiß ich, was sie anmacht.«

Sie kletterte auf ihn, setzte sich rittlings auf seinen Bauch. »Du willst mich auf den Arm nehmen.«

»Nein.«

Er streichelte sanft ihre Klitoris. Sie wand sich. »Schön.« Sie rutschte ein Stück nach hinten, bis sie auf seinem Penis saß, ihn zwischen ihren Körpern einklemmte. Dann bewegte sie sich darauf hin und her.

»Ich weiß ... Ich kann normalerweise ... Weißt du eigentlich, wie schwierig es ist, mich zu konzentrieren, wenn du das tust?«

»Rede«, befahl sie. »Rede mit mir.«

»Steck ihn dir rein.«

Sie nahm seinen Penis in eine Hand. Dann hob sie ihren Körper ein wenig an, dirigierte den Penis in die richtige Position und führte sich die Spitze ein. Er wölbte sich, stieß aufwärts in sie hinein. Sie schloss die Augen, öffnete sie wieder und sah ihn unverwandt an. »Nun?«

»Es ist einfach so: Beim Vögeln oder auch schon vorher, na ja … *weiß* ich gewisse Dinge. Dinge die ich vorher ehrlich nicht wusste, nicht wissen konnte. Dinge, die ich gar nicht wissen will. Missbrauch. Abtreibungen. Wahnvorstellungen. Inzest. Ob sie insgeheim Sadisten sind oder ihren Boss bestehlen.«

»Zum Beispiel?«

Er war jetzt ganz in sie eingedrungen, glitt langsam rein und raus. Ihre Hände ruhten auf seinen Schultern. Sie beugte sich vor und küsste ihn auf den Mund.

»Na ja, so läuft es eben auch mit Sex. Normalerweise weiß ich, ob ich gut bin. Mit Frauen. Im Bett. Ich weiß, was ich tun muss. Ich brauch nicht zu fragen. Ich weiß es. Ob sie mich auf sich oder unter ihr will, ob sie einen Gebieter oder einen Sklaven braucht. Ob sie es braucht, dass ich fortwährend ›ich liebe dich‹ flüstere, während ich sie ficke oder wir nebeneinander liegen, oder ob sie es braucht, dass ich ihr in den Mund pisse. Ich werde der, den sie haben will. Das ist der Grund, warum … O Gott. Ich kann nicht glauben, dass ich dir das erzähle. Das ist der Grund, warum ich meinen Lebensunterhalt damit bestreite.«

»Ja. Natalie schwört auf dich. Sie hat mir deine Nummer gegeben.«

»Sie ist so cool. Natalie. Und sieht so klasse aus für ihr Alter.«

»Und worauf steht Natalie im Bett?«

Er lächelte sie an. »Betriebsgeheimnis. Ich hab absolute Geheimhaltung geschworen. Großes Pfadfinderehrenwort.«

»Warte.« Sie kletterte von ihm herunter und rollte sich auf den Bauch. »Von hinten. Ich hab's gern von hinten.«

»Das hätte ich wissen müssen«, sagte er, es klang beinah

verärgert. Er richtete sich auf, ging hinter ihr in Stellung und fuhr mit dem Finger die weiche Haut über ihrer Wirbelsäule entlang. Er legte eine Hand zwischen ihre Beine, umfasste seinen Penis und schob ihn in ihre Vagina.

»Ganz langsam«, sagte sie.

Er schob die Hüften vor, glitt ganz in sie hinein. Sie keuchte.

»Ist das gut?«, fragte er.

»Nein. Es hat ein bisschen wehgetan, als er ganz drin war. Nicht so tief beim nächsten Mal. Also du weißt bestimmte Sachen über die Frauen, wenn du sie vögelst. Was weißt du über mich?«

»Nichts Besonderes. Ich bin ein großer Fan von dir.«

»Verschon mich.«

Er hatte einen Arm auf ihre Brüste gelegt, die andere Hand führte er an ihre Lippen. Sie saugte an seinem Zeigefinger, leckte darüber. »Na ja, vielleicht kein ganz großer Fan. Aber ich hab dich in ›Letterman‹ gesehen und ich fand dich wunderbar. Wirklich komisch.«

»Danke.«

»Ich kann nicht glauben, dass wir das tun.«

»Was? Ficken?«

»Nein. Reden, während wir ficken.«

»Ich rede gern dabei. Das reicht jetzt. Meine Knie werden taub.«

Er zog sich zurück und setzte sich aufs Bett.

»Du weißt also, was Frauen denken und was sie wollen? Hm. Funktioniert es auch bei Männern?«

»Ich weiß es nicht. Ich war noch nie mit einem Mann im Bett.«

Sie starrte ihn an. Legte einen Finger auf seine Stirn, ließ ihn über den Wangenknochen und abwärts zum Kinn wandern. »Aber du bist so hübsch.«

»Vielen Dank.«

»Und du bist eine Hure.«

»Männlicher Begleiter.«

»Und eitel obendrein.«

»Vielleicht. Bist du nicht eitel?«

Sie grinste. »Touché. Du weißt also nicht, was ich jetzt will?«

»Nein.«

Sie legte sich auf die Seite. »Zieh ein Kondom über und fick mich in den Arsch.«

»Hast du Gleitgel?«

»Nachttisch.«

Er holte ein Kondom und das Gel aus der Schublade und streifte das Kondom über sein Glied.

»Ich verabscheue Kondome«, sagte er. »Sie jucken. Und ich bin absolut gesund. Ich hab dir die Bescheinigung gezeigt.«

»Das ist mir egal.«

»Ich dachte nur, ich erwähne es mal. Das ist alles.«

Er verteilte das Gleitmittel in und um ihren Anus und schob die Spitze des Penis' hinein.

Sie stöhnte. Er hielt inne. »Ist das ... okay?«

»Ja.«

Er bewegte sich vor und zurück, drang tiefer ein. Sie keuchte in seinem Rhythmus und nach ein paar Minuten sagte sie: »Genug.«

Er glitt heraus. Sie rollte sich auf den Rücken, zog das verschmierte Kondom ab und ließ es auf den Teppich fallen.

»Du kannst jetzt kommen«, sagte sie ihm.

»Ich bin noch nicht so weit. Und wir könnten noch stundenlang weitermachen.«

»Das ist mir gleich. Spritz auf meinen Bauch.« Sie lächelte zu ihm auf. »Mach's dir selbst. Jetzt.«

Er schüttelte den Kopf, aber seine Hand lag schon um seinen Penis, bewegte sich ruckartig auf und ab, bis ein glitzernder Strahl hervorschoss und sich auf ihren Bauch und die Brust ergoss.

Sie hob eine Hand und verteilte den milchigen Samen gemächlich auf ihrer Haut.

»Ich denke, du solltest jetzt gehen«, sagte sie.

»Aber du bist nicht gekommen. Willst du nicht ... willst du keinen Orgasmus?«

»Ich hab, was ich wollte.«

Er schüttelte verwirrt den Kopf. Sein Penis war schlaff und geschrumpft. »Ich hätt es wissen müssen«, murmelte er ratlos. »Aber ich wusste es nicht. Ich weiß gar nichts mehr.«

»Zieh dich an«, befahl sie. »Verschwinde.«

Mit geübten, sparsamen Bewegungen zog er seine Sachen an, er begann mit den Socken. Dann beugte er sich über sie, um sie zu küssen.

Sie drehte den Kopf weg. »Nein.«

»Kann ich dich wiedersehen?«

Sie schüttelte den Kopf. »Ich glaube nicht.«

Er zitterte am ganzen Leib. »Was ist mit dem Geld?«, fragte er.

»Ich habe dich schon bezahlt. Als du reingekommen bist. Weißt du nicht mehr?«

Er nickte nervös, so als könne er sich nicht erinnern, wage aber nicht, das einzugestehen. Dann klopfte er seine Taschen ab, bis er den Umschlag mit dem Geld ertastete, und nickte noch einmal. »Ich fühle mich so leer«, sagte er kläglich.

Sie nahm kaum zur Kenntnis, dass er ging.

Sie lag auf dem Bett, eine Hand auf ihrem Bauch, wo sein Sperma langsam erkaltete und trocknete und sie kostete ihn in Gedanken.

Sie kostete jede Frau, mit der er geschlafen hatte. Sie kostete, was er mit ihrer Freundin tat, und lächelte über Natalies kleine Perversitäten vor sich hin. Sie schmeckte den Tag, als er seinen ersten Job verloren hatte. Den Morgen, da er betrunken in seinem Wagen inmitten eines Kornfelds aufgewacht war und, zu Tode erschrocken, der Flasche für immer abgeschworen hatte. Sie kannte seinen wahren Namen. Sie erinnerte sich an den Namen, der einmal auf seinem Arm eintätowiert gewesen war, und verstand, warum er nicht mehr dort sein konnte. Sie kostete die Farbe seiner Augen von innen betrachtet und sie schauderte über seinen Albtraum, in dem man ihn zwang, Stachelfische in den Mund zu nehmen, und aus dem er Nacht für Nacht in Panik aufschreckte. Sie ließ sich seinen Geschmack in Essen und Büchern und Filmen auf der Zunge zergehen und entdeckte den dunklen Himmel, zu dem er als kleiner Junge aufgestarrt und die Weite und Unermesslichkeit der Sterne bestaunt hatte, diesen Himmel, den er selbst längst vergessen hatte.

Selbst im uninteressantesten Material, das so gar nichts zu versprechen schien, konnte man manchmal echte Schätze entdecken, hatte sie festgestellt. Und er hatte die Gabe im kleinen Rahmen gar selbst besessen, auch wenn er sie nie verstanden oder für irgendetwas anderes als Sex genutzt hatte. Während sie in seinen Erinnerungen und Träumen dahinschwamm, fragte sie sich, ob er sie vermissen würde, ob er überhaupt merken würde, dass sie verschwunden waren. Und dann endlich kam sie, schaudernd, ekstatisch in blendenden Blitzen, die sie wärmten und aus sich heraus in die Nirgendwo-Vollkommenheit eines kleinen Todes transportierten.

Unten auf der Straße erklang ein Scheppern. Irgendwer war über eine Mülltonne gestolpert.

Sie setzte sich auf und wischte die klebrige Masse von ihrem Körper. Und dann begann sie sich anzuziehen, ohne zuvor zu duschen. Sie tat es bedächtig, begann mit ihrem weißen Baumwollslip und endete mit den ausgefallenen Silberohrringen.

Babynahrung

Vor ein paar Jahren verschwanden die Tiere.

Eines Morgens wachten wir auf und sie waren einfach nicht mehr da. Sie hatten nicht mal einen Abschiedsbrief hinterlassen oder Auf Wiedersehen gesagt. Wir kamen nie so recht dahinter, wohin sie gegangen waren.

Wir haben sie vermisst.

Manche von uns dachten, es sei das Ende der Welt, aber das stimmte nicht. Es waren eben einfach nur keine Tiere mehr da. Keine Katzen oder Kaninchen, keine Hunde und Wale, keine Fische im Meer und keine Vögel am Himmel.

Wir waren ganz allein.

Wir wussten nicht, was wir tun sollten.

Eine Weile liefen wir wie verirrt umher, aber dann wies jemand darauf hin, dass das Verschwinden der Tiere kein Grund sei, unsere Lebensgewohnheiten zu ändern. Kein Grund, unsere Ernährung umzustellen oder damit aufzuhören, Versuchsreihen mit Produkten durchzuführen, die uns schaden könnten.

Denn schließlich gab es ja noch die Babys.

Babys können nicht sprechen. Sie können sich kaum bewegen. Ein Baby ist kein rationales, denkendes Geschöpf.

Wir machten Babys.

Und wir benutzten sie.

Manche haben wir gegessen. Babyfleisch ist zart und saftig.

Wir häuteten sie und schmückten uns mit ihrer Haut. Babyleder ist weich und angenehm zu tragen.

Manche verwendeten wir für Tests.

Wir hielten ihre Augen mit Klebestreifen geöffnet und tröpfelten Seifen und Shampoos hinein, Tropfen um Tropfen.

Wir verletzten sie und kochten sie. Verbrannten sie. Wir

schraubten sie fest und steckten Elektroden in ihr Gehirn. Wir pfropften und bestrahlten und froren sie ein.

Die Babys atmeten unseren Rauch ein, in den Venen der Babys flossen unsere Medikamente und Drogen, bis sie aufhörten zu atmen oder ihr Blut aufhörte zu fließen.

Es fiel uns natürlich schwer, aber es war notwendig.

Das konnte niemand bestreiten.

Was blieb uns zu tun übrig, nachdem die Tiere verschwunden waren?

Manche Leute haben sich natürlich beschwert. Aber solche gibt es doch immer.

Und alles ging wieder seinen gewohnten Gang.

Nur …

Gestern sind alle Babys verschwunden.

Wir wissen nicht, wohin sie gegangen sind. Wir haben sie nicht einmal verschwinden sehen. Wir wissen nicht, was wir ohne sie anfangen sollen.

Aber uns wird schon etwas einfallen. Die Menschen sind gescheit. Das ist es, was uns den Tieren und den Babys überlegen macht.

Wir lassen uns etwas einfallen.

Mordmysterien

Der vierte Engel sprach:
Für diese Aufgabe wurde ich geschaffen.
Diesen Ort zu bewachen vor den Menschen,
Denn durch ihre Schuld haben sie ihn verloren,
Sie haben Seine Gnade verwirkt,
Daher müssen sie all dies meiden
Oder mein Schwert sollen sie umfangen
Und ich selbst werde ihr Feind sein
Und ihr Antlitz mit Flammen verzehren.

CHESTER-MYSTERIENSPIELE,
DIE SCHÖPFUNG UND ADAM UND EVA, 1461

Dies ist eine wahre Geschichte.

Vor ungefähr zehn Jahren musste ich einen ungewollten Zwischenstopp in Los Angeles einlegen, sehr weit von zu Hause fort. Es war Dezember und in Kalifornien war das Wetter warm und freundlich. England hingegen lag unter dichtem Nebel im Klammergriff heftiger Schneestürme und keine Flugzeuge konnten dort landen. Jeden Tag rief ich am Flughafen an und jeden Tag sagte man mir, ich müsse noch einen Tag warten.

So war es seit etwa einer Woche gegangen.

Ich war fast noch ein Teenager. Wenn ich heute zurückschaue und die Teile meines Lebens betrachte, die aus jener Zeit stammen, fühle ich mich immer unbehaglich, als habe ich von einem Fremden ungebeten ein Geschenk bekommen: ein Haus, eine Frau, Kinder, eine Berufung. Das hat alles nichts mit mir zu tun, könnte ich unschuldig behaupten. Und wenn es stimmt, dass alle sieben Jahre jede Zelle unseres Körpers abgestorben und durch eine neue ersetzt worden ist, dann habe ich mein Leben in der Tat von einem

Toten geerbt. Und die Sünden jener Tage sind vergeben und mit seinen Gebeinen begraben.

Ich war in Los Angeles. Ja.

Am sechsten Tag erreichte mich eine Nachricht von einer alten Beinah-Freundin aus Seattle. Sie war ebenfalls in L. A. und hatte durch das Freunde-von-Freunden-Netzwerk erfahren, dass ich hier war. Ob ich mal bei ihr vorbeischauen wolle?

Ich hinterließ eine Nachricht auf ihrem Anrufbeantworter: Klar.

Als ich abends aus meiner Absteige kam, trat eine kleine Blondine an mich heran. Es war schon dunkel.

Sie sah mich eindringlich an, als versuche sie, mich mit einer Beschreibung abzugleichen, und sagte dann zögernd meinen Namen.

»Ja, genau. Du bist Tinks Freundin?«

»Stimmt. Wagen steht da hinten. Komm. Sie freut sich schon mächtig, dich wiederzusehen.«

Ihr Auto war einer von diesen riesigen alten Schlitten, die man irgendwie nur in Kalifornien zu sehen kriegt. Es roch nach aufgeplatzten, abblätternden Lederpolstern. Wir fuhren von wo immer wir waren nach wo immer es auch hingehen sollte.

Los Angeles war damals ein absolutes Mysterium für mich und ich kann nicht behaupten, dass ich es heute wesentlich besser verstehe. Ich begreife London und New York und Paris. Dort kann man einen Vormittag herumlaufen und dann weiß man, was sich wo befindet, und kann vielleicht die U-Bahn benutzen. Aber in Los Angeles dreht sich alles um Autos. Damals hatte ich noch gar keinen Führerschein und selbst heute fahre ich nicht Auto in Amerika. Meine Erinnerungen an Los Angeles sind durch Fahrten in anderer Leute Wagen verkettet ohne das geringste Gespür für die Form der Stadt, die Beziehungen zwischen den Leuten und den Orten. Die Symmetrie der Straßen, die Wiederholung von Struktur und Form bedeutet, dass, wann immer ich versuche, es mir als Gesamtheit vorzustellen, ich mich nur an die Unzahl winziger Lichter erinnere, die ich bei meinem ersten Besuch in der Stadt einmal nachts von dem Hügel im Griffith Park aus gesehen habe. Es war eins der schönsten Dinge, die ich je gesehen habe, aus der Entfernung.

»Siehst du das Haus da?«, fragte meine blonde Chauffeurin, Tinks Freundin. Es war ein Art-Déco-Bauwerk aus rotem Backstein, niedlich und doch ziemlich hässlich.

»Ja.«

»Das wurde in den Dreißigerjahren gebaut«, sagte sie voller Respekt und Stolz.

Ich machte irgendeine höfliche Bemerkung und versuchte, eine Stadt zu begreifen, in der fünfzig Jahre als eine lange Zeit galten.

»Tink ist ganz aus dem Häuschen. Seit sie gehört hat, dass du in der Stadt bist. Ganz aufgeregt.«

»Ich freu mich auch, sie wiederzusehen.«

Tinks voller Name war Tinkerbell Richmond. Echt wahr. Tinkerbell, wie die Fee in Peter Pan.

Sie wohnte bei Freunden in einem kleinen Apartmenthaus, ungefähr eine Autostunde von Downtown L. A. entfernt.

Was Sie über Tink wissen sollten, ist dies: Sie war zehn Jahre älter als ich, Anfang dreißig. Sie hatte glänzend schwarze Haare und rote, fragende Lippen und sehr weiße Haut wie Schneewittchen im Märchen. Als ich ihr zum ersten Mal begegnet war, glaubte ich, sie sei die schönste Frau der Welt.

Irgendwann war Tink mal eine Weile verheiratet gewesen und sie hatte eine fünfjährige Tochter namens Susan. Ich hatte Susan nie kennen gelernt. Als Tink in England gewesen war, war Susan bei ihrem Vater in Seattle geblieben.

Leute namens Tinkerbell nennen ihre Töchter Susan.

Die Erinnerung ist eine große Betrügerin. Vielleicht gibt es Individuen, deren Erinnerung wie ein Videorecorder funktioniert und vollständige, detaillierte Aufzeichnungen eines jeden Tages in ihrem Leben anfertigt, aber dazu zähle ich nicht. Meine Erinnerung ist ein Flickwerk aus Begebenheiten, unzusammenhängende Ereignisse, die mehr schlecht als recht zusammengeschustert sind. Die Teile, an die ich mich entsinne, habe ich präzise im Kopf, während andere Abschnitte komplett verschwunden zu sein scheinen.

Ich erinnere mich nicht mehr an meine Ankunft in Tinks Wohnung oder daran, wohin ihre Mitbewohnerin verschwand.

Ich weiß nur noch, dass ich irgendwann bei gedämpftem Licht mit Tink im Wohnzimmer auf dem Sofa saß.

Wir machten Smalltalk. Es war vielleicht ein Jahr her, seit wir uns zuletzt gesehen hatten. Doch ein einundzwanzigjähriger Bengel hat einer zweiunddreißigjährigen Frau wenig zu sagen. Und weil es sonst nichts gab, das uns verband, zog ich sie bald in meine Arme.

Fast mit einem Seufzer kuschelte sie sich an mich und präsentierte mir ihre Lippen. Sie wirkten schwarz im Halbdunkel. Wir küssten uns ein Weilchen auf der Couch und ich streichelte ihre Brüste durch die Bluse und dann sagte sie:

»Wir können nicht ficken. Ich hab meine Periode.«

»In Ordnung.«

»Ich kann dir einen blasen, wenn du willst.«

Ich nickte und sie öffnete den Reissverschluss meiner Jeans und vergrub den Kopf in meinem Schoß.

Nachdem ich gekommen war, stand sie auf und rannte in die Küche. Ich hörte sie in die Spüle spucken und Wasser laufen. Ich weiß noch, dass ich mich fragte, warum sie es getan hatte, wenn sie den Geschmack so verabscheute.

Dann kam sie zurück und wir saßen wieder nebeneinander auf dem Sofa.

»Susan ist oben und schläft«, sagte Tink. »Sie ist das Wichtigste in meinem Leben. Willst du sie sehen?«

»Von mir aus.«

Wir gingen nach oben. Tink führte mich in ein abgedunkeltes Schlafzimmer. Die Wände waren mit Kinderbildern bepflastert: Wachsmalstiftzeichnungen von geflügelten Feen und kleinen Palästen. Ein kleines blondes Mädchen lag im Bett und schlief.

»Sie ist wunderschön«, sagte Tink und küsste mich. Ihre Lippen waren immer noch ein bisschen klebrig. »Sie kommt nach ihrem Vater.«

Wir gingen wieder nach unten. Wir wussten nichts mehr zu sagen, nichts mehr zu tun. Tink schaltete das Deckenlicht ein. Zum ersten Mal sah ich die winzigen Krähenfüße um ihre Augen. Sie wirkten unpassend in ihrem perfekten Barbie-Gesicht.

»Ich liebe dich«, sagte sie.

»Danke.«

»Soll ich dich zurückfahren?«

»Wenn es dir nichts ausmacht, Susan allein zu lassen …?«

Sie zuckte mit den Schultern und ich zog sie ein letztes Mal an mich.

Nachts besteht Los Angeles nur aus Lichtern. Und Schatten.

An der Stelle folgt ein Loch in meiner Erinnerung. Ich weiß einfach nicht mehr, was als Nächstes passierte. Sie muss mich zu meiner Absteige zurückgefahren haben – wie sonst wäre ich dorthin gekommen? Ich erinnere mich nicht mal, sie zum Abschied geküsst zu haben. Vielleicht stand ich einfach auf dem Gehweg und sah ihr nach, als sie wegfuhr.

Vielleicht.

Ich weiß aber noch, als ich zu meiner Absteige kam, stand ich einfach da, unfähig, reinzugehen, mich zu waschen und schlafen zu legen, unwillig, irgendwas anderes zu tun.

Ich war nicht hungrig. Ich wollte keinen Alkohol. Ich wollte auch nicht lesen oder reden. Ich hatte Angst, zu weit wegzugehen, falls ich mich verirrte, von den sich wiederholenden Motiven der Stadt verhext, im Kreise gedreht und verschluckt zu werden, sodass ich nie wieder heimfinden würde. Central Los Angeles schien mir manchmal nichts weiter zu sein als ein Muster, ein sich ewig wiederholender Satz von Blocks: eine Tankstelle, ein paar Wohnhäuser, eine Mini-Passage (Doughnuts, Fotoladen, Waschsalon, Fastfood), die sich aneinander reihen, bis man hypnotisiert ist. Und die winzigen Variationen in den Mini-Passagen und Wohnhäusern dienen nur dazu, die Struktur zu verstärken.

Ich dachte an Tinks Lippen. Dann kramte ich in meiner Jackentasche und zog schließlich eine Packung Zigaretten hervor.

Ich steckte mir eine an, inhalierte und blies blauen Rauch in die warme Nachtluft.

Eine verkrüppelte Palme wuchs vor meiner Absteige und ich beschloss, ein Stück zu laufen und den Baum dabei im Blick zu behalten, meine Zigarette zu rauchen, vielleicht sogar ein bisschen nachzudenken, aber ich fühlte mich zu ausgelaugt, um nachzudenken. Ich fühlte mich vollkommen geschlechtslos und sehr allein.

Einen Block oder so die Straße runter stand eine Bank. Als ich hinkam, setzte ich mich. Ich warf meine Kippe hart auf den Gehweg und sah die orangefarbenen Funken in alle Richtungen spritzen.

Jemand sagte: »Ich kauf Ihnen eine Zigarette ab, Freund. Hier.«

Eine Hand vor meinem Gesicht, die einen Vierteldollar hielt. Ich sah auf.

Er wirkte nicht alt, obwohl ich nicht hätte sagen können, wie alt er sein mochte. Ende dreißig vielleicht. Oder Mitte vierzig. Er trug einen langen, schäbigen Mantel, farblos im Licht der Straßenlaterne, und seine Augen waren dunkel.

»Hier. Ein Quarter. Das ist ein guter Preis.«

Ich schüttelte den Kopf, zog mein Päckchen Marlboros aus der Tasche und hielt es ihm hin. »Behalten Sie Ihr Geld. Die kostet nichts. Bitte.«

Er nahm eine Zigarette. Ich gab ihm ein Streichholzbriefchen (eine Werbung für Telefonsex war darauf, das weiß ich noch) und er zündete seine Zigarette an. Er wollte mir die Streichhölzer zurückgeben, aber ich schüttelte den Kopf. »Behalten Sie die. Irgendwie sammel ich immer Unmengen von Streichholzbriefchen, wenn ich in Amerika bin.«

»Hm.« Er setzte sich neben mich und rauchte. Als die Zigarette zur Hälfte abgebrannt war, streifte er die Spitze am Asphalt ab, drückte die Glut aus und steckte sich den Stummel hinters Ohr.

»Ich rauche nicht viel«, sagte er. »Aber es wäre schade, die Hälfte einfach wegzuwerfen.«

Ein Auto raste die Straße entlang, fuhr in Schlangenlinie von einer Seite zur anderen. Vier junge Männer saßen darin, die zwei vorne zerrten beide am Lenkrad und lachten. Die Fenster waren offen und ich hörte ihr Lachen und die zwei auf dem Rücksitz *(»Gary, du Arschloch! Was machst du denn, Mann?«)* und den pulsierenden Rhythmus eines Rocksongs. Kein Song, den ich kannte. Der Wagen schleuderte um die Ecke und war verschwunden.

Bald verhallten auch die Geräusche.

»Ich schulde Ihnen was«, sagte der Mann auf der Bank.

»Bitte?«

»Ich bin Ihnen was schuldig. Für die Zigarette. Und die Streichhölzer. Sie wollten kein Geld. Jetzt bin ich Ihnen was schuldig.«

Ich zuckte verlegen die Schultern. »Ach, es war doch nur eine Zigarette. Ich denk mir immer, wenn ich mal keine hab, dann gibt mir vielleicht auch mal jemand eine aus.« Ich lachte, um zu zeigen, dass ich das nicht ernst meinte, obwohl ich es doch tat. »Vergessen Sie's.«

»Tja. Möchten Sie eine Geschichte hören? Geschichten waren früher immer eine willkommene Bezahlung. Heutzutage ...« – er hob viel sagend die Schultern – »... nicht mehr so.«

Ich lehnte mich auf der Bank zurück und die Nacht war warm und ich sah auf meine Uhr. Beinah ein Uhr morgens. In England hatte schon ein eisiger neuer Tag begonnen, ein Arbeitstag für diejenigen, die es schafften, den Schnee zu überwinden und zur Arbeit zu kommen, und wieder einmal waren vermutlich eine Handvoll alter Leute und Obdachloser in der Nacht erfroren.

»Sicher«, sagte ich zu dem Mann. »Nur zu, erzählen Sie mir eine Geschichte.«

Er hustete und grinste, wobei seine Zähne in der Finsternis aufblitzten, ehe er begann:

»Das Erste, woran ich mich entsinne, war das Wort. Und das Wort war Gott. Manchmal, wenn ich *wirklich* niedergeschlagen bin, dann erinnere ich mich an den Klang des Wortes in meinem Kopf, wie er mich formte, gestaltete, mir Leben gab.

Das Wort gab mir einen Leib, gab mir Augen. Und ich öffnete meine Augen und erblickte das Licht der Silbernen Stadt.

Ich war in einem Raum – einem silbernen Raum – und nichts und niemand außer mir war dort. Vor mir war ein Fenster, das vom Boden bis zur Decke reichte, und ich konnte die Türme der Stadt und den Himmel sehen und am Rande der Stadt die Finsternis.

Ich weiß nicht, wie lange ich dort wartete. Aber ich war nicht ungeduldig oder so. Das weiß ich noch genau. Es war, als warte ich einfach, bis ich gerufen würde, und ich wusste, irgendwann würde ich gerufen werden. Und wenn ich bis zum Ende aller Dinge warten müsste und niemals gerufen würde, dann war es auch in Ordnung. Aber man würde mich rufen, da war ich sicher. Und dann würde ich meinen Namen und meinen Zweck erfahren.

Durch das Fenster sah ich die silbernen Türme und in vielen dieser Türme waren wiederum Fenster und hinter den Fenstern sah ich andere wie mich. Daher erfuhr ich, wie ich aussah.

Wenn Sie mich heute ansehen, werden Sie's kaum glauben können, aber damals war ich schön. Seither ist es in der Welt allerdings ein gutes Stück abwärts mit mir gegangen.

Ich war größer und ich hatte Flügel.

Es waren riesige, kraftvolle Flügel mit perlmuttfarbenem Gefieder. Sie wuchsen einfach zwischen meinen Schulterblättern. Sie waren so wunderbar. Meine Flügel.

Manchmal sah ich andere wie mich, die ihre Räume schon verlassen hatten und bereits ihren Pflichten nachgingen. Ich sah sie von Turm zu Turm schweben und Aufgaben erfüllen, die ich mir kaum ausmalen konnte.

Der Himmel über der Stadt war etwas Wundervolles. Er war immer hell, obwohl von keiner Sonne beschienen, sondern vielleicht von der Stadt selbst. Doch die Schattierung des Lichts wandelte sich ständig. Mal hatte das Licht einen Zinnton, dann sah es aus wie Messing, dann wieder wie ein sanftes Gold oder es schimmerte weich und ruhiger wie ein Amethyst …«

Der Mann verstummte. Er sah mich an, den Kopf leicht zur Seite geneigt. In seinen Augen lag ein Glanz, der mir Angst machte. »Wissen Sie, was ein Amethyst ist? Eine Art purpurner Stein?«

Ich nickte.

Ich verspürte ein unangenehmes Gefühl in der Lendengegend.

Mir kam der Gedanke, dass der Mann vielleicht nicht verrückt war, und das fand ich weitaus beunruhigender als die Alternative.

Er begann wieder zu reden. »Ich weiß nicht, wie lange ich in meinem Raum wartete. Aber Zeit hatte keine Bedeutung. Damals nicht. Wir hatten alle Zeit der Welt.

Das Nächste, was geschah, war, dass der Engel Luzifer in meiner Zelle erschien. Er war größer als ich und seine Flügel waren höchst imposant, das Federkleid perfekt. Seine Haut hatte die Farbe von feinem Nebel auf See, sein Haar war silbrig und gelockt, die Augen ein wunderbares Grau …

Ich sage *er*, aber Sie müssen wissen, dass keiner von uns ein Geschlecht hatte, kein nennenswertes.« Er wies auf seinen Schoß. »Glatt und leer. Da ist nichts. Verstehen Sie?

Luzifer leuchtete. Ich meine das wörtlich, er strahlte von innen. Das tun alle Engel. Sie sind von innen her erleuchtet und der Engel Luzifer strahlte in meiner Zelle wie ein Blitzgewitter.

Er sah mich an. Und er gab mir meinen Namen.

›Du bist Raguel‹, sagte er. ›Die Rache des Herrn.‹

Ich senkte den Kopf, denn ich wusste, es war die Wahrheit. Das war mein Name. Und das war mein Zweck.

›Es hat sich etwas … Falsches ereignet‹, fuhr er fort.

›Zum ersten Mal ist etwas Derartiges geschehen. Du wirst gebraucht.‹

Er wandte sich ab und ließ sich ins Nichts fallen. Ich folgte ihm, flog hinter ihm über die Silberne Stadt bis zu den Außenbezirken, wo die Stadt endet und die Finsternis beginnt, und dort landeten wir im Schatten eines gewaltigen silbernen Turmes und ich entdeckte den toten Engel.

Der Leichnam lag verdreht und zerbrochen auf dem silbernen Gehweg. Seine Flügel waren unter ihm zerdrückt worden; ein paar lose Federn schon in die silberne Gosse geweht.

Der Leichnam war beinah dunkel. Dann und wann flackerte noch ein Licht in seinem Innern auf, ein gelegentliches Flimmern von kaltem Feuer in seiner Brust oder den Augen oder dem geschlechtslosen Schoß, während die letzten Reste seines Lebenslichts ihn für immer verließen.

Blutstropfen wie Rubine benetzten seine Brust und befleckten die weißen Federn seiner Flügel leuchtend rot. Er war sehr schön, selbst noch im Tod.

Hätten Sie ihn gesehen, es hätte Ihnen das Herz gebrochen.

Da sprach Luzifer zu mir: ›Du musst herausfinden, wer hierfür verantwortlich ist und wie es dazu kam, und du musst die Rache des Namens üben an dem, der dies verursacht hat.‹

Er hätte es im Grunde nicht sagen müssen. Ich wusste das schon. Die Jagd und die Vergeltung. Dafür war ich geschaffen worden am Anfang, das war es, was ich *war*.

›Ich muss mich um meine Arbeit kümmern‹, sagte der Engel Luzifer.

Er schlug einmal kräftig mit den Flügeln und stieg auf, der Luftzug wehte die losen Federn des toten Engels quer über die Straße.

Ich beugte mich über den Leichnam, um ihn zu untersuchen. Alles Leuchten war jetzt verschwunden. Er war ein dunkles Etwas, die Parodie eines Engels. Er hatte ein perfektes, geschlechtsloses Gesicht, umrahmt von silbernem Haar. Ein Lid war geöffnet und enthüllte ein sanftes graues

Auge, das andere war geschlossen. Er hatte keine Brustwarzen und zwischen seinen Beinen war nur Glätte.

Ich hob den Oberkörper an. Die Flügel waren gebrochen und verdreht, der Hinterkopf eingedellt und eine gewisse Schlaffheit des Körpers schien darauf hinzudeuten, dass auch die Wirbelsäule gebrochen war. Der Rücken des Engels war voller Blut.

Vorne in der Brustgegend sah ich nur ein wenig Blut. Ich untersuchte sie mit dem Zeigefinger, der mühelos in den toten Körper eindrang.

Er ist gefallen, dachte ich. *Doch er war schon tot, ehe er fiel.*

Und ich sah zu den Fenstern auf beiden Seiten der Straße hinauf. Ich starrte zur Stadt hinüber. *Du hast dies getan*, dachte ich. *Ich werde dich finden, wer auch immer du bist, und ich werde die Rache des Herrn an dir nehmen.*«

Der Mann zog den Zigarettenstummel hinter dem Ohr hervor und zündete ihn an. Für einen kurzen Moment hatte ich einen beißenden, unschönen kalten Rauchgeruch in der Nase, dann nahm er einen tiefen Zug, sodass der unverbrannte Tabak zu glimmen begann, und er blies blauen Rauch in die Nachtluft.

»Der Engel, der die Leiche entdeckt hatte, hieß Phanuel.

Ich sprach mit ihm in der Halle des Seins. Das war der Turm, neben dem der tote Engel lag. In der Halle hingen die ... die Pläne, könnte man vielleicht sagen, für das, was werden sollte ... all dies.« Er gestikulierte mit der Hand, die den Zigarettenstummel hielt, wies auf den Nachthimmel und die geparkten Autos und die Welt. »Sie wissen schon. Das Universum.

Phanuel war der Chefgestalter. Unter ihm arbeitete eine Vielzahl von Engeln, die sich mit den Details der Schöpfung herumplagten. Ich beobachtete ihn vom Boden der Halle aus. Er hing in der Luft unter dem Plan und verschiedene Engel kamen zu ihm herabgeschwebt, warteten höflich, bis sie an der Reihe waren, und stellten ihm Fragen, baten ihn um Rat oder seine Meinung bezüglich ihrer Arbeit. Schließlich verließ er sie und kam zu mir herab.

›Du bist Raguel‹, sagte er. Seine Stimme klang hoch und hektisch. ›Was wünschst du von mir?‹

›Du hast die Leiche entdeckt?‹

›Den armen Carasel? Allerdings. Ich verließ die Halle ... es gibt eine Reihe von Begriffen und Vorstellungen, die wir gerade konstruieren, und über eine davon wollte ich ihn Ruhe nachdenken – sie heißt übrigens *Bedauern*. Ich hatte die Absicht, ein wenig Distanz zur Stadt zu bekommen – hoch darüber zu fliegen, meine ich natürlich, nicht in die Finsternis dort draußen zu gehen, das würde ich nie tun, obwohl es in gewissen Kreisen allerhand dummes Gerede gegeben hat ... Nun ja. Ich wollte emporsteigen und nachsinnen.

Ich verließ die Halle und dann ...‹ Er brach ab. Für einen Engel war er recht klein. Sein Licht war gedämpft, doch die Augen lebhaft und strahlend. Ich meine, wirklich hell strahlend. ›Der arme Carasel. Wie konnte er sich das nur antun? Wie konnte er nur?‹

›Du glaubst, seine Vernichtung war selbst verschuldet?‹

Er schien verwirrt, überrascht, dass man eine andere Erklärung überhaupt in Betracht ziehen konnte. ›Aber natürlich. Carasel hat für mich gearbeitet und eine Reihe von Gegebenheiten entwickelt, die von wesentlicher Bedeutung für das Universum sein werden, wenn Sein Name Gesprochen wird. Seine Abteilung hat ganz großartige Arbeit bei der Entwicklung einiger Grundlagen geleistet. *Dimension* war eins ihrer Projekte, *Schlaf* ein weiteres. Und es gab noch andere.

Großartige Arbeit. Einige seiner Vorschläge bezüglich des Gebrauchs individueller Sichtweisen zur Definition von Dimensionen waren wahrhaft genial.

Wie dem auch sei. Er hatte ein neues Projekt begonnen. Es ist eins der ganz großen, die ich normalerweise selbst ausführe oder sogar Zephkiel.« Sein Blick glitt aufwärts. »Aber Carasel hatte so fabelhafte Leistungen erbracht. Und sein letztes Projekt war *so* bemerkenswert.. Etwas, das auf den ersten Blick eher belanglos erscheint, doch er und Saraquael haben es erhöht zu ...‹ Er zuckte die Schultern.

›Aber das ist unwichtig. Es war *dieses* Projekt, das ihn in die Nonexistenz getrieben hat. Doch keiner von uns hätte vorhersehen können …‹

›Was war sein aktuelles Projekt?‹

Phanuel sah mich unverwandt an. ›Ich bin nicht sicher, ob ich dir das sagen darf. Alle neuen Entwürfe gelten als ausgesprochen sensible Angelegenheiten, bis wir sie in die endgültige Form bringen, in der sie schließlich Gesprochen werden sollen.‹

Ich spürte, wie ich mich verwandelte. Ich weiß nicht so recht, wie ich Ihnen das erklären soll, aber plötzlich war ich nicht mehr ich … Ich war etwas Größeres, Gewaltigeres geworden. In einer Art Transfiguration wurde ich zur Personifizierung meines Zwecks.

Phanuel konnte meinem Blick nicht standhalten.

›Ich bin Raguel, welcher ist die Rache des Herrn‹, sagte ich. ›Ich diene dem Namen unmittelbar. Es ist meine Mission, die Umstände dieser Tat zu enthüllen, und die Rache des Namens an den Verantwortlichen zu nehmen. Meine Fragen sind rückhaltlos zu beantworten!‹

Der kleine Engel bebte und er sprach hastig.

›Carasel und sein Partner recherchierten für den Themenkomplex *Tod*. Das Aufhören von Leben. Das Ende der physischen, beseelten Existenz. Sie waren dabei, alle Aspekte zusammenstellen. Aber Carasel ging immer zu weit mit seinem Engagement für seine Aufgabe. Wir hatten allerhand auszuhalten mit ihm, als er *Erschütterung* ausgearbeitet hat. Das war, als er *Emotionen* entwarf …‹

›Du meinst, Carasel sei gestorben, um … um das Phänomen zu erforschen?‹

›Oder weil es seine Neugierde erweckt hat. Oder weil er seine Recherche zu weit getrieben hat, ja.‹ Phanuel streckte die Finger aus und ballte sie wieder zu losen Fäusten. Mit seinen strahlenden Augen starrte er mich an. »Ich gehe davon aus, dass du nichts von all dem vor unbefugten Personen wiederholst, Raguel.‹

›Was hast du gemacht, als du die Leiche gefunden hattest?‹

›Ich kam aus der Halle, wie ich schon sagte, und da lag Carasel auf dem Gehweg und starrte in den Himmel. Ich fragte ihn, was er da machte und er gab keine Antwort. Dann bemerkte ich das Austreten innerer Flüssigkeiten und erkannte, dass Carasel nicht unwillig, sondern unfähig war, mir zu antworten.

Ich fürchtete mich. Ich wusste nicht, was ich tun sollte.

Plötzlich stand der Engel Luzifer hinter mir. Er fragte, ob es irgendein Problem gäbe. Ich hab es ihm erzählt, ihm den Leichnam gezeigt. Und dann ... dann kam seine Wahre Erscheinung über ihn und er kommunizierte mit dem Namen. Er leuchtete so strahlend hell.

Dann sagte er, er müsse denjenigen holen, dessen Zweck auch solche Ereignisse hier umfasse, und er ging fort. Um dich zu suchen, nehme ich an.

Da man sich nun von offizieller Seite um Carasels Hinscheiden kümmerte und alles Weitere mich eigentlich nichts anging, begab ich mich wieder an die Arbeit, nachdem ich ein neues – und ich nehme an, höchst wertvolles – Verständnis des Phänomens *Bedauern* gewonnen hatte.

Ich erwäge, Carasels und Saraquaels Gruppe die Aufgabe *Tod* zu entziehen. Vielleicht übertrage ich sie Zephkiel, meinem Seniorpartner, wenn er sich ihrer annehmen will. Er ist unübertrefflich bei diesen kontemplativen Projekten.‹

Inzwischen wartete schon eine ganze Schlange von Engeln darauf, mit Phanuel zu reden. Ich hatte das Gefühl, dass ich beinah alles gehört hatte, was hier zu erfahren war.

›Mit wem hat Carasel zusammengearbeitet? Wer hat ihn als Letzter lebend gesehen?‹

›Am besten sprichst du mit Saraquael. Er war schließlich sein Partner. Und wenn du mich jetzt bitte entschuldigst ...‹

Er wandte sich dem Schwarm seiner Helfer zu, beriet, korrigierte, schlug vor oder untersagte.«

Der Mann schwieg.

Auf der Straße herrschte jetzt Stille. Ich entsinne mich an das gedämpfte Flüstern seiner Stimme, das Zirpen einer Grille irgendwo in der Nähe. Ein kleines Tier – eine Katze vielleicht oder irgendetwas Exotischeres, ein Waschbär oder gar ein Schakal – huschte von Schatten zu Schatten zwischen den geparkten Autos auf der gegenüberliegenden Straßenseite.

»Saraquael befand sich in der höchsten der offenen Galerien, die die Halle des Seins umgaben. Wie gesagt, das Universum war im Zentrum der Halle und es glitzerte und leuchtete und strahlte. Und es war ziemlich hoch …«

Ich unterbrach zum ersten Mal. »Dieses Universum, von dem Sie sprechen, war eine Art Diagramm oder so?«

»Eigentlich nicht. Ungefähr. So was Ähnliches. Es war ein Entwurf, aber in Originalgröße und es hing da in der Halle und all diese Engel machten sich die ganze Zeit irgendwie daran zu schaffen. Machten Geschichten wie *Schwerkraft* und *Musik* und *Licht* und so weiter. Es war eigentlich nicht das Universum, noch nicht. Das sollte es werden, wenn es fertig war und die Zeit kam, da es seinen rechten Namen erhalten sollte.«

»Aber …« Ich suchte nach Worten, um meine Verwirrung auszudrücken. Der Mann kam mir zuvor.

»Zerbrechen Sie sich nicht den Kopf darüber. Stellen Sie es sich als Modell vor, wenn es das für Sie leichter macht. Oder einen Plan. Oder … wie heißt was Wort? Prototyp. Genau. Ein Model-T Ford Universum.« Er grinste. »Sie müssen begreifen, dass ich vieles von dem, das ich Ihnen erzähle, schon übersetze, versuche, es in Worte zu fassen, die Sie begreifen können. Sonst könnte ich Ihnen die Geschichte überhaupt nicht erzählen. Wollen Sie sie hören?«

»Ja.« Mir war gleich, ob sie wahr oder erfunden war. Es war eine Geschichte, die ich unbedingt bis zum Ende hören musste.

»Gut. Dann halten Sie den Mund und hören Sie zu.

Ich fand also Saraquael auf der obersten Galerie. Es war niemand in der Nähe, er war ganz allein dort mit ein paar Unterlagen und kleinen, leuchtenden Modellen.

›Ich bin wegen Carasel hier‹, sagte ich.

Er sah mich an. ›Carasel ist im Augenblick nicht da. Ich erwarte ihn aber bald zurück.‹

Ich schüttelte den Kopf.

›Carasel kommt nicht mehr zurück. Er hat als spirituelles Wesen aufgehört zu existieren‹, erklärte ich ihm.

Sein Licht verblasste und er riss die Augen weit auf. ›Er ist tot?‹

›Das sagte ich, ja. Hast du irgendeine Vorstellung, wie es passiert sein könnte?‹

›Ich … Das kommt so plötzlich. Ich meine, er hat davon geredet … aber ich hatte doch keine Ahnung … hätte nie gedacht, dass er …‹

›Immer mit der Ruhe.‹

Saraquael nickte.

Er stand auf und trat ans Fenster. Man hatte keinen Ausblick auf die Silberne Stadt von seinem Fenster. Es zeigte nur einen Widerschein vom Leuchten der Stadt und des Himmels, der hinter uns in der Luft hing, und jenseits davon die Finsternis. Der Wind, der aus der Finsternis kam, zerzauste Saraquael sanft die Haare, als er wieder zu sprechen begann. Ich starrte auf seinen Rücken.

›Carasel ist … nein, war. Das ist doch richtig, oder? *War*. Er war immer so engagiert. Und so kreativ. Doch das war ihm nie genug. Er wollte immer alles verstehen, wollte selbst erfahren, woran er gerade arbeitete. Er war nie damit zufrieden, es einfach zu schaffen, es intellektuell zu begreifen. Er wollte es *ganz*. Er wollte *alles*.

Das war früher nicht weiter schlimm, als wir an materiellen Dingen gearbeitet haben. Doch als wir anfingen, einige der Benannten Emotionen zu entwerfen … hatte er nicht mehr genug Distanz zu seiner Arbeit.

Und unser letztes Projekt war *Tod*. Es ist eins der ganz schwierigen, ich vermute, auch eins der ganz großen. Möglicherweise wird es gar das Attribut werden, das die Schöpfung für die Geschöpfe definiert: Ohne den *Tod* wären sie zufrieden, einfach nur zu existieren, doch durch den *Tod*, na ja, wird ihr Leben eine Bedeutung bekommen – eine Grenze, die die Lebenden nicht überschreiten können …‹

›Du meinst also, er hat sich selbst getötet?‹

›Ich weiß es‹, antwortete Saraquael. Ich trat ans Fenster und sah hinaus. Weit, sehr weit unten sah ich einen winzigen weißen Punkt. Das war Carasels Leichnam. Ich musste veranlassen, dass irgendwer sich darum kümmerte. Ich fragte mich, was wir wohl mit der Leiche tun würden, aber es gab gewiss jemanden, der es wusste, dessen Zweck die Beseitigung unerwünschter Dinge war. Das war nicht mein Zweck. Das wusste ich.

›Woher?‹

Er zuckte die Schultern. ›Ich weiß es einfach. In letzter Zeit stellte er ständig Fragen. Fragen über den *Tod*. Wie wir denn wissen sollten, ob es Recht oder Unrecht sei, diese Dinge zu schaffen und Regeln aufzustellen, wenn wir nicht selbst die Erfahrung machten. Er fing immer wieder davon an.‹

›Hat dich das nicht beunruhigt?‹

Saraquael wandte sich um und sah mich zum ersten Mal an. ›Nein. Das ist unser Zweck. Zu diskutieren, zu improvisieren, die Schöpfung und die Geschöpfe zu entwickeln. Wir machen all das gründlich, damit, wenn alles Beginnt, es wie am Schnürchen läuft. Derzeit bearbeiten wir den *Tod*. Also ist es selbstverständlich, dass wir uns damit befassen. Mit dem physischen Aspekt, dem emotionalen Aspekt, dem philosophischen Aspekt … Und mit den *Mustern*. Carasel hat immer geglaubt, dass das, was wir hier in der Halle des Seins tun, bestimmte Muster schafft. Dass es Strukturen und Formen gibt, die bestimmten Wesen oder Ereignissen angemessen sind, die, einmal begonnen, fortgesetzt werden müssen, bis sie zum Ende kommen. Für uns vielleicht ebenso wie für sie. Es wäre denkbar, dass er das Gefühl hatte, auch dies sei eins seiner Muster.‹

›Kanntest du Carasel gut?‹

›So gut man sich eben kennt, wenn man zusammen arbeitet. Wir waren hier meistens Seite an Seite. Manchmal zog ich mich in meine Zelle am andere Ende der Stadt zurück, manchmal tat er das Gleiche.‹

›Wie denkst du über Phanuel?‹

Sein Mund verzog sich zu einem schiefen Lächeln. ›Er

ist sehr beflissen. Aber er tut im Grund nicht viel. Er delegiert alle Aufgaben und streicht die Lorbeeren für sich ein.‹ Er senkte die Stimme, obwohl sich niemand außer uns auf der Galerie befand. ›Wenn man ihn reden hört, könnte man meinen, *Liebe* sei sein Werk gewesen. Aber eins muss man ihm lassen: Er sorgt dafür, dass die Arbeit erledigt wird. Zephkiel ist der eigentliche Denker der beiden Chefgestalter, aber er kommt nie hierher. Er bleibt in seiner Zelle in der Stadt und brütet, findet die Lösungen für Probleme aus der Ferne. Wenn du mit Zephkiel sprechen musst, geh zu Phanuel, Phanuel wird deine Frage dann an Zephkiel weiterleiten …‹

›Was ist mit Luzifer?‹, unterbrach ich ihn. ›Erzähl mir, was du über ihn weißt.‹

›Luzifer? Der Befehlshaber der Heerscharen? Er arbeitet nicht hier … Er hat die Halle allerdings zweimal besucht, um die Schöpfung zu inspizieren. Es wird gemunkelt, er untersteht Dem Namen unmittelbar. Ich hab noch nie mit ihm gesprochen.‹

›Kannte er Carasel?‹

›Das bezweifle ich. Wie gesagt, er war nur zweimal hier. Ich habe ihn aber hin und wieder da draußen gesehen.‹ Er wies mit der Flügelspitze auf die Welt vor dem Fenster. ›Im Flug.‹

›Wohin?‹

Saraquael schien etwas sagen zu wollen, änderte dann aber seine Meinung. ›Ich weiß es nicht.‹

Ich sah aus dem Fenster auf die Finsternis jenseits der Silbernen Stadt.

›Ich werde später vielleicht noch einige Fragen an dich haben‹, sagte ich Saraquael.

›Natürlich.‹

Ich wandte mich ab.

›Weißt du, ob man mir einen neuen Partner zuteilen wird?‹, fragte er. ›Für *Tod*.‹

›Nein, tut mir Leid, das weiß ich nicht.‹

Im Zentrum der Silbernen Stadt war ein Park – ein Ort der Erholung und der Ruhe. Ich fand den Engel Luzifer dort am Ufer eines Flusses. Er stand einfach nur da und sah aufs Wasser.

›Luzifer?‹

Er neigte den Kopf. ›Raguel. Irgendwelche Fortschritte?‹

›Ich weiß es nicht. Vielleicht. Ich müsste dir ein paar Fragen stellen. Macht es dir etwas aus?‹

›Keineswegs.‹

›Wie kam es, dass du den Leichnam entdecktest?‹

›Das habe ich eigentlich nicht. Ich sah Phanuel auf der Straße stehen. Er wirkte verstört. Ich habe ihn gefragt, ob etwas nicht in Ordnung sei, und da zeigte er mir den toten Engel. Daraufhin habe ich dich geholt.‹

›Verstehe.‹

Er beugte sich vor und steckte die Hand ins kalte Wasser des Flusses. Es plätscherte und sprudelte um das Hindernis. ›Ist das alles?‹, fragte Luzifer.

›Nicht ganz. Was hattest du in dem Teil der Stadt zu suchen?‹

›Ich wüsste nicht, was dich das angeht.‹

›Es geht mich etwas an, Luzifer. Was hast du dort gemacht?‹

›Ich bin … gewandelt. Manchmal tue ich das. Ich wandele umher und denke nach. Und versuche zu begreifen.‹ Er zuckte mit den Schultern.

›Du wandelst am Rand der Stadt?‹

Ein kurzes Zögern. Dann: ›Ja.‹

›Das war alles, was ich wissen wollte. Fürs Erste.‹

›Mit wem sonst hast du gesprochen?‹

›Mit Carasels Boss und mit seinem Partner. Sie glauben beide, dass er sich selbst getötet hat.‹

›Und wen wirst du noch befragen?‹

Ich sah auf. Die Türme der Stadt der Engel ragten über uns auf. ›Vielleicht alle.‹

›Sie alle?‹

›Wenn es nötig ist. Das ist mein Zweck. Ich kann nicht rasten, ehe ich weiß, was passiert ist, ehe ich die Rache des Namens geübt habe an dem, der hierfür verantwortlich ist. Aber es gibt eine Tatsache, an der ich keinen Zweifel habe.‹

›Und zwar?‹ Wassertropfen fielen wie Diamanten von den makellosen Fingern des Engels Luzifer.

›Carasel hat sich nicht selbst getötet.‹

›Woher weißt du das?‹

›Ich bin die Rache‹, erinnerte ich den Befehlshaber der Heerscharen. ›Wäre Carasel von eigener Hand gestorben, wäre ich nicht gerufen worden. Richtig?‹

Er gab keine Antwort.

Ich stieg auf ins Licht des ewigen Morgens.

Haben Sie vielleicht noch eine Zigarette?«

Ich kramte das rot-weiße Päckchen hervor und gab ihm eine Zigarette.

»Vielen Dank.

Zephkiels Zelle war größer als meine.

Es war kein Ort des Wartens. Es war ein Ort zum Leben, zum Arbeiten, zum *Sein*. Die Wände waren mit langen Reihen von Büchern, Schriftrollen und Papieren bedeckt und grafische Darstellungen hingen dort. Bilder. Ich hatte nie zuvor ein Bild gesehen.

In der Raummitte stand ein ausladender Sessel und Zephkiel saß darin, die Augen geschlossen, den Kopf zurückgelehnt.

Als ich näher trat, schlug er die Lider auf.

Seine Augen strahlten nicht heller als die aller anderen Engel, denen ich begegnet war, aber irgendwie schienen sie mehr gesehen zu haben. Es war etwas in der Art, wie er schaute. Ich bin nicht sicher, ob ich es erklären kann. Und er hatte keine Flügel.

›Willkommen, Raguel‹, sagte er. Er klang erschöpft.

›Du bist Zephkiel?‹ Ich weiß nicht, warum ich ihn das fragte. Ich meine, ich wusste, wer die Leute waren. Es ist Bestandteil meines Zwecks, nehme ich an. Erkennen. Ich weiß, wer *Sie* sind.

›Ganz recht. Du gaffst, Raguel. Es ist wahr, ich habe keine Flügel, aber mein Zweck erfordert es nicht, dass ich diese Zelle verlasse. Ich bleibe hier und denke. Phanuel erstattet mir Bericht, bringt mir die neuen Vorschläge und erfragt meine Meinung. Er trägt mir die Probleme vor und ich denke über sie nach und manchmal mache ich mich mit ein paar kleinen Vorschlägen nützlich. Das ist mein Zweck. So wie die Rache der deine ist.‹

›Ja.‹

›Du bist hier wegen Carasels Tod?‹

›Ja.‹

›Ich habe ihn nicht getötet.‹

Als er es sagte, wusste ich, dass es die Wahrheit war.

›Weißt du, wer es getan hat?‹

›Das ist *dein* Zweck, oder? Zu enthüllen, wer das arme Wesen umgebracht hat, und die Rache des Namens zu üben.‹

›Ja.‹

Er nickte.

›Was möchtest du wissen?‹

Ich zögerte und überdachte, was ich bislang in Erfahrung gebracht hatte. ›Weißt du, was Luzifer in jenem Teil der Stadt tat, ehe der Leichnam gefunden wurde?‹

Der alte Engel sah mich unverwandt an. ›Ich denke, ich kann es erraten.‹

›Und zwar?‹

›Ich ist in der Finsternis gewandelt.‹

Ich nickte. Vor meinem geistigen Auge sah ich jetzt eine Form. Etwas, das ich beinah greifen konnte. Ich stellte meine letzte Frage:

›Was kannst du mir über die *Liebe* sagen?‹

Und er erklärte es mir. Danach war ich sicher, alle Fakten beisammen zu haben.

Ich kehrte zu der Stelle zurück, wo Carasels Leichnam gelegen hatte. Alle Spuren waren beseitigt, das Blut war von der Straße gewaschen, die Federn eingesammelt und fortgebracht worden. Nichts auf dem silbernen Gehweg wies darauf hin, dass der Leichnam je dort gelegen hatte. Doch ich wusste es besser.

Ich schwang mich empor, bis ich beinah die Turmspitze der Halle des Seins erreicht hatte. Dort war ein Fenster, durch welches ich eintrat.

Saraquael war dort bei der Arbeit. Er legte eine flügellose Puppe in eine kleine Kiste. Auf einer Seite der Kiste war die Abbildung einer kleinen braunen Kreatur mit acht Beinen. An der anderen Seite war die Abbildung einer weißen Blüte.

›Saraquael?‹

›Hm? O, du bist es. Hallo. Sieh dir das hier mal an. Wenn du sterben solltest und, sagen wir mal, in einer Kiste in die Erde gelegt würdest, was möchtest du lieber auf deine Kiste gelegt bekommen? Eine Spinne – hier, oder eine Lilie – hier?‹

›Ich schätze, die Lilie.‹

›Ja, das meine ich auch. Aber *warum*? Ich wünschte …‹ Er legte die Hand ans Kinn, sah auf die beiden Modelle hinab, legte erst das eine versuchsweise auf den Deckel der Kiste, dann das andere. ›Es gibt so furchtbar viel zu tun, Raguel. So vieles, das gelingen muss. Und wir kriegen nur diese eine Chance, weißt du. Es wird nur dieses eine Universum geben – wir können nicht immer von neuem anfangen, bis es wirklich gut wird. Ich wünschte nur, ich könnte begreifen, warum Ihm all das so wichtig ist …‹

›Weißt du, wo Zephkiels Zelle ist?‹, fragte ich ihn.

›Ja. Ich meine, ich war noch nie dort, aber ich weiß, wo sie liegt.‹

›Gut. Begib dich dorthin. Er erwartet dich. Ich werde dir später dorthin folgen.‹

Er schüttelte den Kopf. ›Ich muss mich um meine Arbeit kümmern. Ich kann nicht einfach …‹

Ich spürte, wie mein Zweck über mich kam. Ich sah auf ihn hinab und sagte: ›Du wirst dorthin gehen. Jetzt gleich.‹

Er sagte nichts. Er wich vor mir zurück bis zum Fenster, wandte sich um, schlug mit den Flügeln und ich war allein.

Ich ging zur Mitte der offenen Halle und ließ mich fallen, trudelte abwärts durch das Modell des Universums. Es funkelte um mich herum, unbekannte Farben und Formen rauschten vorbei, bedeutungslos.

Als ich mich der Erde näherte, schlug ich mit den Flügeln, verlangsamte meinen Sturzflug und landete sacht auf dem Silberboden. Phanuel stand zwischen zwei Engeln, die gleichzeitig seine Aufmerksamkeit beanspruchten.

›Mir ist egal, wie ansprechend es deinem ästhetischen Empfinden erscheint‹, erklärte er gerade einem der beiden. ›Wir können sie nicht ins Zentrum verlegen. Die Hintergrundstrahlung würde verhindern, dass mögliche Lebensformen auch nur eine Chance bekämen. Und außerdem ist es zu instabil.‹

Er wandte sich an den anderen. »Also, lass mal sehen. Hmm. Das wäre dann *Grün*, ja? Es ist nicht genau das, was ich mir vorgestellt hatte, aber ... Hm. Lass es mir erst einmal hier. Ich komme drauf zurück.‹ Er nahm dem Engel ein Blatt Papier aus der Hand und faltete es entschlossen.

Dann drehte er sich zu mir um. ›Ja?‹ Es klang brüsk; er wollte mich loswerden.

›Ich muss mit dir reden.‹

›Wie? Na schön, aber mach's kurz. Ich bin sehr beschäftigt. Wenn es um Carasels Tod geht – ich habe dir alles gesagt, was ich weiß.‹

›Es geht in der Tat um Carasels Tod. Aber ich werde nicht jetzt mit dir reden. Und nicht hier. Begib dich zu Zephkiels Zelle. Er erwartet dich. Ich komme auch hin.‹

Er schien etwas sagen zu wollen, nickte aber nur und ging zur Tür.

Ich wollte mich ebenfalls abwenden, als mir ein Gedanke kam. Ich hielt den Engel zurück, der das *Grün* gemacht hatte. ›Verrat mir etwas.‹

›Wenn ich kann, sicher.‹

›Dieses Ding.‹ Ich wies auf das Universum. ›Wozu soll es gut sein?‹

›Gut sein? Nun ja, es ist das Universum.‹

›Ich weiß, wie es heißt. Aber welchem Zweck soll es dienen?‹

Er runzelte die Stirn. ›Es ist Teil des Plans. Der Name wünscht es. Er verlangt *dieses* und *jenes* in *diesen* Dimensionen und mit *jenen* Eigenarten und Zutaten. Unsere Aufgabe ist es, es nach Seinen Wünschen zu schaffen. Ich bin sicher, *Er* weiß, wozu, aber mich hat Er es nicht wissen lassen.‹ Ein leiser Vorwurf lag in seinem Tonfall.

Ich nickte und verließ die Halle.

Hoch über der Stadt flog eine Phalanx von Engeln in exakter Formation. Ein jeder hielt ein Flammenschwert, das einen blendenden Schweif aus Helligkeit hinter sich herzog. Absolut synchron bewegten sie sich durch den lachsfarbenen Himmel. Sie waren wunderschön. Es war … Sie haben doch bestimmt schon mal an einem Sommerabend einen Vogelschwarm beobachtet? Sie ziehen ihre Kreise und Bahnen, bilden Formationen und lösen sie wieder auf und gerade, wenn Sie meinen, Sie haben das System durchschaut, stellen Sie fest, dass Sie sich geirrt haben, dass Sie es nie begreifen werden. Das war so ähnlich, nur noch viel besser.

Über mir spannte sich der Himmel. Unter mir lag die leuchtende Stadt. Meine Heimat. Und außerhalb der Stadt, die Finsternis.

Luzifer schwebte ein Stück unterhalb der Heerscharen und beobachtete ihre Manöver.

›Luzifer?‹

›Ja, Raguel? Hast du den Übeltäter gefunden?‹

›Ich denke schon. Würdest du mich zu Zephkiels Zelle begleiten? Einige andere erwarten uns schon dort und ich werde alles erklären.‹

Er zögerte. Dann: ›Gewiss.‹

Er hob sein perfektes Gesicht zu den Engeln, die gerade eine Kreisformation am Himmel bildeten. Ein jeder bewegte sich im perfekten Gleichklang zum Nächsten durch die Luft, ohne dass sie sich je berührten. ›Azazel!‹

Ein Engel scherte aus dem Kreis aus und die anderen stellten sich beinah unmerklich darauf ein und schlossen die Lücke, sodass man nicht mehr sehen konnte, wo er gewesen war.

›Ich muss fort. Du hast das Kommando, Azazel. Lass sie weiter exerzieren. Sie sind noch lange nicht perfekt genug.‹

›Wird gemacht.‹

Azazel nahm Luzifers Platz ein und sah zu der Engelschar auf, während Luzifer und ich geradewegs zur Stadt hinunterflogen.

›Er ist mein Stellvertreter‹, erklärte Luzifer. ›Sehr intelligent. Engagiert. Azazel würde einem überallhin folgen.‹

›Wofür trainierst du sie?‹

›Krieg.‹

›Gegen wen?‹

›Wie meinst du das?‹

›Gegen wen sollt ihr kämpfen? Wen sonst gibt es denn überhaupt?‹

Er sah mich an, seine Augen waren klar und ehrlich. ›Ich weiß es nicht. Doch Er hat uns Seine Armee Genannt. Also werden wir perfekt. Für Ihn. Der Name ist unfehlbar, gerecht und allwissend, Raguel. Es kann nicht anders sein, ganz gleich was …‹ Er unterbrach sich und wandte den Blick ab.

›Was wolltest du sagen?‹

›Es ist ohne Belang.‹

›Ah.‹

Wir sprachen nicht mehr, bis wir zu Zephkiels Zelle kamen.«

Ich sah auf die Uhr. Es war beinah drei Uhr. Eine kühle Brise hatte sich erhoben und blies durch die nächtliche Straße in L. A. Ich fröstelte. Das entging dem Mann nicht und er unterbrach seine Geschichte. »Alles In Ordnung?«, fragte er.

»Mir geht's bestens. Bitte fahren Sie fort. Die Geschichte ist faszinierend.«

Er nickte.

»Sie erwarteten uns in Zephkiels Zelle. Phanuel, Saraquael und Zephkiel. Zephkiel saß in seinem Sessel. Luzifer stellte sich nahe ans Fenster.

Ich trat in die Raummitte und begann:

›Ich danke euch allen, dass ihr hergekommen seid. Ihr wisst, wer ich bin, was mein Zweck ist. Ich bin die Rache des Namens, der Arm des Herrn. Ich bin Raguel.

Der Engel Carasel ist tot. Mir kam es zu herauszufinden, warum er starb und wer ihn getötet hat. Das habe ich getan. Nun denn. Der Engel Carasel war Gestalter in der Halle des Seins. Er war sehr gut oder das hat man mir zumindest gesagt …

Luzifer. Sage mir, was du getan hast, ehe du auf Phanuel und den Leichnam trafst.‹

›Ich bin gewandelt, wie du bereits weißt.‹

›Wo bist du gewandelt?‹

›Ich wüsste nicht, was dich das kümmern sollte.‹

›*Sag es mir.*‹

Er schwieg. Er war größer als jeder andere von uns. Groß und stolz. ›Meinetwegen. Ich bin in der Finsternis gewandelt. Ich wandele schon seit längerem in der Finsternis. Es hilft mir, die Stadt klarer zu sehen, wenn ich mich außerhalb befinde. Ich sehe, wie schön sie ist. Wie perfekt. Es gibt nichts Bezauberndere als unser Heim. Nichts Vollständigeres. Keinen anderen Ort, wo irgendwer weilen wollte.‹

›Und was tust du in der Finsternis, Luzifer?‹

Er sah mich unverwandt an. ›Ich wandele. Und … es gibt Stimmen in der Finsternis. Ich lausche den Stimmen. Sie machen mir Versprechungen, stellen mir Fragen, sie flüstern und betteln. Und ich ignoriere sie. Ich stähle mich und blicke auf die Stadt. Es ist die einzige Möglichkeit, die ich habe, um mich zu prüfen, mich irgendwie auf die Probe zu stellen. Ich bin der Befehlshaber der Heerscharen. Ich bin der Erste unter den Engeln und ich muss mich beweisen.‹

Ich nickte. ›Warum hast du mir das nicht gleich gesagt?‹

Er senkte den Blick. ›Weil ich der einzige Engel bin, der in der Finsternis wandelt. Weil ich nicht will, dass andere sich in die Finsternis begeben. Ich bin stark genug, die Stimmen herauszufordern, mich selbst zu prüfen. Andere sind weniger stark. Andere könnten straucheln. Oder auch fallen.‹

›Ich danke dir, Luzifer. Das wäre alles im Moment.‹ Ich wandte mich an den nächsten Engel. ›Phanuel. Wie lange schon hast du Carasels Arbeit als die deine ausgegeben?‹

Sein Mund öffnete sich, aber kein Laut kam heraus.

›*Ich höre.*‹

›Ich … ich würde mich niemals mit fremden Federn schmücken.‹

›Aber hast du nicht die *Liebe* als dein Werk ausgegeben?‹

Er blinzelte. ›Ja. Das stimmt.‹

›Würdest du uns freundlicherweise erklären, worum es sich bei der *Liebe* handelt?‹, bat ich.

Er sah sich unbehaglich um. ›Es ist ein Gefühl tiefer Zuneigung und Anziehung für ein anderes Wesen, oft gepaart mit Leidenschaft und Sehnen – dem Bedürfnis, beisammen zu sein.‹ Er sprach emotionslos, schulmeisterlich, als zitiere er eine mathematische Formel. ›Das Gefühl, welches wir für den Namen empfinden, unseren Schöpfer. Das ist *Liebe*. Eine ihrer Erscheinungsformen. Die *Liebe* wird ein Impuls sein, der im gleichen Maß inspiriert wie zerstört. Wir sind …‹ Er brach ab, sprach dann weiter: ›Wir sind sehr stolz darauf.‹

Es war ein tonloses Wispern. Er schien keine Hoffnung mehr zu hegen, dass wir ihm glauben würden.

›Wer hat den Großteil der Arbeit für das Projekt *Liebe* geleistet? Nein, sag nichts. Lass mich zuerst die anderen befragen. Zephkiel? Als Phanuel dir die Detailpläne für die *Liebe* zur Genehmigung vorgelegt hat, wen hat er als Hauptverantwortlichen genannt?‹

Der flügellose Engel lächelte milde. ›Er sagte mir, es sei sein Projekt.‹

›Vielen Dank. Und was sagst du, Saraquael? Wer hat die *Liebe* gemacht?‹

›Ich. Ich und Carasel. Vielleicht er in höherem Maß als ich, aber wir haben es zusammen erarbeitet.‹

›Wusstet ihr, dass Phanuel es als sein Werk ausgab?‹

›… Ja.‹

›Und das habt ihr zugelassen?‹

›Er … er versprach, dass er uns als Nächstes ein gutes eigenes Projekt übertragen würde. Er versprach, wenn wir nichts verrieten, würden wir in Zukunft mehr große Projekte bekommen. Und er hat Wort gehalten. Wir haben *Tod* bekommen.‹

Ich wandte mich wieder an Phanuel. ›Also?‹

›Es ist wahr, dass ich behauptet habe, die *Liebe* sei mein Werk.‹

›Doch sie war Carasels. Und Saraquaels.‹

›Ja.‹

›Ihr letztes Projekt vor *Tod*?‹

›Ja.‹

›Das ist alles.‹

Ich trat ans Fenster, sah auf die silbernen Türme und die Finsternis hinaus. Dann begann ich zu sprechen.

›Carasel war ein bemerkenswerter Gestalter. Wenn er einen Fehler hatte, dann war es der, dass er gar zu sehr in seiner Arbeit aufging.‹ Ich wandte mich ihnen wieder zu. Der Engel Saraquael zitterte und Lichter flackerten unter seiner Haut. ›Saraquael? Wen hat Carasel geliebt? Wer war sein Geliebter?‹

Er starrte zu Boden. Dann sah er auf, stolz und trotzig. Und er lächelte.

›Ich.‹

›Willst du mir davon erzählen?‹

›Nein.‹ Ein Achselzucken. ›Aber ich schätze, das muss ich wohl. Also schön.

Wir haben zusammen gearbeitet. Und als wir mit der Arbeit an der *Liebe* begannen, wurden wir Liebende. Es war seine Idee. Wir sind zu seiner Zelle gegangen, wann immer wir die Zeit finden konnte. Dort berührten wir einander, hielten uns, flüsterten uns Liebkosungen zu und Schwüre ewiger Treue. Sein Wohlergehen wurde mir wichtiger als meines. Ich existierte nur für ihn. Wenn ich allein war, murmelte ich seinen Namen vor mich hin und dachte an nichts als nur an ihn. Wenn ich mit ihm zusammen war …‹ Er schwieg einen Moment und sah zu Boden. ›Dann war alles andere gleichgültig.‹

Ich trat zu Saraquael, hob mit einer Hand sein Kinn und starrte in die grauen Augen. ›Warum hast du ihn dann getötet?‹

›Weil er mich nicht mehr lieben wollte. Als wir mit der Arbeit für *Tod* begannen, da … verlor er das Interesse. Er gehörte mir nicht mehr. Er gehörte dem *Tod*. Und wenn ich ihn nicht mehr haben konnte, dann war er seinem neuen Liebsten von Herzen gegönnt. Ich konnte seine Gegenwart nicht mehr ertragen. Ich konnte es nicht aushalten, in seiner Nähe zu sein und zu wissen, dass er nichts für mich empfand. Das war es, was am meisten wehgetan hat. Ich dachte … ich hoffte … wenn er fort wäre, könnte ich meine Gefühle wieder beherrschen. Und der Schmerz würde aufhören.

Also habe ich ihn getötet. Ich habe ihn erstochen und dann aus unserem Fenster in der Halle des Seins geworfen. Aber der Schmerz hat nicht aufgehört.‹ Es war fast ein Aufschrei.

Saraquael hob die Hand und befreite sein Kinn aus meinem Griff. ›Und jetzt?‹

Ich fühlte, wie meine wahre Erscheinung über mich kam, spürte, wie mein Zweck von mir Besitz ergriff. Ich war kein Individuum mehr. Ich war die Rache des Herrn.

Ich trat näher an Saraquael heran und umarmte ihn. Dann presste ich meine Lippen auf seine und zwang meine Zunge in seinen Mund. Wir küssten uns. Er schloss die Augen.

Ich spürte etwas in mir aufwallen, ein Brennen, ein Leuchten. Aus dem Augenwinkel sah ich, dass Luzifer und Phanuel die Gesichter von meinem Licht abwandten. Ich spürte Zephkiels unverwandten Blick. Und mein Licht strahlte heller und heller, bis es hervorbrach. Aus den Augen, der Brust, den Fingern und den Lippen: ein weißes, alles versengendes Feuer.

Die weißen Flammen verzehrten Saraquael langsam und er klammerte sich an mich, während er brannte.

Kurz darauf war nichts von ihm übrig. Überhaupt nichts.

Ich spürte, wie die Flamme mich verließ. Ich wurde wieder ich selbst.

Phanuel schluchzte. Luzifer war bleich. Zephkiel saß in seinem Sessel und betrachtete mich gelassen.

Ich wandte mich an Phanuel und Luzifer. ›Ihr wart Zeuge der Rache des Herrn‹, sagte ich. ›Lasst es euch eine Warnung sein.‹

Phanuel nickte. ›Das war es. O, das war es. Ich … ich mache mich auf den Weg. Ich würde gern an meine Arbeit zurückkehren. Wenn du erlaubst?‹

›Geh.‹

Er stolperte zum Fenster und warf sich ins Licht, während er heftig mit den Flügeln schlug.

Luzifer trat zu der Stelle, wo Saraquael gestanden hatte. Er kniete sich hin und starrte auf den Silberboden hinab, so als suche er verzweifelt nach irgendwelchen Überresten des Engels, den ich vernichtet hatte, ein Ascheflöckchen, einen Knochen oder eine verkohlte Feder, aber es gab nichts zu finden. Dann blickte er zu mir auf.

›Das war nicht richtig‹, sagte er. ›Nicht gerecht.‹ Er weinte. Tränen rannen über sein Gesicht. Vielleicht war Saraquael der Erste, der liebte, doch Luzifer war der Erste, der Tränen vergoss. Das werde ich niemals vergessen.

Ich erwiderte seinen Blick unbewegt. ›Es war Gerechtigkeit. Er hatte einen anderen getötet. Darum musste er getötet werden. Du hast mich aufgefordert, meine Aufgabe zu erfüllen, und das habe ich getan.‹

›Aber … er hat *geliebt*. Er hätte Vergebung finden müssen. Und Hilfe. Er hätte nicht einfach so vernichtet werden dürfen. Das war *unrecht*.‹

›Es war Sein Wille.‹

Luzifer erhob sich. ›Dann ist es vielleicht Sein Wille, der unrecht ist. Vielleicht haben die Stimmen in der Finsternis doch Recht. Wie kann dies hier recht sein?‹

›Es ist recht. Es ist Sein Wille. Ich habe nur meinen Zweck erfüllt.‹

Er wischte sich mit dem Handrücken übers Gesicht. ›Nein‹, sagte er entschieden. Er schüttelte den Kopf, nachdrücklich und langsam. ›Ich muss darüber nachdenken. Ich werde jetzt gehen.‹

Er ging zum Fenster, trat in den Himmel hinaus und war verschwunden.

Zephkiel und ich blieben allein in seiner Zelle zurück.

Ich ging zu seinem Sessel hinüber. Er nickte mir zu. ›Du hast deine Aufgabe gut gemacht, Raguel. Solltest du jetzt nicht zu deiner Zelle zurückkehren und warten, bis du das nächste Mal gerufen wirst?‹«

Der Mann auf der Bank wandte sich mir zu und suchte meinen Blick. Bisher hatte ich den Eindruck gehabt, er sei sich meiner Anwesenheit kaum bewusst. Er hatte vor sich hin gestarrt und seine Geschichte in einer Art monotonem Flüstern erzählt. Jetzt war es plötzlich, als habe er mich entdeckt und spreche zu mir allein, nicht zur Nacht oder der Stadt der Engel. Und er sagte:

»Ich wusste, dass er Recht hatte. Aber ich hätte in dem Moment nicht gehen können, selbst wenn ich gewollt hätte. Meine Erscheinung war noch nicht vollständig abgeklungen, mein Zweck noch nicht ganz erfüllt. Dann erkannte ich plötzlich die Wahrheit und alles ergab einen Sinn. Und genau wie Luzifer fiel ich auf die Knie, berührte den Silberboden mit der Stirn. ›Nein, Herr‹, sagte ich. ›Noch nicht.‹«

Zephkiel erhob sich aus seinem Sessel. ›Steh auf. Es ist unpassend für einen Engel, sich einem anderen gegenüber so zu verhalten. Nicht recht. Steh auf!‹

Ich schüttelte den Kopf. ›Vater, Du bist kein Engel‹, flüsterte ich.

Zephkiel schwieg. Einen Augenblick war mein Herz von bösen Ahnungen erfüllt, ich fürchtete mich. ›Vater, mir wurde aufgegeben herauszufinden, wer für Carasels Tod verantwortlich ist. Und ich weiß, wer verantwortlich ist.‹

›Du hast deine Rache geübt, Raguel.‹

›*Deine* Rache, Herr.‹

Und dann seufzte er und setzte sich wieder. ›Ach, kleiner Raguel. Das Problem mit den Dingen, die man erschafft, ist, dass sie so viel besser funktionieren, als man je geplant hat. Darf ich fragen, wie du mich erkannt hast?‹

›Ich … ich bin nicht sicher, Herr. Du hast keine Flügel. Du wartest im Zentrum der Stadt und überwachst die Schöpfung unmittelbar. Als ich Saraquael vernichtet habe, hast Du den Blick nicht abgewandt. Du weißt zu viele Dinge. Du …‹ Ich unterbrach mich und überlegte einen Moment. ›Nein, ich weiß nicht, wieso ich es weiß. Wie Du sagtest, Du hast mich so erschaffen, dass ich gut funktioniere. Aber ich habe erst begriffen, wer Du bist und welche Bedeutung dieses Drama hier hatte, als Luzifer ging.‹

›Was hast du begriffen, Kind?‹

›Wer Carasel getötet hat. Oder wer zumindest die Fäden in der Hand hatte und aus dem Hintergrund manipulierte. Wer hat beispielsweise veranlasst, dass Carasel und Saraquael zusammen an *Liebe* gearbeitet haben, obwohl doch Carasels Neigung, sich in übertriebener Weise auf ein Thema einzulassen, bekannt war?‹

Er sprach sanft mit mir, fast spöttelnd, wie ein Erwachsener, der vorgibt, eine ernste Unterhaltung mit einem kleinen Kind zu führen. ›Warum sollte irgendwer aus dem Hintergrund manipuliert haben, Raguel?‹

›Weil nichts ohne Grund geschieht und Du bist alle Gründe. Du hast Saraquael in die Falle gelockt. Ja, er hat Carasel getötet. Aber er hat Carasel getötet, damit ich *ihn* vernichten konnte.‹

›Und war es Unrecht von dir, ihn zu vernichten?‹

Ich sah in seine uralten Augen. ›Es war meine Aufgabe. Aber ich glaube nicht, dass es recht war. Ich vermute, es war notwendig, dass ich Saraquael vernichte, um Luzifer die Ungerechtigkeit des Herrn zu demonstrieren.‹

Da lächelte er. ›Und welchen Grund sollte ich dafür wohl haben ?‹

›Ich … ich weiß nicht. Ich verstehe es nicht. Genauso wenig wie ich verstehe, warum Du die Finsternis oder die Stimmen in der Finsternis geschaffen hast. Doch das hast Du. Und Du hast veranlasst, dass all dies geschah.‹

Er nickte. ›Ja, das habe ich. Luzifer muss über die Ungerechtigkeit von Saraquaels Schicksal grübeln. Und unter anderem wird es dies sein, was ihn zu bestimmten Handlungen treibt. Mein armer, guter Luzifer. Von all meinen Kindern wird er den schwersten Weg haben, denn er hat eine Rolle zu spielen in dem Drama, das kommen wird. Und es ist eine grandiose Rolle.‹

Ich kniete wortlos vor dem Schöpfer Aller Dinge.

›Was wirst du jetzt tun, Raguel?‹, fragte er mich.

›Ich muss in meine Zelle zurückkehren. Meine Aufgabe ist nun erfüllt. Ich habe Rache geübt und ich habe den Täter entlarvt. Das ist genug. Aber … Herr?‹

›Ja, mein Kind.‹

›Ich fühle mich schmutzig. Unrein. Ich fühle mich besudelt. Vielleicht ist es wahr, dass alles, was geschieht, Dein Wille und darum gut ist. Doch manchmal hinterlässt Du Blut an Deinen Werkzeugen.‹

Er nickte, als stimme er mir zu. ›Wenn du möchtest, kannst du all dies vergessen, Raguel. Alles, was heute geschehen ist.‹ Dann fügte er hinzu. ›Du wirst jedoch nie einem anderen Engel hiervon erzählen können, ganz gleich ob du Vergessen oder Erinnerung wählst.‹

›Ich wähle Erinnerung.‹

›Die Entscheidung liegt ganz bei dir. Aber du wirst feststellen, dass es manchmal einfacher ist, sich nicht zu erinnern. Vergessen kann eine Art Freiheit bedeuten. Und wenn du mich nun entschuldigen willst.‹ Er nahm eine Mappe von dem Stapel am Boden. ›Ich habe zu arbeiten.‹

Ich stand auf und ging zum Fenster. Ich hoffte, Er werde mich zurückrufen, mir Seinen Plan in allen Einzelheiten erklären, es irgendwie besser machen. Doch Er sagte nichts mehr und ich verließ Ihn, ohne zurückzuschauen.«

Dann schwieg der Mann. Er war so lange vollkommen still – ich konnte ihn nicht einmal mehr atmen hören –, dass ich schließlich unruhig wurde und schon fürchtete, er sei eingeschlafen oder gestorben.

Dann erhob er sich.

»Das war's, Kumpel. Deine Geschichte. Meinst du, sie war zwei Zigaretten und ein Streichholzbriefchen wert?« Er fragte ohne Ironie, so als liege ihm tatsächlich etwas an der Antwort.

»Ja«, versicherte ich. »Allerdings. Aber was passierte danach? Wie bist du … Ich meine, wenn …« Ich brach ab.

Es war jetzt finster auf der Straße, kurz vor Tagesanbruch. Die Straßenlaternen waren nach und nach flackernd verloschen und ich sah ihn als Schattenriss vor dem ersten Schimmer am Himmel. Er vergrub die Hände in den Taschen. »Was passiert ist? Ich bin von daheim weggegangen und hab mich verlaufen und heute bin ich sehr weit weg von zu Hause. Manchmal tut man Dinge, die man bedauert, aber man kann sie nicht ungeschehen machen. Die Zeiten ändern sich. Türen schlagen hinter einem zu und man zieht weiter. Verstehst du?

Schließlich bin ich hier gelandet. Es heißt immer, niemand ist je gebürtig aus L. A. Absolut wahr in meinem Fall. Teuflisch wahr.«

Und ehe ich noch ganz begriff, was er tat, beugte er sich zu mir runter und küsste mich sanft auf die Wange. Seine Bartstoppeln kratzten, aber sein Atem war erstaunlich angenehm. Er flüsterte mir ins Ohr: »Ich bin nie gefallen. Sie können sagen, was sie wollen. Ich mache immer noch meinen Job, so wie ich ihn verstehe.«

Meine Wange brannte, wo die Lippen sie berührt hatten.

Er richtete sich auf. »Aber trotzdem ginge ich gern wieder nach Hause.«

Der Mann ging die dunkle Straße hinab und ich saß auf der Bank und schaute ihm nach. Ich hatte das Gefühl, als habe er mir irgendetwas genommen, aber ich konnte mich nicht mehr entsinnen, was es war. Und ebenso spürte ich, dass er mir stattdessen etwas gegeben hatte. Absolution vielleicht. Oder Unschuld. Eine Art Lossprechung, aber von was, konnte ich nicht mehr sagen.

Plötzlich kam ein Bild in meinen Kopf: eine gekritzelte Zeichnung von zwei Engeln im Flug über einer vollkommenen Stadt und über dem Bild der vollkommene Handabdruck eines Kindes, der das weiße Papier blutrot befleckt. Es kam mir ungebeten in den Sinn und ich weiß nicht mehr, was es bedeutete.

Ich stand auf.

Es war zu dunkel, um das Zifferblatt meiner Uhr zu erkennen, aber ich wusste, dass ich heute keinen Schlaf finden würde. Ich ging zurück zu meiner Absteige in dem

Haus mit der verkrüppelten Palme, um mich zu waschen und zu warten. Ich dachte an Engel und an Tink und ich fragte mich, ob Liebe und Tod Hand in Hand gehen.

Am nächsten Tag gingen endlich wieder Flüge nach England.

Ich fühlte mich seltsam. Der Schlafmangel hatte mich in diesen scheußlichen Zustand versetzt, wo alles belanglos und gleichzeitig bedeutsam erscheint, wo alles egal ist und die Realität dünn und fadenscheinig wirkt. Die Taxifahrt zum Flughafen war ein Albtraum. Mir war heiß, ich war müde und schlecht gelaunt. Ich trug ein T-Shirt in der kalifornischen Hitze; mein Mantel lag ganz unten in meinem Koffer, wo ich ihn bei meiner Ankunft verstaut hatte.

Das Flugzeug war total ausgebucht, aber das war mir gleich.

Die Stewardess ging mit einem Stapel Zeitungen den Gang entlang: *Herald Tribune, USA Today* und die *L. A. Times*. Ich nahm eine *Times*, aber die Worte verflüchtigten sich aus meinem Kopf, sobald meine Augen sie aufnahmen. Nichts, was ich las, blieb mir im Gedächtnis. Nein, das ist gelogen. Irgendwo auf einer der letzten Seiten stand ein Bericht über einen dreifachen Mord: zwei Frauen und ein kleines Kind. Namen wurden nicht genannt und ich weiß nicht, wieso der Bericht mir in Erinnerung blieb.

Bald schlief ich ein. Ich träumte, dass ich Tink vögelte, während zähflüssiges Blut aus ihren geschlossenen Augen und dem Mund rann. Das Blut war kalt und eklig und nass und ich erwachte mit einem scheußlichen Geschmack im Mund und frierend. Die klimatisierte Luft im Flugzeug war kalt. Ich sah aus dem verkratzten, ovalen Fenster, starrte auf die Wolken hinab und es kam mir (nicht zum ersten Mal) so vor, als seien die Wolken in Wirklichkeit ein Land, ein anderes Land, wo jeder wusste, was er suchte und wie man dahin zurückkam, von wo man aufgebrochen war.

Auf die Wolken hinabzublicken ist eins von den Dingen, die mir am Fliegen immer gefallen haben. Das und die Nähe zum eigenen Tod, die man spürt.

Ich hüllte mich in eine dünne Flugzeugdecke und schlief

wieder ein, doch wenn ich irgendetwas geträumt habe, ist es mir jedenfalls nicht in Erinnerung geblieben.

Kurz nach der Landung in England erhob sich ein Schneesturm und verursachte einen Stromausfall im Flughafengebäude. Ich war gerade allein in einem Aufzug. Es wurde dunkel und er blieb zwischen zwei Stockwerken stecken. Ein schwaches Notlicht flackerte auf. Ich drückte den roten Alarmknopf, bis die Batterien leer waren und der Alarmton verstummte. Dann stand ich zitternd in meinem T-Shirt in einer Ecke meines kleinen silbernen Raums. Ich sah meinen Atem Dampfwolken formen und schlang die Arme um den Oberkörper, um mich zu wärmen.

Nichts und niemand war dort außer mir, trotzdem fühlte ich mich sicher und gut aufgehoben. Bald würde irgendwer kommen und die Tür aufstemmen. Früher oder später würde man mich befreien. Und ich wusste, dass ich bald zu Hause sein würde.

Schnee, Glas, Äpfel

Ich vermag nicht zu sagen, was für ein Geschöpf sie ist. Das weiß niemand. Sie tötete ihre Mutter bei der Geburt, aber das ist keine ausreichende Erklärung.

Sie nennen mich weise, doch ich bin alles andere als weise, selbst wenn ich manches vorausgesehen habe, erstarrte Momente, gefangen in Wasserbecken oder im kalten Glas meines Spiegels. Wäre ich weise, hätte ich nicht versucht zu ändern, was ich sah. Wäre ich weise, hätte ich meinem Leben ein Ende gemacht, lange bevor ich ihr je begegnete, lange bevor ich ihn einfing.

Weise und eine Hexe. Oder zumindest sagte man das. Und ich hatte sein Gesicht mein Leben lang im Traum und in Spiegelungen gesehen. Sechzehn Jahre des Träumens, ehe er an jenem Morgen an der Brücke sein Pferd zügelte und mich nach meinem Namen fragte. Er half mir in den Sattel seines stattlichen Rosses und wir ritten zusammen zu meiner kleinen Hütte, mein Gesicht im Gold seiner Haare vergraben. Er verlangte das Beste, was ich hatte. Das ist das Recht der Könige.

Sein Bart hatte die Farbe von rötlicher Bronze im Morgenlicht und ich erkannte in ihm nicht meinen König, denn von Königen wusste ich damals noch nichts, sondern meinen Liebsten. Er nahm sich alles von mir, das er wollte, nahm sich sein Königsrecht, doch am nächsten Tag kehrte er zu mir zurück und am Abend darauf auch. Sein Bart war so rot, sein Haar so golden, seine Augen blau wie ein Sommerhimmel und die Haut leicht gebräunt wie reifer Weizen.

Seine Tochter war noch ein Kind, als ich in den Palast kam, nicht älter als fünf Jahre. Im Turmzimmer der Prinzessin hing ein Bildnis ihrer toten Mutter: eine hoch gewachsene Frau, ihr Haar die Farbe von Ebenholz und nussbraune Augen. Von ganz anderem Blut als ihre bleiche Tochter.

Das Kind wollte nicht mit uns essen.

Ich weiß nicht, wo im Palast sie die Mahlzeiten einnahm.

Ich hatte meine eigenen Gemächer. Auch mein Gemahl, der König, hatte eigene Räume. Wenn er mich wollte, schickte er nach mir und ich ging zu ihm, um ihn zu erfreuen und meine Freude an ihm zu haben.

Als ich schon einige Monate im Palast lebte, kam sie eines Nachts zu mir. Sie war sechs. Ich saß beim Licht einer Lampe und stickte, verengte die Augen gegen den Rauch der Flamme und ihr unruhiges Flackern. Als ich aufsah, stand sie dort.

»Hoheit?«

Sie sprach nicht. Ihre Augen waren schwarz wie Kohlen, schwarz wie ihr Haar, ihre Lippen röter als Blut. Sie blickte zu mir auf und lächelte. Ihre Zähne wirkten scharf im Lampenlicht, selbst damals schon.

»Warum seid Ihr nicht auf Eurem Zimmer?«

»Ich bin hungrig«, sagte sie, wie Kinder es tun.

Es war Winter und im Winter sind frische Speisen nur ein Traum von Wärme und Sonnenschein, doch ich hatte in meinem Gemach ganze Äpfel, entkernt und getrocknet, auf Schnüren aufgezogen, von den Deckenbalken hängen und ich zog einen für sie herab.

»Hier.«

Der Herbst ist die Zeit des Trocknens, des Pökelns und Räucherns, die Zeit, Äpfel zu pflücken und Gänseschmalz herzustellen. Der Winter ist die Zeit des Hungers, die Zeit von Schnee und Tod. Und zum Fest der Wintersonnenwende schlachten wir ein Schwein, bestreichen seine Haut mit Gänseschmalz, füllen es mit Äpfeln und braten es im Ofen oder am Spieß und laben uns an der knusprigen Kruste.

Sie nahm den getrockneten Apfel und begann, ihn mit ihren scharfen gelben Zähnen zu kauen.

»Ist er gut?«

Sie nickte. Ich hatte mich vor der kleinen Prinzessin immer gefürchtet, doch in diesem Augenblick empfand ich Wärme für sie und strich ihr sanft mit den Fingern über die Wange. Sie sah mich an und lächelte – man sah sie selten lächeln – und dann schlug sie die Zähne in meinen Handballen unterhalb des Daumens, bis das Blut hervorschoss.

Ich fing an zu schreien, vor Schmerz und Überraschung, doch als sie mich ansah, verstummte ich.

Die kleine Prinzessin presste die Lippen auf meine Hand und leckte, saugte und trank. Als sie genug hatte, verließ sie das Zimmer. Ich sah auf meine Hand hinab und augenblicklich begann die Wunde, sich zu schließen, zu verschorfen und zu heilen. Am nächsten Morgen war es eine alte Narbe, als hätte ich mich in meiner Kindheit mit dem Taschenmesser in die Hand geschnitten.

Sie hatte mich vollkommen erstarren lassen, hatte mich besessen und beherrscht. Das machte mir Angst, mehr noch als das Blut, das sie getrunken hatte. Von diesem Tage an verriegelte ich nachts meine Tür, versperrte sie mit einem Eichenbalken und hieß den Schmied, eiserne Stangen anzufertigen und damit auch meine Fenster zu vergittern.

Mein Gemahl, mein König, mein Liebster, schickte immer seltener nach mir und wenn ich zu ihm kam, litt er an Schwindel, war matt und verwirrt. Er konnte mich nicht mehr lieben, wie ein Mann eine Frau liebt, und er gestattete mir nicht, ihn mit meinem Mund zu erfreuen. Das eine Mal, da ich es versuchte, zuckte er zusammen und begann zu weinen. Ich hielt ihn in den Armen, bis das Schluchzen verebbte, und er schlief ein wie ein Kind.

Ich strich mit den Fingern über seine Haut, als er schlief. Sie war mit einer Unzahl alter Narben übersät. Doch aus unserer Freierszeit entsann ich mich keiner Narben bis auf eine in der Seite, wo ein Keiler ihn einmal verletzt hatte, als er als Knabe auf die Jagd geritten war.

Bald war er nur mehr der Schatten des Mannes, den ich an der Brücke kennen und lieben gelernt hatte. Blau und weiß schimmerten die Knochen durch seine dünne Haut.

Ich war bei ihm in seiner letzten Stunde. Seine Hände waren kalt wie Stein, seine Augen milchig blau, Haar und Bart verblasst, glanzlos und schlaff. Er starb ungetröstet, seine Haut von Kopf bis Fuß bedeckt mit winzigen alten Narben.

Er wog kaum mehr als eine Feder. Die Erde war hart gefroren und wir konnten kein Grab für ihn schaufeln und so errichteten wir einen Steinhaufen über seinem Leichnam, nur zur Erinnerung, denn es war kaum mehr genug Fleisch an ihm, um hungrige Tiere und Vögel anzuziehen.

So wurde ich Königin.

Und ich war töricht und jung – achtzehn Lenze waren erst vergangen, seit ich das Licht der Welt erblickt hatte – und so tat ich nicht, was ich heute täte.

Wäre es heute geschehen, hätte ich ihr das Herz herausschneiden lassen, gewiss. Aber damit nicht genug. Als Nächstes hätte ich ihr Kopf, Arme und Beine abhacken lassen. Ich hätte befohlen, ihr die Eingeweide herauszuschneiden. Dann hätte ich auf dem Marktplatz gestanden und zugeschaut, während der Henker das Feuer anfachte, bis es weiß glühte, hätte ohne mit der Wimper zu zucken zugesehen, wie er sie Stück um Stück dem Feuer überantwortete. Und ich hätte Bogenschützen um den Marktplatz postiert und befohlen, jeden Vogel und jedes Tier zu erschießen, das sich den Flammen näherte, jede Ratte, jeden Raben, Hund oder Falken. Und ich hätte die Augen nicht geschlossen, ehe die Prinzessin zu Asche zerfiel, die eine sachte Brise zerstreuen mochte.

Doch das habe ich nicht getan und wir zahlen für unsere Fehler.

Sie sagen, ich habe mich täuschen lassen, es sei nicht ihr Herz gewesen. Dass es das Herz eines Tieres war, eines Hirschs vielleicht oder eines Wildschweins. Das sagen sie und sie irren sich.

Manche sagen gar (doch das ist *ihre* Lüge, nicht meine) dass man mir das Herz gebracht und ich es verschlungen hätte. Lügen und Halbwahrheiten fallen wie Schnee und bedecken die Dinge, derer ich mich entsinne, Dinge, die ich sah. Eine Landschaft, die nach dem Schneefall nicht wiederzuerkennen ist, das ist es, was sie aus meinem Leben gemacht hat.

Ich hatte Narben an meinem Liebsten gefunden, Narben auf ihres Vaters Schenkeln, seinem Hodensack und seinem Glied, als er starb.

Ich ging nicht mit ihnen. Sie ergriffen sie am Tage, die Zeit, da sie schläft und am schwächsten ist. Sie brachten sie tief in den Wald und dort öffneten sie ihr Hemd, schnitten ihr das Herz heraus und ließen sie tot in einem Graben liegen, auf das der Wald sie verschlinge.

Der Wald ist ein dunkler Ort, Grenze vieler Königreiche. Niemand wäre so töricht, die Herrschaft über den Wald zu beanspruchen. Gesetzlose leben dort, Räuber und Wölfe. Man kann viele Tage durch den Wald reiten, ohne je einer Menschenseele zu begegnen, doch die ganze Zeit spürt man Augen auf sich gerichtet.

Sie brachten mir ihr Herz. Ich wusste, es war ihres. Kein Herz einer Sau oder Ricke hätte weiter geschlagen und gezuckt, nachdem es den Körper verlassen hatte, so wie ihres es tat.

Ich trug es in mein Gemach.

Ich aß es nicht, sondern hing es an die Balken über meinem Bett an einem Zwirnsfaden, auf den ich Vogelbeeren aufgezogen hatte, orangefarben wie die Brust des Rotkehlchens, und Knoblauchknollen.

Draußen rieselte der Schnee und bedeckte die Fußspuren meiner Jäger ebenso wie den kleinen Körper, der im Wald lag.

Ich hieß den Schmied, die Eisenstangen von meinem Fenster zu entfernen, und an jedem der kurzen Winternachmittage verbrachte ich eine Weile in meinem Gemach und sah hinaus auf den Wald, bis es dunkel wurde.

Es gab, wie ich bereits erwähnte, Menschen im Wald. Manche von ihnen kamen im Frühling anlässlich des Lenzmarktes zum Vorschein; ein raffgieriges, wildes Volk, manche von ihnen missgestaltet, Zwerge und Bucklige, andere hatten die riesigen Zähne und leeren Gesichter von

Schwachsinnigen, manche hatten Finger wie Flossen oder Krebsscheren. Jahr um Jahr kamen sie aus dem Wald gekrochen, wenn nach der Schneeschmelze der Lenzmarkt gehalten wurde.

Als junges Mädchen hatte ich auf dem Markt gearbeitet und damals hatten sie mir Angst gemacht, die Leute aus dem Wald. Ich hatte den Marktbesuchern die Zukunft vorausgesagt, indem ich in einer Schale mit stillem Wasser las, und später, als ich älter war, in einem Stück polierten Glas, dessen Rückseite versilbert war – das Geschenk eines Kaufmannes, dessen entlaufenes Pferd ich in einem Tintenspiegel gesehen hatte.

Auch die Händler auf dem Markt fürchteten sich vor dem Waldvolk. Sie nagelten ihre Waren auf die Bretter ihrer Stände: Ingwerbrot oder Ledergürtel wurden mit dicken Eisennägeln ans Holz geschlagen, denn andernfalls, so sagten sie, würde das Waldvolk ihre Waren stehlen und davonlaufen, während sie das erbeutete Ingwerbrot kauten und mit den Gürteln um sich schlugen.

Dabei hatte das Waldvolk durchaus Geld. Eine Münze hier oder da, manchmal grün und fleckig vom Alter oder der Walderde und die Gesichter auf ihren Münzen waren selbst den ältesten unter uns unbekannt. Außerdem besaßen sie Dinge, die sie eintauschen konnten, und so bediente der Markt auch alljährlich die Ausgestoßenen und die Zwerge und die Räuber (wenn sie vorsichtig waren), die dem gelegentlichen Reisenden aus fernen Ländern jenseits des Waldes auflauerten oder den Zigeunern oder dem Wild. Auch das galt in den Augen des Gesetzes als Raub, denn das Wild gehörte der Königin.

Langsam zogen die Jahre ins Land und mein Volk sagte, die Königin herrsche mit Weisheit. Das Herz hing nach wie vor über meinem Bett und pulsierte schwach in der Nacht. Ich wüsste niemanden, der um die Prinzessin getrauert hätte, denn alle fürchteten sich damals vor ihr und waren froh, ihrer ledig zu sein.

Ein Lenzmarkt folgte dem anderen, fünf waren inzwischen vergangen, jeder trauriger, ärmlicher und schäbiger als der vorangegangene. Immer weniger Leute kamen aus dem Wald, um Handel zu treiben. Diejenigen, die kamen, schienen niedergeschlagen und matt. Die Händler nagelten ihre Waren nicht länger an den Brettern fest. Und im fünften Jahr kam nur noch eine Handvoll des Waldvolkes – ein verängstigtes Häuflein kleiner, haariger Männer und niemand sonst.

Der Herr des Marktes und sein Knappe kamen am Abend des Markttages zu mir. Ich hatte ihn flüchtig gekannt, ehe ich Königin wurde.

»Ich komme nicht zu Euch als Königin«, begann er.

Ich schwieg und hörte zu.

»Ich komme zu Euch, weil Ihr weise seid«, fuhr er fort. »Als Ihr ein Kind wart, fandet Ihr ein verirrtes Fohlen, indem Ihr in eine Schale mit Tinte schautet, und als junges Mädchen fandet ihr einmal ein verirrtes Kind mit Eurem Spiegel. Ihr kennt Geheimnisse und könnt das Verborgene sehen. Meine Königin, was geschieht mit dem Waldvolk? Nächstes Jahr wird es keinen Lenzmarkt geben. Die Reisenden aus anderen Königreichen sind selten geworden und das Waldvolk ist beinah ausgelöscht. Noch ein Jahr wie das letzte und wir werden alle verhungern.«

Ich befahl meiner Zofe, mir meinen Spiegel zu bringen. Er war schlicht, eine Glasscheibe mit versilberter Rückseite, die ich eingewickelt in Hirschleder in einer Truhe in meinem Gemach verwahrte.

Sie brachte ihn zu mir und ich blickte hinein:

Sie war zwölf und kein kleines Mädchen mehr. Ihre Haut war immer noch bleich, Augen und Haare rabenschwarz, die Lippen blutrot. Sie trug dieselben Kleider wie am Tage, da sie den Palast zum letzten Mal verlassen hatte – ein Hemd und einen Rock, häufig geflickt und mit ausgelassenem Saum. Darüber trug sie einen ledernen Umhang und statt Stiefel schützten Lederbeutel ihre zierlichen Füße, zugebunden mit Riemen.

Sie stand im Wald im Schatten eines Baumes.

Während ich sie im Geiste beobachtete, sah ich sie von Baum zu Baum schlüpfen und huschen und schleichen und gleiten wie ein Tier, eine Fledermaus oder ein Wolf. Sie verfolgte jemanden.

Es war ein Mönch. Er war in Sackleinen gekleidet und seine bloßen Füße waren hart und wie gegerbt. Bart und Haare waren lang, die Tonsur fast zugewachsen.

Sie beobachtete ihn aus dem Dickicht. Schließlich machte er für die Nacht Halt, schichtete Zweige auf und zerbrach das Nest eines Rotkehlchens für Zunder. Dann holte er Stahl und Feuerstein aus der Tasche, schlug einen Funken und bald züngelten die ersten Flammen auf. Zwei Eier hatten in dem Nest gelegen, das er gefunden hatte, und er verschlang sie roh. Kaum genug, um einen großen Mann wie ihn zu sättigen.

Als er dort im Feuerschein saß, kam sie schließlich aus ihrem Versteck. Sie hockte sich auf die andere Seite des Feuers und starrte zu ihm auf. Er grinste, als sei es lange her, seit er ein anderes menschliches Wesen gesehen hatte, und winkte sie näher.

Sie erhob sich und umrundete das Feuer, hielt eine Armeslänge von ihm entfernt an. Er durchsuchte seine Tasche, bis er eine Münze fand – einen winzigen Kupferpfennig –, und warf sie ihr zu. Sie fing sie auf, nickte und trat näher. Er löste den Strick, der ihm als Gürtel diente, und seine Kutte glitt auseinander. Er war behaart wie ein Bär. Sie drängte ihn zurück, bis er im Moos lag. Eine ihrer Hände kroch spinnenartig durch das dichte, buschige Haar und schloss sich dann um seine Männlichkeit, während die andere Hand seine linke Brustwarze umkreiste. Er schloss die Augen und schob eine seiner riesigen Hände unter ihren Rock. Sie legte den Mund auf die Brustwarze, die sie gereizt hatte, ihre glatte Haut schimmerte weiß auf seinem pelzigen braunen Leib.

Sie schlug die Zähne in seine Brust. Er riss die Augen auf, schloss sie wieder und sie trank.

Sie saß rittlings auf ihm und labte sich. Und während sie trank, begann eine schwärzliche Flüssigkeit zwischen ihren Beinen herabzutröpfeln …

»Wisst Ihr, was die Reisenden von unserer Stadt fern

hält? Was mit dem Waldvolk geschieht?«, fragte der Herr des Marktes.

Ich wickelte den Spiegel in seine Lederhülle und sagte meinem Besucher, dass ich es persönlich auf mich nehmen werde, den Wald wieder sicher zu machen.

Das musste ich tun, obwohl ich mich fürchtete. Aber ich war die Königin.

Eine törichte Frau wäre auf der Stelle in den Wald gegangen und hätte versucht, die Kreatur einzufangen, doch ich war bereits einmal töricht gewesen und wollte es kein zweites Mal sein.

Ich las in alten Büchern. Ich sprach mit den Zigeunerfrauen (die Zigeuner kamen jetzt über die Berge im Süden in unser Land, nicht mehr durch den Wald im Norden und Westen).

Ich traf meine Vorbereitungen und trug alles zusammen, was ich brauchen würde. Als der erste Schnee zu fallen begann, war ich bereit.

Nackt und allein begab ich mich auf die Zinnen des höchsten Turms meines Palastes. Dort stand ich unter freiem Himmel und der Wind kühlte meinen Leib aus, eine Gänsehaut kroch über Arme, Brust und Schenkel. Ich trug eine Silberschale und einen Korb, in dem ein Silbermesser lag, eine silberne Nadel, eine Zange, ein graues Gewand und drei grüne Äpfel.

Ich stellte alles auf den steinernen Boden und stand dort unbekleidet auf dem Turm, demütig vor dem Nachthimmel und dem Wind. Hätte irgendwer mich so gesehen, ich hätte ihn blenden lassen, doch niemand war dort, um mir nachzuspionieren. Wolken trieben über den Himmel, versteckten und enthüllten den abnehmenden Mond.

Ich ergriff das Silbermesser und schnitt in meinen linken Arm – eins-, zwei-, dreimal. Das Blut rann in die Schale und schien im Mondlicht schwarz statt rot.

Ich fügte das Pulver aus der Phiole hinzu, die ich um den Hals trug. Es war feiner brauner Staub aus getrockneten Kräutern, der Haut bestimmter Kröten und gewissen anderen Zutaten. Er verdickte das Blut und verhinderte, dass es gerann.

Nacheinander nahm ich die drei Äpfel und stach mit der Silbernadel kleine Löcher in die Schale. Dann legte ich die Äpfel in die Silberschale und ließ sie dort, während die ersten zarten Schneeflocken des Jahres langsam auf mich niederschwebten, auf die Äpfel und das Blut.

Als der Sonnenaufgang den Himmel erhellte, hüllte ich mich in den grauen Umhang, nahm die roten Äpfel nacheinander aus der Silberschale, wobei ich sie behutsam mit der Silberzange herausholte und sicherging, dass ich sie nicht berührte. Nichts von meinem Blut und dem braunen Pulver war in der Schale übrig, nichts als ein schwärzlicher Rückstand wie Grünspan.

Ich vergrub die Schale. Dann belegte ich die Äpfel mit einem Zauber, der sie begehrenswert und unwiderstehlich erscheinen ließ (einmal zuvor hatte ich an einer Brücke mich selbst mit einem ähnlichen Zauber belegt). Und so wurden sie die wundervollsten Äpfel der Welt und das leuchtende Rot ihrer Schale hatte die warme Farbe von frischem Blut.

Ich zog die Kapuze meines Umhangs tief ins Gesicht. Ich nahm bunte Bänder und Haarschmuck und legte ihn auf die Äpfel in den Binsenkorb und dann ging ich allein in den Wald, bis ich zu ihrer Behausung kam: einem steilen Sandsteinhügel, durchbrochen von tiefen Höhlen, die sich tief in den Felsen zogen.

Am Fuße des Hügels wuchsen Bäume und hohe Findlinge ragten dort auf. Lautlos schlich ich von Baum zu Baum, ohne auch nur einen Zweig oder ein gefallenes Blatt zu berühren. Schließlich fand ich ein Versteck, wo ich mich auf die Lauer legte und wartete.

Nach einigen Stunden kam eine Schar Zwerge aus einer der Höhlen: hässliche, missgestaltete, haarige kleine Männer, die ältesten Bewohner dieses Landes. Man sieht sie nur noch selten.

Sie verschwanden im Wald und keiner bemerkte mich, obgleich einer anhielt und an den Findling pinkelte, hinter dem ich mich verbarg.

Ich wartete. Niemand sonst kam heraus.

Ich trat an den Höhleneingang und rief mit der brüchigen Stimme einer alten Gevatterin hinein.

Die Narbe an meinem Handballen begann zu pochen und zu schmerzen, als sie aus der Dunkelheit auf mich zukam, nackt und allein.

Sie war jetzt dreizehn Jahre alt, meine Stieftochter, und ihre perfekte weiße Haut trug keinen Makel bis auf die Narbe auf der linken Brust, wo ihr vor langer Zeit das Herz herausgeschnitten worden war.

Die Innenseiten ihrer Schenkel waren von einer nassen, schwarzen Masse verschmiert.

Sie betrachtete mich neugierig, die ich ganz von meinem Mantel verhüllt war. Gierig sah sie mich an. »Schleifen, gute Frau«, krächzte ich. »Hübsche Bänder für Euer Haar ...«

Sie lächelte und winkte mich näher. Ein Zucken. Die Narbe an meiner Hand zog mich zu ihr. Ich tat, was ich geplant hatte, aber bereitwilliger als geplant: Ich ließ meinen Korb fallen, kreischte auf wie das dumme alte Krämerweib, das ich zu sein vorgab, und rannte davon.

Mein grauer Mantel hatte die Farbe des Waldes und ich war schnell. Sie holte mich nicht ein.

Ich kehrte zurück zum Palast.

Ich sah es nicht. Aber man kann es sich unschwer vorstellen, wie das Mädchen hungrig und enttäuscht zur Höhle zurückkehrt und meinen verlorenen Korb am Boden liegen sieht.

Was tat sie wohl?

Ich vermute, sie spielte zuerst mit den Bändern, flocht sie in ihr rabenschwarzes Haar, legte sie um ihren bleichen Hals oder die zierliche Taille.

Dann räumte sie mit zunehmender Neugier den Stoff beiseite, um zu sehen, was sonst im Korb war, und entdeckte so die leuchtend roten Äpfel.

Sie dufteten natürlich nach frischen Äpfeln, doch zugleich rochen sie nach Blut. Und das Kind war hungrig. Ich stelle mir vor, wie sie einen Apfel auswählt, ihn an ihre Wange drückt, seine kühle Glätte auf der Haut spürt.

Dann öffnete sie den Mund und biss ein großes Stück ab …

Als ich in mein Gemach zurückkehrte, hatte das Herz, das dort zwischen den Äpfeln, den Schinken und getrockneten Würsten von den Dachsparren hing, aufgehört zu schlagen. Reglos und ohne Leben hing es dort und ich fühlte mich wieder sicher.

Der Schnee lag hoch in diesem Winter und die Schmelze kam spät. Wir waren alle hungrig, als endlich Frühling wurde.

Der Lenzmarkt verlief ein wenig reger in diesem Jahr. Das Waldvolk kam nicht zahlreich, aber es kam. Und Reisende aus den Ländern jenseits des Waldes fanden sich ein.

Ich sah die kleinen Männer aus der Waldhöhle. Sie kauften und tauschten ihre Waren gegen Glasstücke jeder Größe und Kristall- und Quarzklumpen. Sie zahlten gar mit Silbermünzen für ihr Glas. Beute von den Raubzügen meiner Stieftochter, dessen war ich sicher. Als sich herumsprach, was sie kauften, liefen die Stadtleute nach Hause und holten ihre Glückskristalle. Manche kamen mit nicht ganzen Fensterscheiben zum Markt zurück.

Ich erwog einen Moment, die kleinen Männer töten zu lassen, doch ich tat es nicht. Solange das Herz still und kalt und reglos an seinem Balken in meinem Gemach hing, war ich sicher. Und sicher waren auch die Bewohner des Waldes und letztlich auch die der Stadt.

Ich wurde fünfundzwanzig und es lag zwei Winter zurück, dass meine Stieftochter den vergifteten Apfel gekostet hatte, als der Prinz zu meinem Palast kam. Er war groß, sehr groß und hatte kalte grüne Augen und die schwärzliche Haut derer, die jenseits der Berge leben.

Er ritt mit kleinem Gefolge: genug Männer, um ihn zu verteidigen, aber nicht so viele, dass ein anderer Herrscher – wie ich, zum Beispiel – sie als Gefahr ansehen könnte.

Ich betrachtete die Dinge pragmatisch: Eine Allianz unserer Länder barg viele Vorteile. Das vereinte Königreich würde vom Wald bis ans Meer weit im Süden reichen. Ich dachte an meinen goldhaarigen, bärtigen Liebsten, der jetzt acht Jahre tot war, und in der Nacht ging ich zum Gemach des Prinzen.

Ich bin keine Unschuld, obgleich mein verstorbener Gemahl und einstiger König mein erster Liebhaber war, ganz gleich, was sie sagen.

Zuerst schien der Prinz voller Erregung. Er hieß mich mein Hemd ausziehen und mich ans geöffnete Fenster stellen, weit vom Feuer entfernt, bis meine Haut eisig kalt geworden war. Dann verlangte er, dass ich mich auf den Rücken legte, die Hände auf der Brust gefaltet und die Augen weit geöffnet, aber starr auf die Deckenbalken gerichtet. Er bat mich, so flach wie möglich zu atmen und mich nicht zu bewegen. Und er flehte mich an, nicht zu sprechen. Er spreizte meine Beine.

Und dann drang er in mich ein.

Als er zustieß, spürte ich, wie meine Hüften sich hoben, wie ich mich ihm anpasste, jeden der heftigen Stöße erwiderte. Ein Stöhnen entfuhr mir. Ich konnte es nicht zurückhalten.

Sein Glied glitt heraus. Ich streckte die Hand aus und berührte es: ein winziges, glitschiges Ding.

»Bitte«, sagte er leise. »Du darfst dich weder bewegen noch sprechen. Lieg einfach still auf dem Steinboden, so kalt und schön.«

Ich versuchte es, doch er hatte, was auch immer seine Manneskraft erregte, verloren und wenige Zeit später verließ ich den Prinzen, seine Flüche und Tränen verfolgten mich bis in meine Gemächer.

Er brach früh am nächsten Morgen mit all seinen Männer auf und sie ritten davon in den Wald.

Ich stelle mir vor, wie es sich anfühlte in seinen Lenden: ein Knoten der Enttäuschung am Ansatz seiner Männlichkeit. Ich stelle mir vor, wie er die bleichen Lippen zusammenpresste. Dann stelle ich mir vor, wie sein kleiner Trupp durch den Wald ritt und schließlich auf den aus Glas und Kristall errichteten Grabhügel meiner Stieftochter stieß. So bleich. So kalt. Nackt unter dem Glas, kaum mehr als ein Kind und tot.

In meiner Fantasie kann ich die plötzliche Härte in seiner Hose beinah fühlen, mir die Lust vorstellen, die sich seiner bemächtigte, die Dankgebete, die er ob dieser glücklichen Fügung vor sich hin murmelte. Und vor meinem geistigen Auge sehe ich, wie er mit den kleinen haarigen Männern verhandelte, ihnen Gold und Gewürze für den schönen Leichnam in dem Kristallgrab bot.

Nahmen sie das Gold willig an? Oder sahen sie seine Männer auf ihren Rössern, mit ihren scharfen Schwertern und Speeren und erkannten, dass ihnen nichts anderes übrig blieb?

Ich weiß es nicht. Ich war nicht dort, habe nicht in meinen Spiegel geblickt. Ich kann nur ahnen …

Hände, die die Glasscheiben und Quarzklumpen von ihrem kalten Leib nehmen. Hände, die sanft ihre kalte Wange liebkosen, ihren kalten Arm bewegen, den Leichnam, der noch so frisch und biegsam war.

Nahm er sie dort vor ihrer aller Augen? Oder ließ er sie zu einem verborgenen Winkel schaffen, eh er sie bestieg?

Ich kann es nicht sagen.

Hat sich der Apfel aus ihrer Kehle gelöst, als er in sie hineinstieß? Oder öffnete sie langsam ihre Augen, dann den Mund, diese roten Lippen, schlug sie ihre scharfen gelben Zähne in seinen schwärzlichen Hals, sodass das Blut, welches Leben bedeutet, ihre Kehle hinabrann und das Stück meines vergifteten Apfels hinabspülte?

Ich stelle es mir vor, doch ich weiß es nicht.

Ich weiß nur so viel: Ich wachte mitten in der Nacht davon auf, dass das Herz wieder schlug und pulsierte. Salziges Blut tropfte auf mein Gesicht. Ich richtete mich auf. Meine Hand brannte und pochte, als hätte ich mir mit einem Stein auf den Handballen unterhalb des Daumens geschlagen.

Jemand hämmerte an meine Tür. Ich fürchtete mich, doch ich bin eine Königin und so zeigte ich meine Furcht nicht. Ich öffnete.

Erst betraten seine Männer mit ihren scharfen Schwertern und den langen Speeren mein Gemach und umringten mich.

Dann kam er herein und spuckte mir ins Gesicht.

Endlich trat sie ein, so wie in der Nacht, als ich gerade Königin geworden und sie ein Kind von sechs Jahren war. Sie schien völlig unverändert.

Sie riss den Zwirnsfaden, an dem ihr Herz hing, von seinem Balken und streifte die Vogelbeeren eine nach der anderen ab und auch die Knoblauchknolle, die nach all den Jahren klein und vertrocknet war. Dann schloss sie die Finger um ihr pochendes Herz – ein kleines Ding war es, nicht größer als das einer Ziege oder einer Bärin – und es lief über und pumpte sein Blut in ihre Hand.

Scharf wie Glas müssen ihre Nägel gewesen sein: sie ritzte sich die Brust damit auf, genau auf der purpurnen Narbe. Plötzlich klaffte das Fleisch auf, weit und blutlos. Sie leckte einmal über ihr Herz, als das Blut ihr durch die Finger rann, dann steckte sie das Herz tief in die offene Brust.

Ich sah, wie sie es tat. Sah, wie die Wunde sich wieder schloss. Und ich sah, wie die Narbe zu verblassen begann.

Ihr Prinz schien einen Augenblick erschrocken, legte aber nichtsdestotrotz den Arm um sie. Dann standen sie Seite an Seite da und warteten.

Und sie blieb kalt, die weiße Todesblüte blieb auf ihren Lippen und seine Lust war nicht geschmälert.

Sie sagten mir, dass sie heiraten wollten, dass die Königreiche in der Tat vereint sein würden. Und sie sagten, dass ich am Tage ihrer Hochzeit bei ihnen sein würde.

Es wird heiß hier drin.

Sie haben den Menschen schreckliche Dinge über mich erzählt, ein bisschen Wahrheit, um dem Gericht Würze zu verleihen, doch vermischt mit vielen Lügen.

Man band mich und hielt mich in einer winzigen steinernen Zelle unter dem Palast gefangen. Dort verbrachte ich den ganzen Herbst. Heute befreiten sie mich aus meinem Verlies, zogen mir die Lumpen aus, wuschen den Schmutz von meinem Körper und dann rasierten sie mir

Kopf und Schoß und bestrichen meine Haut mit Gänseschmalz.

Der Schnee fiel, als sie mich hinaustrugen – zwei Mann an jedem Arm und jedem Bein. Nackt und schutzlos und durchfroren war ich und sie trugen mich zu diesem Ofen.

Meine Stieftochter stand dort mit ihrem Prinz. Sie betrachtete mich in meiner vollkommenen Entwürdigung und sagte nichts.

Als sie mich johlend und höhnend hineinstießen, sah ich eine Schneeflocke auf ihre Wange fallen und dort haften bleiben, ohne zu schmelzen.

Sie schlossen die Ofentür. Es wird immer heißer hier drinnen und draußen lachen sie und jubeln und schlagen gegen die Ofenwand.

Sie hat nicht gelacht, nicht gespottet, nicht gesprochen. Sie hat mich nicht verhöhnt und sich nicht abgewandt. Doch sie hat mich angeschaut und für einen Augenblick sah ich mein Spiegelbild in ihren Augen.

Ich werde nicht schreien. Die Befriedigung werde ich ihnen nicht geben. Meinen Körper können sie nehmen, doch meine Seele und meine Geschichte gehören mir allein und sollen mit mir sterben.

Das Gänsefett beginnt, auf meiner Haut zu schmelzen und zu glitzern. Ich werde keinen Laut von mir geben. Ich werde nicht mehr daran denken.

Stattdessen will ich an die Schneeflocke auf ihrer Wange denken.

Ich denke an ihr kohlschwarzes Haar, ihre Lippen, röter als Blut, und ihre Haut – *sneewit*.